CANÇÃO DAS CHUVAS ETERNAS

TRILOGIA MOUSAI
VOL. 1

CANÇÃO DAS CHUVAS ETERNAS

E. J. MELLOW

TRADUÇÃO: Lavínia Fávero

Copyright © 2021 E. J. Mellow
Copyright desta edição © 2024 Editora Gutenberg

Título original: *Song of the Forever Rains*

Todos os direitos reservados pela Editora Gutenberg. Nenhuma parte desta publicação poderá ser reproduzida, seja por meios mecânicos, eletrônicos, seja via cópia xerográfica, sem a autorização prévia da Editora.

EDITORA RESPONSÁVEL
Flavia Lago

EDITORAS ASSISTENTES
Natália Chagas Máximo
Samira Vilela

PREPARAÇÃO DE TEXTO
Natália Chagas Máximo

REVISÃO
Samira Vilela

ILUSTRAÇÃO E PROJETO DE CAPA
Micaela Alcaino

ADAPTAÇÃO DE CAPA
Alberto Bittencourt

DIAGRAMAÇÃO
Guilherme Fagundes

Dados Internacionais de Catalogação na Publicação (CIP)
Câmara Brasileira do Livro, SP, Brasil

Mellow, E. J.
    Canção das chuvas eternas / E. J. Mellow ; tradução Lavínia Fávero. -- São Paulo : Gutenberg, 2024. -- (Trilogia Mousai ; v. 1)

Título original: Song of the Forever Rains
ISBN 978-85-8235-740-8

1. Ficção de fantasia 2. Ficção norte-americana I. Título. II. Série.

24-196552   CDD-813.5

Índices para catálogo sistemático:
1. Ficção de fantasia : Literatura norte-americana 813.5

Cibele Maria Dias - Bibliotecária - CRB-8/9427

A **GUTENBERG** É UMA EDITORA DO **GRUPO AUTÊNTICA** @

São Paulo
Av. Paulista, 2.073 . Conjunto Nacional
Horsa I . Sala 309 . Bela Vista
01311-940 . São Paulo . SP
Tel.: (55 11) 3034 4468

Belo Horizonte
Rua Carlos Turner, 420
Silveira . 31140-520
Belo Horizonte . MG
Tel.: (55 31) 3465 4500

www.editoragutenberg.com.br
SAC: atendimentoleitor@grupoautentica.com.br

*Para Kelsey,
minha irmã-passarinho que canta,
cujos risos e sorrisos são capazes
de livrar o mundo de seus demônios.*

A última a nascer das três, em meio a gelo, chuva e vento,
Ela fustigou o mundo com um canto de sereia
Há quem diga que é um dom; há quem diga que é uma maldição,
Mas ninguém se dará ao trabalho de recordar por muito tempo

Se ouvir o passarinho cantar
Se ouvir o passarinho cantar

Com sua língua e seus cabelos de prata, ela fica a esperar,
Uma lua que conforta na escuridão,
Mas seu silêncio, seu tranquilo e imóvel reflexo,
São canções de ninar para seu alvo envenenar

Se ouvir o passarinho cantar
Se ouvir o passarinho cantar

Pode até achar que a voz dela é simpática, terna e adorável demais,
Mas a dor será ressonante e eterna
Tape os ouvidos, meu querido, se chegar muito perto,
Porque os trinados dela representam a queda para os mortais

Quando ouvir o passarinho cantar
Quando ouvir o passarinho cantar

Versos da *Canção das Mousai*, dos Achak

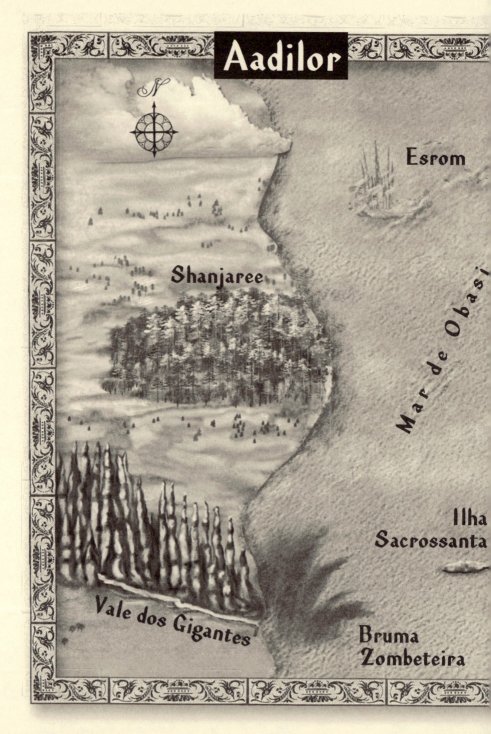

PRÓLOGO

As meninas brincavam em uma poça de sangue. Não tinham noção de que aquilo era sangue, é claro, e tampouco a babá delas imaginava que as três tinham escapado dos quartos sem que ninguém notasse e chegado aos calabouços que ficavam escondidos sob o palácio. Como a babá poderia saber disso? Aquela parte do Reino do Ladrão era cercada e vigiada por tantas portas, tantos feitiços e guardiões de pedra animalescos que o próprio Rei Ladrão teria dificuldade de entrar ali sem ser anunciado. Mas, quando se trata de crianças curiosas, é tão fácil desviar de tais obstáculos quanto ultrapassar uma teia de aranha – basta ser pequena o bastante para passar direto por ela.

Sendo assim, as três meninas conseguiram adentrar nas profundezas dos pesadelos sem ter consciência dos perigos que as espreitavam de dentro das paredes, espiando pelas rachaduras com sorrisos de dentes afiados e salivantes. Ou, se tinham consciência disso, nenhuma das três sentiu-se ameaçada para dar a meia-volta e bater em retirada.

– Prontinho. – Niya passou o dedo ensanguentado no rosto branco da irmã caçula, formando um traço espiral nas bochechas gorduchas da pequena. – Agora você pode falar.

Larkyra, que recentemente completara 3 anos, soltou uma risadinha.

– *Falaaaar* – incentivou Niya. – Você consegue dizer isso? *Falaaaaar*.

– Se ela conseguisse, teria dito – censurou Arabessa, encostando a palma da mão avermelhada na camisola marfim. Então, sorriu ao ver aqueles novos desenhos surgirem na parte de baixo das saias. Aos 7 anos, Arabessa era a mais velha das três, e sua pele branca como porcelana contrastava com o cabelo, que se derramava como nanquim pelas suas costas.

– Ah, que bonito! – Niya segurou a mãozinha rechonchuda de Larkyra e as duas se aproximaram de Arabessa. – Agora faça em mim.

Depois de encontrar outra poça cor de rubi que escorrera por baixo de uma porta de ferro trancada, Arabessa bateu as mãos no líquido parado. A sombra de seu reflexo se desfez em ondas enquanto cobria cada um dos dedos de vermelho.

– Essa cor combina com seu cabelo – declarou Arabessa, desenhando flores vermelhas na camisola de Niya.

– Vamos pintar a Lark, para ela combinar comigo também.

As meninas estavam tão absortas na brincadeira que não se deram conta de que uma criatura específica as observava, livre de correntes, em meio às sombras do corredor. Uma criatura que continha mais ameaças letais na ponta dos dedos do que qualquer uma das bestas trancafiadas naquelas celas amaldiçoadas que as cercavam. E, apesar disso, o Rei Ladrão permitia que andasse livre por aí. Talvez, para finalidades como essa: cuidar daqueles que ainda não eram capazes de se cuidar sozinhos. Porque embora aquele ser tivesse crescido na escuridão, a vida das meninas sempre foi ligada à luz.

A menorzinha é um tanto rechonchuda, disse o irmão, sem proferir qualquer palavra, para a irmã. Era algo fácil de se fazer, visto que ambos eram gêmeos e compartilhavam o mesmo corpo, lutando sem parar para conquistar espaço na mesma mente.

Ela é um bebê. Todos os bebês são rechonchudos, retrucou a irmã.

Nós não éramos.

Porque nunca fomos bebês.

Bem, se tivéssemos a oportunidade de ser, posso lhe garantir que nunca teríamos sido rechonchudos.

Os gêmeos tinham diversos nomes, em muitos lugares diferentes. Mas, em Aadilor, eram conhecidos apenas como Achak – os antiquíssimos, os seres mais velhos deste lado do Ocaso. Aqui, assumiam uma única forma humana, que mudava de irmão para irmã mais rápido do que a arrebentação das ondas. Os Achak eram mais altos do que um mortal comum, tinham a pele escura como a parte mais profunda do mar e os olhos cor de violeta, que gravitavam feito galáxias. O corpo era lindo. Mas, como a maioria das coisas bonitas que havia em Aadilor, não raro mascarava um toque letal.

Um gritinho de deleite fez os Achak voltarem sua atenção às irmãs.

As meninas estavam paradas no meio de um dos corredores do calabouço, onde o caminho se dividia em quatro direções que levavam a outros corredores confusos e intermináveis. Era um lugar úmido e escuro, mal havia tochas acesas para iluminar as galerias. E, por essa razão, uma risada jovem e alegre em tal ambiente era mais desconcertante do que gritos torturados.

– Que inteligente, Ara! – Niya estava saltitante. – Lark ficou muito mais bonita com essa pintura de bolinhas. O que você acha? – Ela perguntou à irmã caçula, que estava ao pé das duas, brincando com um pauzinho branco e acinzentado. – Você gosta de ficar com essa aparência feroz, como a de um leopardo?

PAM. PAM. PAM. Larkyra bateu com um objeto no dispositivo que havia no chão de pedra. Suas madeixas brancas de tão loiras brilhavam à luz da tocha, e ela soltava gritinhos de alegria ao ouvir o ruído.

– Que bonito – comentou Arabessa, terminando de pintar o último círculo ao lado da orelha de Larkyra. – Continue, Lark. Você bem que podia fazer uma música para nossa cerimônia de pintura.

Como se atendesse ao pedido da irmã, Larkyra continuou batendo no chão, o ritmo ecoando pelos corredores serpenteantes. Ao que tudo indicava, os Achak eram os únicos que haviam se dado conta de que o instrumento que Larkyra tinha em mãos era, na verdade, um osso de costela.

Essas meninas são muito peculiares, pensou o irmão, dirigindo-se à irmã.

São filhas de Johanna. "Peculiar" é pouco para o que elas são.

Uma onda de tristeza invadiu o peito dos Achak quando pensaram na mãe das meninas, a amiga mais querida de ambos. Mas, quando se vive tanto quanto esses seres, tais emoções perduram cada vez menos no espaço e no tempo, e não demorou para a melancolia ser descartada, um grão de areia que se esvai da ampulheta.

Gosto delas, pensou o irmão.

Também gosto, concordou a irmã.

Será que devemos fazê-las parar com essa bagunça antes que acordem o restante do calabouço e um guarda apareça?

Receio que seja tarde demais para isso.

Um fedor pútrido veio do corredor, acrescentando uma camada mais densa ao aroma de decomposição que já pairava na prisão.

– Que nojo. – Arabessa sacudiu a mão na frente do nariz. – Que sobremesa você comeu escondido depois do jantar, Niya?

– Não fui eu. – Niya inclinou o queixo para trás, ofendida. – Acho que Larkyra sujou a fralda.

As duas olharam para baixo, para a irmãzinha sorridente que ainda batia com o osso no chão. Só então ela olhou para as irmãs, primeiro para uma e depois para a outra.

– O último canário a cantar, com a asa quebrada vai ficar! – gritaram as duas, em uníssono.

– Eu falei primeiro – Niya foi logo anunciando. – Você troca a fralda dela.

– Nós duas falamos ao mesmo tempo.

– Se com "ao mesmo tempo" você quer dizer que eu falei um tantinho mais rápido do que...

Um rugido vibrou pela caverna, fazendo as duas irmãs maiores perderem o equilíbrio.

– O que foi isso? – Niya foi virando o corpo até descrever um círculo completo, procurando a origem do ruído pelos múltiplos corredores mal-iluminados.

– Seja lá o que for, não me pareceu muito feliz. – Arabessa se agachou ao lado de Larkyra, segurando a mão dela para que não se mexesse mais. – Silêncio, Lark. Acho que a hora de brincar acabou.

Larkyra voltou os olhos azuis e arregalados para as irmãs. A maioria das crianças de sua idade já falava. Mas, após gritar em seu nascimento – coisa que transformou a vida das três –, a garota não emitia mais do que um ruído ou outro, em raras ocasiões. As meninas acabaram se acostumando com o silêncio da caçula, sabendo que ela, apesar de ainda não ser capaz de dizer nada, entendia muita coisa.

Mais um urro ecoou, seguido pelas pancadas tortuosas de uma dúzia de passos pesados, vindo de encontro a elas. Uma criatura surgiu em meio às sombras de um corredor, à esquerda das meninas.

Como se fossem uma só pessoa, as irmãs soltaram um suspiro de assombro.

O monstro era tão grande que sua pelagem emaranhada arranhava as paredes de pedra, forçando-o a abaixar a cabeça enquanto se aproximava. A melhor comparação seria com um cão gigante e sujo de terra, só que esse tinha tantos olhos quanto uma aranha e muito mais pernas do que um cachorro. Tais patas grossas e cabeludas curvavam-se para a frente e terminavam em tentáculos, como os de um polvo. Essa combinação fazia seus movimentos parecerem frenéticos, um sacudir de pés e pernas ávidos, e a cada passo seus receptores sensoriais se prendiam, por meio de sucção, à superfície do corredor, catalogando os cheiros e sabores do que encontravam pelo caminho. E quando *havia* algo no caminho do monstro, era logo removido com um estalo antes de ser atirado nos dentes afiados como lâminas e engolido.

O *skylos lak* era apenas um dos muitos guardas nefastos da prisão. Ele se ajoelhava diante de um único amo – que estava, no momento, sentado em um trono, em uma parte diferente e distante do palácio.

Devemos interceder?, perguntou o irmão.

Os Achak agora estavam parados a poucos passos das meninas. O corpo delas era uma nuvem de fumaça pairando entre a parede de pedra e o corredor.

Ainda não, respondeu a irmã. O irmão ficou se mexendo, inquieto, dominando a forma dos dois por um instante. *Mas pode ser que não haja um "depois" ao qual esse "ainda" possa ser aplicado*, assinalou.

Sempre há um "depois".

Para nós, talvez, mas para aqueles iguais a ela...

Justo nesse instante, a criatura deu indícios de ter sentido a presença das três pequenas intrusas, porque emitiu um som entre um urro e um murmúrio de deleite e correu mais rápido, batendo os tentáculos em um borrão de movimentos.

– É apavorante – declarou Niya, e Arabessa puxou Larkyra, fazendo-a ficar em pé.

– Sim, e parece bravo. Rápido, pegue a chave que abre o portal.

– Acho que não vai funcionar aqui embaixo – disse Niya, com os olhos grudados na criatura que se aproximava.

– Pauzinhos. – Arabessa deu a meia-volta. – Por aqui!

As irmãs correram pelo corredor afora, os Achak seguindo-as nas sombras enquanto os ocupantes das celas gemiam e gritavam, implorando para que a própria morte fosse rápida.

As crianças corriam para salvar a própria pele, mas o *skylos lak* era muitas vezes maior e mais rápido do que elas e logo ficou no encalço das três. A sensação de fatalidade iminente deve ter tocado as meninas, porque uma trilha alaranjada começou a emanar dos contornos apressados de Niya, lançando um aroma metálico ao ar.

Magia, pensaram os Achak.

– Ara! – gritou Niya, arriscando olhar para trás quando um pingo de algo viscoso caiu do tentáculo do monstro e bateu em suas pernas.

– Eu sei! Eu sei! – Arabessa puxou Larkyra para a frente. A bebê olhou para trás, vendo por completo o que as perseguia, mas não chorou nem gritou. Apenas observou, com um olhar curioso, o monstro no encalço delas. – Pauzinhos! – xingou Arabessa mais uma vez, parando de supetão diante de uma grande parede de ônix: um beco sem saída. – Achei que tínhamos vindo por aqui.

– Deve ter mudado de lugar – disse Niya, girando o corpo. – E os nossos poderes?

– Sim, sim! Rápido! – gritou Arabessa, e então começou a bater nas paredes. O ruído fez ecoar ondas roxas de magia, que saíam faiscando de seus punhos cerrados.

– Não consigo fazer minhas chamas funcionarem! – urrou Niya, sacudindo as mãos em círculos frenéticos, enquanto a criatura se aproximava, aos tropeções.

Elas ainda precisam aprender muita coisa, pensou a irmã.

Verdade, concordou o irmão. *Mas precisam continuar vivas para terem tais lições. Você diria que ainda é "ainda"?*

Sim, respondeu a irmã.

Mas os Achak mal tinham avançado um centímetro com os pés quando um som estridente atravessou o túnel.

Larkyra havia se desvencilhado das irmãs e estava parada entre as duas meninas e a criatura, entoando uma única nota estilhaçante. O som que saía de sua boca ia diretamente para o monstro, que se aproximava.

Niya e Arabessa se agacharam juntas e taparam os ouvidos, enquanto ramificações amareladas de magia, cor de mel, saíam flutuando dos lábios minúsculos de Larkyra e batiam no guarda. O *skylos lak* soltou um uivo agonizante e tentou se afastar, de costas, batendo as laterais do corpo com força contra as paredes ásperas.

Dava gosto de ver a bebê: uma coisinha tão minúscula, inocente, de camisola branca, parada em pé naquele corredor escuro, obrigando o imenso monstro a ir para trás. Larkyra não dava a impressão de duvidar nem um pouco das próprias habilidades enquanto aquela nota continuava saindo de seus lábios, cada vez mais aguda, até que mesmo os poderosos Achak também tiveram que tapar os ouvidos.

O som era simples, mas continha um livro inteiro de significado. Era tingido de desespero, luto e raiva. Sua essência era uma energia aguda, incontida e poderosa. Os Achak mal podiam imaginar a dor que uma pessoa sentiria caso esse som fosse dirigido apenas a ela.

Mas a dúvida não durou muito tempo porque, no instante seguinte, o corredor foi tomado por um calor de fazer suar, o corredor tremeu e a criatura deu seu último urro; a magia quente e amarelada de Larkyra a cozinhou de dentro para fora. O *skylos lak* explodiu com um som nauseante, cobrindo as paredes e o chão de sangue e vísceras escuros. Um tentáculo amputado caiu no chão com um PLOP, bem na frente de Niya e Arabessa. As meninas deram um pulo para trás, olharam para o tentáculo e depois para a irmã caçula.

Larkyra cerrara os punhos minúsculos nas laterais do corpo. Estava com a respiração rápida e pesada, fitando o espaço vazio que, há poucos instantes, o *skylos lak* ocupava.

– Larkyra? – chamou Arabessa, ficando de pé com cuidado. – Isso foi...

– Incrível! – Niya pulou por cima do tentáculo e foi abraçar a irmã. – Ah, eu simplesmente *sabia* que havia magia em você. Vivo falando para Ara que tinha que haver magia em você, não é, Ara?

– Você se machucou, Lark? – perguntou Arabessa, ignorando Niya.

– Não – foi a resposta melodiosa.

Arabessa e Niya piscaram ao mesmo tempo.

– Por acaso você acabou de falar? – Niya virou a caçula de frente para si.

– Sim – respondeu Larkyra.

– Ah! – Niya deu mais um abraço na irmã. – Que maravilha!

– Sim, uma maravilha... – disse Arabessa, olhando para um pedaço de intestino que caiu da parede e atingiu o chão. – Por que não encontramos o caminho de casa e comemoramos?

Enquanto discutiam qual era a melhor maneira de chegar ao destino – Larkyra participando com respostas monossilábicas, para o contínuo deleite das irmãs –, elas não repararam, mais uma vez, na sutil mudança de energia perto da parede do outro lado, onde os Achak haviam se tornado invisíveis.

Crianças não deveriam vir aqui, uma voz grave, carregada de mil outras, tomou conta dos pensamentos dos antiquíssimos.

Sabemos disso, meu rei.

Tire-as daqui! A ordem do Rei Ladrão não deixava espaço para mal-entendidos, principalmente quando a escuridão começou a obscurecer a visão dos Achak, em uma censura sufocante. A alma dos gêmeos estremeceu.

Sim, meu rei.

Ele mal passava de um grão de aparição, já que continuava sentado em seu trono, mas os Achak podiam sentir a mudança na energia do rei, que ficou observando as meninas, demorando-se especialmente na mais nova das três.

O dom dela completa o trio, sugeriram os Achak.

O poder do rei reagiu agitando-se.

Vamos torcer para que algo de bom surja disso.

Em seguida, com o mesmo silêncio e a mesma rapidez com que sua presença tomara conta dos pensamentos dos Achak, o rei sumiu, fazendo a visão dos gêmeos voltar a ficar nítida em um estalar de dedos.

Os Achak respiraram fundo.

Devo?, perguntou o irmão.

Deixe comigo, respondeu a irmã, obrigando-se a solidificar a forma de ambos quando enfim se afastaram da parede. Os Achak agora estavam de pé, descalços, usando uma túnica de veludo roxo-escuro, a cabeça raspada, com delicados braceletes de prata que serpenteavam pelo braço feminino.

– Quem é você? – perguntou Niya, a primeira a avistá-los.

– Somos Achak e estamos aqui para levá-las para casa.

– *Somos?* – perguntou Arabessa.

– Somos – responderam os Achak.

O irmão foi logo tomando forma, revelando uma barba espessa e expandido as joias e a túnica da irmã para comportarem seus braços musculosos.

As meninas piscaram.

– Vocês são uma coisa só ou duas diferentes? – indagou Arabessa, após um instante.

– Ambos.

Arabessa ficou em silêncio, pensando nisso, antes de perguntar:

– Vocês eram prisioneiros aqui e escaparam?

– Por acaso minha resposta fará você confiar mais em nós?

– Não.

– Então não faça perguntas inúteis.

– Ah, eu gosto deles – comentou Niya.

– *Shhh.* – Arabessa olhou feio para a irmã. – Estou tentando decidir se eles são piores do que aquela coisa que acabou de nos perseguir.

– Ah, minhas queridas, somos *muito* piores.

Niya deu um sorriso.

– Agora, gosto *mesmo* deles.

Larkyra soltou a mão de Niya.

– Cuidado – advertiu Arabessa ao ver a bebê se aproximar dos Achak, parando aos pés dos gêmeos.

Larkyra não dava a impressão de estar preocupada com possíveis ameaças: seus olhos azuis estavam hipnotizados pela túnica cintilante dos Achak.

– Bonito – disse ela, passando a mãozinha minúscula no tecido refinado.

Os Achak arquearam a sobrancelha, impressionados.

– Você tem bom gosto, pequenina.

– Meu? – Larkyra puxou o tecido.

Os Achak surpreenderam a todas caindo na risada, o som tão grave quanto leve.

– Se for sábia em suas decisões, minha querida – os gêmeos se abaixaram para pegar a criança no colo –, um dia poderá ter muitas coisas bonitas, iguaizinhas a essa.

– Eu também? – quis saber Niya, dando um passo à frente. – Gosto de coisas bonitas.

– Eu também gosto – concordou Arabessa.

Os Achak encararam aquelas meninas tão diferentes entre si, mas iguais de um jeito único. Eram um trio improvável: uma diferença de dois anos as separava, mas todas haviam nascido no mesmo dia. Os Achak começaram a se perguntar se tal peculiaridade tinha algo a ver com os dons delas, como um fio que as amarrava. Porque os poderes das meninas prometiam grandeza, mas de devastação ou de salvação? A pergunta permaneceu sem resposta.

Elas trarão problemas, pensou a irmã, dirigindo-se ao irmão.

Graças aos deuses perdidos, respondeu ele.

– A maioria das coisas desse mundo podem ser obtidas, meus doces – disseram os Achak, virando-se para encostar a mão na parede de ônix atrás deles, com Larkyra empoleirada em sua cintura. – E as que não podem... só precisam ser encontradas através de uma porta, que as levará até outra. – Enquanto o irmão falava, um grande círculo brilhante foi talhado na pedra escura. Ardeu em chamas, com uma luz branca e cegante, até que o gêmeo ergueu a mão e outro túnel se revelou. Havia uma nesga de luz no final. – Agora, que tal acompanharmos vocês até em casa?

As meninas fizeram que sim ao mesmo tempo, encantadas com os truques dos novos amigos. Com um sorriso contido, os Achak mostraram o caminho para elas, passando pelos gemidos abafados dos prisioneiros e deixando para trás as lembranças de sangue, vísceras e coisas terríveis. No lugar, preencheram os pensamentos das meninas com histórias que cintilavam de aventuras e prometiam sonhos sombrios e deliciosos. Contaram uma lenda da própria fortuna das irmãs, que começava no instante em que a mais nova das meninas abria a boca para cantar.

Em algum momento,
muito tempo depois.

CAPÍTULO UM

Larkyra sabia que a lâmina estava cega antes mesmo de tentar cortar o dedo com ela. Um grito disparou, feito flecha, e foi subindo pela garganta, até que ela o sufocou com a força do desmoronar de um rochedo. A magia da garota lutava contra seu controle silencioso feito uma criança petulante, arranhando e chutando suas veias.

Fique quieta!, berrou Larkyra, em pensamento, e cerrou os dentes enquanto o dedo cantava uma dor excruciante e ondas de calor entravam em erupção por seu braço.

A lâmina deu mais um golpe. Dessa vez, com uma pancada decidida, ela atravessou o osso e se alojou no tampo de madeira. A boca de Larkyra se encheu de bile, mas essa foi mais uma coisa que ela obrigou a voltar para o lugar de onde tinha vindo.

Através de uma névoa de lágrimas e xingamentos, a garota fitou a ponta do dedo anular esquerdo, que agora fora amputada de sua mão. A fraca luz de velas iluminou o toco ensanguentado, cortado na segunda falange.

— Cê é corajosa, com certeza – disse o dono da loja de penhores, tirando o anel de esmeralda do dedo que restara. – Burra, mas corajosa. A maioria *taria* aos prantos a uma hora dessas.

Os capangas do homem soltaram os ombros de Larkyra; eles estavam lá para obrigá-la a ficar parada. Quando a garota aninhou a pata ferida junto ao peito e um líquido carmim e quente empapou sua camisa, ela manteve o corpo rígido, com um autocontrole intangível. Não ousou dizer nada, pois receava que, se dissesse, o sangue não seria a única coisa que iria decorar aquele recinto.

Sua magia estava enfurecida, clamando por vingança. A garota a sentiu ansiando eclodir, com a impaciência de uma chaleira fervente.

Queria cantar em seus lábios, derramar-se e saturar tudo que havia pela frente. *Dor por dor*, exigia.

Mas Larkyra não iria permitir que a magia saísse, porque não confiava em seu autocontrole naquele exato momento. Já havia ferido coisas demais na vida com os sons que emitia.

Além do mais, aquele sofrimento fora completamente provocado por ela. Ninguém a obrigou a roubar o anel. Na verdade, a lição que aprendera naquele dia foi a de empenhá-lo em algum lugar mais distante da próxima vez. A cidade baixa de Jabari compunha uma rede de comércio restrita, e Larkyra deveria saber que era melhor não fazer negócios tão perto da cena do crime. Mas como adivinharia que a última pessoa a usar fora anel justamente a esposa do dono da loja de penhores?

Ainda assim, sofreria sozinha as consequências de seu erro. Porque a culpa era toda dela. Por certo, o dono daquele recinto não fazia ideia do tipo de criatura que havia aleijado, dos poderes terríveis que ela poderia libertar dentro daquela loja com um simples sussurro saído de seus lábios. Aqueles homens eram almas sem predicados, afinal de contas, e não eram capazes de sentir a magia que se assomava dentro de Larkyra.

– Agora, fora já daqui – rosnou o dono da loja de penhores, limpando uma mancha do sangue de Larkyra do guarda-pó. – E que isso sirva pra te *lembrá* do porquê não se sai roubando de gente como eu e minha esposa. – Ele sacudiu o anel da mulher na cara de Larkyra. A pedra verde piscou, debochada, à luz de velas.

Então, talvez, você devesse alertar a sua esposa para não sair por aí exibindo esse anel de forma tão ostensiva na cidade baixa, pensou Larkyra, levantando-se, taciturna, e recolhendo o que sobrara de sua dignidade. Coisa que foi um tanto difícil de fazer, pois os capangas a viraram de um jeito bruto e a atiraram porta afora. Larkyra caiu na rua molhada, a mão machucada doendo com o impacto.

O fim de tarde havia se transformado em noite, e as pessoas, em vez de ajudá-la a se levantar, desviaram e foram para casa, apressadas, antes que os diversos estabelecimentos – algo do qual é preciso aprender a gostar – abrissem suas portas.

A garota soltou um suspiro profundo quando se reergueu. Queria, mais do que tudo, berrar aos quatro ventos. Ceder às súplicas da magia. Mas não o fez.

Não podia fazê-lo.

E não apenas porque estava em pleno *Lierenfast* – o tempo de ficar sem sua magia –, mas também porque não podia correr, mais uma vez, o risco de ferir pessoas inocentes. Foram necessários anos de treinamento para a voz dela se expandir além de meras notas mágicas de tristeza e dor, para ser controlada além da destruição pura e simples, combinada para formar encantamentos complexos. Mas, quando Larkyra estava com as emoções à flor da pele, como agora, era muito mais difícil controlar o ímpeto do próprio poder.

Pelos deuses perdidos, pensou Larkyra, frustrada, andando pelo labirinto da cidade baixa com a mão junto ao peito. *Ah, se ao menos eu pudesse ter a liberdade de sentir!* E de rir e gritar, berrar e xingar, sem medo de que a magia se infiltrasse em suas palavras.

Os olhos da garota ardiam, ameaçando mais lágrimas. Logo mais não seria capaz de segurá-las. Precisava encontrar um lugar onde pudesse ficar sozinha. Sendo assim, deixou o Mercado da Madrugada para trás e só parou ao chegar no Beco do Aperto.

O cheiro de suor e mijo misturado ao de pequenas fogueiras acesas inundava o nariz de Larkyra conforme ela se desviava das barracas espremidas, que mais pareciam fortalezas infantis improvisadas. Ali, as pessoas não eram apenas miseráveis: elas queriam ser esquecidas. Apegavam-se às sombras como a garota se apegava à própria mão, agora deformada.

Pare de olhar, diziam todas elas.

– Pombinha – crocitou uma mulher que mais parecia uma pilha de trapos com olhos azuis. – Cê tá pingando mais que barril de vinho em aniversário de membro do Conselho. Vem cá, deixa eu cuidar disso.

Larkyra fez que não, disposta a continuar andando, até que a mulher completou:

– Cê pode perder a coisa toda se não cuidar pra não ter infecção.

Larkyra ficou em dúvida.

Sozinha, pensou. *Preciso ficar sozinha.*

– Vai demorá só uns grãozinhos de areia, só isso – insistiu a pilha de trapos. – Agora vem cá. Isso mesmo. Segura perto do fogo pra eu conseguir *enxergá* o que *tá* te fazendo sofrer.

Não é só a minha mão que está me fazendo sofrer, pensou a garota, quando a mulher examinou seu dedo.

– Vai arder, sem dúvida, mas a gente tem que *estancá* o sangramento. – A mulher tirou um pedaço de metal achatado nas brasas da fogueira. Larkyra engoliu o grito quando o metal encostou no dedo decepado. O cheiro da própria carne queimada invadiu seu nariz, e uma onda de tontura embaçou o ambiente por alguns instantes. – Prontinho. A pior parte já foi, pombinha, e *cê* encarou melhor que a maioria do povo daqui.

Porque já aguentei coisa muito pior, pensou Larkyra, o cansaço curvando seus ombros.

Aquele não havia sido um bom dia.

– Tomara que tenha valido a pena – censurou a velha, preparando-se para trabalhar. – Sei que o meu valeu. – Dentes amarelos sorriram para Larkyra, e a mulher lhe mostrou o mindinho que faltava. Era uma ferida antiga. Talvez tão antiga quanto à velha. – Foi a maior pérola que vi na vida – recordou-se ela. – E também era a pedra do meu signo. – Então estendeu a mão, como se ainda fosse capaz de ver a tal pedra no dedo.

Larkyra deu um sorriso fraco.

– Era um anel muito bonito mesmo – prosseguiu a mulher. – Mas acho que minhas mãos também eram. Coisas bonitas nunca duram para sempre. É bom não se esquecer disso, pombinha.

A garota assentiu, sentindo um pingo de calma se instalar em seus músculos tensos enquanto ouvia a mulher, que havia limpado sua mão e agora fazia um curativo. Ou fez o melhor que pôde, com água da chuva e trapos cortados das roupas do corpo.

– Pronto, novinho em folha – disse a velha, e Larkyra ergueu o dedo enfaixado.

Apesar da emoção, a garota se obrigou a imbuir sua ação seguinte de cada gota de autocontrole e elegância que possuía. Obrigou-se a engolir as frustrações recentes e a lembrar-se de tudo o que haviam lhe ensinado para controlar seus dons. *Fique quieta*, ordenou, para a própria magia, enquanto inspirava e expirava. Fez tudo isso para conseguir dizer duas palavras:

– Muito obrigada.

A velha acenou com a cabeça e se recostou, encolhendo-se em sua pilha de trapos. Quando fechou os olhos, parecia nem estar mais lá.

Larkyra se dirigiu até a área mais sombria do Beco do Aperto. Onde os poços de sombra, que até então eram entrecortados por nesgas de luz das fogueiras, se transformavam em formas compactas. A lua crescente no céu, fraca, era a única a iluminar os corpos agachados, que resmungavam pensamentos apoiados nos muros.

Foi ali que Larkyra encontrou um beco deserto; nem mesmo a luz do luar tinha coragem de se infiltrar na parte dos fundos, cheia de lixo molhado. Ela deslizou até o chão, a pedra fria em suas costas era um alívio, e encolheu-se, protegendo a mão ferida.

Estava enfim sozinha.

E, sabendo disso, permitiu-se soltar o menor dos ruídos.

Um ruído que se transformou em soluçar.

Ramificações de magia amareladas derramaram, descontroladas, do rosto da garota, que chorava de soluçar. Não pelo dedo que perdera, contudo. Ainda tinha mais nove, e sabia que havia almas em situação muito pior do que a dela.

Não, Larkyra chorou por todas as vezes que não pôde derramar suas lágrimas. Por todos os momentos, e eram tantos, em que teve de ficar em silêncio, calada, controlada e feliz, quando, na verdade, estava triste. Chorou pelos dezenove anos em que tentou ser uma boa pessoa. Ou, na verdade, uma pessoa melhor do que era. Larkyra chorou porque era menos perigoso do que gritar.

E foi só quando o sono se apoderou dela que a garota parou.

Pela manhã, Larkyra encontraria os ratos, as únicas criaturas nas quais não pensou quando entrou sozinha naquele beco. Todos com as entranhas à mostra, como se os rios que ela havia derramado fossem lâminas, e não lágrimas.

***

Três dias depois, quando deu por si, seu humor definitivamente havia melhorado. Não que Larkyra fosse de ficar apegada à melancolia por muito tempo. Mas aquele era um dia especial. Porque, depois de passar um mês vivendo daquela maneira, o *Lierenfast* chegara ao fim! Ou chegaria, assim que ela voltasse para casa.

Além do mais, era seu aniversário.

Com uma melodia silenciosa na cabeça, Larkyra saiu da cidade baixa e se dirigiu aos círculos mais afastados de Jabari. Enquanto caminhava pelas ruas estreitas e lotadas, suor escorria por seu pescoço e o ar úmido pressionava seu corpo. O verão era sempre intolerável naquela cidade, mas para Larkyra parecia especialmente intolerável ali, onde o sol ficava a pino logo cedo, cozinhando as ruas de pedra avermelhada onde a brisa mal se dignava a entrar.

Quando virou a esquina, o aroma adocicado dos carrinhos que vendiam quadradinhos de arroz tomou conta do ar, assim como os murmúrios graves e a tosse rouca dos residentes, que moravam espremidos, numa intimidade forçada. Larkyra passara a conhecer bem essa parte da cidade, como era de se esperar. E, apesar das dificuldades que encontrou pelo caminho, deu-se conta de que sentiria saudade. A cidade baixa a fazia se lembrar de áreas de outra cidade, muito longe dali, a qual chamava de lar.

Coçando delicadamente o curativo no dedo, a dor latejante uma companhia contínua, Larkyra mudou de posição em suas roupas gastas.

O que começara como um traje simples, mas imaculado, formado por túnica e calça, murchara até virar uma confusão de fiapos manchados, agarrados a fiapos ainda mais finos, em uma tentativa desesperada de manter seu recato incólume. Não que houvesse muita coisa para ficar olhando. Larkyra sempre fora magricela em comparação às duas irmãs. "O passarinho frágil que nem toda minhoca do mundo seria capaz de engordar", como Niya gostava de dizer.

Pensar na irmã mais velha e ruiva trouxe um sorriso largo aos lábios da garota. O primeiro desde que perdera o dedo.

Ah, mal posso esperar para chegar em casa, pensou, alegre, apertando o passo.

Seguiu assim até que uma gosma quente e úmida se espremeu entre seus dedos dos pés. Ela olhou para baixo e viu que havia pisado em um monte de esterco de cavalo.

Por um instante, ficou só parada ali, olhando para as próprias sandálias, que já estavam nas últimas e agora, ainda por cima, cobertas de estrume.

Em seguida, caiu na risada.

Como a magia era uma fera adormecida na barriga de Larkyra, o som ficou livre para flutuar ao vento, inofensivo, um revoar de beija-flores. Não foram poucos os transeuntes que olharam para ela como se sua cabeça tivesse levantado voo também.

Mas nada iria impedir a felicidade de Larkyra naquele dia.

– Vou para casa – ela disse a ninguém, dando uma dançadinha naquele monte mole. *PLOSH. PLOSH.* – E, quando eu chegar, vou direto para o quarto de Niya, deitar na cama dela, *por baixo* das cobertas. Ou, melhor ainda: virada de cabeça para baixo, com os pés no travesseiro dela. – Mais uma risada cintilante explodiu em Larkyra com essa ideia, e a garota seguiu em frente.

Os pensamentos borbulhavam, tamanha sua alegria. Esqueceu-se por um momento da própria aparência, do próprio cheiro e do fato de que uma das mãos tinha quatro dedos e não cinco.

Ela ia para casa!

Ao atravessar uma pequena ponte que levava ao último círculo da cidade baixa, uma confusão obrigou Larkyra a olhar de relance para um beco transversal. Um grupo de pessoas de aparência bem semelhante à dela cercava um homem cuja aparência não era nem um pouco semelhante à de nenhuma delas. As roupas bem cortadas reluziam, indicando um padrão mais alto de vida, e as botas haviam sido engraxadas até brilhar, brilho esse que combinava com a espada que ele tinha na mão.

Apesar de armado, ficou claro que ele estava em desvantagem, e as facas rudimentares e as bolas de ferro com pontas afiadas que seus oponentes seguravam só pioravam a situação.

Como o esperado, as pessoas na cidade baixa aprendiam a não dar importância a rusgas como aquela. Não são apenas os fortes que sobrevivem, mas também os que não metem o bedelho nos problemas dos outros. Mas Larkyra não era nada "como o esperado", e a pontada de empatia que sentiu no peito ao ver uma pessoa encurralada a atraiu até o beco.

– Não quero brigar – disse o homem, as palavras bem pronunciadas revelando boa educação e berço.

– Então não briga. – Um dos locais, cujos ombros tinham a largura de dois homens, sorriu. – Entrega o que tem aí nessa bolsinha...

– E a espada – disse outro.

– E essa capa bonita – disse um terceiro.

– As *bota* – concluiu o último. – Eu quero essas *bota brilhante*.

– Aí a gente te deixa em paz – terminou o primeiro.

– Por que parar por aí? – desafiou o homem. – Por que não pegam todas as minhas roupas?

– Nããão, aí já seria pura ganância.

O homem arqueou a sobrancelha, em uma expressão de choque.

– Bom saber que vocês não são desprovidos de todo o bom senso.

Um dos locais, o mais corpulento, chegou tão perto com a faca que chegava a ser ameaçador.

– Acho que ele *tá* rindo da gente, cavalheiros.

– Se ele não estiver – interveio Larkyra, sem se afastar do muro onde estava encostada, observando –, eu certamente estou.

– Quem é você? – berrou o líder, e os demais integrantes do bando olharam para ela.

– Estou aqui para mandar vocês deixarem esse pobre homem em paz.

O grandalhão caiu na risada.

– Ele não é pobre coisa nenhuma, Cabo de Vassoura. Agora cai fora que a gente promete não te machucar depois.

– Não posso fazer isso – declarou Larkyra, a magia começando a estremecer dentro da barriga.

– E por quê?

– Porque hoje é meu aniversário, sabe, e eu gostaria muito de poder passar esse dia sem ver ninguém sendo roubado... ou assassinado – completou, só por garantia.

– Então vai passar teu dia na cama, Cabo de Vassoura, ou arranca esses olhos azuis *bonito*, porque aqui não cai um grão de areia sem acontecer um monte de coisa.

– Sim – concordou Larkyra. – Mesmo assim, eu gostaria de tentar. Agora, como eu disse, vocês deveriam ir embora.

Mais risadinhas debochadas vindas do grupo.

– Por favor, senhorita – disse o homem encurralado. – Tenho essa situação sob controle.

– Por quanto tempo mais? – desafiou Larkyra.

Ele pareceu ponderar, medindo seus oponentes. Que soltaram uma risadinha debochada e brandiram as armas.

Larkyra não estava com disposição para brigar, mas também não queria apenas dar as costas e ir embora. Não naquele momento. Só que, nas atuais circunstâncias, com apenas uma mão boa...

É nosso, murmurou a magia. *Deixe que façamos isso por você.*

Ela acariciou internamente os próprios poderes, que andavam de um lado para o outro, inquietos, em seus pulmões. Uma domadora acalmando tigres famintos.

Calma, orientou ela.

Larkyra já havia sentido que aquele grupo não tinha os dons dos deuses perdidos – um achado comum em Jabari e o motivo pelo qual ela resolveu intervir. Queria ajudar, mas rápido e sem chamar a atenção. E, apesar de não ter a intenção de usar sua magia, de provavelmente estar sem ela naquele dia, o último do *Lierenfast*, concluiu que um pouquinho de mágica não faria mal a ninguém. Pelo menos não da forma como estava agora: calma, sossegada e controlada.

Quando a garota se decidiu, os poderes fizeram cócegas em sua garganta, e ela ordenou:

– JÁ!

Uma explosão amarela socou os bandidos na cara, interrompendo sua última risada.

A garota se aproximou e disse, ameaçadora:

– Tomem seu rumo, senão terão que pagar, e não será apenas com sangue.

Se algum dos transeuntes possuísse a Vidência, assim como todos que detivessem algum dom dos deuses perdidos, teria visto uma névoa quente e cor de mel se derramando das palavras de Larkyra e formando uma nuvem na cabeça das vítimas. Mas ninguém ali tinha tais dons e, sendo assim, ninguém viu nada.

Com os olhos vidrados, os homens piscaram e, um por um, deram as costas e foram embora.

O beco ficou em silêncio enquanto a magia da garota retrocedia.

– Bem – disse uma voz grave atrás dela –, isso foi um tanto... estranho. Mas agradeço a você.

Larkyra percebeu que o homem aristocrático embainhava a espada, mas manteve seu olhar curioso na garota. Agora que estava sozinha, ela também teve a oportunidade de dar uma boa olhada nele.

Instantaneamente, teve certeza de uma coisa: ele era lindo.

Irritante de tão lindo.

Seu cabelo acobreado-escuro vibrava sob uma réstia de luz que atravessava o beco, formando um belo contraste com a pele branca e as roupas escuras. Seus traços marcantes e bem definidos cintilavam juventude, mas os olhos verdes continham muros, uma desconfiança calculada. Larkyra imaginou se o rapaz sempre tinha aquele olhar ou se era pela ocasião, por causa do que estava vendo: mais uma menina de rua querendo suas coisas finas.

– Você foi tolo de vir aqui vestido desse jeito – comentou Larkyra.

O homem olhou para baixo.

– Sim, talvez devesse ter pensado melhor. Mas essas eram as roupas mais simples que eu tinha à mão.

– Você está brilhando feito uma moeda de cobre reluzente numa pilha de lixo – debochou a garota. – Qualquer um que passar vai querer pegá-lo.

– É isso que você está fazendo agora? Está me pegando?

Larkyra arqueou as sobrancelhas.

– Achei que tivesse ficado claro. Eu salvei sua vida.

– Sim – respondeu o homem, pensativo. – Foi impressionante. Como você conseguiu obrigar aqueles homens a lhe obedecer daquele jeito?

A garota engoliu uma pontada de irritação.

– Você está parado aqui, ainda com sua bolsinha de dinheiro, capa, espada e botas lustrosas. Que diferença faz como as coisas aconteceram? Agora, volte logo para o lugar de onde veio. Não sei se estaria inclinada a salvar sua vida outra vez no dia de hoje.

Larkyra começou a correr para a rua principal.

O homem veio atrás.

– É exatamente isso. Estava tentando voltar para o lugar de onde "vim", como você disse. Mas, sabe, parece que eu... bem...

– Está perdido.

– Sim.

Ela soltou um suspiro ao perceber os estranhos olhares que as pessoas ao redor dirigiam aos dois. Sem dúvida, supunham que ela era uma garota de vida fácil, parada ali, conversando com um homem de berço.

– Venha comigo – disse Larkyra.

– Aonde vamos?

– Você não é muito esperto, não é mesmo?

– Então você vai me levar de volta?

– Vou levá-lo para longe *daqui*. Seja lá onde for o seu "de volta", vai precisar encontrá-lo depois que chegarmos ao círculo do meio.

– Consigo fazer isso.

Assim espero, pensou Larkyra, enquanto eles viravam e tornavam a virar, percorrendo o labirinto que era a cidade baixa.

A garota não parava de olhar de relance para o homem ao lado dela. Até que era alto, notou ela, e magro, mas não raquítico. Dava para perceber que o forte dele era a velocidade e não a força bruta.

– Por que está aqui, aliás? – perguntou, depois de alguns instantes.

Olhos verdes se dirigiram a ela.

– Estou em Jabari para comparecer a um *Eumar Journée*.

Larkyra sabia que o homem tinha entendido que a pergunta era por que ele estava na cidade baixa, mas estava claro que ele não queria que ninguém soubesse, seja lá qual fosse o assunto que viera tratar ali. Como a garota gostava de um bom segredo, deixou passar.

– O *Eumar Jounée* é uma festa de aniversário para uma garota que se tornou maior de idade – explicou o homem, enquanto caminhavam por uma ponte lotada de gente. – Que fez 19 anos e…

– Eu sei o que é um *Eumar Journée* – interrompeu Larkyra. – De que família?

– Tenho certeza de que você não conhece.

– E por que tem certeza disso?

– Bem, eu… Quer dizer…

Larkyra segurou o riso ao ver o rosto dele corado. Apesar de estar se atrasando para chegar ao seu destino, ela concluiu que estava até gostando da companhia estranha daquele homem.

– É da família Bassette – admitiu ele, por fim.

– Ah! – exclamou Larkyra, sentindo um frio na barriga ao ouvir aquele sobrenome. – Uma família do Conselho. Será uma festa e tanto, com certeza.

– Sim – disse o homem, examinando-a. Em seguida, perguntou: – Você disse que hoje também é seu aniversário?

– Sim. – Larkyra sorriu.

– Feliz aniversário. Torço para que você passe seu dia como deseja.

– Assim que eu largar você, com certeza passarei.

Ele sorriu com a alfinetada e, por um instante, uma menina de rua e um cavalheiro caminharam lado a lado, em sintonia.

– Dói? – perguntou ele, dirigindo o olhar para o que Larkyra segurava perto do peito. – A sua mão?

A garota sentiu um calor nas bochechas ao se dar conta de que estava segurando o curativo sujo já há algum tempo. O que a fez lembrar-se de que estava inteiramente suja e, sem dúvida, fedia, dado o esterco em seu sapato.

Ela escondeu o ferimento na lateral do corpo.

– Já doeu muito, agora nem tanto.

– O que aconteceu?

– Resolvi que não gostava mais de alguns dedos e comi.

– Não precisa mentir – disse o homem.

– Como sabe que eu menti? – replicou Larkyra.

– Por que eu e a mentira somos velhos conhecidos.

A garota o encarou e viu uma faísca de frustração passar pelos olhos dele. Não por causa dela, mas daquilo de que estava falando.

– Chegamos – disse ela, desconversando. – Consegue encontrar seu destino daqui?

O homem olhou para os arredores. Estavam parados no meio do mercado do círculo. O barulho dos feirantes berrando preços para os transeuntes misturou-se ao aroma salgado de comida de rua sendo grelhada a céu aberto.

– Sim – respondeu o homem. – Daqui consigo me virar sozinho.

– Que bom. – Larkyra balançou a cabeça.

– Mais uma vez, muito obrigado – disse ele, estendendo a mão enluvada. – Tenho a impressão de que lhe devo muito por hoje

Larkyra olhou para a mão estendida, observando a limpeza do couro em comparação à própria pele, que tinha manchas de sujeira. Apesar de ter salvado a vida daquele homem, ele estava sendo muito gentil com uma criatura como ela. Um verme das ruas. Uma zé-ninguém, comparada às pessoas do feitio dele.

Com timidez, ela colocou a mão boa em cima da mão do homem. Que a apertou, quente e firme.

– Aliás, meu nome é Darius. Darius Mekenna de Lachlan.

– Foi interessante conhecê-lo, Darius Mekenna de Lachlan – declarou Larkyra, antes de lhe dar as costas.

– Espere!

Ela olhou para ele sem se virar para trás.

– Eu poderia pagar parte do que lhe devo agora – sugeriu Darius. – Está com fome?

Em parte, Larkyra queria muito dizer que sim, porque, na verdade, estava. Além disso, estava ficando muito curiosa para descobrir mais a respeito daquele homem cujo sorriso trazia uma leveza ao seu peito. Mas, infelizmente...

– Receio que não – respondeu. – Você terá que me pagar outra hora.

Darius franziu o cenho.

– Mas e se nunca mais nos encontrarmos?

Depois dessa, Larkyra sorriu.

– Os deuses perdidos escrevem certo por linhas surpreendentes – começou a dizer. – Quem sabe? Talvez nos encontremos.

Em seguida, a garota se foi, correndo em direção à confusão que havia diante dela, fazendo questão de não olhar para trás.

Não demorou para se encontrar na parte mais rica da cidade, o círculo central, onde sua aparência chamava atenção feito um corte inflamado em uma pele de ébano. Apesar de Jabari como um todo ter seus bolsões de beleza, ali, no ponto mais alto, as construções literalmente brilhavam de ouro, marfim e prata.

Quando se deu conta, Larkyra estava admirando sua cidade natal. Tão alto quanto extenso, tão profundo quanto estreito, o epicentro de Jabari avançava para cima, partindo da costa e subindo pelo cume de uma montanha, a arquitetura ricamente espichada procurando pelos deuses perdidos nas nuvens. O coração da garota se aqueceu quando parou para admirar o mar de edifícios que se esparramava lá embaixo.

Apesar de os deuses perdidos terem abandonado Aadilor há muitas gerações, o rastro de sua magia ainda pairava em bolsões, em ilhas distantes e em cidades tomadas pela selva. Jabari era considerada um lugar sem os dons mágicos dos deuses perdidos, mas nem por isso tinha menos esplendor.

E ainda havia as histórias de ninar: pais sussurrando baixinho, para os filhos de olhos arregalados, que uns poucos abençoados ainda podiam ser encontrados. Normalmente, escondendo-se à plena vista. *Como eu*, pensou Larkyra.

Ela se aproximou de uma mansão grandiosa que dominava o fim da rua e parou diante do portão. As grandes colunas espiraladas tinham vários metros de altura e ocupavam três quadras inteiras. As janelas emolduradas com primor se sobressaíam e, apesar de não dar para ver da rua,

Larkyra sabia que um salão imenso, com abóbada de vidro, atravessava a parte do meio da mansão. Flores exóticas, em tons de roxo, vermelho e azul, ladeavam um caminho de pedra que levava até a porta da frente.

Larkyra respirou fundo, saboreando aquela fragrância intensa. Sabia que a entrada de serviço ficava na lateral, um caminhozinho curto que poderia percorrer sem ser vista. Com um rápido assovio de seus lábios, o portão trancado se abriu. Quando entrou, a garota não virou à esquerda, para os fundos da construção, mas atravessou um véu invisível de magia, uma densidade no ar que acariciou sua pele e, ao lhe perceber conhecida, permitiu que passasse. Ela foi direto até a entrada da frente e parou diante de uma porta dourada com intricados relevos entalhados.

Quando puxou a cordinha e tocou a campainha, Larkyra examinou a história habilmente contada na superfície da porta: a lenda de três meninas e seus dons mágicos. As silhuetas eram em médio-relevo, como se estivessem presas entre dois mundos. Cada uma das meninas estava com um dos pés espichados em direção ao Sol, e o outro desaparecia atrás de uma superfície reta, em um além que não dava para ver. O olhar de Larkyra pairou mais para cima, na imagem de uma mulher mais velha, com vestes esvoaçantes. A dama elegante estava sentada, sorrindo, ao lado de um homem barbudo e corpulento que só tinha olhos para ela. A mulher olhava para baixo, para as filhas dos dois. Larkyra sentiu um nó na garganta ao fitar os olhos vazios da mulher, o sorriso tão parecido com o dela. Antes de virar o rosto, a pesada porta se abriu.

Um homem magrelo, com cara de papagaio e uniforme de mordomo encarou Larkyra. Não piscou ao notar sua aparência, não se encolheu nem deu indícios de ter ficado chocado ao dar de cara com uma menina de rua ferida, vinda de Jabari, batendo à sua porta.

Apenas baixou a cabeça, cumprimentando-a, e deu um passo para o lado.

— Lady Bassette, seja bem-vinda ao seu lar.

CAPÍTULO DOIS

Os pulmões de Larkyra estavam sendo esmagados. Ela supôs que espartilhos não tivessem sido projetados para propiciar conforto enquanto se corre. Mesmo assim, depois de ter passado boa parte do mês praticamente vestindo apenas um guarda-pó, a garota sentia-se um tanto confinada em suas roupas finamente cortadas.

Não que ela não pudesse se adaptar. Se existia uma coisa na qual os membros da família Bassette se destacavam era em se adaptar.

Outro grito ecoou pela ala sul, desta vez muito mais perto, e Larkyra segurou as saias. Encolhendo-se para aguentar a dor latejante do dedo ferido, ela não olhou para trás e correu ainda mais rápido.

Ofegante, fechou as portas enormes da sala das armas e se atirou contra elas, com as orelhas em pé, tentando ouvir o som alto de pés se aproximando.

– Ela vai nos procurar aqui uma hora ou outra – disse Arabessa, que estava parada do outro lado, perto do alvo tático. Ela arremessou duas facas, um borrão de movimento antes de acertarem o centro do alvo.

Por um instante, a magia de Larkyra nadou, ansiosa, na garganta da garota, até que foi engolida.

– Sim – disse ela, e suas saias azuis farfalharam quando se aproximou da irmã. – Mas, até lá, estou torcendo para que a caminhada a acalme.

– Pelo contrário, ter que se deslocar para se vingar só vai incitá-la ainda mais.

– Pauzinhos. – Larkyra dirigiu o olhar para a porta fechada. – Não tinha pensado nisso.

– Você nunca pensa, querida – disse Arabessa, pegando mais adagas, que Charlotte, a dama de companhia das duas, segurava para ela.

A sala das armas era grande, com o pé direito alto, e o cheiro amadeirado e metálico tomou conta dos pulmões de Larkyra. Eram tantas as lembranças de treinar até tarde naquele local, a dor dos músculos e o pingar do suor.

– Obrigada, Charlotte – disse Arabessa, prendendo as facas no cinto que marcava a cintura das saias. – Você pode fugir agora, antes que a tempestade chegue.

– Já sofri coisa pior vinda de vocês, meninas – disse Charlotte, com um sorriso amarelo.

A dama de companhia era uma senhora baixinha, com mãos de veias saltadas, mas Larkyra sabia que, apesar da aparência frágil, quando provocada, Charlotte era capaz de derrubar o mais corpulento dos homens – uma qualidade que o pai das meninas, sem dúvida, fez questão que ela tivesse antes de contratá-la para cuidar das filhas. Na verdade, toda a criadagem da família Bassette tinha uma ampla variedade de talentos que, de acordo com certas pessoas, iam muito além das obrigações normais de seus respectivos cargos. Todos haviam nascido com algum grau de dom dos deuses perdidos e tinham liberdade para empregar a própria magia naquela propriedade, o que fazia Larkyra sentir que a casa onde moravam era uma espécie de refúgio, um lugar onde ninguém precisava esconder o que realmente era – uma raridade em Jabari. Porque tornar pública a magia de alguém não raro significava uma vida de perseguição e deslocamentos, devido à suposta ameaça por se ter poder demais. Isso criou uma lealdade poderosa entre a criadagem e a família da garota.

Larkyra sentiu um calor no peito ao observar a mulher baixinha ao lado da irmã, porque, quando as garotas ainda eram bem novas, Charlotte lhes ensinou que ninguém é tão devotado ao outro quanto uma pessoa cujos segredos você guardou.

– Isso pode até ser verdade – disse Arabessa. – Mas, tendo em vista que Lark teve um mês para pensar na farsa que pôs em prática agora, é melhor que nós, irmãs, lidemos com isso por conta própria, do *nosso* jeito.

Larkyra apenas observava enquanto Arabessa girava uma faca de arremesso entre os dedos.

– Talvez você devesse ficar, Charlotte. Seria melhor ter uma testemunha.

A mulher apenas estalou a língua em sinal de resignação e, com um aceno de mão, endireitou uma adaga que estava torta na parede, do outro lado do cômodo, antes de bater em retirada.

– Você se limpou bem – disse Arabessa, aproximando-se de uma vitrine de espadas de esgrima bem finas. – Está mais magra, o que, é claro, já era esperado, mas também vejo que não voltou intacta.

O dedo ferido de Larkyra latejou mais forte, como se tivesse ficado tão ofendido com a alfinetada da irmã quanto ela.

– Nem todos podem ser perfeitos como você – retrucou Larkyra.

– Não mesmo – debochou Arabessa, enquanto escolhia duas espadas do suporte. – Mas que bom que consegue admitir. – Ela arremessou um dos floretes para Larkyra, que pegou o cabo no ar. – Segure na mão esquerda – instruiu.

Larkyra estreitou os olhos ao mudar a espada de mão. A sensação de ter de segurá-la era um tanto esquisita, mas cerrou os dentes para suportar a dor e dobrou o dedo parcialmente decepado, deixando-o à mostra. Como se dissesse: *Sim, ainda consigo segurar uma espada tão bem quanto você, tendo menos dedos do que você.*

– Minha roupa não está adequada para uma luta de espadas – explicou Larkyra.

– Supostamente, devemos treinar com todo tipo de roupa – declarou Arabessa, apontando para o próprio vestido roxo-escuro, de gola alta, suas tranças negras como nanquim bem presas em um coque enrolado e caprichado. – Agora, caso já tenha terminado com as desculpas...

Arabessa avançou de espada em riste em direção a Larkyra, com movimentos calculados e fluidos. Parecia que o ar segurava a partitura dela, guiando cada uma das próximas estocadas. Tal elegância nata era devida a seus dons de música, claro – a habilidade de Arabessa era tocar com maestria qualquer instrumento feito pelo homem ou por outras criaturas –, o que irritava Larkyra um pouquinho sempre que estavam juntas. Em comparação com a irmã, ela se sentia uma galinha deselegante e desengonçada.

Larkyra deu um passo para trás e se atrapalhou quando foi atacada pela irmã. Sua magia se revirou, frustrada, em suas entranhas, incitando a garota a apertar mais a espada, a usar o mindinho e o indicador para compensar a falta de firmeza antes de dar uma estocada para a frente.

Arabessa bloqueou o golpe, fingindo ir para a frente antes de ir para trás. Quando sua espada tilintou contra a de Larkyra, a vibração chegou até a palma da mão da caçula, que quase deixou a espada cair. A garota endireitou os ombros e insistiu, ordenando os demais dedos a se esforçarem mais. Eles giraram até descreverem um círculo. Larkyra respondeu a cada um dos avanços da irmã com os próprios golpes. Teria que aprender a se acostumar com algumas coisas agora, para compensar o dedo que faltava.

– Você realmente sabe como dar as boas-vindas para a irmã que volta ao lar – debochou Larkyra. – Também estava com saudade.

Arabessa esboçou um sorriso antes de dar um rápido golpe cruzado e, com um leve empurrãozinho, arrancar a espada da mão de Larkyra. A arma caiu no chão com um estrondo, ao lado das duas.

– Você não está tão mal quanto eu imaginava – comentou Arabessa.

– Obrigada, eu acho? – Larkyra massageou a pele sensível do dedo machucado por cima do curativo. A dor latejante agora era uma fera incontrolável.

– Você vai precisar treinar mais, claro – explicou Arabessa.

– Claro – respondeu Larkyra, seca.

– Agora venha aqui. – Arabessa abriu os braços e abraçou a irmã. – Seja bem-vinda ao lar, passarinho.

Apesar de ser a caçula, Larkyra tinha a mesma altura de Arabessa e, quando encostou o queixo no ombro da irmã, respirou fundo, sentindo o aroma de rosas e baunilha do perfume que era a marca registrada dela.

– E feliz aniversário – sussurrou Arabessa.

– Obrigada. – Larkyra deu um passo para trás, sorrindo. – E feliz data de nascimento para você também.

Arabessa sacudiu a mão, em um gesto despreocupado.

– Ah, 23 anos não chega a ser motivo de comemoração. Mas 19... – Ela estava radiante. – Mal posso acreditar que hoje é o seu *Eumar Journée*! Tenho a sensação de que foi ontem que completou 12 anos. A casa está um alvoroço há algumas semanas por causa dos preparativos da festa de hoje à noite.

Apesar de Larkyra e as irmãs fazerem aniversário no mesmo dia, fora determinado pelo pai que cada uma das filhas teria o próprio *Eumar Journée* para dar as boas-vindas à maioridade.

– Sim, o cozinheiro quase me atirou no chão quando fui à cozinha para provar algumas coisas do cardápio – comentou Larkyra. – Mas devo admitir que estou mais empolgada com as comemorações planejadas para depois da festa.

– Concordo. – Arabessa assentiu. – Mas chega de falar do que ainda não aconteceu. Conte-me tudo o que se passou, principalmente como conseguiu ganhar essa belezinha. – Ela levantou a mão machucada da irmã.

Larkyra contou rapidamente para Arabessa a história do anel de esmeralda e da esposa do dono da loja de penhores.

– Fico surpresa de ele não ter cortado a mão inteira – declarou Arabessa.

– Isso não condiz com o crime.

– As punições da cidade baixa quase nunca condizem.

– Verdade – concordou Larkyra. – Mas eu é que não vou voltar a procurar esse homem para dar a chance de ele se corrigir. Já me esforcei demais para não gritar até despedaçá-lo enquanto ele cortava meu dedo.

O olhar de Arabessa suavizou-se.

– Sim, tenho certeza. Mas não se esqueça de que, para dar valor ao que temos, para lembrar por que fazemos o que fazemos, precisamos vivenciar a alternativa. É importante praticar a contenção dos nossos dons, porque a maioria das pessoas não têm a nossa sorte.

Cada uma das irmãs de Larkyra, uma por vez, havia passado pelo *Lierenfast* um mês antes dos respectivos *Eumar Journées*. Era um teste pelo qual nenhuma outra família nobre passava nem sabia que a família Bassette adotava, mas eles tinham seus próprios motivos para tal – o que não era raro.

– Você está falando igualzinho ao pai – disse Larkyra, dando uma risada debochada.

– O que é o maior dos elogios – retrucou Arabessa. – E por falar em pai, você já conversou com ele?

Larkyra sentiu um frio na barriga.

– Não, ele ainda não me convocou.

– Convocará logo, logo.

Atrás das duas, a porta se escancarou.

A garota que adentrou no recinto mais parecia um pôr do sol com ondas arrebentando ao fundo, uma beleza incontrolável. E, apesar de ser mais baixa que as irmãs, o que lhe faltava em altura era compensado com curvas e com um balançar de quadris que fazia seu vestido, de um tom claro de pêssego, borbulhar feito chantili batido a cada passo. Gostasse ela ou não, seu humor era sempre decifrável por meio de seus movimentos, efeito de seu hipnótico dom da dança.

– Querida irmã – cumprimentou Niya, e seu tom de voz leve contradizia o olhar fulminante que deu ao parar diante das duas. – Que alegria vê-la de volta em casa. Tenha o mais feliz dos *Eumar Journées*.

– Obrigada, Niya. – Larkyra olhou para a irmã achando graça, mas disfarçou, mantendo a postura defensiva e desconfiada. – E feliz data de nascimento para você também.

– Sim, muito feliz. – Niya prendeu um cacho ruivo que havia se soltado. – Foi por isso que você machucou a mão? Para me dar de presente?

Larkyra teve dificuldade para manter a expressão de leveza, e a ponta fantasma de seu dedo perdido coçou, agitada.

– Ah, sim. Você gostou? – Ela mostrou o cotoco mais ostensivamente.

Niya deu de ombros.

– É bem pequeno.

Larkyra apertou os lábios. Niya arqueou uma das sobrancelhas feitas. E então, um sorriso se instalou no rosto das duas.

– Vem cá, sua baixinha enrugada. – Niya puxou Larkyra para um abraço. – Fico feliz que esteja em casa, mas espero que tenha treinado dormir de olho aberto durante o *Lierenfast* – falou, baixinho, no ouvido da caçula. – Porque eu *vou* retribuir o presentinho amoroso que você deixou na minha cama. Talvez eu a deixe um pouco mais simétrica, cortando o outro dedo anelar.

– Mal posso esperar pelas suas tentativas. – Larkyra abraçou a irmã com mais força.

– Que comecem os jogos.

– Achei que já tinham começado.

– Quanto tempo mais vocês vão ficar aí se abraçando desse jeito esquisito, aos cochichos? – perguntou Arabessa. – Porque eu posso, de bom grado, pedir para o cozinheiro adiar o jantar desta noite por dois ou três grãos de areia. Tenho certeza de que ele vai ficar feliz da vida.

– Está se sentindo deixada de lado? – Niya deu um passo para trás, olhando para a irmã mais velha.

– Nem um dia sequer na minha vida.

Niya soltou uma risada debochada.

– Bom, essa é a maior das…

– Bem que eu achei que encontraria vocês aqui – disse uma voz rouca, grave e conhecida, que fez as lembranças da infância voarem pela cabeça de Larkyra.

Um homem negro e elegante estava parado diante da porta aberta.

– Zimri! – Larkyra correu até ele e se jogou em seus braços.

Zimri perdeu o equilíbrio e levou alguns instantes para retribuir o abraço, soltando uma risadinha.

– Fico feliz por seu espírito não ter se abatido em nada durante o tempo em que ficou ausente.

– Pelo contrário. – Larkyra o aninhou em seus braços. – O tempo em que fiquei ausente só me fez brilhar ainda mais.

– Verdade – concordou Zimri, com um tom carinhoso.

Zimri D'Enieu era filho de Halson D'Enieu, o mais antigo aliado do pai das garotas. Após a morte trágica de Halson e da esposa, Zimri ficou órfão de pai e mãe e, sem ter parentes próximos, o pai das três o levou para morar com a família e o criou como seu próprio filho. No início, era um rapazinho magrelo e calado. Mas, graças à natureza curiosa e, não raro, dominadora das meninas da família Bassette, além da sabedoria e determinação do pai das garotas, ele cresceu e se transformou em um homem independente, forte e sadio. Foi mais do que natural Zimri se tornar o braço direito do pai delas, papel que assumiu com grande honra e seriedade. Às vezes, seriedade em demasia.

– Posso colocá-la no chão agora? – perguntou Zimri.

– Só se precisar mesmo – suspirou Larkyra.

De volta ao chão, a garota o admirou por completo. O sorriso garboso de Zimri e seu olhar penetrante faziam tanto mulheres quanto homens suspirarem e ficarem de pernas bambas. E, como sempre, ele estava vestido de maneira impecável, de terno de três peças cinza com bordados dourados. Os fios combinavam com seus deslumbrantes olhos castanho-claros.

– É impressão minha ou você ficou ainda mais bonito desde que parti? – perguntou Larkyra.

– Impressão sua – respondeu Arabessa, do outro lado da sala.

Zimri olhou feio para ela, mas a garota já havia voltado a praticar com as facas de arremesso, contagiando o recinto com o bater ritmado de cada uma das lâminas atingindo o alvo.

Larkyra trocou um olhar sugestivo com Niya antes de se dirigir outra vez a Zimri.

– Por acaso você me trouxe um presente?

– Em certo sentido. – O rapaz endireitou o terno. – Ele pediu para lhe ver.

Larkyra sentiu o estômago embrulhar. *Ai, meus deuses*, pensou.

– Neste exato momento?

– Neste exato momento.

Depois de olhar para cada uma das irmãs – que acenaram com a cabeça, tranquilizando-a –, Larkyra se virou novamente para Zimri:

– Está bem. Vá na frente.

***

Apesar de Larkyra ter crescido naquela casa, ainda não conhecia todos os seus segredos e não passava uma semana sequer sem descobrir, no mínimo, um novo cômodo ou uma nova passagem. No dia seguinte, quando voltava, se dava conta de que seus achados tinham sido transferidos para um andar completamente diferente. Zimri a guiou, sem a menor dificuldade, pelos intermináveis corredores que se espichavam até o teto de vitral; os dois desceram lances de escada decorados com tapeçarias de lugares distantes, os fios dançando com o movimento; atravessaram uma pequena ponte que ligava a ala sul à ala oeste; chegaram não a uma, mas a três portas que davam para os aposentos do pai, onde enfim pararam, com Larkyra ofegante e dando graças aos deuses perdidos.

A garota esfregou os lábios, sua magia andando de um lado para o outro em suas veias, devido ao constrangimento.

Tudo o que dizia respeito a seu pai era um tipo de teste, de lição, e na maioria das vezes nenhuma das filhas sabia se havia ido bem ou mal – o quê, em matéria de testes, Larkyra supunha, não era algo tão ruim. Ainda assim, isso tornava todo encontro preocupante, pois sempre havia aquela poderosa mistura de ansiedade e expectativa. A garota só queria agradar o pai, já que tinha muito o que compensar por ter roubado a esposa dele.

A culpa sempre acertava Larkyra no estômago, era isso o que acontecia sempre que pensava na mãe.

Zimri deu um passo para trás, permitindo que a garota se aproximasse das portas, cada uma com um desenho diferente. Uma era de ônix bruto; outra, de madeira simples e gasta; a terceira era do mais puro mármore branco, sem marcas ou símbolos que sinalizassem o que havia detrás dela.

– A escolha é sua – instruiu Zimri, apoiado na parede adjacente. – Ele estará lhe esperando independentemente de qual porta escolher.

– Você não vai entrar comigo? – perguntou Larkyra.

Zimri fez que não.

– Ele pediu para falar com *você*.

– Mas tenho certeza de que vai gostar de uma visita surpresa.

– Lark. – Zimri arqueou a sobrancelha, mostrando que não estava nem um pouco impressionado. – Bata na porta.

O rapaz era uma das poucas pessoas que conhecia o segredo que a família Bassette guardava detrás daquelas muralhas enfeitiçadas e cidades escondidas, já que ele vinha do mesmo lugar que a família mantinha guardado a sete chaves.

– Uma feliz data de nascimento para você também – resmungou Larkyra, voltando-se para as opções diante dela.

Muitas coisas poderiam acontecer, dependendo da porta em que batesse, incluindo nada. E essa seria, provavelmente, mais uma lição sobre a qual deveria meditar. Mas, naquele momento, em um dia como o seu *Eumar Journée*, Larkyra não precisava de uma reflexão tão pacífica e, sendo assim, com passos seguros, aproximou-se e bateu uma, duas, depois três vezes na porta de ônix.

Houve um rangido um tanto dramático quando ela se abriu. Um vento gelado soprou e, pouco antes de atravessar a porta, a garota duvidou de si mesma por um instante. Temia que agora, talvez, mais do que nunca na vida, não tivesse feito a melhor das escolhas.

CAPÍTULO TRÊS

Estava tudo bem.
Ou ao menos parecia estar bem, o que, é claro, significava que tudo certamente poderia estar mal. Larkyra aprendera a duras penas que a calma, não raro, camufla a mais cruel das intenções.

O ar foi se aquecendo conforme ela se aproximava da luz alaranjada no fim da passagem, o que tornava as amarrações de seu espartilho muito mais opressoras. Também sentiu um aperto na garganta, como se o próprio ar estivesse contaminado por algum elemento alergênico. Mas, talvez, tudo isso fosse uma expectativa pela recepção que teria quando chegasse do outro lado.

Uma pessoa corpulenta, trajando uma túnica de pelica, dominava o centro do que parecia ser uma cabana de inverno, com tapetes de pelo, vigas baixas, de madeira, uma grande lareira acesa e tudo o mais.

O coração de Larkyra batia acelerado, fazendo seus ouvidos zunirem enquanto esperava, sem a menor paciência, que Dolion Bassette – o conde de Raveet, da segunda casa de Jabari – notasse sua presença. Ele estava sentado atrás de uma grande mesa de carvalho, passando os olhos por uma montanha de pergaminhos. A pele clara de Dolion resplandecia um bronzeado saudável que combinava com o cabelo cor de mel avermelhado, que era longo e grosso e se fundia com a barba de forma tão imperceptível que poderia muito bem ser uma juba de leão. E, apesar de estar sentado, seu formidável tamanho era notável: era um homem musculoso e corpulento, o que fazia muita gente imaginar o quanto gastava com alfaiate.

Larkyra pigarreou delicadamente. Dolion tirou os olhos dos papéis e olhou em volta, como se estivesse reparando pela primeira vez no ambiente onde estava. Mas se ficou feliz ou irritado por encontrar-se naquele recinto, Larkyra não saberia dizer.

Naquele momento, só conseguia se concentrar em impedir que a própria magia saísse voando do peito. O amor que sentia pelo homem diante dela era tão arrebatador que ela de fato acreditava que poderia pegar fogo se ninguém lhe dirigisse a palavra naquele instante.

– Larkyra. – A voz retumbava como o pisotear de animais em disparada. – Minha querida menina. – Dolion afastou-se da mesa e abriu os braços, permitindo que a filha corresse para eles.

Abrigada naqueles enormes braços, Larkyra se deleitou com o cheiro de casa que o pai tinha, de madressilvas à luz do sol.

– E como você está nesta noite? – ele perguntou, fazendo um carinho reconfortante nas costas da garota.

Larkyra poderia ter respondido de muitas maneiras: cansada, sobrecarregada, empolgada e nervosa por estar ali com ele; mas sabia o que deveria responder:

– Maravilhosa.

– E por que está maravilhosa?

– Porque sou abençoada por ter minha família, minha saúde e um teto onde morar.

– É isso mesmo – concordou Dolion, com um sorriso. – E, pela sua resposta, suponho que seu *Lierenfast* tenha sido bem-sucedido.

– Sim, pai.

– De acordo com meus relatórios, você sofreu apenas um ferimento leve depois de um incidente envolvendo o dono de uma loja de penhores, a esposa dele e um anel de esmeralda, sim?

A garota não descreveria o ferimento como "leve", propriamente, mas não queria confrontar o pai. Sabia que Dolion teria intervindo caso pensasse que a ameaça era mortal. Pelo menos... *acreditava* que teria intervindo.

– Sim, pai – respondeu ela, mais uma vez.

– Mas você sobreviveu. – Dolion levantou a mão enfaixada da filha, mostrando o dedo amputado. – E devo dizer que lhe caiu muito bem.

Ela sorriu.

– Obrigada.

– Agora diga – Dolion mudou de posição e fez sinal para Larkyra se sentar em uma cadeira na frente da mesa. – Conte três coisas importantes que você aprendeu.

A magia de Larkyra se revirou, inquieta, ao sentir o nervosismo agitar a barriga da garota. Era isso que ela estava, ao mesmo tempo, morrendo de medo e louca para ver: a parte final do *Lierenfast*. Larkyra levou alguns grãos de areia a mais para acomodar as saias enquanto pensava em suas próximas palavras. Reunira e anotara tudo o que havia vivenciado para se lembrar depois e, agora, estava com dificuldade de escolher apenas três coisas.

E essa, provavelmente, era a questão. Não havia como escolher só três coisas. Tudo era importante. Cada grão de areia caído a cada dia. O que a levou a dizer:

– Minhas três coisas são apenas uma.

Dolion ficou calado, recostou-se no espaldar alto da cadeira e esperou.

– A vida não favorece ninguém – disse Larkyra.

– Fale mais.

A garota passou, delicadamente, a mão no dedo ferido.

– A pessoa pode ser bonita, rica, pobre e jovem, pode ser abençoada com o dom da magia ou não, ser pecadora ou virtuosa que, mesmo assim, o dom da vida é dado a todos nós, assim como a morte também chega para todos nós.

O pai observava a filha com toda a atenção.

– E o que isso significa?

Eu é que pergunto, pensou Larkyra, enquanto imagens de todos com quem havia convivido na cidade baixa surgiam diante dela: a senhora que a ajudou a limpar seu ferimento, as pessoas que vira cortar a garganta de alguém dormindo só para adquirir uma fatia de pão mofado, as famílias abastadas estabelecidas e os donos de lojas, que viviam tão perto dos miseráveis.

– Significa que ninguém é mais digno de receber o dom da vida do que ninguém – declarou Larkyra, por fim.

– Nem mesmo as pessoas generosas são mais dignas do que as horríveis? – perguntou Dolion.

– Nem mesmo elas. – A garota balançou a cabeça e completou: – Eu e você podemos até não concordar, mas a vida certamente não dá importância a isso ao ponto de mudar. Um herói pode morrer na miséria e um vilão, na riqueza.

Dolion bateu o dedo no queixo, pensativo.

– Então, já que acredita que a vida é uma energia dada livremente, o que impede as pessoas de praticar apenas a gula e o pecado? De abusar das dádivas recebidas?

– Nossa alma.

Os olhos do homem brilharam.

– Nossa alma – repetiu ele.

– Sim. A vida foi criada para se movimentar numa única direção: para a frente – continuou Larkyra. – É nossa alma que age como os ventos, guiando seu curso. A vida pode até ser dada a todos, mas nossa alma é a única que decide como queremos viver.

O recinto ficou em silêncio. O crepitar das chamas e o craquear da lenha na lareira ao lado era o único indício de que o tempo estava passando.

Larkyra esperou que o pai dissesse alguma coisa. E, enquanto estava ali, sentada, olhando para Dolion, percebeu algo que não havia notado quando entrou. O cabelo e a barba do pai estavam mais grisalhos do que quando ela partiu. Mais do que ficariam naturalmente ao longo das semanas que haviam se passado, o que só podia significar uma coisa: Dolion fora ver a mãe de Larkyra.

A garota sentiu um aperto no peito, um milhão de perguntas explodiam em sua língua, coisa que costumava acontecer quando o assunto era a mulher que só vira uma única vez, a mulher que fora para o Ocaso no mesmo dia em que Larkyra veio ao mundo.

Ela abriu a boca, pronta para dizer alguma coisa, *qualquer coisa*, mas o pai foi mais rápido:

– Você fez por merecer o seu *Eumar Journée*, meu passarinho que canta.

Parecia que o recinto tinha sido inundado pela luz solar. As palavras do pai eram tudo de mais terno e encantador. Larkyra não pôde conter o sorriso que se esboçou em suas feições, e a magia murmurou em resposta. A aprovação do pai, da família, era o que permitia que ela mantivesse seus poderes sob controle, apesar de às vezes isso ser muito sufocante. A cada dia que vivia, procurava provar por que sua vida era digna e valiosa, tão valiosa quanto sabia que a da mãe fora.

– Obrigada, pai. – A voz da garota saiu ofegante.

– Não me surpreende, dado que você foi obrigada a aprender, desde muito cedo, o que significa praticar o comedimento, principalmente com os dons que tem.

Quando o pai comentou o mesmíssimo assunto no qual ela acabara de pensar, Larkyra engoliu em seco.

– Sim – respondeu, sentindo mais uma vez um aperto na garganta.

Das três irmãs da família Bassette, Larkyra sempre tivera a magia mais difícil de controlar. Afinal, como uma criança contém o choro quando esfola o joelho, ou como se impede de cantarolar enquanto colhe flores? Como uma menina mantém sua magia guardada, em separado, quando está ligada a um comportamento tão natural?

A mente de Larkyra ficou infestada de lembranças sombrias, das difíceis lições que os Achak a obrigaram a aprender conforme foi crescendo, utilizando Arabessa e Niya de alvo.

A biblioteca era iluminada de modo opressivo: todas as velas e todos os candelabros ficavam acesos, como se, assim, Larkyra fosse capaz de ver cada consequência de seus atos, cada gota de dor que instilava à força na expressão das irmãs.

"Você precisa preencher completamente suas intenções com seu desejo", instruíram os Achak, parados ao lado dela. "Precisa dominar o instinto básico de de sua magia para não infligir ferimentos em outras pessoas."

"Estou tentando!", urrou Larkyra, o que fez uma onda amarelada sair de seus lábios e bater na cara de Arabessa.

A irmã suspirou de dor, mas, tirando isso, não se mexeu na cadeira que ocupava, ao lado de Niya. Um fio vermelho de sangue escorria pelo seu rosto.

Larkyra fechou bem a boca, a culpa tomando conta dela porque sua magia nadava, ardente, frustrada e furiosa, em sua garganta. "Fique brava comigo!", berrou a garota, em pensamento, para os próprios poderes. "Não com elas!"

"Você precisa encontrar a calma", disseram os Achak. "Precisa ir fundo e espalhar essa calma por todo o corpo. Canalize seu poder com delicadeza, como se fosse um bebê que você não quer acordar."

Larkyra fechou os olhos, tentando encontrar essa calma da qual os Achak falavam, mas seus pensamentos voavam em todas as direções, a magia uma revoada de pássaros furiosos. Ela deveria apenas fazer o laço da gola das irmãs empregando uma canção, mas, em sua frustração, só conseguiu fazer ambas sangrarem.

A visão mudou, fundiu-se com outra, na mesma biblioteca, mas em outro dia.

Um grito ecoou no recinto. Niya soltou um suspiro e se levantou do chão, onde estava deitada.

Em pânico, Larkyra tentou correr até ela, mas os Achak a seguraram. "De novo", exigiram.

Larkyra suplicou que não com os olhos.

"De novo", disseram eles. "Ponha suas irmãs para dormir."

A garota olhou para as irmãs, ambas ofegantes por causa dos pesadelos que, sem ter a intenção, havia plantado na cabeça das duas.

"Se não consegue domar seu poder nem mesmo com as pessoas que ama, não pode esperar controlá-lo com desconhecidos", explicaram os Achak.

A menina olhou feio para os gêmeos, querendo muito libertar seus poderes em cima deles.

Os *Achak* arquearam a sobrancelha escura. *"Nós a desafiamos", disse a irmã, dando a impressão de adivinhar o que Larkyra estava pensando. "Mas nos ferir não vai lhe ajudar a feri-las menos."*

Larkyra olhou para as irmãs. Tinha apenas 6 anos. Niya tinha 8 e Arabessa, 10. Mas sempre voltava àquelas sessões horríveis, as duas paradas estoicamente diante dela, com um olhar de incentivo e amor. A menina se sentia o pior dos monstros. Precisava aprender a se controlar. Precisava muito. Era isso ou continuar muda para sempre.

– Você deveria se orgulhar de suas conquistas. – As palavras de Dolion expulsaram as lembranças.

Larkyra estava outra vez sentada com o pai na sala iluminada pela lareira. Sua cabeça, entretanto, ainda estava zonza por causa daquelas memórias perturbadoras, e ela precisou respirar fundo algumas vezes para se acalmar e aquietar a própria magia.

– Os Achak foram bons professores – disse ela, por fim, fazendo questão de não permitir que o rancor transparecesse em sua voz.

– E eles ficariam encantados com sua resposta humilde. – Dolion olhou-a bem nos olhos. – Tenho certeza de que essa é uma lição de boas maneiras à qual gostariam que Niya tivesse comparecido.

– Todos nós gostaríamos – disse Larkyra, distraída.

O pai deu risada, um som intenso e grave.

– Sim, é verdade. Mas precisamos discutir outro assunto. – Dolion endireitou-se na cadeira. – Você empregou sua magia antes do *Lierenfast* chegar ao fim.

Larkyra tornou a se concentrar.

– Sim – admitiu –, mas foi para ajudar alguém.

– Não havia mais ninguém que você poderia ter ajudado com seus poderes durante as semanas que passou na cidade baixa?

– Talvez, mas...

E o objetivo do jejum não é compreender como o mundo é injusto para quem não possui os dons dos deuses perdidos? Logo, caso tivesse que brigar ou salvar alguém, não teria que fazer isso apenas com as ferramentas do próprio pensamento ou dos próprios punhos?

– Sim, pai – respondeu Larkyra, tensa. Ser magicamente perfeita estava começando a cansá-la. Mas, como sempre, precisava permanecer calma. – É que eu estava a caminho de casa, sabe? Meu *Lierenfast* já havia praticamente terminado. E o senhor sabe que mantive minha magia guardada aqui dentro durante semanas antes disso, mantive enterrada e domada mesmo quando cortaram meu dedo. Com uma faca cega, devo completar.

– Ela voltou ao assunto em discussão: – Acho que minhas ações não causaram mal algum, pelo contrário. Fizeram bem. Ainda mais considerando que o homem que ajudei foi convidado para minha festa, apesar de eu nunca ter ouvido falar de ninguém chamado Darius Mekenna de Lachlan.

Ao ouvir isso, Dolion permaneceu calado.

A desconfiança se infiltrou em Larkyra.

– Pai, quem é Darius Mekenna de Lachlan?

– Um convidado, como você acabou de dizer.

– Sim, mas por que tenho a sensação de que ele deveria ser mais do que isso?

– Darius não me preocupa muito, é mais o *padrasto* dele – admitiu Dolion. – Hayzar Bruin, o Duque de Lachlan.

– Darius é um *lorde*? – Larkyra piscou. *Isso explica as roupas refinadas*, pensou. Mas não explicava o que um lorde estava fazendo na cidade baixa e, mais do que isso, por que fora tão cordial com ela, suja e sangrando como estava, dado seu título nobiliárquico. – São velhos conhecidos da família? – questionou. – Nunca ouvi falar desse tal de Lachlan.

– O território de Lachlan fica a sudeste de Aadilor, próximo aos rios que desembocam no mar de Obasi. O Lorde Mekenna escreveu para o Conselho em nome do padrasto, indagando a respeito de um possível tratado comercial relativo a minerais que eles podem extrair. O Conselho marcou uma reunião com ele e o duque esta semana e, por acaso, será durante o seu *Eumar Journée*.

– Então meu aniversário será também uma reunião de negócios.

– Nada nunca é uma coisa só – relembrou Dolion.

– Verdade – concordou a garota. – Então o que significa esse algo a mais com o lorde e seu padrasto?

Dolion observou a filha por um momento, e Larkyra pôde perceber que o pai estava tentando decidir o quanto revelaria assim, logo de cara.

– O Rei Ladrão suspeita que o duque possa estar se entregando aos prazeres das drogas ilegais. Algo do tipo mágico, injetável: *phorria*.

– E daí? – rebateu Larkyra, franzindo o cenho. – As pessoas se entregam a esses prazeres o tempo todo no Reino do Ladrão.

– Sim, mas o Rei Ladrão não tem registros do duque entrando no Reino do Ladrão – explicou Dolion. – O que levanta a seguinte questão: quem no reino está levando drogas para ele? Esse tipo de comércio é proibido fora da cidade.

– Por quê? – questionou Larkyra. – Se é permitido praticar dentro da cidade, que diferença faz se for feito fora dela também?

Dolion suspirou, e Larkyra engoliu em seco a pontada de dor ao perceber que o pai estava decepcionado com ela.

– Existe um propósito para o Reino do Ladrão existir, minha querida – explicou Dolion, entrelaçando os dedos em cima da barriga. – Que é conter o caos, ao máximo. Quer comercializar mercadorias roubadas? Tudo bem, mas trazê-las para o Mercado das Sombras... Se quer injetar veneno nas próprias veias, fique à vontade, mas faça isso entre as quatro paredes de um antro, onde esse tipo de coisa pode ser monitorada e controlada. Quando as pessoas lá de fora ficam sabendo de atividades como essa, é aí que reina a verdadeira confusão. E, não raro, guerras têm início. Apesar de ser implacável, o Rei Ladrão não é lá muito fã de guerra.

– Não é – concordou Larkyra. – Disso eu sei. Então, dadas essas informações, o duque será nossa próxima missão?

Dolion sacudiu a mão, em um gesto despreocupado.

– Atualmente, tudo isso é boato. Saberemos mais quando investigarmos. Por ora, vamos falar de coisas melhores. Como o seu presente. Gostaria de recebê-lo? – perguntou, já se levantando e indo até um grande armário de madeira no canto da sala. O pai de Larkyra levantou uma trava dourada e escancarou as portas, revelando um enorme falcão-cinzento, que tinha facilmente metade da altura da garota, empoleirado dentro de uma gaiola prateada.

– Kaipo! – Larkyra foi correndo até o animal. O som de sua voz o acordou, e a ave soltou um cacarejo que ecoou. – Você o deixou guardado aqui esse tempo todo? – A garota foi logo abrindo a gaiola e tirando a viseira da ave. Os olhos violeta do falcão ficaram girando, até que Larkyra pousou a mão delicadamente nas costas do animal e falou baixinho: – Sou eu, meu velho amigo.

Kaipo a cutucou com o bico, suas asas estremeceram.

– Ele foi levado para voar todos os dias na cúpula de treinamento – explicou Dolion. – Não consegui confiar nele ao ponto de permitir que saísse de casa. Teria ido direto até você.

– E bem que deveria. – Larkyra deu um passo para trás, permitindo que a magnífica ave saísse de sua prisão e fosse para o chão.

Kaipo abriu as enormes asas prateadas, causando uma pequena ventania no recinto, o que fez os papéis voarem e atiçou o fogo, levantando chamas altas. O falcão foi se acostumando ao novo espaço, ao teto baixo e às paredes sem janelas, e foi se encolhendo até ficar do tamanho de um falcão-de-cauda-vermelha médio.

Larkyra estalou a língua, chamando-o para se empoleirar em seu braço.

. 51 .

– Chega de gaiolas para você, meu amor – ela sussurrou. *Sou a única que precisa sofrer dentro de uma,* completou, em pensamento.

Kaipo era de uma espécie rara, mesmo considerando o esplendor de Aadilor. Como um falcão *mutati,* tinha a habilidade de mudar de tamanho para se encaixar em diferentes ambientes e propósitos. Larkyra nunca teve notícia de onde o pai o encontrou. Mas, assim que a ave foi trazida para casa, a garota sentiu a própria magia cantar para o falcão. Em retribuição, Kaipo não desgrudou mais dela; parecia até ser capaz de ouvir a canção silenciosa do coração da garota. Dados seus dons, Larkyra tinha uma estranha ligação com aves canoras, era capaz de imitá-las com perfeição. Mas seu amor pelo falcão era muito mais profundo e, agora, depois do reencontro com Kaipo, sentia-se realmente em casa.

– Está feliz, meu passarinho que canta? – perguntou Dolion.

Larkyra sorriu porque Kaipo cutucou seu dedo para que continuasse fazendo carinho.

– Sim, muito.

– Que bom. E está pronta para a festa de hoje?

A garota olhou nos olhos azuis do pai.

– Para qual parte da festa?

– Todas elas.

– Estou mais preparada para a segunda parte do que para a primeira – confessou ela.

– Vocês, garotas, são sempre assim. – Dolion deu uma risadinha e se recostou na cadeira, pousando as mãos em cima da barriga. Parecia um urso-cinzento pronto para tirar um cochilo.

– No entanto, pai, tem um detalhe que me deixa preocupada.

– *Hmmm.* E qual seria?

– O Lorde Mekenna... – começou Larkyra, sentindo a pulsação acelerar quando os pensamentos foram tomados por imagens daquele homem alto de sorriso bondoso. – Eu estava um caco quando nos encontramos, mas você acha que ele poderia me reconhecer hoje à noite?

Um brilho malicioso reluziu no olhar de Dolion, à luz da lareira.

– Acho que teremos que esperar para ver.

CAPÍTULO QUATRO

Lorde Darius Mekenna estava incrivelmente entediado, mas não por falta de divertimento nem de esplendor. Aquele era o quinto *Eumar Journée* que o padrasto o obrigava a comparecer nos últimos dois meses, e a frivolidade das jovens damas o exaurira. Darius não precisava recorrer a um sensividente para compreender as intenções de Hayzar. Depois de passar anos viúvo, o padrasto estava à caça de uma nova esposa. E, a julgar pela propriedade grandiosa em que haviam entrado – com copiosos corredores e salões repletos do abrangente esplendor de Aadilor, além de um salão de baile que recebia convidados altamente influentes –, Hayzar não estava procurando uma nova esposa qualquer, mas uma podre de rica.

De certo, a jovem dama que seria homenageada naquela noite parecia atender aos requisitos. Apesar de nenhum rei e nenhuma rainha governarem Jabari, um grupo de seis famílias de elite geriam a cidade, e a família Bassette estava entre elas.

Se Darius acreditasse que tal casamento fosse ajudar seu povo, seria o primeiro a defender a felicidade matrimonial do padrasto. Mas sabia, melhor do que ninguém, que nada do dote da futura esposa de Hayzar chegaria às terras e aos vassalos. Não, o duque tinha o dom de fazer coisas preciosas desaparecerem. Ao apertar a taça com a mão enluvada, o lorde sentiu uma queimação no peito, pensando no próprio povo em vias de morrer de fome por causa dos impostos altos demais que pagavam e dos preços baixos demais do que produziam e vendiam para manter o próprio sustento. Tudo por causa da frivolidade de outra pessoa. Darius lançou um olhar para o lado oposto do amplo salão de baile, onde o padrasto estava, segurando-se para não retorcer os lábios de desgosto.

. 53 .

O jovem lorde preferia não chamar atenção, mas Hayzar Bruin vivia para se destacar, de forma ofuscante. Trajando uma casaca hortênsia de cauda longa com debrum preto e colete nas mesmas cores por cima da camisa branca engomada, o padrasto dava a impressão de ser um duque absolutamente bem de vida. Até os sapatos de solado roxo combinavam.

"Prestar atenção aos detalhes", ele costumava dizer para Darius, "é o que separa os poucos que têm importância dos muitos que não têm." Tais lições eram raras no início, quando Hayzar se tornou padrasto do rapaz. Mas, com o passar dos anos e a saúde da mãe piorando dia após dia, tornaram-se um ritual – que ela implorava para que o filho levasse a sério. Nos seus últimos dias de vida, a impressão era de que o único consolo ao qual a mãe se apegava era a crença de que deixaria o filho com algum arremedo de adulto responsável.

Darius segurou uma risada de deboche. Nenhum dos dois poderia ter imaginado o quão perverso e depravado aquele homem iria se tornar. Ao pensar na mãe, o rapaz engoliu uma nova onda de fúria misturada com mágoa.

Por que a duquesa tinha legado as propriedades para Hayzar em vez de mantê-las na linha de sucessão hereditária natural? Por que não as deixou para o filho? Darius não raro ficava deitado, acordado, olhando para a escuridão, e aquela queimação causada pelo incômodo tomava conta dele, que ficava se perguntando se tinha decepcionado a mãe de alguma forma em seus últimos dias de vida. Será que ele não havia demonstrado que estava se tornando um homem responsável?

É certo que ela não iria querer que as terras da nossa família terminassem do jeito que terminaram, pensou Darius.

Era essa certeza que incitava o rapaz a continuar comparecendo àqueles eventos: queria encontrar uma solução que trouxesse suas terras de volta, devolver a elas a glória que um dia tiveram, quando tanto o pai quanto a mãe eram vivos. Porque, na verdade, essa era a única época que Darius lembrava-se de ter sido feliz.

O lorde soltou um suspiro profundo e bebericou o vinho, sem sentir nada de sua doçura. A cabeça estava preocupada, pensando nas duas reuniões às quais teria que comparecer enquanto estivesse na cidade. Hayzar tinha conhecimento de uma delas, mas provavelmente não compareceria, e Darius teria que garantir o fatídico acordo comercial com o Conselho de Jabari sozinho. Da outra, o padrasto não fazia ideia, mas era céus e terras mais importante do que a primeira.

O rapaz havia se esforçado muito – e quase fora roubado enquanto fazia isso – para encontrar um guia que o levasse àquele lugar do qual só se falava aos cochichos. Ao homem que governava o mundo escondido da magia e do pecado. Quer dizer, isso se a criatura com a qual fizera um trato de fato aparecesse naquela noite para cumprir a missão. *Pelos deuses perdidos*, pensou Darius, *tomara que ele apareça*. Do contrário, teria que aguentar tudo aquilo – o lorde lançou um olhar de relance para os convidados, que estavam babando – por nada.

– Darius, seu bode velho. – Um rapaz robusto se aproximou e lhe deu um tapa nas costas.

O corpo de Darius se enrijeceu com aquele contato abrupto, a pele pulou junto com o coração. Não gostava de ser tocado sem que pedissem permissão.

– Que prazer vê-lo aqui – disse o antigo colega de escola, que usava roupas apertadas, um tamanho menor.

Frez Chautblach tinha estudado com Darius na Academia do Sul de Aadilor e, apesar de ser um camarada até que bacana, tinha o infeliz dom de tornar tanto as histórias mais interessantes quanto as mais chatas em relatos quase insuportáveis de se ouvir.

– Frez – cumprimentou Darius, depois de acalmar os nervos. Sua esperança era a de que, ficando mais para o fundo do salão, fossem lhe deixar em paz, mas estava acostumado com decepções.

– O que lhe fez se deslocar até Jabari, vindo de tão longe? – perguntou Frez, dando um gole no que, de certo, era uma de muitas taças de vinho, visto que a parte de baixo do bigode loiro agora estava tingida de um vermelho apagado.

– Tenho negócios a tratar com o Conselho.

– Negócios, você diz. – Frez entornou o vinho. – Não está tentando pescar em outras águas? Fisgar alguma coisa com belas guelras?

Darius arqueou a sobrancelha ao ouvir aquela descrição grosseira de uma mulher.

– Não. Apenas negócios.

– Eu adoro pescar, sim. – Frez falou ao mesmo tempo que o lorde. – Mas peixes de fato, quero dizer. Não com a conotação sexual que dei a entender há pouco. – Ele sorriu, com olhos vidrados, para Darius. – Você pegou a indireta, certo? Que, há pouco, eu não estava falando de pescar com isca e linha, mas de fisgar uma mulher?

Pelo mar de Obasi, pensou Darius, secando o que ainda havia na taça e entregando o cálice vazio para um criado que passou por ele.

– Sim, eu entendi.

– Que bom, que bom. Tenho me dedicado a isso. Minha mãe diz que preciso praticar a arte da conversa sempre que puder.

Por favor, deuses perdidos, rezou Darius em pensamento, *não permitam que eu seja objeto da próxima lição dolorosa.*

– Tenho anotado frases que julgo inteligentes – prosseguiu Frez. – Ah! Você poderia me ajudar, na verdade. – O homem remexeu no bolso interno do casaco enquanto tentava, sem sucesso, manter a taça equilibrada. Derramou um tanto de vermelho no peito. – Posso ler algumas, e você pode me dizer se...

Foi então que o som de um gongo ecoou pelo salão, silenciando os convidados, e Darius quase chorou de alívio.

Ele e Frez se viraram na direção da origem do som, enquanto as pessoas ao redor dos dois foram para a frente, em uma onda. Darius segurou a respiração, porque foi empurrado por desconhecidos e sentiu um leve pânico.

Agora, encontrava-se mais perto da frente do salão do que gostaria. Mas a ideia de bater em retirada se desfez quando ele admirou a impressionante família parada diante dos convidados. No alto da escadaria de mármore, havia um homem gigante, que mais parecia um rochedo com uma juba de cabelo castanho-avermelhado emendando com a barba grossa. Estava trajado de carmim escuro, com debruns de couro e dourado em volta da casaca longa e uma espada ornamentada presa à cintura. Havia uma mulher ruiva voluptuosa, de vestido em um tom bem claro de pêssego, quase branco, à sua direita, e uma morena alta e deslumbrante, de vestido roxo-escuro, à esquerda. Darius não diria que eram parentes, a não ser pelos semelhantes olhos azuis e espertos, que perscrutavam a plateia.

Um homem negro vestindo um fraque imaculado, vermelho-sangue, deu um passo à frente e, com uma voz clara e retumbante, anunciou:

– Tenho a honra de lhes apresentar Dolion Bassette, conde de Raveet, da segunda casa de Jabari, e suas filhas, Lady Arabessa Bassette e Lady Niya Bassette.

O salão irrompeu em aplausos e vivas, até que o conde sorriu e silenciou as pessoas, erguendo a mão.

– É uma honra ter todos vocês como nossos estimados convidados desta noite, para comemorar o *Eumar Journée* de minha filha caçula. Sendo pai dela, tenho tanto esperado quanto morrido de medo deste dia, desde que minha filha nasceu. Pois, quando qualquer filha atinge a maioridade, torna-se independente no mundo, é um momento assustador, mas tenho orgulho da mulher que ela se tornou e sei que terei orgulho da mulher que continuará aspirando a ser. E, apesar de Johanna, meu queridíssimo amor – um sorriso triste encolheu os cantos de seus lábios – não estar aqui conosco para comemorar, sei que estaria tão orgulhosa quanto eu. Sendo assim, é com o maior dos amores e a maior das honras que lhes apresento minha filha, Lady Larkyra Bassette.

O conde deu um passo para o lado e uma garota alta, de cabelo marfim, vestida de azul, flutuou para a frente. As pessoas que se acotovelavam com Darius foram esquecidas, e o coração dele diminuiu o ritmo, como se uma névoa matutina, após uma chuva de Lachlan, tivesse se erguido no salão. Reconfortante, era isso que Larkyra Bassette era. Com um sorriso radiante, a garota pousou a mão enluvada na mão do pai, que a segurou na dobra do braço.

Os aplausos cessaram, e os cochichos e a música foram voltando ao salão conforme a família Bassette descia a escadaria para cumprimentar os diversos convidados. Frez continuou tagarelando bobagens sem parar ao lado de Darius, mas o lorde permaneceu com a atenção concentrada na família que se aproximava devagar, até que sentiu os pelos da nuca se arrepiarem, indicando uma única coisa: alguém o observava. *Ele* o observava.

Darius viu que os olhos castanho-escuros do padrasto estavam fixos nele, do outro lado do salão, bem na hora em que uma sombra se abateu sobre o rapaz.

Não, pensou, *não enquanto ele estiver olhando. Por favor, não permita que seja...*

– Lorde Chautblach e Lorde Mekenna. – A voz grave e retumbante do conde tomou conta do espaço. – Fico tão feliz por vocês dois comparecerem à nossa comemoração desta noite e, é claro, o duque. Ele veio?

– Dolion Bassette, que era uns bons trinta centímetros mais alto do que Darius, ficou perscrutando os convidados.

– Ele veio, Sua Graça. Está em algum lugar, entre os divertimentos.

Depois de fazer uma mesura, o lorde olhou para cima de novo e deu de cara com toda a família parada diante dele. As duas irmãs mais velhas estavam um passo atrás do pai, com uma expressão um tanto entediada, e Larkyra permanecia de braço dado com Dolion. Ela dirigiu a Darius um sorriso curioso e hesitante, e vendo-a de tão perto... tinha algo quase... mas não, por que aquela garota não lhe pareceria estranha?

– Obrigado por ter nos convidado – disse Darius, dirigindo-se ao conde. – Ficamos honrados por termos sido incluídos e, se me permite, eu lhe desejo um feliz *Eumar Journée*, milady. – O lorde tornou a pousar os olhos em Lady Larkyra.

Ela abriu a boca para responder, mas Frez interrompeu.

– Minha mãe ficou em *êxtase* quando recebeu o convite – disse. – Ela pede desculpas por não ter conseguido comparecer em pessoa. Mas, como o senhor bem sabe, Sua Graça, o corpo de minha mãe costuma ficar fragilizado tarde da noite.

– E de manhã cedo? – perguntou Lady Niya Bassette, puxando as luvas transparentes.

– O que disse? – Frez pareceu ter ficado um pouco exaurido com o fato de aquela bela ruiva ter lhe dirigido a palavra.

– Perguntei como ela fica de manhã cedo. – A garota dirigiu o olhar a Frez. – Se sua mãe é assim, tão frágil, tarde da noite, como passa quando acorda?

– Receio que fique despedaçada – interveio Lady Arabessa.

– A menos que ela seja como uma flor do deserto – replicou Lady Niya. – Fecha-se sob as estrelas, ganha vida sob o sol.

– Flores normais são assim – corrigiu Lady Arabessa. – Flores normais dormem à noite.

– Tenho quase certeza de que as do deserto também são assim.

– Então por que especificar, para começo de conversa? Diga apenas que ela é como uma flor.

– Porque acho que flor *do deserto* é uma descrição mais elogiosa para uma mulher do que uma flor comum – explicou Lady Niya. – Qualquer um pode escrever versos comparando uma mulher com uma flor. Mas especificá-la, bem, isso atinge o coração. O senhor não concorda, Lorde Chautblach?

O pobre homem ficou verde.

– Eu, *āhn*, quer dizer…

– O que o senhor me diz, Lorde Mekenna? – Lady Larkyra interrompeu o balbuciar de Frez e dirigiu-se a Darius. – Quando o senhor escreve um poema de amor para sua querida, especifica ou não as espécies botânicas?

O lorde piscou por alguns instantes, tentando se livrar da melodia tranquilizante da voz dela, da familiaridade que tinha com aquela voz, que ninou seus pensamentos até eliminá-los.

– Não, milady – acabou respondendo. – Acho o emprego de plantas em versos amorosos prosaico demais.

– É mesmo? – A garota arqueou as sobrancelhas. – E o que o senhor emprega em vez delas?

– Ainda preciso encontrar uma querida para ter certeza.

Ela o encarou por um instante, as bochechas levemente coradas.

– O senhor pode ver como minhas filhas me deixaram com cabelos brancos com o passar dos anos – disse o conde, dando uma risadinha e olhando para as jovens com uma afeição descarada.

Tal olhar fez uma vergonhosa faísca de ciúme se acender em Darius, e ele desviou o olhar bem na hora em que começou a tocar uma valsa.

– Ah – Dolion deu um tapinha de leve na mão da filha caçula –, está na hora de sua primeira dança, minha querida. Quem será seu par?

A pergunta pairou no ar por um bom tempo, e foi constrangedor. Darius sabia que seria cavalheirismo de sua parte pedir para ser o par da garota, mas já estava com os nervos à flor da pele e não queria sentir mais mãos encostando nele, por mais delicado que o toque daquela dama pudesse ser. Também não estava a fim de sorrir e falar falsas amenidades, muito menos com o padrasto os observando... Nada de bom sairia dali se Hayzar pensasse que o enteado estava interessado não apenas na garota, mas em qualquer coisa. Tais coisas tinham a tendência a serem roubadas, a sumir.

Contudo, quanto mais o tempo passava sem que ninguém dissesse nada – Frez ainda era um borrão covarde derretendo ao lado do lorde –, mais Lady Larkyra se encolhia de vergonha e, de quando em quando, dirigia o olhar a Darius.

Pauzinhos.

– Não cabe ao pai a primeira dança? – perguntou o lorde. – Em Lachlan, é assim que damos início ao baile.

– Não. – Dolion fitou Darius nos olhos. – Não é assim que damos início ao baile em Jabari.

Não foi um comentário intimidante, foi mais um "Ande logo, homem. Ponha a cabeça para funcionar".

Mas era exatamente a cabeça que deixava o lorde em pânico, que o fazia sentir vontade de empurrar o convidado mais próximo para a garota. Em vez disso, quando deu por si, estava erguendo a mão enluvada e perguntando, com os dentes cerrados:

– A senhorita me daria a grande honra de me conceder sua primeira dança?

Para seu alívio, ele mal sentiu os dedos delicados de Lady Larkyra encostando nos seus quando a levou até o centro do salão. Mantendo uma expressão impassível, pôs a mão na cintura fina da garota e puxou-a para mais perto antes de entrar no ritmo dos demais pares que rodopiavam pelo salão. O coração acalmou suas batidas rápidas, já que ela o segurava tão firme quanto o sussurro de uma asa de pássaro, e ali, tão perto, Darius sentiu o aroma de menta e lavanda do sabonete que a garota havia usado. Nada perfumado demais ao ponto de ser desagradável, como a maioria das damas da aristocracia usava, apenas um resquício limpo do banho.

Isso acalmou ainda mais os nervos do lorde e, sem perceber, ele puxou Larkyra mais para perto.

Apesar da relutância que tinha de encontrar mais coisas para elogiar naquela garota, Lady Larkyra também dançava muito bem, apesar de Darius julgar que não tinha experiência suficiente para chegar a tal conclusão. Mesmo assim, era capaz de apreciar a rapidez de seus pés e os giros delicados, o modo como ela permitia que a guiasse com facilidade.

– Restam apenas alguns grãos de areia. – A voz delicada de Lady Larkyra arrancou Darius dos próprios pensamentos. – O senhor não precisa se preocupar por muito tempo mais.

– Como?

– A valsa logo irá terminar – esclareceu ela. – Ou seja, o seu sofrimento vai acabar.

Darius franziu o cenho.

– Não estou sofrendo.

– Não? – Lady Larkyra lançou-lhe um olhar de deboche. – Meu pai quase teve que obrigá-lo a ser meu par e, por isso, peço desculpas. E, há poucos instantes, o senhor parecia estar mais interessado em solucionar uma charada em pensamento do que em puxar conversa. Minhas irmãs sempre me disseram que sou quase intolerável, e agora estou começando a acreditar nelas.

Darius foi logo procurando o padrasto, mas só encontrou um mar de desconhecidos que o observavam.

– Desculpe-me se foi essa a impressão que dei. – Ele a segurou mais apertado quando deram um giro. – Pode acreditar quando digo que a senhorita é um par de dança mais do que tolerável. Eu apenas não sou um dos melhores em eventos sociais. Pelo menos, não deste tipo.

– Deste tipo como? – perguntou Lady Larkyra.

– Saraus da sociedade.

Ela riu, e o ruído leve atravessou o lorde.

– E eu que achei que era uma festa de aniversário.

– Sim, sim. Claro. Peço desculpas, mais uma vez.

Pelos deuses perdidos, homem, você está agindo feito um pivete balbuciante.

– Não. – A garota abriu um sorriso largo. – O senhor tem razão. Não é nesse tipo de evento que eu me jogaria se as coisas fossem como eu quisesse.

– Então por que estamos todos aqui? Acho difícil acreditar que seu pai seja o tipo de homem que diria "não" para qualquer coisa que você pedisse.

– O que lhe faz pensar que eu pedi? – Os olhos azuis de Lady Larkyra ganharam um brilho malicioso, e Darius, quando deu por si, estava observando a garota com mais atenção, percebendo a luz amarelada do salão refletida em seu cabelo intrincadamente trançado, fazendo-o brilhar.

Ela não lhe era estranha, mas talvez fosse porque brilhava, tão cheia de vida, que o lorde achava reconfortante. Não estava acostumado com tal energia e, pelo jeito, até que estava sedento por algo assim.

– Todos temos que desempenhar algum papel uma hora ou outra – continuou a garota. – Você, por exemplo, o de lorde garboso que aparece para me salvar, sendo o meu par na primeira dança, apesar de suas reservas.

– Eu não...

– O senhor *sim*. – Ela se posicionou entre as pernas de Darius para dar um rodopio. – Não há necessidade de *mentir*, milorde.

Havia certo deboche na voz de Lady Larkyra, uma piada escondida.

– A senhorita é sempre assim, tão direta?

– Como eu disse, não há necessidade de mentir.

Só que tudo o que sei são mentiras, pensou ele.

– Então a senhorita nunca sente necessidade de ser falsa? – desafiou o lorde.

– Claro que sim.

Ele a encarou.

– Agora a senhorita está se contradizendo.

– Não, estou levando em conta o contexto.

– Não faço ideia do que isso significa.

– Quero dizer que sou direta quando não vejo necessidade de ser outra coisa e sou mentirosa quando a situação exige.

– A senhorita é muito peculiar.

– Obrigada. – Larkyra ficou radiante, e Darius não conseguiu se conter: ele riu.

O som não surpreendeu apenas a ele mesmo, mas também a Lady Larkyra. A garota ergueu os olhos, fitou o lorde com uma expressão quase triunfante, e Darius a tomou em seus braços.

– Pelo comentário que fez há pouco – disse ele –, posso deduzir que não irá comemorar o dia de seu nascimento novamente, de outra maneira?

O sorriso dela se tornou malicioso.

– A noite ainda é uma criança, Lorde Mekenna – respondeu Lady Larkyra, quando a valsa se aproximava do fim. – Assim como eu.

Os dois ficaram parados ali por um instante, congelados, uma das mãos de Darius ainda pousada sobre a de Lady Larkyra, a outra na cintura dela, a respiração dos dois levemente ofegante por causa daquele leve esforço físico – pelo menos, foi nisso que Darius pôs a culpa –, enquanto a festa murmurava, borrando-se de leve em volta deles.

E, então, tudo ficou nítido de repente, porque outra voz entrou na bolha dos dois. Uma voz mais sedosa do que rouca, uma voz que sempre arrepiaria de frio a pele de Darius.

– Depois de uma performance tão elegante – disse Hayzar Bruin, ao lado do par –, eu seria omisso se não pedisse para a senhorita me conceder a próxima dança. – Em seguida, estendeu a mão enluvada de violeta para Larkyra.

Instintivamente, Darius a apertou com mais força, o que fez Larkyra olhá-lo com ar de indagação. Mas, antes que desse tempo de a garota dizer alguma coisa, o lorde se obrigou a soltá-la e a dar um passo para trás, possibilitando que ela aceitasse o convite, coisa que Lady Larkyra fez com um sorriso.

Um nó escuro como fumaça se formou nas entranhas de Darius. Ele foi obrigado a observar – assim como em todas as vezes em que gostara de algo na vida – o padrasto levar a garota para longe dali.

CAPÍTULO CINCO

O ar da noite estava mais quente e denso do que Darius poderia esperar – visto que o Sol não se fazia presente no céu da alvorada –, e o beco escuro que ele atravessou tinha um cheiro pungente de peixe. O lorde apertou ainda mais a máscara de couro marrom que cobria seu rosto, na tentativa de abafar aquele aroma pútrido. O anonimato era uma exigência no local ao qual ele se dirigia, mas o disfarce também funcionava bem como barreira contra aquele fedor.

Depois de ter permanecido no baile por mais dois grãos de areia, mantendo-se nos cantos mais escuros e observando Lady Larkyra Bassette ir de pretendente a pretendente, o lorde foi embora.

De nada adiantaria permanecer por mais tempo ali. Ele nunca voltaria a dirigir-se àquela jovem e, se os deuses perdidos assim permitissem, tampouco tornaria a vê-la. Não havia a menor necessidade de agravar os problemas de Lachlan acrescentando o dote de Larkyra ao topo da pilha. Tal fortuna apenas aumentaria o poder que o padrasto exercia sobre as terras. Não, Darius procurava uma solução que não se baseasse em arrecadar mais dinheiro. E precisava encontrá-la logo.

Apesar de, na teoria, o acordo de comércio de minerais ser uma boa ideia – caso o governante de Lachlan fosse outro –, se fosse aprovado pelo Conselho de Jabari enquanto Hayzar ocupasse o cargo, certamente levaria o povo do lorde a uma vida de servidão. Porque o lucro da mina nunca chegaria a compensar o trabalho braçal extenuante das pessoas. Os vassalos de Darius já estavam em dívida com o duque, não eram mais donos das próprias moradias. Com o tratado, afundariam ainda mais no desespero e, possivelmente, suas vidas seriam ceifadas ao longo do processo. As pernas do lorde se movimentaram mais rápido quando pensou nisso, a areia invisível que caía sem parar precipitava suas ações.

Sob o manto daquela noite sem lua, Darius seguia um homem corcunda cujo rosto estava escondido, quase mumificado por um pano cinzento, atravessando a cidade baixa de Jabari até chegar a um local conhecido como Ponte Preta. O guia havia aparecido, como prometido, e o coração do lorde batia tão acelerado que seus ouvidos zumbiam a cada passo que dava naquelas ruas estreitas.

Quando menino, Darius era fascinado por um lugar chamado Yamanu, o reino onde residiam todas as coisas que queriam permanecer escondidas. De bonecas de porcelana muito queridas a cidades inteiras. Não raro, o lorde imaginava que as pessoas poderiam viver ali, naquele reino intermediário, para conseguirem fugir sem nunca serem encontradas. Dizia-se que os segredos para criar cada trecho de espaço livre dentro de Yamanu haviam sido perdidos e, infelizmente, ainda que não tivessem sido, Darius não sabia como criar tais espaços. Ainda acreditava, de certa forma, que nada disso existia, que era uma história de ninar para crianças e que, nesse momento, estava sendo levado de encontro à morte. Todo aquele mistério era apenas um ardil dramático para pegar sua bolsa de moedas de prata antes que sua garganta fosse cortada.

A mão do lorde apertou a adaga que levava presa à cintura, e ele olhou de soslaio para o homem curvado que o guiava.

– Cê não ia ter chance de pegar isso aí antes de ter a mão decepada – alertou o guia, com uma voz clara e forte, mantendo-se de costas para Darius. – Não preciso te ver pra saber o que *cê* pensa, menino – prosseguiu, explicando-se.

Arrepios percorreram a espinha de Darius.

– Você é um sensividente.

– Sou muitas coisas – disse aquela cabeça enrolada em trapos, virando-se para espiar Darius, sem deixar os olhos à mostra. – Mas, pra você, hoje à noite sou o jeito de seguir em frente. É melhor não se esquecer disso.

O lorde tirou a mão da faca e o guia balançou a cabeça antes de virar em mais uma passagem escura como nanquim.

– *Tamo* chegando perto da Ponte Preta – avisou o homem, apertando o passo e entrando com Darius em uma exígua viela transversal. – Fique bem perto de mim. A gente tem que atravessar sem que ninguém veja. Se não, nem eu nem você vamos ter a chance de fazer mais uma refeição.

Os sentidos de Darius formigaram, plenamente conscientes. Não havia nenhum indício de que tinham entrado naquele outro bairro, nenhuma diferença estrutural, a não ser o fato de o beco escuro e apertado ter se tornado pesado e opressivo. Parecia que um rochedo gigante tinha batido nas costas do lorde e levado todas as forças que ele tinha para continuar se movimentando.

– Anda logo, menino – chiou o guia, e Darius teve que forçar a própria imaginação para conseguir enxergar os trajes cinzas esvoaçantes diante dele, porque os dois viraram em uma alcova de pedra. O som de unhas arranhando as paredes, bem ao lado, tomou conta da cabeça do lorde, que se virou pronto para atacar quem estivesse atrás, mas não havia ninguém. Apenas breu.

A capa de viagem se tornou quente demais, e um fio de suor escorreu pelo pescoço do rapaz.

Que lugar é esse?, pensou.

– Rápido. – Os dedos gelados do homem curvado envolveram o pulso de Darius e o puxaram, fazendo-o passar por uma porta. Com um rangido e o raspar de uma tranca, ele encontrou-se em uma escuridão ainda mais turva, como se alguém tivesse vendado seus olhos.

O coração de Darius acelerou, em pânico, antes de um fósforo ser riscado e uma luz amarelada revelar que ele estava em um recinto pequeno, de tijolos, com um monte de caixotes de madeira descartados encostados nas paredes. O guia estava encostado do outro lado, tateando cada pedra com uma das mãos cinzentas e segurando um pequeno lampião com a outra.

– Onde estamos? – perguntou o lorde.

– Dentro de um armário – respondeu o homem, ainda tateando, procurando.

– Sim, estou vendo isso, senhor. Mas por quê?

A criatura não respondeu.

– Senhor...

Cê trouxe? – A cabeça enfaixada se virou para Darius. – O pagamento pra *atravessá*?

O lorde olhou em volta, para aquele espaço confinado.

– Atravessar o quê?

O guia sacudiu a mão, impaciente.

– A gente não pode ir adiante sem a prata.

E eis que tinha chegado o momento que Darius tanto temia. Estava prestes a ser assassinado naquele cômodo pequeno, a ser largado ali, esvaindo-se em sangue, enquanto aquele homem roubava seu dinheiro, e o futuro de seu povo ficaria perdido para sempre.

– *Cê* não acredita em nada, menino? – O guia praticamente rosnou.

– Deve *acreditá*. Senão, não teria se esforçado tanto pra me *encontrá*, na esperança de *achá* isso aqui. – Ele bateu a mão esquelética nas pedras. – Agora, não duvida mais ou vou mesmo te *largá* aqui pros vermes de Ponte Preta te *encontrá*.

– Bem – disse Darius –, não precisa ser grosseiro. – Com resignação, ele entregou o saco de moedas. Com ou sem dúvidas, o homem tinha razão. Tinha ido até ali mesmo que nada daquilo fizesse sentido. Não podia parar agora.

Colocando o lampião no chão, a criatura mumificada sentiu o peso da bolsinha na mão antes de fechar o punho em volta dela e soltou um resmungo que mais parecia um gato cuspindo uma bola de pelo.

Darius ficou boquiaberto quando o guia abriu os dedos: agora, a bolsinha de dinheiro se reduzira a uma única moeda reluzente, com bordas de ouro.

– Pelos deuses perdidos... – O lorde só conseguiu observar o homem apertar a moeda contra os tijolos, fazendo-a desaparecer, como se tivesse sido engolida de uma bocada só. Não tinha certeza, mas ficou com a impressão de que a parede soltou um suspiro.

O guia virou-se para ele:

– Agora, *cê* vai querer *dá* um segredo ou um pouco de sangue? Mas preciso *avisá* que, como Yamanu é um mundo de coisas *escondida*, seu segredo tem que ser bom, senão Yamanu não aceita.

Darius tinha muitos segredos, mas nenhum deles era bom. A maioria era momentos dolorosos e nebulosos, dos quais os próprios gritos eram as únicas lembranças verdadeiras. Mas o lorde tinha a sensação de que aquele lugar era, justamente, sedento por esse tipo de segredo.

– Sangue. – Darius arregaçou a manga, ignorando as cicatrizes de cortes que já marcavam seus braços. Estava acostumado a ver sangue.

O homem enfaixado pode até ter reparado nas cicatrizes, mas não disse nada. Apenas abaixou-se e sussurrou algo para a parede, seu próprio segredo, depois levantou-se e encostou na parede, estendendo uma unha cuja ponta mais parecia uma agulha. Em vez de fazer um corte, furou a palma da mão de Darius. O lorde não soltou um ruído de dor sequer, ficou apenas olhando o guia formar uma concha com a mão, até ter acumulado carmim suficiente no meio dela.

– Coloca ali. – Então apontou para a parte da pedra onde havia inserido a moeda.

Darius obedeceu e, no instante em que sentiu o calor e a umidade do próprio sangue encostarem na pedra fria da parede, uma mão de ferro puxou sua capa de viagem e, em uma onda estonteante, ele caiu, atravessando a barreira.

Aterrissou de joelhos e viu que estava dentro de um abismo cinzento e enevoado, com cheiro de umidade e poeira. Ele foi logo se levantando e olhando ao redor, procurando o armário escuro e exíguo onde estivera há pouco, mas viu apenas um nada descolorido, um nada que se esparramava em todas as direções. Se havia um céu ou teto, o lorde não conseguia enxergar.

– Isso é Yamanu?

– É – respondeu o guia, que rasgou um pedaço do pano da cabeça e entregou para Darius. – Para o seu corte.

O lorde olhou para aquela coisa imunda com certo desprezo.

– Obrigado, mas estou bem.

O homem apenas deu de ombros e começou a andar, atirando o pedaço de pano no chão. Darius foi atrás dele, chupando a pele da palma da mão, sentindo uma dor aguda.

Mal tinham dado vinte passos quando ouviu, ou melhor, viu várias quinquilharias espalhadas pelo chão ou flutuando em pleno ar. Uma ampulheta dourada e rebuscada, suspensa sem que nada a segurasse; uma cadeira de balanço que balançava sem que houvesse vento; uma xícara que rodopiava sem estar atada a nenhum barbante; um vaso de plantas virado de cabeça para baixo. Todas essas coisas estavam bem longe umas das outras. Sozinhas. Se eram portais para outro reino dentro de Aadilor ou portas para um cômodo íntimo de alguma avó, Darius não saberia dizer, só sabia que tudo aquilo lhe pareceu ordinário. E, se havia mais gente viajando por Yamanu, ele não conseguia ouvir nem ver. Era um lugar sem som, enevoado.

Realmente, aquilo era tão... deprimente. Darius sentiu um nó na garganta. Ao que tudo indicava, sempre seria assombrado por coisas deprimentes.

O lorde ficou bem no encalço do guia, seguindo o homem pelo ar denso até que, àquela quantidade de objetos espalhados, foram somando-se uma estrada de terra e, depois, um morro escuro e gramado, antes de subirem, com dificuldade, uma escadaria em zigue-zague e chegarem a uma ponte que se estendia indefinidamente, sumindo naquele esquecimento brumoso.

Nada daquilo fazia sentido e, quando atravessou a ponte com passos trôpegos, Darius teve a sensação de que, se pedisse esclarecimentos, receberia apenas uma charada como resposta. Não crescera rodeado de muita magia ou dos muitos segredos que – disso ele sabia – Aadilor guardava. Sabia que o pouco a que fora exposto existia sem motivo nem lógica.

Cidades e territórios inteiros continuavam nadando nas dádivas dos deuses perdidos, enquanto outros que, segundo boatos, um dia floresceram devido às graças dos deuses, agora estavam secos, e sua querida Lachlan era um desses territórios. Diziam que a magia era transmitida por laços sanguíneos, mas não era algo inédito uma alma com dons nascer de pais sem dons e vice-versa. As regras de Aadilor, ao que tudo indica, tinham desaparecido junto com os deuses. O lorde apenas sabia que nada agradava mais uma coisa inteligente do que superar a própria inteligência. E a magia, bem, era a coisa mais inteligente que existia.

– Não é melhor parar para comer alguma coisa? – indagou, tirando um pedaço de pão embrulhado da pequena sacola que carregava, porque sentiu pontadas de fome antes da hora. Mal comera no baile e, sério, há quanto tempo já estavam se deslocando?

– *Tamo* quase chegando – respondeu o guia.

Quase chegando aonde?, Darius teve vontade de perguntar, dado que tudo naquele lugar estava começando a lhe parecer igual. Como aquele homem, sensividente ou não, sabia por onde andar era algo que escapava à sua compreensão. Depois de atravessar a ponte – que, de fato, tinha um fim –, eles passaram por um pequeno riacho antes de subir e descer mais escadarias e até *atravessaram* escadarias, possibilidade que o lorde sequer tinha aventado.

Estava aprendendo muito naquela excursão.

– *Chegamo*. – O guia parou diante de uma pequena caixa que parecia não ter nada de mais, jogada no meio de um campo.

Darius piscou, incrédulo.

– Tem certeza? Pode ser naquele pedregulho ali.

– Nããão. – O homem sacudiu a mão. – Aquele não leva a nenhum lugar que *cê* queira ir. A menos que goste de gritar.

Apesar de não conseguir enxergar, o lorde imaginou o guia sorrindo. Darius deu um passo, afastando-se da pedra.

O homem se abaixou e inseriu uma chave na parte de cima da caixa. Quando girou a chave, a caixa se abriu, lançando uma luz que se expandia para cima e se fundia com o contorno cintilante da entrada de um portal. Darius deu um passo à frente e espiou. Seus olhos arregalaram-se. Estava olhando para uma imensa caverna e, dentro dela, havia uma cidade. Estalactites gigantes espichavam-se em direção ao chão da caverna, conectando-se com estalagmites que se espichavam para cima. Pequenas luzes brancas de moradias preenchiam cada uma dessas formações rochosas, feito neve cintilante, e também havia construções em separado, encravadas

. 68 .

nas paredes de pedra. Lá embaixo, uma cidade escura se estendia e se enroscava nas pedras que se erguiam, com fumaça multicolorida saindo pelas chaminés. Larvas luminescentes, azuis e verdes, se dependuravam por toda a parte de cima da caverna, conferindo um efeito estrelado ao teto daquele mundo enorme e velado.

– Seja bem-vindo ao Reino do Ladrão. – O guia estendeu a mão para ajudar o lorde a atravessar o portal e pisar em uma saliência da rocha, de onde era possível ver a cidade inteira.

Quando pisou naquela pedra, Darius tirou alguns instantes para apreciar a imensa vista lá de baixo, para inspirar o ar que era até fresco para um mundo que parecia ser subterrâneo. Nunca vira nada parecido, nem imaginara que tal coisa poderia existir – e, de certo, não pensara que seria assim, tão lindo. Para um lugar que, segundo diziam, era repleto de depravação e pecado, a paisagem era onírica ao extremo. Eis uma cidade que ainda nadava em magia, que reunia todas as variedades mágicas que Aadilor tinha a oferecer – do tipo deturpado, com toda a certeza.

– Seu último pedido *tá* pago. – O homem curvado surgiu ao lado de Darius.

– Sim – disse o lorde, ainda com os olhos fixos no mundo sombreado que havia lá embaixo, nos contornos pontiagudos do palácio esculpido em ônix que se erguia bem no centro de tudo. – Leve-me ao Rei Ladrão.

CAPÍTULO SEIS

Larkyra remexia-se impaciente no meio do quarto enquanto Charlotte a despia, deixando-a apenas com as roupas brancas de baixo. Seus pensamentos estavam rodopiando com os eventos da noite, lembrando-se de todos os convidados com os quais valsara e das pessoas novas que conhecera. Mas, acima de tudo, os pensamentos de Larkyra não paravam de dirigir-se ao Lorde Mekenna e seu padrasto, o duque.

A jovem ficou aliviada e um tantinho irritada por não notar um ar de reconhecimento na expressão de Lorde Mekenna quando ele a olhou. Alívio porque isso significava que ela tinha se safado por ter bancado a menina de rua e não teria que dar explicações a respeito dos motivos para se encontrar em tal estado na cidade baixa. E irritação por descobrir que era tão esquecível, apesar da aparência diferente, aos olhos de alguém que conhecera naquele mesmo dia.

– Você estava radiante – elogiou a dama de companhia, guardando o vestido azul que ela tinha usado em seu *Eumar Journée* dentro de uma caixa mole, de seda. Kaipo, que estava em seu poleiro, ao lado da cama de Larkyra, soltou um grasnado sonolento, as asas prateadas reluziram à luz de velas.

– Obrigada, Charlotte – disse a jovem, dirigindo-se à penteadeira. Ela retirou os grampos do cabelo, um por um, e suspirou ao libertar o couro cabeludo, as tranças caindo em ondas marcadas até a cintura.

– Por acaso algum dos pares com os quais dançou hoje à noite lhe interessou? – Quis saber Charlotte, começando a escovar o cabelo de Larkyra.

– Por que pergunta? – Pelo espelho, a jovem franziu o cenho para a mulher atrás dela.

– Você dançou com muitos, só por isso. Agora que tem idade para se casar, com certeza terá pretendentes.

Mais uma vez, a imagem de um lorde alto, de cabelo ruivo, tomou conta dos pensamentos de Larkyra. O pulso firme de Lorde Mekenna rodopiando-a pelo salão, o cheiro de cravo que exalava e o sorriso largo e raro que iluminava o rosto do rapaz.

Mas que importância isso tem?, pensou. Não tinha o menor interesse em arranjar pretendentes. Guardava segredos demais para considerar com seriedade a possibilidade de se casar. Tinha obrigações demais com a família para separar-se dela por muito tempo, isso sem falar de seus dons. O passado de Larkyra não era exatamente um belo relato do que ela era capaz de fazer àqueles que amava. Era melhor não complicar as coisas somando mais uma pessoa que correria o risco de se machucar caso sua magia se descontrolasse um dia.

— Não tenho tempo para esse tipo de coisa. — Larkyra sacudiu a mão, como se pudesse afugentar tal ideia.

— Vai encontrar tempo de sobra quando a pessoa certa aparecer. E aí descobrirá que os grãos de areia caem rápido demais – declarou Charlotte. — E o tal cavalheiro que lhe pediu duas danças? Não consegui vê-lo, mas a fofoca sobre ele foi grande lá embaixo, na ala da criadagem.

— Hayzar Bruin? — Larkyra quase engasgou.

— Esse mesmo.

— De jeito nenhum. — Ela se afastou de Charlotte e foi até uma abelha decorativa que compunha o mural florido da parede de seu quarto. Pressionou a abelha e um painel deslizou, revelando um armário escondido.

Era verdade que o Duque de Lachlan tinha uma aparência impressionante. Porque era alto, tinha ombros largos, pele bronzeada, fios prateados nas têmporas que se misturavam de maneira charmosa ao restante do cabelo preto azulado. As roupas também eram cortadas e feitas à perfeição. Extravagância em sua melhor forma.

Mas aí ele sorriu.

Pelo mar de Obasi. Foi o que bastou para revirar o estômago de Larkyra. As suspeitas que o pai tinha a respeito do duque estavam estampadas na boca do homem, claras como o dia. Dentes pontiagudos, sujos de fuligem e, quando o duque falava, entrevia-se uma língua enfermiça, com uma camada de carvão.

É claro que apenas pessoas que detinham o dom da Vidência seriam capazes de enxergar o veneno expelido pelo duque. Para as demais, a boca do homem tinha dentes brancos e imaculados, e ele provavelmente pagava uma fortuna para que ficassem sempre assim.

Só que Larkyra possuía esse dom, e se algum dia teve a oportunidade de ver alguém apodrecendo de dentro para fora, foi com aquele homem, com certeza. O duque fedia a *phorria*. A jovem tinha se esquecido do horror que era conviver com isso, que causava o pior tipo de vício, pois era uma droga potente, injetada por pessoas que não nasceram com os dons dos deuses perdidos. Pessoas tão desesperadas por uma oportunidade de se sentirem poderosas, por mais superficial e passageiro que esse poder fosse, que enchiam as veias de magia drenada de outras pessoas – essas que, por sua vez, ou tiveram sua magia roubada ou a desperdiçaram, colocando tudo a perder por uma moeda de prata.

Certa vez, os Achak levaram Larkyra e as irmãs até um desses antros no Reino do Ladrão. Mais uma de suas muitas lições. A jovem ainda era capaz de ver aquele local sombrio, iluminado apenas pelo riscar dos fósforos aqui e ali, acendendo espiriteiras a óleo, nas quais punham para ferver esferas de vidro cheias de magia roubada. Tubos de borracha saíam daqueles frascos, levando sangue azedo para dentro das veias de homens e mulheres esparramados sobre mesas e cadeiras. Os olhos vidrados no nada, as bocas abertas enquanto dons superficiais se infiltravam em seus corpos, conferindo-lhes um poder temporário. O antro era tomado por gemidos, uma mistura de dor e euforia, e o cheiro, enjoativo de tão adocicado.

– Vejam só aonde a ganância pode levar, crianças – disseram Achak, guiando-as por aquele pesadelo. – Vocês nunca devem depender de sua magia para sentirem-se fortes. É no coração e na mente de cada uma que reside o verdadeiro poder.

Agora, essas lembranças permitiam que Larkyra compreendesse o que o pai quis dizer quando comentou que o Rei Ladrão desejava restringir tal comércio perverso ao próprio reino. Muitos daqueles consumidores saíam trôpegos dali e exauriam rapidamente sua força temporária lançando feitiços passageiros, suas intenções tão pútridas e malévolas quanto a droga que consumiam, antes de retornarem incontáveis vezes, até ficarem drenados, incapazes de fazer nada sem *phorria*. Larkyra segurou um arrepio ao pensar nisso. Como será que o duque tinha entrado em contato com a droga, se não no Reino do Ladrão? Estava claro que ele se entregava há um bom tempo a esse prazer, dado o estado de sua boca e o cheiro exageradamente adocicado que seu corpo exalava, como um buquê de flores murchas. Larkyra quis perguntar ao pai o que ele planejava fazer, agora que não havia como negar que o duque estava usando a droga.

E o Lorde Mekenna? Será que sabia das transações do padrasto? Com ou sem Vidência, era impossível não perceber a energia ameaçadora que emanava de Hayzar. Larkyra havia sentido o rapaz ficar tenso quando o padrasto se aproximou dos dois, depois de terem dançado. Que tipo de relacionamento ele tinha com o duque?

Seus pensamentos continuaram rodopiando enquanto ela vasculhava um cabideiro repleto de roupas, algumas opulentas, outras sem nada de especial, algo que a filha de um nobre não deveria ter.

Vestiu calças pretas e uma túnica, completando o conjunto com uma capa de viagem de um azul denso como a noite. Essa tampouco era uma capa qualquer, mas uma peça capaz de roubar sombras do ambiente para ajudar a camuflar quem a vestia. Larkyra pegou um par de botas no mesmo tom, voltou para o quarto e fechou o painel na parede.

– Não acompanharei você neste momento, minha querida – declarou Charlotte. – Quero arrumar o restante das suas luvas antes de comprar mais na cidade, amanhã. Mas garanto que chegarei a tempo de assistir à apresentação.

Charlotte havia começado a rechear o dedo anular esquerdo de todas as luvas de Larkyra, completando o pedaço que fora amputado. Tinha até enjambrado um dispositivozinho inteligente, que permitia dobrar um pouquinho a junta do dedo quando a jovem segurasse alguma coisa, como nas luvas que usou no baile. Era necessário se precaver não apenas nas reuniões da alta sociedade de Jabari – onde tal diferença em uma dama seria motivo de deboche –, mas, principalmente, no local para onde Larkyra se dirigia naquele momento. Cicatrizes e membros faltando eram uma maneira fácil de revelar a identidade de alguém – um preço que nem mesmo a família Bassette podia se dar ao luxo de pagar.

– Então farei questão de atrasar a apresentação até você chegar – disse Larkyra, e bem nessa hora as irmãs entraram em seus aposentos.

– Por acaso você ia nos fazer esperar por mais um grão de areia? – Niya encostou o punho cerrado na cintura. – Sabia que até o atraso para atrair olhares *tem limite*?

Niya e Arabessa trajavam capas de viagem escuras como a da irmã. Os cabelos estavam presos, escondidos debaixo do capuz. Nas mãos enluvadas de preto, seguravam máscaras douradas com delicadas sobrancelhas e bocas pintadas, cor de obsidiana.

– Isso não vale para nós – respondeu Larkyra, pegando a própria máscara e o par de luvas que Charlotte lhe ofereceu. – Somos a atração da noite, afinal de contas. – Após vestir as mãos e tapar o rosto com o capuz, a jovem saiu porta afora, com as duas irmãs a reboque.

Entrar no Reino do Ladrão era fácil. Ao menos para quem conhecia o caminho, e as irmãs Bassette percorriam aquela cidade escura e cavernosa desde que aprenderam a andar. Ser admitido no palácio, contudo, era um feito bem diferente. Apenas pessoas convidadas, sentenciadas a servir ao dono do local ou abençoadas com grandes posses conseguiam adentrá-lo. Por sorte, naquela noite, Larkyra e as irmãs eram mais do que bem-vindas: eram convidadas de honra.

Além disso, elas tinham os próprios contatos, o que lhes concedia uma grande vantagem.

À medida que percorriam o amplo salão de mármore negro, iluminado por uma fileira de lustres de ônix bruto, a autoconfiança de Larkyra ia aumentando, como sempre acontecia quando pisava naquele palácio na companhia das irmãs. A magia corria, quente e empolgada, nas veias dela. Porque sabia que, logo, logo, teria permissão para sair. O olhar de Larkyra perscrutou os diversos integrantes da Corte que aguardavam para serem recebidos, encostados nas paredes escuras. Pérolas, ossos entalhados, plumas, garras e rabos de animais selvagens compunham os trajes dos presentes. Requintados adornos de cabeça e máscaras cobriam o rosto de todos os visitantes: permanecer no anonimato dentro dos limites daquela cidade era sinônimo de sobrevivência, visto que segredos e identidades valiam mais do que qualquer joia. Isso, contudo, não significava que riquezas eram renegadas. Larkyra sabia que, no Reino do Ladrão, tudo se resumia a aparências, principalmente no interior do palácio. E para um povo que, em sua maioria, obtinha a roupa do corpo por meio de artimanhas, cortando a garganta de alguém ou empregando uma combinação criativa dessas duas coisas, cada detalhe era tanto um troféu a ser exibido quanto um alerta a ser respeitado.

Aproxime-se, diziam essas coisas. *Tente ver o quanto vai custar roubar isso de mim.*

Larkyra e as irmãs não pararam nem se viraram para encarar os olhos que as seguiam, e um sorriso se esboçou nos lábios das três. Apesar de terem seu anonimato garantido pelos disfarces, Larkyra deliciava-se com o fato de ser conhecida, como as três eram ali. E qualquer pessoa familiarizada com o Reino do Ladrão sabia quem elas eram. Apenas poucas, mas *muito* poucas pessoas naqueles domínios tinham conhecimento da vida que as jovens levavam em Jabari, e tais segredos eram amordaçados por meio de magia.

Apesar de Larkyra e as irmãs descenderem de uma ancestralidade antiquíssima, especialmente do lado materno, não era a magia antiga de cada uma que emanava com mais força: dentro daquela cidade velada, elas próprias eram criaturas a serem temidas. Nunca eram vistas separadas: as três andavam, sentavam-se e saíam de um recinto como se fossem apenas uma. Diversas máscaras elegantes tapavam seus rostos, mas eram sempre iguais entre si, e as irmãs eram vistas como uma única coisa, principalmente quando se apresentavam. Porque, ali, Larkyra era parte das Mousai, um trio de criaturas que era tanto reverenciado quanto temido. E, apesar de ela e as irmãs serem fortes em separado, ninguém se atrevia a mexer com as Mousai quando estavam juntas. Naquele reino que recebia os mais perversos e selvagens de braços abertos, criar um apelo ameaçador era de suma importância.

E as Mousai tinham isso de sobra.

Ali, Larkyra tinha uma noção melhor não apenas dos próprios dons, mas dos dons das irmãs também. Era capaz de sentir os desejos dos poderes de cada uma, assim como suas reações e mudanças sutis. Sentia tudo isso agora, uma vibração conhecida, bem ao lado dela.

Brinque conosco, a magia de Niya e Arabessa pareciam murmurar para a de Larkyra.

Já, já, pensou ela, em tom apaziguador. *Já, já.*

Saindo do pátio, Larkyra percorreu um corredor estreito na companhia das irmãs. O pé direito era alto, e protuberantes rochas negras como nanquim, afiadas feito facas, saíam das paredes, obrigando os passantes a andar com absoluta cautela. A passagem se abria em um vestíbulo circular, que emoldurava um par de portas altíssimas de cujas laterais vazava uma luz vermelho-alaranjada. Um ar denso e pesado pressionava Larkyra à medida que ela se aproximava da entrada, pé ante pé.

Tem certeza de que quer estar aqui?, o ar parecia perguntar.

Ao lado de cada porta, havia quatro guardas de sentinela. Eram gigantes, feitos de mármore preto, e seguravam lanças compridas e afiadas. Aos pés dos guardas, um grupo de pessoas esperava para ter uma audiência com o homem sentado no interior daquele monumento.

Larkyra e as irmãs ignoraram a fila e foram direto até as portas fechadas. Então pararam, todas ao mesmo tempo. Um silêncio caiu sobre aqueles que observavam, e alguns se esconderam na escuridão que se infiltrava na rotunda.

Larkyra não pôde deixar de se empertigar por trás da máscara.

– Ele está recebendo alguém – disse uma voz grave e aveludada, vinda de uma alcova na penumbra. – E, apesar de vocês terem um propósito especial esta noite, terão que esperar, como todos nós.

Larkyra virou-se em sintonia com as irmãs, sentindo Niya ficar instantaneamente tensa ao lado dela quando o homem saiu das sombras e se revelou sob a luz fraca.

– Olá, minhas damas – ronronou ele.

Poucas coisas no mundo apavoravam Larkyra, mas o homem que as fitava com aqueles brilhantes olhos turquesa era uma delas. A magia da jovem eriçou-se, na expectativa de ter que se defender, mas ela a manteve sob rédea curta. Por ora.

Alōs Ezra, o famigerado lorde-pirata, era um homem que parecia ter sido esculpido da mesmíssima rocha da qual o Reino do Ladrão era feito. Seu corpo avantajado e musculoso parecia impenetrável debaixo de um longo casaco escuro que se arrastava no chão, indo até os pés calçados com botas. Mas não era a estatura nem os olhos hipnóticos nem a óbvia magia que pairava ao redor do lorde-pirata, feito um vento agradável, que fazia as pessoas tomarem as devidas precauções quando se aproximavam dele: era o fato de o rosto Alōs permanecer descoberto. Pouquíssimas pessoas ali tinham coragem de fazer isso.

E era um rosto e tanto.

Pecado. Alōs tinha um rosto moldado pelo pecado. Cada centímetro evocava imagens de depravação na cabeça de Larkyra, de aposentos ardentes e recantos escondidos. A pele negra, bronzeada devido à vida no mar, o cabelo de ônix que passava do ombro e as maçãs do rosto bem marcadas tentavam a todos. Mas Larkyra sabia que o alegre sorriso do pirata também era uma promessa de dor. E essa combinação era apavorante.

Sendo um lorde-pirata, famoso por ser a pior espécie de monstro que havia nas águas de Obasi, era óbvio que a audácia de circular por ali sem estar mascarado, exibindo sua beleza devastadora, contava a seu favor.

Conheça-me, sussurrava. *Lembre-se de quem lhe arrancou gritos.*

– Veio pedir mais um favor de joelhos? –Niya indagou àquele homem nefasto.

Larkyra teve vontade de dar um beliscão na irmã. Nada de bom resultava quando esses dois trocavam farpas.

Apesar de as três estarem vestidas de forma idêntica dos pés à cabeça, o olhar reluzente de Alōs percorreu a capa de Niya de cima a baixo, como se fosse capaz de ver através dela, de enxergar cada uma das curvas do corpo da jovem e descobrir o que ela estava escondendo.

– Minha querida dançarina fogosa. – As palavras dele serpentearam pelo ar. – Você sabe tão bem quanto eu que é mais provável você ficar de joelhos, pedindo favores.

A temperatura do recinto aumentou e o calor pressionou a lateral do corpo de Larkyra, porque Niya deu um passo à frente. A caçula sentiu a irmã invocar o próprio poder, mas Arabessa colocou a mão no ombro dela, acalmando-a, e impediu que fizesse isso.

– Capitão Ezra. – A voz firme da mais velha das três interrompeu o instante de tensão. – Ouvimos dizer que suas viagens para o leste foram das mais frutíferas. O senhor irá comemorar seu sucesso conosco hoje à noite ou retornará às suas terras para uma trégua?

Diziam que Alōs era natural de Esrom, uma cidade subaquática que vagava nas profundezas das águas marítimas. Apenas quem nascia lá era capaz de localizá-la, o que mantinha seu esplendor fora de perigo. E esplendor, conforme Larkyra soubera, a cidade tinha em abundância.

Alōs parou de olhar para Niya e fitou as Mousai como um todo.

– *Minhas* terras, como você as chamou, estão mais do que felizes com minha ausência. Mais do que isso: creio que minha tripulação prefere aproveitar os frutos de seus esforços por lá. Há muito mais divertimentos. – O canto dos lábios volumosos do lorde-pirata se retorceu, e ele tornou a olhar para Niya.

Larkyra era capaz de sentir a tempestade de magia que a irmã se esforçava para controlar e olhou de soslaio para as luvas dela, que brilhavam em um tom apagado de vermelho.

– Verdade – concordou Arabessa. – Por certo torcemos para que a apresentação desta noite lhe agrade, e que seus marinheiros tenham forças para sobreviver a ela.

O sorriso de Alōs alargou-se.

– Quem não tiver forças para tal não tem a menor utilidade a bordo de meu navio.

As grandes e pesadas portas diante deles se abriram, interrompendo a conversa. Uma luz afogueada derramou-se, formando uma faixa estreita, e um homem alto, trajando uma capa de viagem negra e uma máscara marrom, saiu por elas pisando firme.

Apesar de o homem ter permanecido em silêncio, não havia como negar a raiva que serpenteava ao redor dele. Os ombros estavam tensos, as mãos enluvadas cerradas em punho nas laterais do corpo, e quando rondou os quatro, deixou um cheiro de cravo no ar. Uma pessoa pequena, curvada, enrolada em trapos, saiu das sombras da parede onde desconhecidos esperavam e dirigiu-se ao canto dos visitantes.

Algo conhecido fez cócegas na pele de Larkyra enquanto ela observava a silhueta do homem diminuir, conforme ele se afastava pelo corredor. Mas, antes que tivesse tempo de refletir mais sobre isso, um guarda anunciou, com uma voz grave e rouca:

– Ele irá receber as Mousai.

– Acho que você se enganou, meu irmão. – A voz forte de Alōs foi ouvida por toda a alcova. – *Eu* era o próximo.

– Ele irá receber as Mousai – repetiu a pedra.

O pirata estreitou os olhos para as irmãs, que seguiram em frente, e apesar de estarem com o rosto coberto, Larkyra pôde sentir o sorriso triunfante de Niya, que foi logo se virando e acenando para Alōs, despedindo-se de forma debochada.

Entrar nos aposentos do Rei Ladrão era como penetrar no centro de um vulcão em plena atividade. O calor batia em Larkyra de forma opressiva. Entretanto, um arrepio continuava percorrendo seu corpo, porque sentia-se diminuída pela altura colossal do recinto. Não importava quantas vezes tivesse estado naqueles aposentos, a sensação era sempre intensa.

Em volta do perímetro havia mais guardas de pedra, que viraram a cabeça, acompanhando os movimentos das Mousai. Rios de lava serpenteavam pelo chão de ônix, espiralando-se e enrolando-se em desenhos intricados – marcas de uma magia perdida e antiquíssima, que alimentava o poder do homem que ali se sentava. As linhas líquidas estreitaram-se e emolduraram uma passarela estreita, obrigando Larkyra e as irmãs a chegar mais perto umas das outras. O eco de seus passos delicados reverberava, fazendo um TAP, TAP, TAP que dava vontade de se encolher.

As paredes tinham saliências pontiagudas, assim como o restante do palácio, que se inclinavam para os fundos do recinto, onde o rei esperava em seu trono de espaldar alto, com quinas cruéis. Uma fumaça preta se movimentava ao redor do Rei Ladrão, impedindo qualquer vislumbre de sua aparência. Mas Larkyra não precisava vê-lo para sentir o poder que dele emanava, um poder que, a cada passo apavorante em sua direção, deixava bambas mesmo as pernas mais corajosas.

Quando as Mousai pararam na base do trono, Larkyra e as irmãs ajoelharam-se no chão, prostrando-se em uma reverência idêntica, a testa mascarada de ouro beijando o chão de pedra refletora.

O silêncio engoliu o recinto: não era possível ouvir nem mesmo o fervilhar da lava. Tal silêncio pareceu se estender por uma eternidade enquanto o olhar do homem que não podia ser visto pressionou ainda mais as costas de Larkyra, até que as canelas dela começaram a doer, de tanto ficar em contato com aquele chão duro.

– Levantem-se. – Uma voz pesada, carregada com mais uma dezena de vozes, vibrou em volta das jovens.

Em sincronia, as três ficaram de pé, observando a fumaça preta que pulsava diante delas. Era o tipo de escuridão que paralisava, que fazia as pessoas encararem o ritmo hipnótico da névoa, na esperança de avistar uma pequena luz.

Mas nenhuma luz apareceu.

E, sendo assim, as três esperaram.

E esperaram mais.

E continuaram esperando o rei tornar a falar.

Se Larkyra e as irmãs não tivessem sido treinadas desde pequenas para manter a cabeça erguida nas circunstâncias mais opressivas, com certeza teriam se encolhido e caído no chão, aos prantos.

Como Larkyra vira muita gente fazer antes dela.

O Rei Ladrão, como apresentava-se naquele momento – puro vapor escuro e poder dilacerante –, era apavorante. Ninguém sabia qual era sua verdadeira origem nem como passara a governar aquele domínio oculto de pecadores. Mas, no fim das contas, será que isso realmente importava? Ele estava ali naquele exato momento, só os deuses perdidos sabiam há quanto tempo, e não dava nenhum indício de que iria embora.

– Aproximem-se – ordenou o rei, enfim.

Depois de levar um delicado cutucão de Arabessa, Larkyra deu um passo à frente, sentindo um frio na barriga.

– Meu rei. – Ela fez uma reverência, dobrando bem o tronco. – Sentimo-nos honradas por ter conseguido uma audiência com o senhor na noite de hoje. Eu, particularmente, sou grata pela honra da comemoração de meu *Eumar Journée* nesta mesma noite e, como sempre, por nossa apresentação.

O Rei Ladrão era um dos poucos que sabia o que as três escondiam por trás da máscara, porque conhecia todos os que vagavam por sua cidade.

– Meu povo andava inquieto – disse o Rei Ladrão, a fumaça que o cercava se expandindo em lufadas, no ritmo de sua voz. – A noite de hoje não irá beneficiar apenas as Mousai.

– É claro, meu rei. Estamos aqui para servi-lo.

Nessa hora, a energia do rei roçou no ombro de Larkyra, aprovando silenciosamente o que a jovem havia dito. Instantes depois, a névoa que o rodeava se dissipou, revelando a verdadeira forma do homem.

Duas coisas sempre surpreendiam os visitantes que recebiam a dádiva de ver o Rei Ladrão sem sua barreira escura. A primeira era que, em vez de se vestir de uma escuridão similar, ele usava roupas de um branco cegante. Marfim, opalina, ossos e peles de animais alvejados formavam a intrincada trama de suas roupas. As mãos e os pés calçavam lustrosas luvas e botas de pele de crocodilo albino – as escamas brilharam quando o homem enroscou os dedos nos braços do trono, sem deixar sequer uma faixa de pele à mostra. Plumas exóticas, brancas como a neve, formavam uma armadura no peito largo, que tinha um crânio branco bem no meio, com dentes de diamantes negros. A parte de cima do rosto era tampada por um arranjo de cabeça, feito de uma trama de materiais semelhantes, que subia até chegar a dois chifres retorcidos, de forma intrincada, no topo da cabeça.

O que levava à segunda coisa que embasbacava os visitantes: o Rei Ladrão era, sem dúvida, a criatura mais enfeitada e extravagante que qualquer pessoa de *qualquer lugar* já vira na vida. Se tinha cabelo, estava escondido por baixo do arranjo de cabeça. Suas únicas partes visíveis eram a boca, pintada de preto, e a barba cerrada, cuja cor era impossível discernir, porque tinha fios brancos e prateados entrelaçados por toda parte. Era loira? Castanha? Ruiva? Caso o rei se desse conta de que Larkyra estava observando-o demais, uma dor na parte de trás do crânio a faria desviar o olhar. E, apesar de ela não conseguir enxergar os olhos do homem, sabia, sem sombra de dúvida, que ele conseguia vê-la *muito* nitidamente, o que sempre lhe causava arrepios na espinha.

O efeito geral que aquele rei vestido de branco sentado em seu trono negro causava era parecido com o de olhar para uma estrela: uma luz cercada de escuridão que sussurrava *"Chegue mais perto. Vamos ver se sou a solução que procura para os seus problemas"*.

Mas havia um preço a se pagar.

Sempre havia um preço.

– Deixe-nos a sós – ordenou o rei e, apesar de não ter especificado a quem o pedido se dirigia, todos na sala do trono pareciam saber, pois a fileira de guardas de pedra gigantes retrocedeu, entrou nas paredes e desapareceu, ao passo que as Mousai permaneceram ali.

O recinto vibrou com a partida dos soldados.

Tudo o que acontecer agora não terá testemunhas, a energia do lugar parecia dizer.

Arabessa e Niya permaneceram ao lado de Larkyra, e o Rei Ladrão inclinou a cabeça, observando o trio.

– Há muita gente presente aqui esta noite que não possui os dons dos deuses perdidos. – A voz dele circulou em volta delas. – Espero que honrem o acordo que fizemos quando de sua primeira apresentação.

– É claro, meu rei – disse Larkyra, em uníssono com a irmãs.

– Vocês podem provocar os convidados à loucura para agradar quem possui magia, mas não devem permitir que o caldo entorne.

– Sim, meu rei.

– E você *não* deve dirigir sua canção para nenhum convidado em particular, mas para o salão como um todo. Não tolerarei mais nenhum incidente semelhante ao que aconteceu com os irmãos Gelmon. Basta uma ordem minha para que tais ações sejam punidas.

Por trás da máscara, Larkyra apertou os lábios para não sorrir. Desta vez, não sentiu nenhuma culpa pela selvageria de sua magia durante o incidente ao qual o rei estava referindo-se.

Os irmãos Gelmon eram a própria definição de lixo desprezível: eles roubavam crianças de seus lares para vendê-las como escravizadas. Larkyra não precisou usar de muita persuasão para que Niya e Arabessa concordassem com o plano de fazer uma serenata para eles. Seria mesmo culpa dela o fato de os irmãos não terem força mental para sobreviver a esse tipo de atenção?

Mesmo assim, as três mais uma vez responderam em uníssono:

– Sim, meu rei.

O Rei Ladrão tentou pegá-las na mentira com a própria magia, que rodopiou feito um fio de prata no ar e roçou nos ombros das jovens, certificando-se de sua sinceridade.

O que quer que ele tenha encontrado, ao que tudo indicava, o satisfez, porque sua postura mudou na mesma hora, tornou-se conhecida, porque o homem relaxou e recostou-se no trono de pedra.

– Que bom. – O rei, então, ergueu a mão enluvada de branco. – Agora venham, minhas crianças. Venham me dar um abraço antes de se apresentarem.

As Mousai obedeceram, de bom grado e sorrindo. Porque aquele homem até podia ser o apavorante Rei Ladrão, governante dos seres mais perversos que se escondiam nas rachaduras de uma cidade subterrânea, mas também era conhecido por outro nome, um mais importante:

Pai.

CAPÍTULO SETE

Darius não estava nada feliz. Na verdade, estava praticamente furioso e, sendo um homem que mantinha as emoções tranquilas feito um lago plácido, não estava gostando nem um pouco daquela mudança de temperamento. Tendo crescido com o padrasto, um homem que vivia para incitá-lo, o rapaz descobriu que permanecer calmo frente a todo tipo de horror era a única maneira de ter algum controle sobre a própria vida.

Ele precisava sair dali.

— Cê vai *ficá* pra festa? — perguntou o guia, levando Darius por um dos muitos corredores sombrios do castelo. Apesar de o lorde não conseguir enxergar nenhum guarda à vista, sentia que as paredes negras como nanquim observavam os movimentos de ambos.

— Não — respondeu Darius.

— Mas *cê* foi convidado.

— Como é que você... deixe pra lá. Claro que você saberia. — Ele olhou feio para o homem curvado. Alguns fios sebentos de cabelo escapavam das dobras do tecido cinza que envolvia sua cabeça, e não foi a primeira vez que o lorde imaginou o que o guia estaria escondendo debaixo de todo aquele pano.

— Nada que *cê* gostaria de *lembrá* de ter visto. — O sensividente respondeu aos pensamentos de Darius.

— Pare de fazer isso.

— Então para de pensar tão alto.

— Deveria eu refletir em sussurros, então?

— Sussurros são altos que nem gritos.

— Devo argumentar, senhor, que não são.

— Aqui dentro, são, sim. — O homem tamborilou as unhas compridas no próprio crânio.

O lorde soltou um suspiro de irritação, mas permaneceu em silêncio. Sua paciência para charadas estava se esgotando.

O Rei Ladrão havia revelado-se inútil, permanecendo envolto em uma nuvem de fumaça fria e silenciosa enquanto Darius defendia sua causa. O lorde sabia que havia se arriscado indo até ali para encarar a criatura cuja reputação e folclore foram mais do que confirmados assim que pôs os pés na sala do trono. Se não tivesse passado anos vivendo com os próprios demônios, aguentando quieto enquanto o padrasto o estraçalhava com palavras venenosas – Darius nunca estava limpo o suficiente, nunca era inteligente o bastante, comia feito um plebeu e era uma companhia tediosa –, o rapaz certamente teria desmoronado na presença daquele outro demônio. Em vez disso, manteve a postura ereta e quase implorou pela ajuda do homem que – disso o lorde sabia – tinha o poder de dá-la.

Suas terras *precisavam* ser salvas; seu povo, libertado das decisões opressivas e negligentes do padrasto. Lachlan sofrera demais, estava à beira do mais completo e absoluto colapso. Darius tentara e ainda estava tentando consertar o que estava ao seu alcance – remendar velas de barcos, fornecer a comida que conseguia roubar da cozinha de casa e adiar o recolhimento de impostos pelo máximo de tempo possível –, mas era apenas um único homem, e o povo de Lachlan, apesar de miserável, continuava sendo numeroso. Toda vez que o lorde confrontava o padrasto a respeito desse assunto, depois de ter reunido toda a sua coragem, não demorava para ser reduzido a cinzas na presença de Hayzar. Darius, de repente, ficava sem palavras, petrificado e apavorado de forma vergonhosa, porque uma escuridão devoradora se apoderava dele.

As cicatrizes que o lorde tinha na pele começaram a arder com essas lembranças enevoadas, e ele se sacudiu para livrar-se delas.

Desesperado, Darius pensava que sua condição o tornaria a presa perfeita para o rei. Estava a um minúsculo passo de desistir da própria alma em troca de ajuda, de qualquer coisa que pudesse curar as feridas de Lachlan, mas, pelo jeito, isso não fazia a menor diferença. Chegara a pensar que a solução seria simples: certamente, o Rei Ladrão veria que havia apenas um homem, uma única pessoa de quem precisava se livrar para pôr fim ao sofrimento de Lachlan. Mas não. O Rei Ladrão apenas lhe disse que iria pensar nos problemas de Lachlan e, se resolvesse ajudar, Darius seria avisado uma hora ou outra.

Que resposta absurda foi aquela?

Isso depois de tudo o que o lorde havia pagado e arriscado, despistando o padrasto para encontrar aquele reino. Um dinheiro que deveria ter sido destinado ao seu povo...

E, se o Rei Ladrão resolvesse *mesmo* ajudá-lo, quanto isso iria custar? Será que poderia pagar? Será que teria a chance de saber antes de o trato ser firmado? E se não recebesse ajuda nenhuma, o que aconteceria, então?

Quando fez essas perguntas, a criatura envolta em fumaça apenas ordenou que Darius se retirasse, repetiu que tinha tomado sua decisão indecisa e lhe mandou aproveitar a festa que aconteceria no palácio logo mais.

Enlouquecedor.

– É só passar por ali. – O homem curvado apontou para um túnel grosseiro à esquerda, que parecia ter sido cavado de na pedra azul-noite do palácio.

– O quê? – perguntou Darius, tentando engolir a fúria borbulhante causada pelo desfecho daquela noite.

– A festa que *cê* foi convidado.

– Já disse que não vou.

– Mas *cê* vai.

O lorde deu uma risada mal-humorada.

– Ah, vou? E você será a pessoa que vai me obrigar a ir?

O sensividente fez que não.

– *Cê* vai de livre e espontânea vontade.

– Escute aqui. – Darius massageou, com a mão enluvada, uma das têmporas, que latejava. – Estou exausto, morrendo de fome, cansado de usar essa máscara e, por mais que me irrite admitir, à beira de um colapso nervoso. Só quero que me mostre o caminho de volta a Jabari.

– O que *cê* procura vai *encontrá* lá embaixo. Ninguém sai de uma apresentação das Mousai insatisfeito.

– Que Mousai?

– Elas vão matar sua fome e aliviar suas *dor*.

– Por acaso elas são o boticário do palácio?

O guia soltou uma risada enfumaçada.

– Há quem diga que sim.

O lorde olhou para o túnel comprido até ver a luz fraca que havia no final dele, ouvindo o burburinho que ecoava lá de dentro.

– Talvez *cê* nunca mais entre aqui de novo. – A criatura curvada deu um passo em direção ao som. – *Cê* não quer ver algumas *maravilha* antes de *voltá* pra casa, onde chove tanto?

Quando deu por si, Darius nem se importava mais em descobrir como o homem sabia que uma nuvem de tempestade constante pairava sobre Lachlan ou que ele era natural de lá. Se o guia estivesse tentando ludibriá-lo para convencê-lo a ir à festa, estava conseguindo.

– Por que tenho a sensação de que você terá mais prazer com isso do que eu? – indagou Darius, resignado a seguir o homem.

– Porque *cê* é inteligente, apesar da primeira impressão.

– Que grande elogio. Se eu não tivesse bom-senso, diria que você está começando a gostar de mim.

– Gosto de você ao ponto de te *avisá* pra não comer nada que seja de graça e só beber depois da apresentação delas.

– Como é que é?

Mas todas as possíveis respostas sumiram, porque Darius foi levado, depois de passar por uma entrada rochosa, até uma caverna enorme e abobadada, apinhada de figuras estranhas e fantásticas.

O cheiro o atingiu primeiro: camadas e mais camadas de perfume e um odor pungente e terroso que só um amontoado de gente poderia produzir.

Depois, o som: gritos, gemidos e risadas misturados.

Depois, a cena: devassidão. A cada centímetro.

Pelo menos uma dúzia de camarotes feitos de pedra rodeavam o antro de cima a baixo, até chegar a uma claraboia circular, por onde era possível vislumbrar o brilho da noite estrelada pelas larvas luminescentes. Criaturas seminuas e vestidas, altas e baixas, tortas, eretas e com diversas outras formas sussurravam, uivavam e faziam uma infinidade de outros ruídos que Darius mal era capaz de descrever. Movimentavam-se em onda ao redor dele e se derramavam dos muitos andares daquele lugar altíssimo. Algumas estavam de pé, agarradas a pratos com montanhas de carnes e legumes no vapor, enquanto observavam outras trocando socos e brigando para cair nas graças de alguma bela criatura. Outras, que davam a impressão de já terem vencido, apalpavam, acariciavam e beijavam seus respectivos prêmios, que gemiam, por sua vez, mais do que satisfeitos em receber tamanha atenção.

Apesar de certas partes do corpo que Darius gostaria que estivessem cobertas balançarem livremente, o rosto de todos estava escondido, preservando o anonimato. Grandes cálices eram servidos em bandejas por seres pintados de dourado, e um enorme banquete estava em exibição, acompanhando a curva de uma das paredes. Ali perto, sofás e divãs estavam lotados de mais convidados, enroscados uns nos outros ou admirando, ávidos, os acontecimentos. A iluminação era fraca, mas clara o suficiente para projetar sombras e pintar aquela cena vívida.

Darius não sabia se vomitava com o que via e ouvia ou se encontrava um pedaço de pergaminho para anotar tudo às pressas. Eis que se encontrava no lendário Reino do Ladrão, local do qual só se falava aos cochichos.

Apesar de estar com os olhos arregalados por trás da máscara, ficar em meio a tamanha depravação não causou ao lorde a sensação que ele esperava. Por mais aviltante que boa parte daquilo fosse, um ar de absoluta aceitação circulava pelo salão, como se todas as ações cometidas ali não oferecessem nenhum perigo e fossem desejadas, como se todos os prazeres, todas as dores e luxúrias secretas não fossem ser recriminados. A liberdade trazida por este entendimento fez Darius sentir uma vibração que o assustou. Quanto da própria vida, das próprias emoções, ele reprimia, acorrentava e silenciava? Como seria viver livre de preocupações, da sombra de Hayzar e da culpa que arranhava suas entranhas enquanto observava suas terras serem exauridas? Como seria causar dor em outra pessoa uma vez na vida? Apenas uma vez...

– Cuidado, meu rapaz. – A voz do sensividente interrompeu o delírio do lorde. – Sugiro que, nesta visita, *cê* olhe, mas não toque em nada, *tá*?

– Não quero ficar aqui – respondeu Darius, apesar de ter se dado conta de que não tinha forças para se retirar dali.

– Vem. – O guia puxou o lorde pela capa. – Vamos encher sua barriga.

Chegando à mesa, o homem fez um prato de arroz cozido no vapor, lustrosas costelas defumadas e uma colherada de algo que parecia horrível, mas tinha um cheiro divino.

– Prontinho. – Então, largou o prato nas mãos do lorde.

– Quanto isso vai custar?

– Você paga pra mim. – A voz grave fez os dois olharem para uma pessoa apoiada na mesa. De sobrancelhas tapadas por um pano carmim, pequenos rasgos revelavam olhos pretos. Era careca e estava sem camisa, tinha espirais vermelhas pintadas no corpo branco feito giz. Os desenhos se espalhavam por cada centímetro da pele, até desaparecerem por baixo da camisa vermelha de seda. Quando a pessoa sorriu, apenas seis dentes ficaram à mostra: – Olá, velho amigo – disse, olhando com desdém para o companheiro de Darius. – Quanto tempo faz que não janta conosco?

– Não ando com vontade de comer o que *cês* andam servindo.

A figura disfarçada de vermelho deu risada, um som estridente, de deleite.

– Quase me esqueci de seus encantos. Mas quem é esse que você nos trouxe na noite de hoje? – Nessa hora, voltou seu olhar refletor para o lorde. – Um leitãozinho querendo guinchar?

– Não ligue pra isso – disse o homem corcunda. – Quanto é?

– O de sempre. – Olhos negros mediram Darius de cima a baixo. – Um beijo.

O lorde arqueou as sobrancelhas.

– Por um prato de comida?

– Sim. – O sorriso de dentes à mostra ficou mais largo.

– Bem, você certamente confia muito em seus dotes culinários.

A criatura uniu as mãos e deu uma risadinha.

– Ah, ele vai se encaixar tão bem aqui...

Com o aroma da comida chegando ao nariz de Darius apesar da máscara, o estômago do lorde roncou faminto. Àquela altura, ele não ligava nem um pouco para quem tivesse que beijar em troca de comida.

– Então vamos lá, sim? – Darius deu um passo à frente, mas a criatura o fez parar, colocando a mão espalmada em seu peito.

– Por mais lisonjeira que seja sua avidez, criança... – Os dedos da pessoa roçaram no abdômen de Darius, provocativos. – É ele – então olhou para o sensividente – que eu desejo beijar.

Apesar de o guia ser uma múmia ambulante dos pés à cabeça, o lorde poderia jurar que o sentiu ficar corado por baixo dos trapos.

– Vem cá, meu bichinho – murmurou a pessoa de vermelho. – Não há mais nada que possa saldar essa dívida.

– E *cê* ainda não sabe por que faz tanto tempo que não venho aqui.

– Ah, seu esnobe. – O ser sacudiu a mão, achando graça. – Você perguntou quanto devia antes da hora. – A pessoa caiu de joelhos e acariciou o rosto coberto de pano do sensividente antes de afastar um pedaço do tecido, revelando lábios carbonizados e enegrecidos. – Que lindos – sussurrou, antes de encostar a boca na boca do guia.

O beijo acabou dentro da mais rápida queda de um grão de areia, mas Darius não pôde deixar de reparar que o guia se inclinou para a frente, como se quisesse que aquilo durasse instantes mais.

A pessoa pintada de vermelho ficou firme, sorrindo, e colocou a gaze do sensividente de volta no lugar.

– Não pense duas vezes antes de encher o prato de novo – falou com Darius, mas olhando para o guia. – Vou passar a noite inteira aqui, cobrando.

E, depois dessa, o ser se virou e dirigiu-se à fila de convidados famintos que havia se formado.

– Por acaso vocês dois...?

– Não bisbilhotei a sua vida. – O sensividente interrompeu Darius enquanto os dois se acotovelavam para chegar até um espaço vago que havia em uma parede do outro lado. – Espero que *cê* retribua o favor.

– Justo. – O lorde mudou a máscara de posição para conseguir comer. Quase grunhiu. Poderiam ser sobras jogadas no lixo que, ainda assim, teria ficado satisfeito.

– Come rápido, menino – instruiu o guia. – Elas vão chegar logo, logo.

– Elas quem?

– As Mousai.

O que essas tais Mousai têm de tão especial?, pensou Darius, irritado.

– E não dá para comer enquanto elas estiverem no recinto? – questionou o lorde.

O homem soltou uma leve risadinha.

– *Cê* pode até *tentá*, com toda a certeza, mas vai ser difícil, com as *mão acorrentada*.

– Como é que é? – Darius franziu o cenho para o guia.

Bem nessa hora, fez-se silêncio no recinto, a luz dos candelabros espalhados pela caverna de teto abobadado diminuiu e um holofote se acendeu, iluminando uma pessoa cinco sacadões acima.

Ela era linda, uma criatura alta que mais parecia uma estátua, a pele escura feito noite sem luar, de cabeça raspada, pescoço comprido e gracioso. Um vestido cinza-claro envolvia todo o seu corpo esguio, faixas prateadas subiam serpenteando pelos braços delicados, até chegar ao rosto, que deixara à mostra. Olhos violeta e espertos perscrutaram a plateia lá embaixo. Aparentava não ter mais do que 24 anos, mas até Darius era capaz de notar que não era em anos que aquela criatura media seu tempo. Parecia que o pulsar de sua energia avassaladora se espalhava como o calor solar, aquecendo a todos lá embaixo, apesar da distância. Só que essa sensação causava um formigamento que alertava os demais a manter distância, porque o Sol também tem o poder de queimar. O lorde tremeu ao senti-la, sabendo que isso só podia significar uma coisa: aquela criatura não era deste mundo; era uma criatura antiquíssima.

– Sejam bem-vindos, meus docinhos. – A voz sensual foi ouvida por toda a caverna. – Nosso rei foi generoso ao nos conceder esta noite, não foi?

Uma rápida sucessão de vivas tomou conta da caverna.

– E as dádivas de nosso rei não param por aí – prosseguiu a mulher. – Mas, antes que possamos aproveitá-las, pedimos que tomem as precauções de sempre.

– Que precauções? – sussurrou Darius para o guia, sentindo um incômodo se infiltrar em seu corpo.

O sensividente apenas fez *shhh*, e os olhos violeta da mulher bailaram pela plateia, enquanto ela prosseguia:

– Quem tiver dons deixados pelos deuses perdidos pode ficar onde está, mas quem não possuir nem uma gota de magia está convidado a se retirar agora ou, caso tenha a ousadia de permanecer aqui, encontrará um banco com amarras nos fundos do salão. Ninguém deve testemunhar a apresentação das Mousai sem tomar tais medidas. Agora, vamos lá, meus queridos. – Ela ergueu as mãos bem alto. – Vão para seus lugares, porque as criaturas que vieram ver estão aqui!

O recinto irrompeu em conversas, com a plateia se movimentando em uma onda conforme se dividia entre os que tinham dons e os que não. Darius foi levado para o lado por um aglomerado de guardas, e seu prato de comida caiu no chão, fazendo barulho. O lorde gritou para que os guardas parassem com aquilo, seu coração batendo feito bombas que explodiam no peito, porque mãos desconhecidas o empurravam, abruptamente, para cima de um banco. Só que, em um piscar de olhos, ele estava sentado e acorrentado à parede com mais uma dúzia de homens e mulheres. A respiração saía ofegante enquanto procurava o guia pelo recinto, mas não havia nenhuma criatura que Darius fosse capaz de reconhecer. Olhou de soslaio para os outros que estavam ao seu lado. A única gota de alívio foi perceber que ninguém estava em pânico como ele. Na verdade, as bocas que não estavam tapadas exibiam um sorriso largo, de expectativa. Como será que os guardas sabiam que todas aquelas pessoas eram desprovidas de magia? Que ele não queria ir embora, como a mulher sugerira que algumas pessoas fizessem? Mas, antes que pudesse fazer mais perguntas ou resistir aos grilhões, a escuridão se instaurou na câmara.

E não era qualquer escuridão, mas um vácuo devorador. Parecia que os olhos de Darius haviam sido arrancados da cabeça.

O pânico inundou suas veias instantes antes de um raio de luz brilhar na entrada cavernosa do recinto onde agora a plateia estava reunida, formando um semicírculo apinhado. O lorde estreitou os olhos, tentando enxergar naquele breu de nanquim, bem na hora em que um grupo de pessoas sombrias surgiu. O silêncio instaurou-se no recinto mais uma vez, um silêncio carregado de uma esperança impaciente. Darius inclinou o corpo para a frente, as correntes fizeram barulho. Ele observou três auxiliares agachados, fantasiados de animais de pelo trançado, empurrarem uma plataforma para a frente. Em cima desta havia três pessoas que mais pareciam estátuas, com a cintura marcada e envoltas nos figurinos mais elaborados que Darius já vira na vida.

A mais alta, que estava no meio, usava um arranjo de cabeça enorme, feito de asas de corvo abertas. Um xale negro tapava seu rosto, com pedras de ônix aplicadas em cima dos olhos e das bochechas, deixando à mostra os lábios volumosos e roxos e o queixo pintado de branco acinzentado. Seu vestido mais parecia nanquim líquido, com pinceladas de violeta escuro na trama do tecido. Ela estava parada de pé, com as mãos cobertas por luvas pretas e justas e amarradas com seda escura, impedindo-a de mexer o dedo mindinho.

A mais baixa do trio trajava um figurino que mais parecia uma rosa de fogo prestes a desabrochar, o tecido macio se enroscando nos tornozelos antes de se esparramar pela plataforma. Nuances sombreadas de laranja e negro envolviam graciosamente todo o seu corpo de ampulheta, mantendo-a presa no lugar, contendo os braços e as pernas. O rosto estava tapado por uma intrincada renda cor de creme, com plumas espalhadas, e o cabelo estava preso dentro daquela mortalha, permitindo que um longo véu com mais plumas peroladas caísse pelas costas.

A outra era a mais chocante das três: o rosto estava todo coberto por uma máscara com aplicação de pérolas negras por toda parte. Um laço gigante, feito de plumas cor de obsidiana e azuis-escuras, enfeitava o alto da cabeça, ao passo que o corpo esguio estava envolvido, da cabeça aos pés, em uma espécie de gaze transparente cor de ébano, com as partes mais desejáveis escondidas por plumas de ônix que se enroscavam ao redor de seu corpo.

Todo e qualquer pedaço de pele à mostra era decorado com intrincadas espirais de tinta branca e preta, o que fazia o verdadeiro tom de pele delas permanecer um mistério. As três mais pareciam pássaros congelados, feitos de pesadelos e paraísos.

Enquanto as mulheres permaneciam imóveis, os mesmos três auxiliares foram para a frente, soltaram as mãos da mais alta e colocaram um elegante violino em seus braços. Depois, soltaram os grilhões de seda da mais baixa. Por fim, soltaram a parte de baixo da máscara de pérolas da outra, revelando lábios volumosos, pintados de preto, com mais desenhos pintados no queixo. Os olhos permaneceram tapados.

O coração de Darius pulou no peito. Nunca na vida tinha testemunhado tamanha arte, tamanha beleza sombria, e estava ao mesmo tempo apavorado e desesperado para saber o que iria acontecer.

Aos poucos, como uma brisa suave levanta uma pétala de flor, a mulher que segurava o violino acertou a posição do instrumento. Os presentes no recinto respiraram fundo antes que ela roçasse o arco nas cordas.

O mundo entrou em colapso no instante em que a melodia assombrosa fluiu pelo corpo do lorde. Tão simples, um único acorde, mas infiltrou-se em sua mente e devorou todo e qualquer pensamento não relacionado ao trio diante dele. Cerrando os dentes para segurar um gemido, Darius ouviu, indefeso, ela tirar mais um acorde, depois outro, até que ficou tonto com os sons que ela criava. Os braços graciosos da mulher movimentavam-se como se não fossem submetidos à lei da gravidade, os dedos voejando logo acima do pescoço de seu filho. Porque era assim que a criatura segurava o instrumento, como se fosse seu bem mais precioso, o amor de sua vida, e o violino retribuía como tal.

Darius quis gritar com aquela feiticeira, implorar para que parasse de tocar e, ao mesmo tempo, suplicar para que nunca parasse. Mas, antes que pudesse pronunciar uma palavra que fosse, a mulher mais baixa, envolta em laranja, começou a se movimentar. O vestido florescia à medida que ela entrava no ritmo que a outra criava. Dançou, em transe, em volta da violinista, a cauda do vestido voejado feito asas, ao passo que os quadris pareciam agarrar as notas e fazê-las rodopiar. O tecido do traje flutuou, rodopiou e enroscou-se nela, um tornado de beleza e paixão.

A pele de Darius ardeu com essa cena, com esse feitiço da mais pura energia pulsante, e ele não era o único que estava sofrendo, porque alguém choramingou à sua esquerda, depois à direita. O lorde estava prestes a olhar os vizinhos, mas parou porque a terceira artista, ainda com os olhos tapados, abriu a boca e...

Pelo mar de Obasi.

Devastação eterna.

A alma de Darius foi arrancada do corpo e picotada em mil pedaços. Uma única nota, apenas uma, bastou para arruiná-lo. Os olhos, os ouvidos, o nariz e a boca – tudo nele foi inundado pela melodia que ela derramava da própria alma e, bem na hora em que o lorde ficou convencido de que se afogaria naquela música, a mulher dividiu a nota em duas, depois três, como se tivesse uma dezena de vozes dentro de si. Tomou conta da câmara com sua harmonia destrutiva, permitindo que levitasse e saísse pela abertura do teto.

O lorde foi reduzido a pontinhos de energia que circulavam, ávidos, precisando, desejando e buscando o espaço onde poderiam se fundir com aquela voz. A canção não continha palavras, mas, mesmo assim, falava de desejos profundamente escondidos, de anseios, de nascimentos e mortes. As três aceleraram o ritmo, parecendo saber o que cada uma precisava para chegar à próxima nota, virada e acorde.

Era demais.

Demasiado.

As três eram sereias em uma ilha rochosa, cercada por ondas que arrebentavam, desafiando todos a juntar-se a elas, algo que Darius teria feito de livre e espontânea vontade, mas, bem nessa hora, seus olhos se reviraram. Suas últimas lembranças eram de uma caverna escura, lotada com uma azáfama de corpos que se empurravam e dançavam de forma hedonista.

– Rapaz. – Darius sentiu um tapa dolorido no rosto. – Rapaz, abre os olhos. Isso aí. Agora, fica com eles *aberto*.

Piscando para recobrar a consciência, o lorde deu de cara com o guia sensividente parado diante dele.

– O que aconteceu? – perguntou.

– *Cê* desmaiou.

– Desmaiei...

Quando olhou em volta, admirando uma cena muito parecida com a que encontrara assim que entrou na caverna abobadada, Darius teve a sensação de que sua boca era pura poeira. Só que agora ele estava esparramado no banco onde fora forçado a sentar-se, e a perna ardia. Encolhendo-se de dor, ele endireitou-se no banco e olhou para a pele vermelha dos pulsos, que estavam em carne viva de tanto roçar nas correntes, e para os grilhões das pernas, que marcavam as calças de couro – devia ter se debatido loucamente contra as algemas. A respiração saía aos borbotões, mas não rápido ao ponto de acalmar os pulmões que ardiam, enquanto o recinto continuava a girar. O que acontecera com a música? Com o canto?

Uma profunda dor de perda preencheu o peito de Darius.

Ele precisava daquilo. Precisava ouvir, ver e sentir tudo aquilo de novo. Caso contrário, certamente morreria. Apenas aquela voz, aquela música e o balançar daqueles quadris seriam capazes de, um dia, curá-lo daquela sensação. Darius estava desesperado por elas, *louco por elas*. Precisava...

– Beba isso.

Uma taça foi colocada em seus lábios à força, e um líquido gelado e adocicado desceu por sua garganta. Os músculos do lorde foram relaxando a cada gole, até que o fogo que havia dentro dele reduziu-se a uma chama, e a cabeça se desanuviou.

Soltando um suspiro de alívio, Darius encarou os olhos violeta da mulher que havia falado antes da apresentação, do alto do sacadão. Agora, ela estava agachada diante dele, com um cálice na mão. E, se o lorde já tinha achado aquela criatura linda vista de longe, ela era de uma opulência avassaladora de perto. Pele lisa e lustrosa feito mármore negro, maçãs do rosto bem marcadas e dentes brancos que davam a impressão de brilhar em seu sorriso inteligente. As íris dos olhos pulsavam como se contivessem estrelas minúsculas. Darius poderia jurar que o olhar daquela mulher o atravessou, como se ela fosse capaz de ver muito mais do que apenas o que havia por trás da máscara.

– O que é você? – Quando o lorde deu por si, estava fazendo essa pergunta.

– Aqui, somos chamados de Achak – respondeu ela. Sua voz, então, ficou mais grave, e seus traços de mulher mudaram para traços de homem.

Darius piscou.

Pelos deuses perdidos. *O que tinha naquela bebida?*

Outro rosto olhava para ele agora, tão sombrio e encantador quanto o anterior, mas com barba cerrada, nariz e boca mais largos e os mesmos olhos violeta, que ainda faiscavam.

O homem piscou para Darius antes de tornar a assumir a forma de mulher.

– Acho que vou vomitar – murmurou o lorde. Ele inclinou-se para a frente e ficou irritado ao se dar conta de que ainda estava acorrentado.

– Meu irmão costuma causar esse efeito nas pessoas – declararam os Achak, antes de dar um tapinha nos grilhões de Darius, fazendo-os se abrir. – Ele sempre foi o mais feio de nós dois.

– Se eu fosse você, me afastaria dele, amor – falou o sensividente, parado ao lado dos Achak. – O homem *tá* com uma cara meio pálida. Eu não ia querer que seu vestido ficasse todo manchado.

– Ele vai ficar bem – disse a mulher, colocando a mão no joelho de Darius e acalmando-o. – Não vai?

– Eu... sim, vou. – O lorde afastou a máscara do rosto apenas o suficiente para secar o suor que escorria pelas bochechas. Tinha vontade de arrancar aquela coisa maldita.

– Acho que está na hora de você levar seu amigo para casa – os Achak disseram para o guia, pondo-se de pé.

Para casa.

– Não, ainda não.

Darius também ficou de pé, testando o próprio equilíbrio. Apesar de ter se sentido péssimo há poucos instantes, recuperava-se com rapidez. Os olhos perscrutaram a caverna pulsante, passando por criaturas e mais criaturas na esperança de avistar uma em particular. Apesar de as Mousai serem três, o lorde não podia ignorar que sua alma havia se dividido e voltado a se unir quando ouviu aquela voz. Jamais se aproximaria dela de fato. Não, apenas precisava certificar-se de que ela era real, que estava viva, que complementava o esplendor de Aadilor.

– Não encontrará o que procura esta noite. – A voz mesclada dos Achak ecoou nos ouvidos de Darius, e ele assustou-se ao perceber que os antiquíssimos haviam se aproximado.

– Você também é sensividente? – perguntou o lorde, com certa irritação. Será que seus pensamentos um dia voltariam a ser realmente seus?

– Siga o seu guia e vá para casa, minha criança. – Os Achak colocaram a taça que seguravam em uma bandeja que passou. – Descanse. Você aprendeu e viu muita coisa esta noite.

– Posso ter aprendido e visto muita coisa – retrucou Darius. – Mas não foi nada disso que vim procurar aqui.

– Tem certeza? – perguntaram os Achak, e seus traços mudaram de mulher para homem mais uma vez. – Respostas surgem de muitas maneiras – disse o irmão, com uma voz pesada. Então deu um sorriso gentil, quase de pena, antes que ele e a irmã se fundissem com a plateia caótica.

Darius franziu o cenho. *Sim*, pensou. *Com toda a certeza*. Porque aquela excursão podia até ter lançado luz em muitas coisas, mas nenhuma delas lhe trouxe a resposta que ele mais desejava: como se livrar do padrasto.

CAPÍTULO OITO

Larkyra respirou fundo, saboreando o frescor da floresta, e passou pela entrada do portal. Muitos eram os caminhos que levavam à casa dos Achak, mas nenhum tão fácil quanto o que atravessava Yamanu. Isto é, desde que a pessoa encontrasse a pedra correta para virar, o portal certo. A jovem sempre dizia que a tal pedra tinha formato de losango. Niya argumentava que parecia mais um quadrado esmagado, e Arabessa insistia que apenas precisavam encontrar a pedra pintada de branco no meio da pilha cinzenta.

Arabessa é uma estraga-prazeres, pensou Larkyra, quando ela e as irmãs deixaram Yamanu para trás e começaram a percorrer uma trilha iluminada pela floresta. Tornara-se uma tradição tentar conseguir uma audiência com aquela criatura antiquíssima logo após o trio fazer sua apresentação no Reino do Ladrão. A maioria dos seres apavorava-se até de olhar os Achak nos olhos, que dirá bater à porta deles, mas ninguém poderia impedir Larkyra e as irmãs, caso quisessem fazer isso simultaneamente. Sendo assim, a jovem cantou uma melodia silenciosa em pensamento enquanto andava, sem se preocupar com a possibilidade de ser transformada em réptil caso irritasse um dos gêmeos – ou, pior ainda, ser transformada em alimento com um estalar de dedos, alimento esse que depois serviria de recheio de torta. Era uma ameaça constante vinda dos Achak, uma ameaça que começara no mesmíssimo dia em que elas, ainda pequenas, se tornaram pupilas dos gêmeos, que lhes davam lições de magia. Mas, até então, Larkyra só fora transformada em criatura rastejante uma única vez. E, depois de um suspiro de reprovação do pai das meninas, os Achak tiveram que fazê-la voltar ao normal na mesma hora. Àquela altura, isso era só um estorvo e não um empecilho.

– E então ele comeu de uma vez, com ossos e tudo. – Niya girou diante delas, as saias cor de pêssego rodopiando em volta de suas pernas.

– Estávamos todas presentes ontem à noite – reclamou Arabessa, pegando uma folha solta que caiu flutuando da copa das árvores. Era do mesmo tom de seu vestido solto verde-água, uma combinação perfeita. – Não precisa repetir o que vimos.

– E você viu *mesmo*? – perguntou Niya, arqueando a sobrancelha, o cabelo ruivo com um brilho dourado à luz do dia. – Tive a impressão de que você ficou parte da noite olhando sem parar para o outro lado do salão.

Arabessa sacudiu a folha da mão.

– É mesmo?

– *Ãhn-han.* – Niya fez que sim, dando um sorriso irônico. – Conte para nós, Ara. O que poderia ser mais fascinante do que ver um homem comer para salvar a própria vida?

– Talvez o gato de cinco cabeças que soltaram? – indagou Larkyra.

– Ou quem sabe a briga do Clã dos Ursos para decidir quem ficava melhor em traje de pele? – completou Niya.

– Não. – Larkyra sacudiu a cabeça. – Com certeza foram os peixes que conseguiam nadar no ar.

– Esses aí foram comidos antes de transcorrer o primeiro grão de areia, sua boba – falou Niya, fazendo *tsc-tsc*. – Ah! Já sei. Não foi quando Zimri...

– Estou um tanto surpresa por *você* ter tido tempo de reparar na direção do *meu* olhar – interrompeu Arabessa –, já que ficou nos arrastando de um lado para o outro, atrás de um certo pirata de Esrom.

Niya parou de saracotear e estreitou os olhos azuis para Arabessa.

– *Se*, por acaso, seguimos o lorde-pirata, foi apenas com o objetivo de obter informações para depois usar contra ele e sua tripulação.

– Na esperança de conseguir o quê? – perguntou Arabessa.

– Uma vantagem.

– Sim, querida. Você deixou isso bem claro, mas com qual propósito? Para quem vive cacarejando, falando mal desse homem, até que você gosta de ficar perto dele e de saber por onde o tal pirata anda.

– *Cacarejando?*

– Sim, assim mesmo. Obrigada pela demonstração.

Niya praticamente urrou.

– Por favor, irmãs – disse Larkyra, contendo o riso. – Vocês vão ficar com a pele toda enrugada de tanto trocar farpas. Além disso, estão irritando Kaipo. – O falcão deu um rasante entre as moças e bateu as asas enormes, fazendo o cabelo delas esvoaçar.

Larkyra riu baixinho e o pássaro respondeu com um gritinho de deleite, voltando para o alto das árvores.

– Vou comer esse bicho no jantar qualquer dia desses. – Niya arrumou sua juba ruiva.

– Não se eu conseguir comê-lo antes, no café da manhã. – Arabessa prendeu os poucos cachos castanho-escuros que haviam se soltado do penteado.

– Por favor. – Larkyra revirou os olhos. – Nenhuma das duas têm a inteligência necessária para capturar Kaipo.

– Quer apostar? – perguntaram as irmãs, em uníssono.

Larkyra foi poupada de responder porque elas tinham chegado ao limite da floresta, onde foram recebidas por um abismo escuro e sem fim, a terra sumindo debaixo de seus pés. Por cima do vazio, havia uma ponte em arco cujos tons de vermelho-tijolo iam se apagando conforme a construção avançava, suspensa no nada, em direção a uma arcada cinzenta e enevoada do outro lado – a entrada do Ocaso, onde os mortos moravam. Era chamada de Ponte Filtrante, pois as cores do mundo iam desbotando à medida que se atravessava, indo em direção ao lar dos mortos. Pairando acima da ponte, uma pequena ilha que mais parecia um pedaço de grama arrancado por um gigante flutuava no ar, com terra e raízes penduradas na parte de baixo. Na parte de cima havia uma modesta casinha de campo de sapê, de onde a fumaça saía, convidativa, da chaminé.

Era *ali* que os Achak viviam, pois também guardavam o caminho que os vivos podiam tomar para visitar os mortos.

Mas pagando um preço.

Tudo *sempre* tinha um preço.

Um ano da vida da pessoa em questão era o valor de troca para atravessar e passar o transcorrer de um grão de areia inteiro no Ocaso. Larkyra, quando deu por si, estava mais uma vez tentando calcular quantos anos o pai havia trocado, já que os fios brancos do cabelo dele tinham ficado mais numerosos.

Mais uma vez, aquela culpa incessante nadou nas entranhas da jovem. Se ela não existisse, Dolion não precisaria sacrificar-se apenas para vislumbrar a esposa.

– Você vem? – questionou Niya, que tinha parado na metade da ponte.

– Sim – respondeu Larkyra, saindo do limite da floresta. Suas saias azuis farfalharam quando deixou para trás os reconfortantes tons de verde do meio da manhã e atravessou a ponte.

Arabessa aproximou-se das raízes que balançavam com delicadeza, dependuradas logo acima na colina gramada dos Achak. Deu um puxão forte, soltando uma porção de besouros da lama compactada. Os insetos saíram correndo pelo galho e reuniram-se, formando um grande olho piscante que balançou para lá e para cá, a pupila negra e brilhante mostrando o reflexo das três jovens antes de explodir, fazendo os insetos voltarem lá para cima correndo e sumirem no meio da terra.

Demorou um instante até uma escada de corda ser atirada na beirada da ilha, batendo na ponte com uma pancada seca. Arabessa a segurou, pulou no primeiro degrau e começou a subir. Niya e Larkyra logo seguiram os passos da irmã.

Depois que as três pisaram, sãs e salvas, na grama lá em cima, Larkyra tirou a poeira das saias antes de ajudar a ajeitar a gola de Niya. Assim que ficou apresentável, a jovem virou-se de frente para a humilde morada de uma das criaturas mais poderosas que conheciam.

Apesar de parecer uma adorável casa de vó, qualquer um com o mínimo de bom senso saberia que tal inocência sempre mascara um caleidoscópio de intenções nefastas. O açúcar atrai mais coisas doces do que o sangue, afinal de contas.

Ao chegar na porta da casa campestre, que tinha trepadeiras que subiam pela parte de cima e lírios brancos e amarelos pintados nas ripas de madeira, Larkyra bateu com gosto.

Houve uma pausa, e então...

As trepadeiras se sacudiram e envolveram as três irmãs, imobilizando-as. Os ramos puxaram, puxaram mais e tornaram a puxar, até que o espartilho de Larkyra, que já era constritivo, lhe pareceu folgado em comparação com o aperto da vegetação.

– Será que isso é sempre necessário? – resmungou ela.

Arabessa bateu na porta mais uma vez, com o pé que ficou livre.

– Não tem ninguém em casa. – Uma voz grave e abafada veio do outro lado da porta.

– Então por que seus besouros permitiram que subíssemos? – questionou Niya, ofegante.

– E por que só ouvimos a resposta agora? – completou Arabessa, dando uma cotovelada na lateral do corpo de Larkyra.

Silêncio.

– Trouxemos pão doce recém-assado para comer com vocês – Larkyra conseguiu cantarolar, apesar do aperto.

A porta se abriu com um *vush* bem na hora em que as trepadeiras se soltaram e voltaram serpenteando fachada acima, lindas e inocentes outra vez. Larkyra respirou fundo, assim como as irmãs, antes de se endireitar para admirar um homem barbado, extremamente alto, de pele escura. Estava trajado como um príncipe em um momento de descanso: túnica de seda verde comprida e os pés descalços à mostra.

– Cadê? – Espremidos olhos violeta mediram as irmãs de cima a baixo.

– Aqui dentro. – Larkyra empurrou os Achak e passou por eles.

– Sim, tem um monte deles aqui dentro – disse Niya, e ela e Arabessa se espremeram para passar pela porta.

Apesar de a fachada dos Achak dar a impressão de ser a de uma modesta casa de um andar, por dentro havia três generosos andares. Tapetes oriundos de uma variedade de terras cobriam cada centímetro do saguão, esparramavam-se pelo restante dos cômodos, nos andares de cima, e até subiam por algumas paredes. Havia pinturas elaboradas penduradas em toda e qualquer superfície disponível, incluindo o teto e os tampos das mesas. Pairava no ar um aroma floral, de incenso e óleos misturados, pufes e divãs coloridos estavam distribuídos aleatoriamente pelo espaço. Havia livros em uma miríade de idiomas, abertos, guardados ou empilhados perto das diversas salas de estar, como se o ser que habitava aquela morada tivesse a tendência de sentar-se para ler ao acaso com a mesma rapidez que encontrava algum outro interesse que o fazia levantar e se afastar dali. Um corpo em guerra com duas mentes.

– Não disse que vocês podiam entrar. – Os Achak foram logo indo atrás de Larkyra, que entrou na cozinha, pisando em mais tapetes refinados, que só acabavam ao chegar perto de um grande fogão à lenha. Chamas azuis e roxas lambiam a parte de baixo de um caldeirão, os aromas eram convidativos.

– Vocês abriram a porta, não abriram? – questionou Larkyra, conferindo a grande despensa.

Niya e Arabessa se acomodaram em volta de uma mesa de madeira gasta que ficava no meio da cozinha.

– Só para pegar o pão doce – declararam os Achak, antes de murmurarem uma maldição. – Mas vocês não têm pão doce coisa nenhuma.

– Teremos logo, logo. – Larkyra pegou os ingredientes e correu para um dos poucos espaços livres no balcão.

– Saiam já daqui. – Os Achak apontaram para a porta da morada. – Não recebemos mentirosos em nossa casa.

– Tecnicamente, não mentimos – retrucou Niya, antes de dar uma mordida em uma maçã que arrebatara de uma tigela bem à vista. – Falamos recém-assado, e o que pode ser mais recém-assado do aquele que ainda não foi feito?

– Aquele que acabou de sair do forno – replicaram os Achak.

Niya deu a impressão de pensar a respeito enquanto mastigava e recostou-se na cadeira.

– Verdade, mas acabado de sair do forno da *sua* casa é muito mais gostoso do que aquele que saiu do forno em Jabari, viajou até aqui passando por Yamanu, atravessou a Ponte Filtrante, foi carregado escada acima em um saco para, sem dúvida, ser esmagado pelas suas trepadeiras insuportáveis e só depois foi trazido até a porta da sua casa, não acham?

– Se realmente se importassem com o que achamos, nenhuma das três estaria sentada aqui neste momento.

– Achak – censurou Niya, fazendo *tsc-tsc*. – E agora, quem é o mentiroso?

Larkyra imaginou que, se o homem imponente parado diante do batente da porta tivesse penas pelo corpo, elas estariam eriçadas.

– Cadê sua irmã? – perguntou Arabessa.

– Correu para se esconder assim que vocês bateram. – Os Achak cruzaram os braços, e a túnica de seda refinada movimentou-se feito líquido na luz quente da cozinha.

– Pura mentira – disse Arabessa. – Sua irmã nos adora.

– Mais uma coisa que, ainda bem, não temos em comum. – Ele encarou as jovens com ar de desconfiança, porque Larkyra e as irmãs estavam bem à vontade na cozinha de sua casa.

Larkyra sorriu e começou a misturar os ingredientes dentro de uma tigela.

– Agora conte – resmungou Niya, com a boca cheia de fruta. – Por que sempre faz uma tempestade em copo d'água quando estamos aqui?

– Porque os problemas andam de mãos dadas com a sombra de cada uma de vocês – responderam os Achak, indo até o cozido que estavam preparando antes de serem interrompidos pelas jovens.

Larkyra conteve o riso e sovou a massa que acabara de se formar na superfície de madeira do balcão. Essa era a dança que sempre faziam: o irmão resmungava e elas o provocavam sem trégua, até a irmã aparecer. Os gêmeos eram uma constante na vida das três desde que Larkyra se conhecia por gente e, apesar de terem muitos nomes, apenas um não fora sugado pelo Não Existe Mais: Achak.

Eles haviam explicado isso para as jovens da família Bassette logo no começo, quando as meninas quiseram saber por que os Achak não tinham sobrenome.

"Não precisamos de um", respondeu o irmão.

"Mas certamente saíram de alguma família", disse Arabessa. *"Sem sobrenome, como vão saber quem são os seus parentes?"*

"Rótulos não têm significado, que dirá aqueles que ficam em segundo plano em relação ao nome. Para ter uma família, só é preciso se familiarizar com alguém", explicaram os Achak. "Além do mais, se tivemos família um dia, qualquer indício dela foi levado pelo Não Existe Mais."

"Pelo não o quê?", perguntou Niya.

"O Não Existe Mais", repetiram os Achak, bufando de impaciência. "Preste atenção, criança. Quando algo se perde na memória coletiva de uma sociedade, a energia que sustentava sua existência se desfaz, feito água quando passa pela peneira, e esse algo simplesmente Não Existe Mais. É sugado por um buraco que engole qualquer reino, lugar ou coisa que foi esquecida."

"Mas por quê?", perguntou Larkyra, endireitando-se na cadeira, de olhos arregalados.

"Por que deixa de existir, eu não faço ideia, querida. Você não entende? É o Não Existe Mais."

Larkyra e as irmãs ficaram perplexas.

"Apesar de existir uma abundância de coisas mágicas e misteriosas em Aadilor", prosseguiram os Achak, "nada é tão inexplicável e de pernas para o ar quanto o Não Existe Mais e as coisas que ele leva."

Larkyra e as irmãs ficaram ouvindo, em êxtase, os Achak explicarem que isso incluía a casa de onde a mãe das meninas e os gêmeos haviam saído, originalmente.

"Posso ser a única criatura que sobrou deste lado do Ocaso capaz de trazer essas terras esquecidas de volta", declararam os Achak.

"É mesmo?", perguntou Arabessa. "E como fariam isso?"

Os gêmeos deram de ombros. "Bastaria começar a contar histórias a respeito dela, suponho. Mas não faremos isso", avisaram Achak. "Nem adianta pedir."

"Mas por que nunca vão contar nada?", choramingou Larkyra.

"Porque certas coisas", responderam os Achak, "é melhor esquecer."

Larkyra, que tinha se abaixado para colocar o pão no forno dos Achak, levantou-se refletindo sobre essa lembrança e sobre o fato de que, até o presente momento, o aviso dado por eles não impedia que as três suplicassem para os gêmeos contarem histórias a respeito da mãe, a bela feiticeira Johanna. Como, ao que tudo indicava, essa era a única fraqueza dos Achak – as lembranças de sua amiga mais querida –, eles atendiam ao pedido com frequência.

Ao longo dos anos, Larkyra ouvira essas histórias com avidez e colecionara pequenos detalhes a respeito da mulher que amava, mas mal conhecera. Que o sorriso de Johanna fazia flores brotarem por onde passava. Que seu cabelo castanho-escuro ganhava um brilho arroxeado após uma tempestade. Que tinha uma risada específica, parecida com o som de um sino dos ventos, que só o pai delas era capaz de arrancar. Que, nas três vezes em que ficou grávida, Johanna tornou-se obcecada por recolher fios jogados fora e amarrá-los para, uma hora ou outra, fazer uma tapeçaria – eram dela os três tapetes que, hoje, ficavam pendurados no quarto do pai das irmãs. Era esse o motivo de as meninas da família Bassette arriscarem aquelas visitas aos gêmeos, de voltarem àquela ilha minúscula, à beira da existência. E, apesar de suas incessantes provocações ao irmão, Larkyra e as irmãs amavam os Achak profundamente. E a criatura, apesar de nunca ter dito isso, muito provavelmente também as amava.

– Se mantiver segredos nas sombras, meu querido Achak – Arabessa arqueou a sobrancelha para o irmão, que mexia o cozido –, problemas serão apenas *uma* das coisas indóceis que andarão de mãos dadas conosco.

– E é por isso que nunca nos demos ao trabalho de fazer algo tão inútil. – Os Achak pegaram uma concha e serviram algumas colheradas daquela gororoba cinzenta, cheia de pedaços, em uma tigela de cerâmica.

Larkyra segurou-se para não se encolher toda. Aquilo podia até ter um aroma delicioso, mas o aspecto era pavoroso.

– Então, a que horas sua irmã volta? – perguntou Niya.

– Não faço ideia.

– Como isso é possível? – Niya colocou o miolo da maçã em cima da mesa. – Ela é *você*.

Os Achak quase deixaram cair a concha dentro do grande caldeirão de ferro.

– Ela certamente *não* sou eu. – Em seguida, endireitou a postura e lançou um olhar fulminante para Niya. – Eu sou eu, e ela é ela, muito obrigado. Agora, se vão continuar com esse comportamento tão grosseiro – eles apontaram mais uma vez para a porta –, por favor, vão para outro lugar. Ouvi dizer que as *pastinacas* dão flores nesta época do ano. Por que não vão pisar nelas, já que estão com vontade de serem perversas?

– Achak… – Arabessa começou a dizer.

Mas, antes que pudesse continuar, os Achak corcovearam e, enquanto o irmão rogava uma praga, sua túnica verde se sacudiu, como se estivesse em uma ventania, até que se aquietou e transformou-se em um voluptuoso vestido vermelho. O corpo emagreceu e ganhou curvas discretas, e olhos violeta bem parecidos com os anteriores espiaram de outro rosto: não tinha mais barba, era lisinho e delicado. Os lábios ficaram mais carnudos e largos, porque um sorriso terno se acendeu nos traços da nova criatura, cuja cabeça raspada refletia a luz.

– Vocês precisam desculpar a falta de educação de meu irmão – disseram os Achak, sua voz agora mais parecendo dois violinos tocando em harmonia. – Ele perdeu no xadrez ontem à noite e ainda está sofrendo de ego ferido.

– Você me deve uma moeda de prata – disse Niya, para Larkyra. – Ele durou menos do que um quarto de grão de areia, e você disse que ficaria por um grão de areia inteiro.

– *Pauzinhos* – resmungou Larkyra, remexendo nos bolsos das saias à procura da moeda. – Não sei como, mas tenho certeza de que você roubou.

– Se não sabe como, é irrelevante – retrucou Niya, sorrindo e pegando a moeda de prata da mão da irmã.

– Por favor, não me digam que apostaram por quanto tempo o irmão conseguiria nos aguentar – suspirou Arabessa. – Sério, meninas, o que eu falei sobre apostas?

– Desculpe. – Niya olhou para o chão, envergonhada. – Da próxima vez, faremos questão de lhe incluir.

– Nunca pedi nada além disso. – Arabessa alisou as saias.

– Vocês, meninas da família Bassette, sempre foram minhas preferidas – declararam os Achak, com um sorriso, antes de se virarem para o cozido do irmão. Então, o sorriso logo se transformou em careta. Com um estalar de dedos, aquele lodo grudento sumiu do fogão à lenha, e uma tábua de queijos vinhos e deliciosos chocolatinhos apareceu em cima da mesa diante delas.

– *Até que enfim.* – Niya inclinou-se para a frente e colocou um pouco de cada coisa em um pequeno prato. – Estava morrendo de vontade de comer alguma coisa doce desde que saímos de Yamanu.

– Mas Niya… – Larkyra ficou olhando a irmã colocar três mini chocolates na boca. – Estou fazendo pão doce.

– Sim, para a sobremesa.

– Você é ridícula – disse Larkyra, sentando-se.

– Sou da família Bassette. – Niya deu de ombros, como se isso servisse de explicação.

Os Achak riram e sentaram-se em uma cadeira ao lado de Niya.

– Vocês gostaram da apresentação de ontem à noite, Achak? – perguntou Arabessa, que, na visão da caçula, mais parecia uma girafa ao lado de Niya. Ou será que ela fazia Niya parecer um sapo? Seja lá como fosse, Larkyra guardou tais especulações específicas para si.

– Sempre gosto das apresentações de vocês – responderam os Achak.

– Quem se saiu melhor? – indagou Niya.

– Quando se apresentam como as Mousai, devem ser avaliadas como uma só.

– *Com certeza.* – Niya se recostou na cadeira. – Mas qual das três se destacou mais?

– Como acham que *nós* nos saímos? – Larkyra reformulou a pergunta.

– Metade das pessoas sem dons desmaiaram – explicaram Achak. – E um punhado das que têm dons bateu de cara nas paredes.

Larkyra não foi a única no recinto a sorrir de deleite.

– E olha que as cordas do meu violino nem eram novas. – Arabessa pegou um pedaço de queijo, apunhalando-o com uma faca.

– Provavelmente, foi melhor assim – disse Larkyra.

– Sim. – Niya meneou a cabeça. – Até porque, da última vez que usei cordas novas, o chão ficou todo sujo, e não foi apenas de lágrimas.

Arabessa fez uma careta.

– Você tinha que nos lembrar disso, não *tinha*?

– Em defesa de Niya – Larkyra serviu chá para a irmã mais velha antes de encher as outras xícaras –, é algo difícil de se esquecer.

– Esses cheiros costumam ser mesmo inesquecíveis – concordaram os Achak, balançando a cabeça para agradecer Larkyra antes de tomar um gole de chá.

Arabessa deu de ombros.

– Como eu ia adivinhar a reação das pessoas sem dons?

– Está no passado agora. – Os Achak recostaram-se na cadeira. – E deve continuar lá apenas como uma lição a ser aprendida, e não remoída.

– Mas *certas* coisas do passado devem ser recontadas, não é? – perguntou Niya, com uma expressão esperançosa nos olhos azuis.

– E agora chegamos ao verdadeiro propósito dessa visita.

– Esse não é o *único* motivo para termos vindo até aqui – explicou Larkyra.

– Não, mas é um motivo importante. – Niya colocou mais um chocolate na boca.

Larkyra lançou um olhar de *fique quieta* para Niya.

– Não tenho ilusões a respeito dos desejos das irmãs Bassette – disseram os Achak. – Vou contar uma história curta, porque essa visita não será demorada.

Larkyra franziu o cenho, mas não pediu mais explicações. Se existia alguém capaz de sentir o futuro na passagem do tempo, esse alguém eram os Achak.

– Johanna… – Os Achak pronunciaram o nome baixinho, com ternura, olhando para a janela circular e escura da cozinha, sem dúvida enxergando o que havia através da porta cinzenta e enevoada, onde a mãe das meninas podia ser encontrada. – A cor preferida dela era amarelo. Por acaso o pai de vocês já havia revelado isso?

Elas fizeram que não, e Larkyra inclinou o corpo para a frente.

– Amarelo – repetiram os Achak. – E ela ficava realmente pavorosa com essa cor. Meu irmão e eu, é claro, falamos infinitas vezes que o amarelo apagava seu tom de pele. Parecia que a cor realmente sugava a energia dela, se é que podem acreditar nisso. Parecia que o próprio ar rejeitava a ideia de ela usar algo dessa gama. Mas isso não impedia Johanna de amá-la. – Os Achak sorriram. – Sua mãe chegou a usar amarelo na decoração de boa parte do quarto. Costumava dizer: "Por que só posso gostar de coisas que caem bem em mim? Não posso amar essa cor porque fica bonita no resto do mundo?". – Os gêmeos ficaram mexendo na beirada da xícara, passando o dedo fino na borda. – A mãe de vocês era assim: gostava de alguma coisa só pelo fato de essa coisa existir. Não por ela, mas pelos outros.

Larkyra sentiu um nó na garganta. Sua magia rodopiou com essa súbita sensação de tristeza, o peito virou uma bola de anseios enquanto aquela história fluía por ela e através dela. A cada mínima informação, a mãe ficava mais nítida, e a jovem estava desesperada para ver o retrato completo, para vislumbrar aquela mulher *como um todo*.

Sentiu aquela dor familiar outra vez, bem no âmago – o piche da culpa grudado permanentemente em seu coração, fazendo-a lançar olhares disfarçados para as irmãs. Será que, em parte, elas a odiavam por ter levado embora a mulher que conseguiram abraçar, cheirar e ouvir antes de a caçula vir ao mundo? E então vinha a pergunta que mais assombrava Larkyra, que a fazia se seguiar com todas as forças para controlar seus dons: *Será que minha vida realmente vale ter ceifado a vida de uma mulher como essa?*

Apesar de serem próximas, Larkyra e as irmãs mal comentavam sobre a morte da mãe. E, apesar de saber que as irmãs compreendiam as dificuldades causadas pelo aprendizado de sua magia, não conseguia calar, dentro da própria cabeça, a voz que dizia que as duas se ressentiam dela em silêncio por toda a dor que lhes causara.

Esse era um medo que a carcomia até os ossos, fazendo com que sua magia ficasse sempre de prontidão para pular em sua defesa, um formigamento de recompensa subindo pela garganta.

Firme, pensou Larkyra, dirigindo-se a seus poderes. *Fique firme.*

As palavras trouxeram à tona outra frase que os Achak lhe ensinaram havia muito tempo, durante uma das muitas lições que a jovem teve com eles tarde da noite.

"Mãos firmes passam o fio por agulhas mais finas", disseram os Achak. *"Você entende? Pratique ficar firme dentro de sua cabeça e de seu coração. Quando estiver cercada por uma tempestade..."*

"Fique firme", completou Larkyra.

"Quando sentir necessidade de gritar..."

"Fique firme."

Os Achak sorriram, balançando a cabeça e incentivando-a. "Se ficar firme, seu poder também ficará. Cabeça firme, coração firme."

Cabeça firme, coração firme, pensou Larkyra agora, compreendendo essas palavras que acabaram ajudando-a a ter uma postura tão deliberada e controlada quanto a de Niya e Arabessa ao conduzir um feitiço.

Uma rápida batida na janela da cozinha fez Larkyra pular na cadeira.

Quando se virou, viu Kaipo empoleirado do lado de fora, a cabeça prateada virando-se de um lado para o outro antes de bater com o bico no vidro de novo.

– Chegou a hora – disseram os Achak, assim que o sininho do forno tocou. – Não apenas da sobremesa, mas de vocês voltarem para Jabari.

– Só mais um pouquinho – suplicou Niya. – Por favor.

Kaipo bicou a janela de novo, e Niya olhou feio para ele.

– Não sou eu quem dita as regras na casa de vocês – explicaram os Achak. – E, pela insistência de Kaipo, algo me diz que o pai de vocês está chamando, lá em Jabari, e não tenho a menor vontade de chatear o rei.

– Sério, Achak – disse Niya. – Vocês, mais do que ninguém, não precisam ter medo do rei.

O rosto dos Achak ficou tenso.

– Minha criança, sou justamente eu, mais do que ninguém, que sabe com precisão por que todos devem ter medo do rei.

Um silêncio apreensivo tomou conta do ambiente. O crepitar das chamas do fogão à lenha era a única coisa que preenchia o vazio.

– Ok, muito bem. – Larkyra ficou de pé, sem querer estragar aquele pequeno presente, a lembrança da mãe, com aquela nova energia. – Tente dar algumas mordidas no pão antes que seu irmão coma tudo.

Os olhos violeta dos Achak fitaram os dela, a ternura tornando a se infiltrar neles.

– Se estiver bom como aquele último que você fez, de certo vou tentar.

– Vamos, princesas. – Larkyra fez sinal para as irmãs. – Ou não vou pensar duas vezes antes de apontar a culpada pelo nosso atraso.

– Como se você precisasse de desculpa para ficar de papagaiada e nos delatar para o papai.

– Só quando se trata das coisas que você faz. – Larkyra passou o braço em volta de Niya e lhe deu um aperto repleto de afeição. – Arabessa pode até matar alguém que nunca vou contar.

– Não seja ridícula. – Arabessa ficou de pé. – Você nunca ficaria sabendo se eu matasse alguém, para começo de conversa.

– Será que não? – questionou Larkyra.

– Já soube, por acaso? – retrucou Arabessa, posicionando-se na frente dela e de Niya, pronta para sair da cozinha.

– Eu não colocaria a mão no fogo por ela – sussurrou Niya. – Você viu o jeito que ela usou a faca para pegar o queijo? Papai sempre diz que as pessoas tranquilas são as mais loucas.

Larkyra mordeu o lábio para segurar o riso.

– Voltaremos logo – disse Niya, dirigindo-se aos Achak, que acompanharam as três até a porta.

– Tenho certeza de que esse logo será antes do que meu irmão gostaria.

– Sempre. – Niya deu um sorriso e saiu da casa.

– Tchau, Achak. – Larkyra acenou.

– Por acaso não estão esquecendo-se de nada? – perguntaram os Achak, encostando-se no batente da porta.

Larkyra olhou para baixo e em volta.

– Acho que não.

– A colher. – Os Achak ergueram a mão dela, com a palma virada para cima. – Que está no seu bolso.

– Ah – Larkyra tirou uma delicada colher de ouro do meio das saias, com três pérolas perfeitas engastadas no cabo. Era algo deliciosamente encantador. – Como será que foi parar aí?

– Para alguém que cresceu no Reino do Ladrão, você mente terrivelmente mal.

– Só quando a mentira não vai me salvar. – A jovem devolveu o pequeno tesouro a contragosto.

– Raramente salvam.

– Sim, mas às vezes…

– Elas são nossa única tábua de salvação – completaram os Achak.

Larkyra ficou na ponta dos pés e deu um beijo no rosto da antiquíssima, inalando o aroma de incenso que sua pele exalava. Em seguida, deu as costas e foi atrás das irmãs, percorrendo o caminho que passava por Yamanu até Jabari. Torceu para que o pai estivesse lá esperando – se é que era capaz de ser tão otimista – para lhe dar outro presente bonito. Porque não há nada melhor do que ganhar um presente para suprimir o desejo de roubar outro.

CAPÍTULO NOVE

O pai estava bêbado. Ou, pelo menos, Larkyra tinha se convencido disso, apesar de ainda não ser nem meio-dia. Afinal, ele não poderia ter dito o que disse se estivesse sóbrio.

– Pai... – Larkyra começou a falar, bem devagar. – O senhor andou bebendo o chá especial do cozinheiro de novo?

A grande ampulheta que ficava na cornija escoou, fazendo um barulho alto bem na hora em que Dolion, sentado atrás da mesa de carvalho do gabinete de sua casa em Jabari, arqueou as sobrancelhas.

– Será que esse meu erro nunca será esquecido? – perguntou. – Isso só aconteceu uma vez. E vocês três eram novas demais para recordar-se de verdade.

– Sim. – Niya meneou a cabeça. – Mas essa é uma das histórias de ninar preferidas de Charlotte. Sempre nos fez dormir rapidinho, depois de um ataque de riso.

Dolion franziu o cenho.

– Zimri, lembre-me de conversar com Charlotte depois que terminarmos esse assunto.

O rapaz estava parado de pé atrás de Dolion, olhando pela janela, para os jardins dos fundos da casa. O traje cinza envolvia seu corpo musculoso, e seu rosto negro não esboçava nenhuma emoção enquanto ouvia a conversa.

– Registrado, senhor. – Zimri se virou para as três irmãs. Seus olhos castanho-claros pousaram, timidamente, em Arabessa, que manteve a postura altiva, encarando o pai.

– Precisamos ir com Lark? – perguntou a jovem.

– Não de imediato. Podem visitá-la depois que ela se acomodar.

– Desculpe. Podemos voltar alguns instantes? – Larkyra ainda estava com dificuldade de entender o fardo que acabara de ser despejado em seus ombros. – Terei que me *casar* com o Duque de Lachlan?

– Tenho a esperança de que conseguiremos terminar tudo antes de as coisas chegarem a esse ponto.

– Ah, que alívio, já que o senhor *tem esperança*...

– Ele me pediu permissão para cortejá-la – explicou Dolion. – E, para nossos propósitos, é a maneira perfeita de conseguirmos entrar na casa dele.

– Mas esse homem é *nojento* – Larkyra quase choramingou – e viciado em *phorria*. Como o senhor bem sabe.

O pai recostou-se na cadeira, as pernas do móvel gemeram com o peso de seu corpo enorme. Trajava uma de suas vestes marrons preferidas por cima de uma camisa branca solta – uma contradição com aquele outro homem, aquela outra *persona*, da qual entrava e saía quase que todas as noites.

– E, como *você* bem sabe, tais descobertas serviram para, possivelmente, decidir qual será o nosso próximo projeto – rebateu Dolion. – Hayzar não está apenas consumindo *phorria*: pela aparência, tem se entregado a esse prazer há um bom tempo. Esse é um dos motivos para o duque ser nosso novo alvo. Precisamos descobrir quem é o seu fornecedor e como ele faz para contatá-lo. Como eu disse, não há nenhum registro da entrada de Hayzar no Reino do Ladrão e, portanto, alguém lá de dentro deve estar trazendo a droga aqui para fora.

– Reino ridículo que precisa conter o caos – resmungou Larkyra.

– Não é só isso – interveio Arabessa, puxando um fio solto das saias. Com um puxão mais forte, conseguiu arrancá-lo. – O uso dessa droga deve se restringir aos limites do reino para que os impostos possam ser cobrados, gerando lucro. Nosso mundo cavernoso não é autolimpante, afinal de contas.

Dolion voltou-se para a filha mais velha com uma faísca de orgulho brilhando nos olhos.

– Exatamente.

–Ainda assim – retrucou Larkyra, atingida por uma onda de desespero –, deve haver outras maneiras de descobrir quem está contrabandeando a droga.

– E há – concordou o pai. – Zimri, suas irmãs e eu vamos tratar delas enquanto você se responsabiliza por essa outra abordagem.

– Servindo de isca – comentou Larkyra, fazendo beicinho. – Então devo apenas ser uma linda distração enquanto vocês saem para se aventurar?

– Jamais subestime as ferramentas que os deuses perdidos lhe deram – censurou Niya –, incluindo a beleza. As mulheres têm que usar todos os atributos a seu favor. Você nem imagina o tipo de informação que pode ser obtido com um simples sorriso e um bom decote.

– Quando a mulher tem medidas avantajadas, talvez – rebateu Larkyra, sabendo que, comparados ao da irmã, seus seios eram púberes.

– Seios são seios. – Niya sacudiu a mão, em um gesto despreocupado. – Certo, Zimri?

– Como você faz tanta questão de recordar – respondeu o rapaz, um tanto entediado.

Larkyra queria continuar discutindo, mas não conseguiu encontrar argumentos convincentes para o debate, o que a deixou ainda mais irritada.

– O senhor disse que esse era *um dos* motivos. – A jovem, então, virou-se para o pai. – Qual é o outro?

– A residência do duque. – Dolion fez sinal para Zimri, que abriu um mapa em cima da mesa. – Precisamos roubar algo de lá.

Isso chamou a atenção de Larkyra e, pelo modo como as irmãs inclinaram-se para a frente, observando a grande faixa de terra designada ao Duque de Lachlan, também chamou a delas.

– Descobrimos que o duque é um acumulador quando se trata do dinheiro obtido pela exploração de suas terras – revelou Zimri, debruçando-se sobre o desenho. – E, com a variedade e a localização desses lagos – ele circulou um corpo d'água com o dedo –, não há dúvidas de que existe um suprimento interminável de peixes e metais preciosos a serem minerados, o que deveria trazer montes de prata para os cofres de Lachlan. Mas ouvimos dizer que os vassalos do duque recebem uma recompensa ínfima por seu trabalho.

– E o que devemos fazer com essas informações? – questionou Larkyra.

Dolion coçou a barba cerrada.

– Castelos antigos como o de Lachlan costumam contar com um cofre privativo, onde a família mantém seus ganhos, em vez de guardá-los em bancos públicos. Você precisa localizá-lo, descobrir como entrar nele e depois contar tudo para nós.

– Será que o duque não vai perceber que o cofre ficou vazio de repente? – indagou Niya.

– Imagine o cofre como um barco. Faremos um buraco tão minúsculo no barco dele, e a água vai se infiltrar tão devagar, que Hayzar só vai notar que está afundando quando já tivermos conseguido garantir que o povo de Lachlan receba dinheiro suficiente para lidar com a situação de seu reino por conta própria.

– E Jabari? – perguntou Niya, recostando-se. – Sei que faz parte de nossas operações ajudar os menos afortunados, mas não somos apenas filantropos. Nossa cidade não seria uma das mais importantes de Aadilor se assim fosse.

– Assim como o povo de Lachlan, Jabari também receberá sua porcentagem, como de costume. – Dolion tamborilou os dedos em cima da mesa. – Como bem sabe, doações anônimas aparecem o tempo todo.

Sim, pensou Larkyra, *doações anônimas que aparecem justamente quando terminamos cada um de nossos... projetos.*

– Você será muito bem cuidada quando Zimri partir – prosseguiu Dolion –, porque estará com Kaipo. Também farei uma chave de portal que se conecta ao nosso reino. Mas você *não* poderá usá-la a menos que seja absolutamente necessário. Não quero que sua ausência seja notada. E nada de usar seus poderes, se puder evitar. Apesar de a magia de Hayzar ser superficial, a essa altura ele já conhece a sensação de um feitiço. Se uma magia for lançada nele ou próxima a ele, o duque saberá. Precisa tomar cuidado para não expor os dons de nossa família.

Dolion encarregava as filhas de missões desde que eram pequenas, ensinando-as a retribuir o que recebiam do Reino do Ladrão e a usar seus poderes e favores para o bem – desde que ninguém as descobrisse. Os governantes de Jabari precisavam garantir a confiança do povo, e a magia tinha a tendência de provocar desconfiança em quem não a possuía. Claro que esses temores não eram infundados, porque, apesar de a família Bassette se esforçar para não abusar dos próprios poderes, outras pessoas eram bem menos escrupulosas.

– Mais alguma regra? – Larkyra cruzou os braços.

– No momento, não.

– Posso fazer uma pergunta, então?

O pai assentiu.

– Por que *eu*? Niya ou Arabessa certamente são mais indicadas para essa missão.

– Nem tente empurrar esse seu duque nojento pra cima de nós – rebateu Niya.

– Só sabemos que, se fosse uma de nós duas – completou Arabessa –, você reclamaria por não ter sido a escolhida.

Larkyra retorceu os lábios para as irmãs, irritada com o fato de as duas a conhecerem tão bem.

– Em primeiro lugar – Dolion interrompeu o que, de certo, seria mais uma das notórias e intermináveis discussões das irmãs Bassette –, o duque pediu que você, especificamente, minha querida, fosse sua futura e desejada noiva. Em segundo lugar, agora que passou por um *Lierenfast* e um *Eumar Journée* bem-sucedidos, está na hora de ter sua primeira missão solo.

O coração de Larkyra parou de bater por um instante antes de começar a acelerar. Ela sabia que essa hora chegaria, porque era uma tradição que cada uma das filhas recebesse uma missão solo ao completar 19 anos. Ela só não imaginava que isso aconteceria *um dia* depois.

– Você deveria se considerar uma mulher de sorte – disse Niya. – Sei que todos acharam muito engraçado quando fui enviada para Muro Branco em minha missão solo.

– Fez todo o sentido, já que é tão fogosa – argumentou Arabessa. – Não havia a menor possibilidade de você congelar.

Muro Branco é uma cidade portuária localizada em uma ilha no extremo norte de Aadilor. Um lugar dedicado à Ciência e aos estudos, fortificado por mares bravios e icebergs ainda mais bravios, onde apenas os cidadãos mais resilientes são capazes de sobreviver ao inverno.

– Que debochada. – Niya olhou feio para Arabessa. – Eu me lembro perfeitamente de você ter implorado pelo meu fogo quando veio me ajudar a levar todos aqueles pergaminhos.

– Minhas mãos são a minha vida. Sem ofensas, Lark. – Arabessa olhou de relance para o dedo decepado da caçula. – Mas pense só nas consequências caso minhas mãos ficassem feridas, e não estou falando de ferimentos leves, mas de queimaduras de congelamento. Além do mais, você só ficou lá por quinze dias, Niya.

– Sua missão durou só uma semana a mais do que a minha!

– Não é minha culpa se sou eficiente quando se trata de localizar agentes duplos infiltrados em governos.

– Você só precisou encontrar *um* agente duplo. Em *um* governo. Numa cidade tropical. Onde vivia como tutora, em uma linda residência. Devo continuar?

– Por favor, não – interveio Zimri. – Para o bem de todos nós.

Niya e Arabessa dispararam um olhar de *fique fora disso* para o rapaz, e Larkyra permaneceu calada.

A jovem recordava-se muito bem das missões de suas irmãs mais velhas, que foram curtas, com seus percalços e atribulações, por certo. Mas nenhuma das duas teve que fingir interesse por um homem como o duque... com sua boca apodrecida e sua magia azedada e roubada. *Pelo mar de Obasi*. Será que ela estava preparada?

Larkyra sempre contou com o apoio das irmãs, não apenas na vida, mas também nas mais recentes missões em grupo. Elas eram uma força constante e estável ao seu lado, estavam sempre por perto para incentivá-la quando ficava em dúvida ou para se consultar quando ficava insegura.

Com uma tranquilidade assustadora, ela se deu conta de que aquela era sua oportunidade de, enfim, provar suas habilidades para a família. De justificar tanta coisa ter sido sacrificada em troca de sua vida. E de fazer tudo isso sozinha.

De repente, o duque nojento, com sua boca pútrida, era a menor de suas preocupações.

— Tudo bem. — Larkyra dirigiu-se ao pai. — Para quando nossa partida está marcada?

— O duque já foi embora de Aadilor e está voltando para Lachlan — respondeu Dolion. — Mas Zimri acompanhará você e o Lorde Mekenna amanhã bem cedo.

Se, até então, o coração de Larkyra já batia acelerado, depois dessa ele tropeçou e caiu.

Lorde Mekenna.

Larkyra já tinha quase se esquecido de que o rapaz tinha uma ligação com tudo aquilo. De que era enteado do duque.

Sou capaz de lidar com ele, pensou, endireitando os ombros.

Isto é, desde que ele não se pusesse em seu caminho.

CAPÍTULO DEZ

Darius arrependia-se amargamente de ter feito aquela viagem a Jabari. Se tivesse, de alguma maneira, esquivado-se da insistência do padrasto, que requisitara sua companhia, teria passado alguns dias na mais gloriosa tranquilidade, sozinho em casa. Em vez disso, estava sofrendo, com uma dor de cabeça que não passava, e, após suas esperanças de conseguir ajuda do Rei Ladrão serem despedaçadas, carregava um fardo ainda maior nos ombros. E isso não incluía sua mais recente provação: estar do lado de fora de uma casa monstruosa de tão grande, na parte mais alta da cidade, esperando por uma dama que ele tinha esperança de nunca rever.

Não porque não *quisesse*. Muito pelo contrário, na verdade. O lorde pensou na jovem mais do que gostaria nos dois dias que haviam se passado desde o baile, mas ambos correriam menos perigo se ela continuasse sendo apenas isso: uma imagem distante, que já se dissipava de seus pensamentos.

Só que a vida do Lorde Mekenna sempre consistiu em uma onda de azar atrás da outra. *Claro* que ele acabaria ali, naquele momento, fazendo o que precisava fazer, contra sua vontade. E isso consistia em acompanhar a *única* moça pela qual demonstrara a menor das faíscas de interesse até a residência da própria família, para que o padrasto pudesse cortejá-la. Darius teria rido se conseguisse recordar como é que se fazia isso.

Aos 24 anos, ele sobrevivera a muita coisa, e *certamente* seria capaz de suportar aquilo. A imagem vil de Hayzar seduzindo Lady Larkyra e da reação, sem dúvida, encorajadora da jovem – afinal, que dama não gostaria de casar-se com um duque? – tomava conta dos pensamentos de Darius, e ele engoliu em seco, tentando livrar-se do nó que havia se formado em sua garganta.

A única gota de alívio era o fato de que aquilo provava uma falha de caráter por parte dela que o lorde não poderia deixar passar em brancas nuvens, e Darius se agarrou a isso como a um frágil cabo de reboque em meio a uma tempestade. Lady Larkyra podia até ter dado a impressão de ser inigualável quando rodopiou pelo salão em seus braços, mas a rapidez com a qual aceitou a proposta de corte do padrasto significava que era igualzinha a qualquer outra mocinha elitista: só queria saber de *status*, de dinheiro e de engordar seus já abarrotados cofres. Porque o rapaz não conseguia acreditar que um homem como Dolion permitiria que uma de suas amadas filhas fosse cortejada, a menos que a própria jovem assim o desejasse.

Tal mulher não tinha a menor utilidade para Darius.

Um sorriso sardônico esboçou-se em seus lábios. Que decepção seria para Lady Larkyra quando ela descobrisse que, na verdade, os cofres de Lachlan estavam vazios.

Como se fosse capaz de sentir a irritação do dono, Achala, a égua do lorde, bufou inquieta ao lado dele, fazendo o cabelo do rapaz esvoaçar.

– Já vamos embora, minha menina. – Darius, então, passou a mão na pelagem negra e lustrosa da égua. – Pelo menos, espero que seja já.

– Eu diria que sim – respondeu Zimri D'Enieu, que esperava ao lado do lorde, olhando para a mansão caiada, iluminada pelo sol matinal –, mas prefiro não contar mentiras logo na primeira vez em que nos encontramos.

– Quanto tempo ela costuma demorar, normalmente? – perguntou Darius.

– Ajuda saber desde já que, quando se trata de Lady Larkyra e de todas as moças da família Bassette, não existe tal coisa chamada "normal".

O lorde não teve nenhum problema para acreditar nisso. Nunca conhecera um grupo de damas como aquele, o que o levou a imaginar, mais uma vez, como aquele homem ao seu lado tinha ido parar em uma família daquelas. Apesar de conhecer D'Enieu há pouco tempo, Darius já tinha percebido que ele era do tipo tranquilo. Não era uma daquelas pessoas prolixas e sentia-se tão à vontade no silêncio quanto o próprio lorde. Levando tudo isso em consideração, Darius até que gostava dele. E, se fosse uma pessoa capaz de cultivar amizades, D'Enieu com certeza estaria entre suas companhias preferidas.

Infelizmente, quando se tratava do que Darius queria, o rapaz tinha pouco poder de decisão.

– Desculpem-me por ter feito vocês esperarem! – disse uma voz empolgada, que obrigou o lorde a dirigir o olhar, mais uma vez, para a casa e para a comoção que ocorria na porta da frente.

Lacaios e mais lacaios saíam da casa carregando inumeráveis baús, ao passo que Lady Larkyra calçava um par de luvas de couro amarronzado. Tinha a aparência desanuviada e arejada de um novo dia. Trajava um vestido azul-marinho com debrum coral, e o cabelo loiro-claro estava preso em intrincadas tranças retorcidas. Lady Arabessa estava parada ao lado dela, ajeitando um pedacinho de tecido na gola da irmã, e Lady Niya falava baixinho com cada uma das duas.

As três deram um sorriso largo por causa de algo que Lady Niya falou, e a cena quase fez Darius cair para trás. Eram uma força, aquelas mulheres da família Bassette, e quando olhou para D'Enieu, que observava as três irmãs com uma afeição descarada, o lorde não saberia dizer se invejava ou tinha pena daquele homem por ter crescido ao lado delas.

– Você fará as rodas da carruagem atolarem no chão com todo esse peso, Lark – declarou D'Enieu quando a jovem se aproximou, farfalhando as saias pelo estreito caminho de pedra, seguida das irmãs.

Ouvir Lady Larkyra ser chamada por aquele apelido acendeu uma faísca desconhecida e incômoda nas entranhas de Darius. Como seria ter tamanha intimidade com alguém?

– Que bobagem – Lady Larkyra sacudiu a mão. – Já viajamos com pelo menos três vezes esse peso, por uma distância duas vezes maior, e não tivemos problema algum. Nosso cocheiro está entre os melhores de Jabari e não esboçou nenhuma preocupação. Não é mesmo, sr. Colter? – A jovem, então, sorriu para o homem grisalho que ajudava os criados a prender aquela montanha de baús no alto da carruagem.

– Sim, milady – grunhiu o cocheiro, tentando fazer um nó bem apertado para prender os baús. – Não teremos nenhum problema.

– Viu só? – Ela lançou um olhar radiante para Zimri, que começou a rir, transformando sua expressão austera. Quando o rapaz riu, pareceu se encaixar muito bem naquela família.

– Coloquei um conjunto a mais de cartões, papéis de carta e envelopes em um de seus baús – avisou Lady Arabessa. – Espero receber uma carta sua antes do fim da semana, ou irei supor que faleceu durante a viagem.

– O que seria péssimo – completou Lady Niya –, levando em consideração que ainda não combinamos quais das suas coisas ficarão comigo quando você morrer.

– Deixo tudo para Charlotte. – Lady Larkyra puxou mais as luvas para calçá-las melhor. Parecia estar com um pouco de dificuldade com a mão esquerda. – Já falei com o papai. Não precisam preocupar suas pobres mentes com isso.

– Minha mente é, obviamente, bem maior do que a sua – retrucou Lady Niya. – Está enganada se acha que suas coisas teriam alguma utilidade para Charlotte.

– Ela é uma mulher inteligente. Tenho fé que vai encontrar muitas utilidades paras as minhas coisas.

– Não quero atrapalhar o que, tenho certeza, é uma conversa muito importante – interrompeu Darius –, mas é melhor irmos andando se quisermos chegar à metade do caminho antes do anoitecer. Por acaso o conde virá despedir-se da senhorita?

As três damas olharam para o lorde como se não tivessem se dado conta de que havia mais alguém por perto. Sentindo um calor na pele, Darius observou os grandes olhos de Lady Larkyra, que o examinaram das botas de montaria marrons, passando por sua capa de viagem azul-marinho e pelo lenço amarrado no pescoço, até chegar aos olhos.

– Lorde Mekenna – cumprimentou ela. A voz musical da jovem quando se dirigia a Darius sempre o pegava desprevenido. – Como o senhor está quietinho aí, escondido atrás de seu cavalo. Nem percebi que teríamos a sorte de contar com sua companhia.

– Eu não estava me escondendo. – O lorde endireitou a postura e afastou-se de Achala. – E, sem querer ser impertinente, tenho a impressão de que a maioria das pessoas é obrigada a ficar muda quando as três estão por perto.

D'Enieu tossiu, como se quisesse disfarçar uma risada, ao passo que Lady Larkyra arqueou a sobrancelha.

– Por causa de sua beleza de tirar o fôlego, é claro – completou Darius, sorrindo.

– Bela jogada. – Lady Niya bateu palmas atrás da irmã. – Ah, vocês dois vão se dar tão bem… Não deve ser fácil para o duque conviver com tamanho patife rondando seu castelo. Diga, Lorde Mekenna, por acaso seu padrasto sabe de seus encantos?

– Tenho certeza de que ele definiria como "estorvo" isso que você considera um charme.

– Acho difícil de acreditar que qualquer coisa que o senhor faça seja vista como indesejada – retrucou Lady Niya, balançando o quadril para o lado.

Foi um movimento sutil, mas, de certa maneira, conseguiu distrair o lorde.

– Então precisamos mesmo ir embora o mais rápido possível – quando deu por si, Darius estava dizendo isso –, porque odiaria ficar mais e contrariar a opinião generosa que a senhorita tem de mim.

Lady Niya riu, um som rouco e profundo, e o rapaz teve certeza de que aquela moça seria a ruína de muitos homens, caso já não fosse.

– Bem, então vamos partir, milorde – Lady Larkyra ficou entre ambos, com as feições um pouco franzidas –, já que o senhor me parece tão afoito para pegar a estrada. – Então, virou-se para Arabessa e Niya: – Irmãs, tentarei não me divertir demais sem vocês. Mas, como todas sabemos, as coisas mais empolgantes só acontecem quando estou presente e, sendo assim, não posso prometer nada.

– Daremos um jeito de sobreviver, tenho certeza. – Lady Arabessa deu um abraço na irmã caçula, seguida por Lady Niya.

Darius observou as três se abraçarem, notando o amor óbvio que sentiam uma pela outra e, mais uma vez, aquela dor indesejada o atingiu nas entranhas. Ter uma família como aquela...

Ele piscou, dissipando qualquer emoção que quisesse se infiltrar.

– Por acaso o conde virá despedir-se de nós? – Darius repetiu a pergunta que fizera há pouco.

– Ele tinha negócios a resolver agora pela manhã – explicou Lady Larkyra, segurando a mão que Zimri havia estendido para ajudá-la a subir na carruagem preta, cujo interior era de um perolado intenso. – Nos despedimos antes de meu pai sair. E fiquei sabendo que seu pai partiu ontem.

– Sim, meu *padrasto* já foi embora.

Lady Larkyra encarou o lorde por um instante, como se buscasse ver mais do que conseguia enxergar naquele momento.

– Esplêndido. – Ela meneou a cabeça, por fim. – Então seremos só nós três, alegres e contentes, a embarcar nessa jornada. E o sr. Colter, nosso líder de confiança, claro. – A jovem colocou a cabeça para fora da janela da carruagem e sorriu para o cocheiro.

– Posso lhe garantir que a jornada será sem incidentes, milady. – O sr. Colter puxou as rédeas de couro com seus dedos tortos e calejados.

– Ah, não, por favor – disse ela, acomodando-se no interior refinado da carruagem. – Um trajeto que transcorre com facilidade nunca rende uma viagem divertida.

– Sim, milady.

Com um estalo, a carruagem sacolejou e começou a se movimentar. A torre de baús balançou, instável, por um instante, antes que as cordas provassem que estavam bem apertadas. Darius e Zimri montaram em seus respectivos cavalos e foram seguindo o veículo de perto.

A primeira metade da viagem revelou-se, como Lady Larkyra costumava dizer, "mais tediosa do que ficar olhando vacas pastarem".

Darius, é claro, ficou mais do que contente com isso. "Tediosa" significava "calma, tranquila e silenciosa" – todos os estados de espírito que o lorde se esforçava muito para manter. Porque os deuses perdidos sabiam das provações que havia do outro lado daquela moeda de prata. Para o rapaz, eram os momentos dolorosos e enevoados que gritavam suas censuras toda vez que precisava se vestir, encarando as cicatrizes que marcavam sua pele. Era enlouquecedor não conseguir recordar como aqueles cortes tinham ido parar ali nem como continuavam a aparecer, porque períodos inteiros de tempo eram apagados da sua memória. Apesar de um lado seu, deturpado, ficar aliviado por não se lembrar das imagens vibrantes da própria pele sendo cortada, Darius não sabia mesmo o que era pior: saber ou não saber.

Ele só tinha certeza, no presente momento, de que os episódios começaram depois que a mãe morreu e que nunca chamaram um médico para examiná-lo. "O menino é desastrado", era a explicação que Hayzar dava aos criados quando começaram a encontrar o jovem Darius em tal estado – tonto, acordando em diferentes lugares do castelo com a camisa ensopada de sangue, de ferimentos recém-feitos ou através de cortes que rasgavam o tecido, as mãos trêmulas.

Tantos anos depois, o lorde ainda não conseguia se lembrar da primeira vez que isso aconteceu. Da primeira cicatriz que lhe foi infligida.

A biblioteca estava às escuras, mas Darius sabia onde tinha acordado porque o clarão de um relâmpago iluminou os livros. Ele pulou de susto com o som retumbante do trovão que veio em seguida.

Estava tremendo de frio, mas sentia calor ao mesmo tempo. Tinha algo molhado no braço, melado e – quando veio o próximo clarão – vermelho.

Foi aí que começou a sentir uma dor aguda na pele, um corte.

Estava sangrando!

Um choramingo escapou de sua garganta, porque bateu as costas em uma estante. A cabeça doía. Estava com medo. Não fazia a menor ideia de como fora parar ali. A única réstia de lembrança que tinha dos instantes anteriores era de estar com o padrasto, lendo ao lado da lareira.

Como Hayzar estava com uma expressão triste, Darius perguntou o motivo, e depois... nada.

Só aquela biblioteca, o próprio sangue e a própria dor.

– Milorde? – Uma voz grave tomou conta do recinto, vinda de uma silhueta escura perto da porta.

Darius foi para trás e encolheu-se todo.

– *Milorde. – A pessoa se aproximou. – Ah, o senhor está aí. Estávamos lhe procurando.*

Boland, o valete de Darius, agachou-se perto dele, que estava encolhido num canto. Os olhos do velho arregalaram-se de preocupação. "Pelos deuses perdidos", disse Boland, "o que foi que aconteceu? Ah, milorde, deixe-me ver. Deixe-me ver. Pronto, pronto. Vai ficar tudo bem. São só alguns arranhões. O senhor deve ter caído, sim, é isso que deve ter acontecido. O senhor adora mesmo subir nessas pilhas. Talvez tenha prendido o pé em alguma quando tentou descer. Vamos falar com a sra. Pimm. Isso mesmo... Permita-me carregá-lo no colo."

Boland pegou o menino no colo e, enquanto percorriam os corredores, o velho não pareceu incomodado com o fato de a própria camisa ter ficado manchada de lágrimas e sangue. O valete apenas continuou murmurando para Darius que tudo ficaria bem e que aquilo nunca mais iria acontecer.

Mas aconteceu.

E continuou acontecendo pelo resto de sua vida.

Darius piscou, olhou para o céu azulado que se esparramava diante dele e se deu conta de que estava segurando as rédeas de Achala com muita força. A égua estava sacudindo a cabeça, mordendo o bridão.

– Desculpe, garota. – O lorde soltou um pouco as rédeas e acariciou o pescoço do animal.

Apesar de a visão ter se dissipado, a cabeça de Darius ainda girava por causa do passado. Desesperava-se para ver a mãe depois desses primeiros incidentes: queria o abraço terno dela, que lhe fizesse cafuné, que secasse suas lágrimas. Mas o lorde logo descobriu que tal consolo não fazia mais parte de sua vida. O olhar frio do padrasto ainda era capaz de deixar seu corpo inteiro à flor da pele. Porque, apesar de o rapaz não conseguir provar, Hayzar tinha, de alguma maneira, ligação com tudo aquilo. Após a morte da mãe de Darius, a postura do duque havia mudado. O homem não sorria mais nem elogiava o enteado, como fazia quando a duquesa era viva. O rapaz até recordava-se de ter se divertido com Hayzar certa vez, quando os dois jogaram cartas no chão, a mãe observando-os com um sorriso terno, perto da luz da lareira. Mas, após o falecimento dela, Darius começou a perceber o padrasto olhando para ele com uma expressão vaga, como se enxergasse outra pessoa. E então, depois de alguns instantes, a dor brilhava visivelmente em seu cenho franzido. E era aí que Hayzar descontava em Darius. Depois de um tempo, o olhar do duque quando o menino entrava em algum cômodo passou a transmitir apenas desprezo, como se vê-lo não fosse apenas doloroso, mas também repugnante.

Mais um tempo depois, a única interação dos dois se restringiu a sorrisos perversos de deboche e palavras agressivas. Darius passou anos fazendo de tudo para sair do caminho, ficar fora de vista, tornar-se invisível em toda e qualquer situação. Afinal, de que outra maneira um menino triste e assustado conseguiria sobreviver?

O lorde inspirou fundo, expulsando aqueles pensamentos sombrios, e olhou para o campo aberto, para os montes sinuosos cobertos por flores silvestres e mato.

Calma, pensou. Tudo o que sempre quis foi ter calma, o luxo de não mais temer as noites nem os dias que estavam por vir.

O sol estava a pino; o céu, aberto, azul e quente. O lorde deliciou-se com isso, porque sabia que, assim que chegassem à fronteira de Lachlan, as sombras e o vento iriam se infiltrar na paisagem, antecipando a chuva. Às vezes, esquecia-se de como era a sensação de ser banhado pelo céu, de sentir a fragrância adocicada da vegetação seca, de ser cercado pelo zumbido dos insetos e pelo cantar dos pássaros. Darius pensou que precisava cavalgar com mais frequência e recordar-se das possibilidades de vida que havia por trás das nuvens tempestuosas. Possibilidades essas não apenas para si mesmo, mas também para seus vassalos.

Ajustando as rédeas de Achala, ele olhou para a frente, para uma série de penhascos que se erguiam na paisagem. As montanhas rochosas estavam tingidas das cores vivas do dia, interrompidas apenas por uma estreita faixa de trilha sombreada que as cortava. Era por ali que deveriam seguir.

O lorde estava prestes a atiçar a égua, para que trotasse mais rápido, quando um guincho vindo do céu o fez estreitar os olhos. Um falcão prateado sobrevoava o local, suas asas enormes estendidas como lâminas de faca perfeitas, lançando um reflexo cegante. Darius tinha reparado no pássaro na manhã do dia anterior, quando partiram de Jabari. Como poderia não reparar? Nunca havia visto uma criatura daquela cor, e tinha a impressão de que a ave voltara a segui-los naquela manhã, quando saíram da pequena estalagem onde pararam para dormir. Ele olhou para trás, para a carruagem que sacolejava, e torceu para que a ave não fosse um sinal de mau-agouro no trecho final da jornada.

Com mais um grito agudo de estourar os tímpanos, o falcão deu um rasante e passou bem na frente de Darius, obrigando-o a acalmar Achala, que ficou assustada.

– Calma, garota – murmurou o lorde, passando a mão no pescoço da égua para tranquilizá-la. – É só um pássaro travesso tentando se divertir um pouco.

– Está tudo bem aí na frente? – gritou Zimri, que vinha logo atrás da carruagem.

– Sim – respondeu Darius, agora observando o falcão dar a meia-volta e vir na direção deles. – É o que eu acho, pelo menos.

A criatura prateada veio, mais uma vez, de encontro ao lorde. Ficou pairando na frente dele, guinchando. Abriu e fechou as garras afiadas antes de bater as asas enormes e desaparecer lá no alto, acima dos penhascos pelos quais estavam prestes a passar.

– Pelos deuses perdidos, o que foi isso? – Darius resmungou para Achala, enquanto avançavam pela cordilheira, o ar ficando mais frio naquela trilha sombreada e estreita.

A égua ficou com as orelhas em pé. Os cascos avançavam titubeando conforme a estrada ficava mais estreita, com paredes de rochas que se erguiam, dos dois lados, em direção aos céus.

Algo arrepiou os pelos da nuca de Darius e, antes que pudesse virar-se para trás e pedir para D'Enieu ficar alerta, um uivo selvagem ecoou por aquele desfiladeiro estreito. Um grupo de homens pulou de um afloramento rochoso e os cercou pela frente e por trás. Pareciam enlouquecidos, com cabelos desgrenhados, roupas sujas de terra e espadas compridas e enferrujadas nas mãos. Os olhos estavam vidrados e famintos, sedentos pelas riquezas que supunham que o lorde e os companheiros traziam.

– Olá – disse Darius, com um tom neutro, numa tentativa de não assustar Achala, enquanto olhava de soslaio para os três homens à sua frente. – Podemos ajudá-los com alguma coisa?

– *Pode* – respondeu o homem do meio, cujo cabelo preto e seboso tapava metade do rosto. – *Vamo levá* tudo que *cê* tem. – Ele, então, apontou a espada para Darius. – E, se a gente *achá* que você e seu amigo *vai atrapalhá*, vamo *te matá* primeiro.

– Que inconveniente. Eu tinha esperança de não morrer hoje.

– Esperança é pros *fraco* – o homem disparou antes de atacar, soltando mais um grito de guerra.

A trilha era tão estreita que Darius mal conseguiu virar Achala quando puxou a própria espada e atacou um dos bandidos. Conseguiu acertar o braço do homem, o que lhe deu tempo de pular no chão e dar um tapa no traseiro da égua.

– Espere por nós na clareira! – gritou, quando Achala saiu galopando.

Os patifes não demoraram para se recompor, e o lorde ergueu a espada para coibir o avanço deles enquanto três outros homens cercavam a carruagem da família Bassette, já se dirigindo à porta, fora de seu campo de visão.

O coração de Darius disparou, apavorado, porque vislumbrou aqueles três vermes agarrando Lady Larkyra que, sem dúvida, estava toda encolhida no chão de seu refinado compartimento, uma bola de pranto e espanto.

O sr. Colter tinha escalado com dificuldade a pilha de baús e olhava para todos os lados, branco como giz, de tão amedrontado. O velho podia até ser o melhor cocheiro de Aadilor, mas como lutador, pelo jeito, era um zero à esquerda.

– D'Enieu! – berrou Darius, e seu braço vibrou ao bater a própria espada contra a do agressor. – A carruagem!

Como não obteve resposta, o lorde olhou de relance entre a parede de rocha e o veículo, e conseguiu vislumbrar D'Enieu lutando contra os homens que o cercavam.

– D'Enieu! – gritou novamente.

– Preocupe-se com o que está à sua frente! – berrou o rapaz, bem na hora em que conseguiu enterrar a arma no peito de um dos bandoleiros. O homem gemeu de dor, agarrando a camisa empapada de sangue antes de cair no chão, morto. E então, D'Enieu saiu do campo de visão de Darius.

Soltando palavrões, o lorde rodopiou, esquivando-se. E então, com uma rápida manobra cruzada, pôs fim a um pobre parasita que foi para cima dele.

Darius não estava mesmo com disposição para aquilo.

Assim que ele se virou para avançar contra os dois últimos bandidos que o atacavam, o falcão prateado emergiu do céu. Parecia ainda maior do que antes, com quase a metade do tamanho de um homem adulto, e derrubou um dos bandoleiros no chão. Com as garras enormes, arrancou pedaços da pele do homem, que gritou, agonizando, antes de ser silenciado com um gorgolejar de sangue, porque o pássaro afundara o bico afiado feito faca em seu pescoço.

Darius engoliu a bile que subiu por sua garganta ao ver aquela cena de horror. Bem nessa hora, sentiu uma pontada aguda no braço. Berrando palavrões, olhou para baixo e deu graças ao ver que o corte era apenas superficial. O último ladrão estava com a respiração pesada quando tornou a avançar, com a intenção de que sua próxima manobra fosse mortal. Mas, apesar de aqueles homens serem impiedosos, lutavam de forma estabanada, sem nenhuma técnica. Ao contrário do jovem lorde, que cresceu tendo apenas a si mesmo como companhia e foi obrigado a passar muitos grãos de areia solitários aperfeiçoando as próprias táticas. Sendo assim, ele se abaixou, virou e, com uma estocada, atravessou a barriga do ladrão com a espada.

Darius soltou o cabo da arma e permitiu que o homem desse alguns passos trôpegos, em estado de choque, antes de cair para trás. A espada foi convenientemente empurrada para cima com o impacto, saindo das entranhas do ladrão ao bater no chão.

– Que confusão – disse o lorde, pegando a espada de volta e medindo com os olhos os corpos caídos. O falcão prateado ainda bicava sua presa macabra.

Foi então que um coro de grunhidos ecoou atrás dele. O lorde se virou sentindo-se enjoado, porque lembrou-se de Lady Larkyra abandonada dentro da carruagem. Com o coração saindo pela boca, correu em direção ao veículo preparando-se para ver os mais variados cenários, mas nada poderia prepará-lo para o que encontrou.

Ali, no chão, diante da porta aberta da carruagem, havia três bandoleiros, um em cima do outro. Estavam todos tingidos de sangue, que escorria dos cortes profundos feitos na garganta de cada um.

Darius deu um passo para trás.

Pelos deuses perdidos, será que o falcão conseguiu chegar até aqui também?

Ele olhou para cima e viu Lady Larkyra perto da porta, um tanto corada. Mas, tirando isso, ela não tinha um fio de cabelo fora do lugar. Quando seus olhos azuis cruzaram com os dele, a jovem atirou, por trás do ombro, alguma coisa com um brilho dourado, que bateu na parede de trás do compartimento interno com uma pancada seca. Lady Larkyra escondeu as mãos sem luvas rapidamente, mas não antes de o lorde perceber algo estranho em sua mão esquerda. Ele não sabia ao certo, mas teve a impressão de que um dos dedos dela era mais curto do que os demais.

– Lorde Mekenna – sussurrou a jovem –, ainda bem que o senhor veio me socorrer!

– Socorrer? – Ele examinou a carnificina diante de seus olhos com uma perplexidade perturbada. – Eu diria que minha ajuda não foi necessária.

– Ah, claro que foi, há poucos instantes. – Ela balançou a cabeça de um modo um tanto entusiasmado demais. – Mas, pelo jeito, esses homens eram amadores em sua arte, porque vieram correndo me atacar ao mesmo tempo, percebe? Eles bateram uns nos outros e apenas – nessa hora, o olhar dela dirigiu-se aos cadáveres – morreram.

Darius arregalou os olhos depois dessa, observando-a com mais atenção e reparando na mancha de sangue em seu rosto. Poderia ter sangue no vestido também, mas o tom de azul-marinho camuflava bem.

– Tem certeza de que não morreram porque tiveram a garganta cortada? – perguntou o lorde.

– A garganta deles foi cortada? – Lady Larkyra encolheu-se. – Que *pavoroso*.

Darius franziu ainda mais o cenho. Estava prestes a perguntar a quem ela queria enganar, quando viu D'Enieu surgir de trás da carruagem, limpando a espada com um pedaço de pano que provavelmente arrancara da roupa dos bandidos.

– Ah, vejo que se encarregou de tudo – disse o rapaz, e Darius não fazia ideia se essa declaração se dirigia a ele ou a Lady Larkyra.

Quem *eram* essas pessoas?

– Devemos partir, então? – D'Enieu virou-se para o cocheiro, que ainda estava empoleirado em cima da pilha de baús. – Já pode descer agora, sr. Colter. Não há mais perigo.

– Coitado do sr. Colter – falou Lady Larkyra, segurando as saias antes de tornar a se acomodar dentro da carruagem. – Tem medo de indivíduos que se vestem mal.

– Que se vestem mal? – Darius piscou, atônito, para a jovem. – Talvez, quem sabe, ele tenha se assustado com a possibilidade de ser assassinado.

– A morte é inevitável. – Lady Larkyra deu as costas para Darius e foi logo calçando as luvas de couro. – O sr. Colter sabe que não é isso que se deve temer, mas sim a última coisa que vemos durante o cair dos últimos grãos de areia; é este o verdadeiro monstro. *Eu*, pelo menos, gostaria que a última coisa que eu visse fosse bonita.

Darius ficou sem palavras por alguns instantes, olhando para a criatura diante dele, aquela charada em forma de mulher. Lady Larkyra parecia ser muitas coisas, mas ele estava começando a entender que previsível não era uma delas. E, sendo um homem que apreciava a calma, não gostou nem um pouco desse entendimento.

– Com certeza, terei isso em mente.

– Por qual razão? – perguntou Lady Larkyra. – Por acaso o senhor está planejando me matar, Lorde Mekenna?

Darius sacudiu a cabeça, mais uma vez perplexo, mas também surpreso ao perceber que estava sorrindo com a franqueza dela.

– Ainda não, milady.

Lady Larkyra também sorriu.

– Tenho certeza de que isso irá mudar depois que passarmos mais tempo juntos.

O lorde foi impedido de responder porque Lady Larkyra bateu com o punho cerrado no teto da carruagem.

– Adiante, sr. Colter – ordenou. – Só nos resta metade do dia, e não seria ótimo se nos deparássemos com, pelo menos, mais uma poça de problemas para brincar?

O velho ficou verde ao ouvir aquelas palavras, mas atiçou os dois cavalos mesmo assim.

Quando a carruagem seguiu adiante, Darius virou-se para D'Enieu, que estava subindo em seu corcel marrom de manchas brancas.

– Diga, D'Enieu: como é que o pai dela não morreu do coração criando uma jovem como essa?

O homem ajeitou a espada na cintura e acomodou-se na cela.

– Quem o senhor acha que a ensinou a ser assim?

Atiçando o cavalo, D'Enieu largou Darius na estradinha estreita bem na hora em que Achala retornava para o dono.

– Que loucura é essa na qual me meti agora? – ele perguntou para a égua, acariciando a crina do animal.

Darius não precisava de mais problemas em sua vida, mas se deu conta de que o sorriso ainda não se desfizera de seus lábios, o que teve um efeito preocupante.

Uma loucura e tanto, pensou.

O lorde se recompôs e subiu na sela. Deu uma última olhada nos corpos esparramados pelo chão e no falcão prateado, que voltou os olhos violeta para ele, tomou impulso e alçou voo no céu aberto, suas asas enormes espalhando poeira em volta do corpo que tinha destroçado.

Apesar de os últimos acontecimentos estarem entre os mais confusos de sua vida, Darius ficou com a sensação, ao seguir a carruagem que sacolejava, que havia mais por vir.

CAPÍTULO ONZE

Lachlan não era um desses lugares sobre os quais gostamos de escrever após uma visita. Claro, já era crepúsculo quando chegaram, e Larkyra mal podia enxergar sete passos adiante através da janela da carruagem para conseguir avaliar a beleza do local. Mas, conforme percorriam as estradas enlameadas, o pouco que aquele apocalipse em forma de chuva permitia que ela visse era uma vegetação densa e impiedosa que se emaranhava, subia e envolvia tristonhos aglomerados de casinhas de pedra.

Umas poucas janelas iluminadas por velas brilhavam no ar turvo, mas não havia vivalma à vista quando passaram por um vilarejo que se esparramava morro abaixo, em uma extensão rochosa. Um lago enorme estendia-se na base daquele morro e, nas docas, barcos de diversos tamanhos balançavam-se feito crianças abandonadas nas ondas revoltas pela tempestade.

Ali, a chuva era uma criatura persistente. Havia começado a cair assim que chegaram à fronteira de Lachlan, e trazia uma raiva que a jovem era capaz de sentir no âmago. Ela se encolheu em seu xale e ficou olhando a estradinha fazer uma curva e ir subindo, subindo, subindo em espiral, acompanhando a lateral do penhasco coberto de musgo que, uma hora, deu lugar a uma ponte comprida e estreita.

Larkyra tornou a pensar no último desfiladeiro estreito pela qual haviam passado, quando foram atacados por bandoleiros. Apesar de estar concentrada na ocasião, lutando por conta própria, ainda conseguira ter alguns vislumbres de Lorde Mekenna, que estava mais à frente da carruagem.

O rapaz fora confiante ao empunhar a espada, com movimentos rápidos e precisos. Ela imaginou como o lorde teria se saído caso tivesse enfrentado aqueles bandidos na cidade baixa de Jabari, sem a intervenção dela.

Ele de fato é cheio de surpresas, divagou Larkyra, e até que gostou da ideia de os dois terem características ocultas parecidas.

– Entramos na Ilha do Castelo, milady! – gritou o sr. Colter, batendo na lateral da carruagem, que sacolejava.

Larkyra estreitou os olhos para conseguir enxergar através da janela, através daquele véu de bruma cinzenta e de chuva, para admirar um castelo de pedra altíssimo, construído em cima de um monte selvagem, em uma ilha rochosa.

A distância até as águas que se debatiam debaixo da ponte era grande, e os nervos da jovem agitaram-se quando ela se acomodou e segurou no assento refinado. Enquanto as rodas da carruagem davam pulinhos, percorrendo a ponte pavimentada de pedras, Larkyra olhou mais adiante daquela densa cortina de tempestade e conseguiu vislumbrar ilhas corcundas e similares, salpicadas por todos os lagos vizinhos. Parecia que os deuses perdidos tinham deixado impressões digitais por aquelas terras e enchido os buracos com as próprias lágrimas antes de ir embora.

Em Aadilor, Larkyra vira muitos recantos assustadores, sombrios e desalentados ao longo de seus meros 19 anos. Entretanto, quando chegaram ao fim da ponte e um portão de ferro alto se abriu, rangendo, para recebê-los, ela não pôde deixar de questionar se ir para aquele lugar tinha sido uma decisão sensata. Até os calabouços guardam promessas de fuga, mas assim que o portão se fechou, com uma pancada forte, a jovem começou a ter a sensação de que a Ilha do Castelo era uma prisão eterna.

Não era para menos que os sorrisos de Lorde Mekenna eram raros. Na verdade, a jovem ficou um tanto impressionada com o fato de ele sequer *conhecer* esses movimentos faciais, tendo crescido em um ambiente tão taciturno.

Talvez o interior do castelo seja diferente, pensou Larkyra.

Ela compreendeu dois fatos assim que puseram os pés no saguão principal do castelo de Lachlan. O primeiro é que, apesar de o interior do palácio não estar molhado, podia ser ainda mais deprimente do que o lado de fora. Toda aquela entrada com colunas fora esculpida em granito, o chão era de lajotas cinzas e brancas, e o lugar tinha, pelo menos, dez andares de altura. O teto era abobadado, também de pedra. E, mesmo com as chamas que ardiam e a grande janela circular de vitral posicionada bem no alto da escadaria, do outro lado do saguão, todos os pontos de iluminação eram de alcance limitado. Parecia que eram contidos por uma parede invisível, que permitia mais escuridão do que luz. Mas não foi a escuridão que a incomodou. Não, ela era capaz de se dar bem nas sombras. Foi a falta de qualquer decoração, personalidade ou toque artístico. Tudo era simplesmente reto, pesado e… *útil*. Galerias em arco haviam sido feitas para ligar um quarto ao outro; o teto, para proteger o interior dos elementos. Tudo ali dava a impressão de existir apenas por sua funcionalidade. O que, dado o guarda-roupa opulento do duque, era um tanto contraditório.

O segundo fato, concluiu Larkyra, era que as roupas que tinha trazido eram completamente equivocadas. E, se havia uma coisa que a irritava mais do que qualquer outra, era estar mal vestida no ambiente em que se encontrava. A culpa era de sua inclinação para o espetáculo, mas seus baús, se tivessem sobrevivido à tempestade, continham apenas vestidos em tons pastel, e aquelas terras exigiam cores intensas e escuras, cores chorando-na-janela-em-uma-solidão-dolorosa. Tirando o traje azul-marinho que trazia no corpo, o restante era inadequado. Teria que marcar um horário com a costureira local assim que possível.

A jovem virou-se e olhou para Zimri e para o Lorde Mekenna, que tiravam suas capas de viagem encharcadas. Apesar de terem enfrentado uma tempestade, com o vento empurrando a chuva na horizontal de quando em quando, ambos ainda estavam belos. Os olhos de Larkyra se demoraram mais no corpo alto de Lorde Mekenna, já que a camisa branca empapada estava avidamente grudada na pele dele, revelando músculos torneadospor baixo. Uma faixa vermelha assinalava o local onde a camisa fora cortada e o ferimento que havia por baixo, causado pelo embate com os bandoleiros. A magia dela agitou-se, preocupada. Será que o rapaz teria outros ferimentos? Será que sofrera outros tipos de dor? Larkyra piscou, dando-se conta de que aquela reação visceral ao ferimento de Lorde Mekenna era muito estranha. Mal o conhecia, afinal de contas, e quando olhou pela segunda vez, ele mal dava a impressão de sentir dor. Ela respirou fundo para se acalmar, e o nó na garganta, causado pela agitação da própria magia, se dissipou.

Um jovem lacaio aproximou-se para recolher as capas, chamando a atenção de Larkyra para a fileira de criados de prontidão para recebê-los. Ficou surpresa por não ter sentido a vibração dos poderes em nenhum daqueles serviçais, e havia duas dúzias deles. Nem mesmo um zumbido fraco de magia. Era tudo tão... parado.

Larkyra franziu o cenho. Os deuses perdidos deviam ter mesmo abandonado aquele lugar, pois todos trajavam preto com preto e mais preto – luto perpétuo –, o que lhes conferia uma aparência de cadáveres bem vestidos.

Aí está, pensou Larkyra, *eis um perfeito exemplo de como se vestir de acordo com o ambiente.*

Examinando o modo como uma criada fitava seus olhos, com uma expressão vazia, a jovem pensou que não poderia esquecer-se de ensaiar aquela expressão depois, sozinha em seus aposentos. Talvez a dama de companhia designada para servi-la fosse tão monótona quanto. Se isso acontecesse, ela poderia *mesmo* ter uma chance de aperfeiçoar os maneirismos desprovidos de emoção de Lachlan.

– Bem – disse ela, e sua voz foi ouvida por todo aquele mausoléu de pedra –, que alegre e convidativa é sua casa, Lorde Mekenna.

O rapaz olhou em volta, como se estivesse vendo aquele lugar pela primeira vez na vida.

– Sim – respondeu, e seu cabelo ruivo estava marrom e todo espetado por causa da chuva. – Um dia foi.

Larkyra procurou um vislumbre desse passado ao qual o lorde se referia, mas só conseguiu ver o mesmo lugar empoeirado e soturno.

– Agora que eu trouxe a senhorita até aqui relativamente sã e salva – declarou Lorde Mekenna, fazendo sinal para que um dos jovens lacaios começasse a trazer os baús de Larkyra para o saguão principal –, espero que possa me dar licença. Foram dois longos dias, e tenho certeza de que os dois querem, assim como eu, tomar um banho quente e ir para a cama cedo. O sr. Boland irá levá-los até seus respectivos aposentos.

Um homem magricela, de cabelo com pinceladas grisalhas e lábios retorcidos que acentuavam o desgosto de seu olhar sombrio, deu um passo à frente e fez uma reverência.

– Com todo o prazer, milorde. – Uma voz rouca saiu do mordomo. – Também devo lhe informar que o duque sente muito por estar… indisposto e não poder recebê-lo em pessoa. O duque, contudo, deseja que o senhor e seus convidados o encontrem amanhã, para o chá da manhã.

– Chá da manhã? – O Lorde Mekenna franziu o cenho.

– Sim, milorde.

O rapaz ficou ali parado por alguns instantes, como se aquele pedido tivesse sido feito em uma língua desconhecida. Larkyra olhou disfarçadamente para Zimri.

Sim, disse Zimri, em pensamento, olhando-a nos olhos. *Estou vendo a mesma coisa que você.*

– Muito bem. – O Lorde Mekenna endireitou a postura. – Até amanhã de manhã, então. – Ele fez uma reverência para Larkyra antes de menear a cabeça para Zimri. – Torço para que tenham uma primeira noite de sono agradável. E, se ouvirem algo parecido com gritos, ignorem. É só a natureza do vento que passa ao redor do torreão do castelo. – Dito isso, ele virou as costas e sumiu por um dos corredores compridos e escuros.

– Vento que grita? – comentou Larkyra, para a criadagem de prontidão. – Que encanto.

. 131 .

– Por favor, queira acompanhar a srta. Clara, milady. – O sr. Boland ignorou o comentário, apontando para a criada baixinha e desprovida de emoção que Larkyra havia admirado quando chegou. – Ela irá lhe mostrar seus aposentos. Senhor D'Enieu, eu o acompanharei até os seus.

A jovem foi memorizando as diversas portas e os corredores pelos quais passaram, todos locais onde, futuramente, poderia procurar o que estava buscando.

– Nossos quartos ficam próximos? – indagou, antes de separar-se do amigo.

O sr. Boland parou na escada e arqueou uma das sobrancelhas grisalhas, seu olhar ficou indo e voltando de Larkyra para Zimri.

– Deveriam ser, por algum motivo?

– Ora, sim – respondeu ela. – Fica muito mais fácil um entrar escondido no quarto do outro.

A pele branca do mordomo ficou com um belo tom arroxeado.

– Peço desculpas por Lady Larkyra – declarou Zimri, olhando feio para a jovem. – É melhor que o senhor saiba, desde já, que ela gosta de fazer declarações chocantes. Na verdade, Lady Larkyra gostaria de saber disso porque esta será a primeira noite que passa sozinha, sem a presença de alguma das irmãs, e como sou quase um irmão para ela, sei que ficaríamos menos preocupados se soubéssemos que estamos perto um do outro.

O sr. Boland pigarreou, mas manteve o olhar pomposo e petulante.

– Ambos os aposentos ficam na ala norte, mas aqui os quartos de visitas para cavalheiros estão localizados um andar acima dos quartos destinados às damas. – Em seguida, ele voltou seus olhos redondos para Larkyra.

A jovem abriu a boca para responder, mas Zimri a impediu, colocando a mão em suas costas.

– Obrigado – disse ele. – Então caminharemos juntos até sermos obrigados a nos separar.

– Muito bem, senhor.

E não é que o senhor é mesmo um marmanjo esnobe?, pensou Larkyra, olhando para o sr. Boland, que lhe deu as costas e levou Zimri para longe dela.

Um broche prateado em forma de rosa preso ao casaco preto do mordomo chamou a atenção dela. O brilho do acessório roubava e refletia a luz fraca, como se lhe desse "oi".

Bem, oi, oi, oi para você também, pensou Larkyra, esboçando um sorriso afiado feito faca. Ela era capaz de manter a compostura, o autocontrole e as boas maneiras por um certo tempo; depois, precisava de uma trégua, e aquela linda joia em formato de rosa era a dose de travessura que poderia lhe proporcionar isso. Se nada mais resultasse daquela viagem, a jovem tinha certeza de pelo menos uma coisa: ela e o sr. Boland estavam prestes a se divertir.

CAPÍTULO DOZE

As chamas dos candelabros dançavam, formando desenhos sobrenaturais pelo corredor que Larkyra percorria às escondidas e em silêncio. Com exceção dos gritos abafados do vento que, para o prazer da jovem, fustigava o castelo, o restante da residência estava mergulhado em um sono silencioso. O momento perfeito para bisbilhotar sem que ninguém a visse.

Ela desceu a escadaria da ala norte, espreitando-se por um corredor às escuras repleto de retratos de família pintados a óleo, almas do passado que, sem dúvida, estavam se perguntando o que uma mocinha de camisola fazia ali, perambulando pelos corredores àquela hora da noite.

Estou procurando um tesouro, é claro.

O olhar de Larkyra passou por rachaduras nas paredes, por cantos escondidos atrás de grandes vasos de plantas, por esculturas e até mofo, preparado para reconhecer o menor indício de um botão ou trava disfarçada. Uma parte do castelo que levasse a segredos escondidos ou riquezas ocultas. Sem dúvida, em uma residência do tamanho daquela, ela precisaria de muitas investidas até encontrar os cofres secretos da família, e esse era o motivo para ter se obrigado a sair da cama contra a própria vontade na primeira noite que passava ali.

Esgueirando-se pelo perímetro colossal da entrada, Larkyra foi, de fininho, até a ala sul, de orelhas em pé, tentando ouvir qualquer ruído feito por outra pessoa. Tudo permaneceu em um silêncio sepulcral quando pôs os pés descalços no chão de pedra gelado. Sua magia encolheu-se, impaciente, dentro da barriga. *Deixe-nos ajudar*, incitava. *Deixe-nos envolvê-la em invisibilidade com uma linda canção.* Mas ela ignorou esse chamado, determinada a atender o pedido do pai e resistir a usar seus dons – ou, no mínimo, não descumprir a promessa que tinha feito já no primeiro dia da missão.

Apesar de ela e Zimri terem sido recebidos por uma fileira de criados ao chegar, a casa agora estava imóvel, sem nem mesmo um guarda solitário para ficar de vigia à noite. *Melhor para mim*, pensou Larkyra.

Ela parou no pé da escadaria, espichou a cabeça para trás e admirou as gárgulas soturnas que se sobressaíam no corrimão de cada andar. Uma pequena claraboia no teto abobadado deixava entrar uma pitada de luz cinza, vinda da Lua, encoberta pelas nuvens. O ruído incessante da tempestade marcava um ritmo constante no vidro.

Larkyra segurou-se para não tremer. Teve a impressão de que o ar que circulava por aquela ala tinha algo de errado: o cheiro era metálico e adocicado, sobrenatural, o que só poderia significar...

Uma risada ecoou lá em cima e obrigou a jovem a esconder-se em um canto ao lado da escada. Sua magia foi parar na boca, sua pulsação acelerou, mas o autocontrole bem ensaiado logo sufocou essa reação.

Três andares acima, um vulto bateu, trôpego, na balaustrada. Uma taça caiu da mão do ser e espatifou-se lá embaixo, no chão de lajotas, fazendo muito barulho.

Mais risadas.

Apesar de, normalmente, o riso ter um som de júbilo, aquele era estridente e ensandecido, uma risadinha alvoroçada que Larkyra ouvia, com frequência, no Reino do Ladrão, vinda de pessoas que já tinham virado muitos, mas *muitos* copos. Era uma consequência tanto do efeito do álcool quanto do desespero.

Espiando na beirada da escada, a jovem olhou para cima e avistou Hayzar Bruin – ou, pelo menos, alguém que supôs ser o duque. O cabelo do homem era uma maçaroca preta caída na testa. A camisa branca e fina estava amarrotada, para fora das calças escuras. Era possível enxergar, mesmo de longe, que o rosto estava macilento, e ele debruçava-se no corrimão como se fosse jogar mais objetos para fazer uma bagunça ainda maior lá embaixo.

Larkyra viu o homem levar um decanter de vidro aos lábios e um líquido amarronzado escorrer de suas bochechas antes de ele atirá-lo por cima do parapeito. Encolheu-se ao ouvir o barulho alto quando cacos de vidro e conhaque se esparramaram pelo chão. Segurando a respiração ofegante, seus dons zumbiram e ela esperou para ver o que iria acontecer, mas só ouviu mais risadas descontroladas.

– Fiz bagunça de novo, meu amor – declarou o duque, alegremente. – O que tem a dizer a respeito disso?

Hayzar estava falando com o ar ao entorno dele, como se houvesse uma pessoa parada ali, e não sombras.

— Você me censuraria, sem dúvida — prosseguiu o homem. — Mas eu a faria rir logo, logo. Sim, sim, eu faria. Sempre conseguia fazer você dar risada.

O sorriso de Hayzar se dissipou com essa frase, e a expressão dele se tornou taciturna e fria.

— Boland! — Larkyra encolheu-se toda quando a voz rouca do duque retumbou pelo recinto. — *Boland!* — berrou ele, mais uma vez.

Uma porta se abriu do lado oposto ao cantinho onde ela estava agachada e o mordomo apareceu, ficando sob o pequeno halo de luz que vinha da claraboia. Os sapatos bem engraxados esmigalharam os cacos de vidro. Não deu nenhum indício de ter ficado chocado com a situação quando dirigiu o olhar ao seu amo.

— Sim, Sua Graça?

— Traga mais conhaque para mim — ordenou Hayzar, enrolando a língua e sacudindo a mão. — E limpe essa bagunça.

— Sim, Sua Graça.

— Eu deveria mandar chicoteá-lo por permitir que meu castelo fique tão sujo.

— Mil perdões, Sua Graça. — O homem fez uma reverência, inclinando bem o tronco, e permaneceu assim até os resmungos de insatisfação do duque não serem mais ouvidos, porque ele se retirou.

Bem lá em cima, uma porta se abriu e fechou em seguida, com uma pancada.

O sr. Boland olhou ao redor e soltou um leve suspiro antes de se retirar pela porta por onde havia entrado, sem dúvida para acordar alguma criada para que limpasse aquela bagunça.

Assim que o silêncio voltou, Larkyra não perdeu tempo e foi andando de pés descalços, com cuidado para não pisar nos cacos nem na bebida derramada. Ela saiu correndo da ala sul e voltou para a ala norte. Trancou a porta do quarto, atirou-se na cama e foi para baixo das cobertas, encontrando, ironicamente, consolo nos gritos do vento — um ruído bem-vindo, depois do riso ensandecido do duque. Podia até não ter encontrado nenhuma pista que levasse aos cofres da família, mas por certo tinha descoberto o suficiente por uma noite. E ousou imaginar qual seria a lição que o dia seguinte lhe traria.

Trajando um vestido lilás com mangas rendadas e delicadas, cuja saia abria-se de forma atraente abaixo da cintura, Larkyra foi de pensativa a sisuda. A missão não tinha começado como ela gostaria; aquela residência era muito maior e mais estranha do que poderia supor. *E agora, essa*, a jovem franziu o cenho, olhando para o vestido. O enxoval era, muito provavelmente, alegre demais para Lachlan, do tipo gosto-de-dar-risada-e-ter-conversas-agradáveis demais em comparação com os pesados corredores de pedra que percorreu até chegar à ala leste do castelo, onde deveria encontrar o duque para o chá da manhã. Isto, é claro, se ele fosse capaz de sair da cama após o espetáculo da noite anterior. Apesar de ter ficado perturbada ao ver o anfitrião em tal estado, não ficou chocada com o fato de Hayzar ser viciado em bebida alcoólica. Muitos homens ricos eram.

Larkyra segurou-se para não suspirar. Tinha paciência para aturar muitas criaturas difíceis, mas a embriaguez era sempre tão tediosa...

Então, ocupar parte de seu tempo encomendando vestidos novos poderia ser uma benção.

– Clara. – Larkyra olhou para a mulher baixinha que andava ao seu lado, feliz por sua dama de companhia ser a mesma jovem que a levara aos seus aposentos na noite anterior. – Você pode marcar um horário com a melhor costureira de Lachlan, para ela vir me atender ainda nesta semana?

Clara piscou os grandes olhos verdes para ela.

– Só temos uma costureira, milady. A sra. Everett.

– Você acha que ela teria espaço na agenda para fazer alguns vestidos para mim?

– Ah, sim – garantiu Clara. – É raro receber pedidos de novos trajes de uma dama como a senhorita. A sra. Everett ficará muito feliz.

– Esplêndido. – Mas o sorriso de Larkyra logo se dissipou, porque reparou em alguns pontos esgarçados no vestido preto de Clara. – Você também gostaria de tirar as medidas para mandar fazer um novo uniforme quando ela vier?

– Um novo... ah, não, milady. Eu nunca faria uma coisa dessas.

– Por que não? Não tenho a intenção de lhe ofender, mas a bainha do seu vestido está começando a desfiar, e tem vários fios soltos. – Larkyra mostrou uma costura desfeita no ombro da criada.

As bochechas de Clara ficaram coradas.

– Só recebemos uniformes novos quando nosso amo resolve encomendar.

– E quando foi a última vez que ele fez isso?

A dama de companhia retorceu as mãos, espiando o corredor silencioso.

– Pergunto apenas por curiosidade, querida. Não vou usar essa informação para lhe prejudicar.

Clara engoliu em seco.

– Desde que vim trabalhar aqui, ele não encomendou mais.

– E isso foi quando?

– Dois anos atrás.

Larkyra a encarou em choque.

– Dois *anos*?

Clara arregalou os olhos, espiando em volta.

– Desculpe – Larkyra falou mais baixo, em um sussurro. – Mas *dois anos*?

A criada assentiu.

– Bem – bufou a jovem dama –, isso não está certo. Prometo que, antes que meus vestidos fiquem prontos, este castelo inteiro ganhará uniformes novos.

– Ah, milady! Por favor, não...

– Está resolvido. – Larkyra tornou a dar o braço para Clara. – E você não tem nada a temer por confiar em mim. Se existe uma pessoa em quem pode confiar para conseguir as coisas que deseja sem alarde, sem que ninguém fique sabendo o que emprestou ou concordou em fazer, essa pessoa sou eu.

Clara permaneceu em silêncio depois dessa declaração, coisa que Larkyra interpretou como algo encorajador. Além do mais, tendo ou não a aprovação da dama de companhia, nada impediria uma mulher da família Bassette de fazer o que quisesse depois de ter tomado uma decisão.

Dando mais um sorriso, Larkyra tomou *muitas* decisões naquele momento; os novos uniformes eram apenas uma delas.

A sala de estar era, de longe, o cômodo mais alegre que Larkyra vira no castelo, e com "alegre" – a jovem depois escreveria para as irmãs contando – ela queria dizer que a decoração dava apenas uma vaga impressão de ter saído do Ocaso.

As poltronas e os sofás capitonê eram forrados com uma delicada estampa de flores azuis, e uma janela em arco ocupava metade de uma grande parede. Estantes de livros preenchiam outra, mas as lombadas gastas demonstravam negligência, não páginas que foram lidas. E, apesar da chocante falta de quadros ou de outros objetos decorativos para preencher o espaço, o recinto ainda conseguia ser aconchegante. O papel de parede, de um branco sujo, era um agradável respiro depois daqueles corredores empedrados e escuros que pareciam não ter fim.

A chuva matinal batia no vidro embaçado em um ritmo tranquilizante, rompendo o silêncio, assim como o crepitar das chamas de uma lareira acesa. Foi ali que Larkyra encontrou o Lorde Mekenna, de pé perto da cornija, fitando aquele mundo dançante em tons de laranja e vermelho. O rapaz era um colírio para os olhos, de casaco e colete azul-marinho e camisa branca impecável, abotoada até o colarinho. O cabelo ruivo ganhou um tom mais claro, de mel, ao refletir a luz da lareira, e seus traços bem marcados estavam em um raro estado de relaxamento, sem dúvida porque achava que estava sozinho. *O que será que ele está pensando?*, conjecturou Larkyra. E, mais do que isso, como poderia convencer o rapaz a ajudá-la a encontrar o que procurava? Lorde Mekenna, herdeiro das terras de Lachlan, de certo saberia onde estavam localizados os cofres da família.

— Milorde — cumprimentou a jovem, anunciando sua presença.

Lorde Mekenna levou um susto, seu pomo de adão ficando saliente quando engoliu em seco, e ele admirou a jovem com seus olhos verdes.

— Milady. — Ele fez uma reverência.

— Segui seu conselho — comentou Larkyra, ficando ao lado dele, perto da lareira — de ignorar os gritos do vento — explicou, ao vê-lo confuso.

— Então posso considerar que tenha dormido bem?

— Muito — respondeu a jovem, sorrindo. — E o senhor?

— Gritos não me incomodam mais — declarou o Lorde Mekenna, tornando a olhar para o fogo.

Larkyra percebeu, com certo desconforto, que o rapaz disse "gritos" e não "*os gritos*".

Mas, antes que pudesse insistir no assunto, outra voz preencheu a sala.

— Minha queridíssima Lady Larkyra — disse o Duque de Lachlan, aproximando-se. — Como minha casa fica mais encantadora com sua presença.

A jovem examinou o corpo imponente de Hayzar Bruin. O cabelo preto estava dividido ao meio e lambido para trás. As mehcas brancas nas têmporas emolduravam o olhar penetrante. Larkyra notou que assim, mais de perto, a pele branca do duque parecia macilenta, e havia círculos arroxeados ao redor dos olhos. Apesar de não ter mais a aparência débil da noite anterior, ainda não parecia o homem distinto que conhecera no baile. Teria achado-o desgrenhado se ele não estivesse vestindo um traje cinza de corte perfeito. Usava uma camisa de listras amarelas e brancas um tanto chocante por baixo de um colete preto, e Larkyra olhou com cobiça para a ampulheta de ouro cravejada de diamantes pendurada no bolso do lado esquerdo do peito de Hayzar.

— Sua Graça. — Ela fez uma mesura. — É uma honra ter recebido esse convite e mal posso esperar para passear por Lachlan nos dias que ficarei aqui.

O duque esboçou um sorriso e, com sua Vidência, a jovem percebeu que a boca do homem desbotara, passando do preto-nanquim da noite do baile para um cinza mais diluído, os últimos resquícios de sujeira da magia que injetara nas veias.

Ah, pensou Larkyra, *isso explica as olheiras fundas e a bebedeira*. O duque estava com abstinência de *phorria*, sem dúvida sentia a dor e o sofrimento causados pela eliminação da droga de sua corrente sanguínea. Os Achak haviam explicado que bebidas alcoólicas eram o medicamento perfeito para anestesiar os sentidos até conseguir outra dose. Destacaram que homens e mulheres ficavam caídos na porta das casas próximas aos antros de *phorria* do Reino do Ladrão. "É um remédio eficaz", disseram os Achak, "mas também é uma ilusão, assim como o poder que essas pessoas procuram. Passarão o resto da vida perseguindo fantasmas."

Apesar do comportamento de Hayzar na noite anterior, Larkyra achou que o duque até que estava se portando bem para alguém que começava a sentir sintomas de abstinência, mas ela sabia que até as pessoas mais fortes não seriam uma boa companhia com o passar dos dias.

O duque precisaria de mais uma dose. E logo.

A magia da jovem ronronou de satisfação, porque o humor dela melhorou sensivelmente. *Será que conseguiremos encontrar o fornecedor do duque assim, tão rápido?*, conjecturou Larkyra, esperançosa.

– Zimri. – A jovem dama cumprimentou o amigo, que acabara de entrar na sala. – Percebo que nós dois sobrevivemos à primeira noite.

– Por acaso havia algum perigo de não sobreviverem? – perguntou o duque, dirigindo um breve olhar para o Lorde Mekenna.

– Nenhum – garantiu Larkyra. – Estou apenas brincando, dizendo que o castelo poderia ser assombrado, dada a tempestade tremenda que caía quando chegamos.

– Ah, sim – falou Hayzar. – Receio que o período de sua visita tenha coincidido com nossa estação chuvosa. Tomara que não seja um ambiente sombrio demais para a senhorita.

– Ouso dizer que nenhum volume de chuva seria capaz de estragar minha visita, Sua Graça.

Que comece a sedução, pensou Larkyra, enquanto acomodavam-se na sala de estar.

Zimri sentou-se diante da amiga e do duque, ao lado do Lorde Mekenna, enquanto uma criada servia o chá. Os biscoitinhos oferecidos eram surpreendentemente deliciosos, dado que era difícil de imaginar que havia qualquer tipo de área calorosa, como uma cozinha, debaixo daquele chão de pedra.

– Darius me contou que a viagem transcorreu sem incidentes – comentou o duque, dirigindo-se a Larkyra e bebericando o chá.

A jovem olhou para Lorde Mekenna, que não retribuiu o olhar. Algo na postura rígida do rapaz, a força com a qual segurava a xícara, dava a impressão de que, caso algo desfavorável fosse dito na presença do duque, apenas uma pessoa levaria a culpa. Esse entendimento deixou Larkyra com os nervos em polvorosa.

– Certamente, foi de dar sono – declarou ela. – Mal avistamos vivalma no trajeto, nem mesmo um cachorro ou gato vira-lata cruzaram nosso caminho.

O que só me deixou ainda mais ansiosa para chegar a Lachlan. Sabia que sua companhia seria uma grande recompensa por ter sofrido uma viagem tão desprovida de aventura.

Ela sorriu para Hayzar, que estufou o peito ao ouvir o elogio.

– Prometo que estarei à altura – disse o duque.

– Tenho certeza de que o senhor não precisará nem se esforçar, Sua Graça.

Pelo canto do olho, Larkyra viu o Lorde Mekenna mudar de posição na poltrona, chamando mais uma vez a atenção dela, mas ainda sem lhe dirigir o olhar. Apesar de nunca ter parecido alguém cheio de vida – a não ser, talvez, no dia em que Larkyra o conheceu, na cidade baixa –, naquele dia, naquela sala com o padrasto, Lorde Mekenna parecia um homem completamente diferente. Calado. Tenso. E, Larkyra ousaria dizer, nervoso.

– De que época é este palácio? – perguntou Zimri. – A arquitetura é mesmo impressionante.

– Segundo me contaram, tem mais de três séculos. – O duque, então, estalou os dedos para que lhe servissem mais chá.

Uma criada veio correndo, o bule tremendo de leve em suas mãos.

– Partes do castelo vêm sendo modernizadas com o passar do tempo, é claro – prosseguiu Hayzar. – Mas está com a família Mekenna desde sempre, sendo transmitido de geração em geração. É por isso que fico tão satisfeito com o fato de a senhorita ter aceitado meu convite. – Ele, então, virou-se para Larkyra. – Esse lugar me parece pronto para receber uma nova linhagem em seus salões.

– O senhor quer dizer uma nova linhagem de sobrenome Bruin? – Larkyra obrigou-se a não franzir o cenho.

– A própria. Mudanças são algo natural – explicou Hayzar. – E, dado que herdei a propriedade das terras após a morte de minha querida Josephine, sinto que está na hora de honrar sua memória constituindo a família que sempre planejamos ter aqui.

Lorde Mekenna quase virou mármore ao ouvir as palavras pelo duque, e Larkyra precisou reunir mais forças do que de costume para dar um sorriso forçado e dizer:

– É claro.

Ninguém falou nada por alguns instantes, e a energia do recinto se tornou mais densa, coisa que o duque pareceu gostar, principalmente quando dirigiu o olhar ao enteado.

– Não seria bom, Darius? Ter um irmão caçula com quem brincar?

– Sim, Sua Graça. – A mandíbula do Lorde Mekenna ficou tensa. – Ou uma irmã mais nova.

O duque sacudiu a mão.

– Teremos apenas filhos, e muitos deles, posso lhe garantir. – Os olhos escuros e arroxeados do duque tornaram a pousar em Larkyra.

Pelos deuses perdidos, pensou ela, disfarçando um arrepio. *Por favor, não permitam que essa missão dure tanto tempo assim.*

– Ouvi dizer que as trilhas em volta do jardim são vastas. – Zimri, ainda bem, mudou de assunto. – Será que conseguiremos organizar uma caminhada antes de eu partir amanhã?

– Certamente podemos providenciar, mas devo lhe informar desde já. – Hayzar, colocou a xícara de chá na bandeja que uma criada de prontidão segurava. – Infelizmente, tenho alguns negócios a resolver e serei obrigado a me ausentar do castelo esta tarde. Voltarei em alguns dias.

Larkyra e Zimri entreolharam-se por alguns instantes, em um entendimento tácito.

– Mas tenho certeza de que Darius ficará mais do que feliz de acompanhá--los – completou Hayzar. – Não é mesmo, meu garoto?

– Alguns dias? – perguntou Larkyra, fazendo beicinho e interrompendo a conversa antes que Lorde Mekenna pudesse responder. – Mas eu acabei de chegar.

– Lamento, minha querida. Prometo recompensá-la com um banquete quando voltar. Já pedi que nosso cozinheiro dê início aos preparativos.

– Um banquete? – A jovem ficou sinceramente empolgada ao ouvir isso. – Suponho que, lá no fundo do meu coração, eu *poderia* perdoá-lo, apenas desta vez.

– Aonde suas viagens levarão o senhor? – Zimri permitiu que a criada lhe servisse mais chá.

– Apenas até outra residência um pouco além de nossas fronteiras.

– Tem alguma relação com o acordo de comércio de minerais? – perguntou Zimri. – Se sim, ficaria feliz de acompanhá-lo, no papel de embaixador de Jabari.

O acordo de comércio de minerais com Lachlan havia sido aprovado pelo Conselho de Jabari em audiência com Lorde Mekenna, representando o padrasto. Foi interessante ver que, quando Zimri tocou no assunto, o rapaz ficou ainda mais tenso. Se é que isso era possível.

– Não exatamente – respondeu o duque. – É mais uma espécie de assunto pessoal. Agora, peço perdão por terminar nosso chá antes da hora – Hayzar ficou de pé, seguido por Zimri e Darius –, mas, se me dão licença, preciso me reunir com nosso administrador antes de partir. Milady... – Ele, então, segurou a mão enluvada de Larkyra. – Mal posso esperar para vê-la quando eu voltar. Por favor, não se acanhe e peça qualquer coisa que desejar para nossa criadagem. Essas terras, se é que me permite a ousadia, um dia poderão ser suas. Quero que se sinta em casa aqui.

– Então o senhor está com sorte, Sua Graça. – Larkyra deu um sorriso encantador para o duque. – Porque eu gosto de ousadia.

– Fico feliz em ouvir isso – disse ele, rindo, antes de dirigir-se a Zimri. – Por favor, agradeça ao conde por me emprestar a filha dele, e lhe desejo uma boa viagem de regresso.

– Assim farei. – Zimri fez uma reverência. – Obrigado, Sua Graça.

– Darius. – O duque dirigiu o olhar para o enteado, feito uma aranha brincando com a presa em sua teia de seda. – Pode me acompanhar, por favor?

Sem esperar pela resposta, Hayzar saiu da sala, e Lorde Mekenna enfim encarou Larkyra. Os olhos verdes do rapaz brilhavam, como se dissessem "tome cuidado". Mas, antes que a jovem pudesse ter certeza, o lorde lhe deu as costas, interrompendo aquela conexão e saindo porta afora.

꧁ ꧂

– Você deveria ficar até amanhã. – Larkyra passou a mão no focinho de Bavol e o cavalo bufou, sentindo o perfume da jovem.

Zimri prendeu a bagagem na sela do corcel.

– Sim, mas planos podem mudar.

– Não quando eles incluem me abandonar aqui sozinha, nessas terras onde o céu chora sem parar, um dia antes do combinado. Não posso voltar com você? – A jovem queria bater o pé no chão feito criança, mas se convenceu a não fazer isso. – Percebe que tem algo de muito errado com esse lugar? – prosseguiu Larkyra. – E não é do tipo divertido, como vamos-bisbilhotar-e-arriscar-nossa-vida-por-uma-aventura, mas algo amaldiçoado de verdade.

– E é por isso que preciso partir, como você bem sabe. – A capa de viagem marrom de Zimri esvoaçou, batendo em suas botas, quando ele virou-se para a amiga. Seus olhos castanho-claros estavam com um brilho dourado, em contraste com a pele negra e o céu nublado pela tempestade. A chuva batia no toldo de pedra onde os dois tinham se abrigado, nas dependências das carruagens. A parte sul do castelo erguia-se feito uma criatura cinzenta, a uma curta distância. – Preciso seguir os rastros do duque antes que a chuva os leve embora. – Ele então olhou para a tempestade que caía lá fora. – Ver se esse tal compromisso para resolver assuntos pessoais tem alguma coisa a ver com o contrabando de *phorria*.

Um cavalariço passou pela porta aberta do estábulo e Zimri aproximou-se de Larkyra, baixando a voz.

– Preste atenção: *tem* algo de errado aqui. Essas terras... O ar tem um cheiro enfermiço. Você consegue sentir?

– Sim, e não apenas o cheiro.

– Exatamente. Não é natural, e receio que seu pai e eu não tenhamos nos dado conta da dimensão do que iríamos encontrar quando chegássemos aqui.

Larkyra pensou em comentar o que tinha visto na noite anterior, sobre o duque bêbado, mas se controlou. Não queria que Zimri ficasse ainda mais preocupado. Além do mais, ela era capaz de cuidar de si mesma: fugir daquele tipo de comportamento era algo comum no Reino do Ladrão.

– Você acha que meu pai irá cancelar a missão?

– Não. – O rapaz sacudiu a cabeça. – Agora, mais do que nunca, precisamos ajudar este lugar. Enquanto eu estiver fora, visite os vilarejos vizinhos. Converse com as pessoas. Veja o que consegue descobrir. Mas, por favor, Lark – ele segurou as mãos da jovem –, tome cuidado. Aqui não é o Reino do Ladrão nem as ruas conhecidas de Jabari. Se estiver seguindo um caminho e sentir que há algo de errado nele... desta vez, dê a meia-volta.

Uma promessa impossível de cumprir, pensou Larkyra.

– Já aguentei muitas coisas que me pareciam erradas – retrucou ela. – Ou por acaso já se esqueceu disso? – Larkyra tirou a luva da mão esquerda, exibindo o toco do dedo anular. A pele tinha cicatrizado por cima do osso, deixando uma marca vermelha e saliente dos pontos. A cicatriz formigou em contato com o ar gelado.

– Nenhum de nós se esqueceu – Zimri falou baixinho. – Estou apenas cuidando dos dedos que restaram e, sobretudo, da dona deles. Então, por favor, cumpra sua missão, mas me prometa que não vai se meter em confusão de propósito.

– Como posso prometer tal coisa? Se existe alguém que deve fazer amizade com monstros, esse alguém não é uma das Mousai?

– É disso que estou falando, *uma das*. Espere até eu voltar com suas irm...

– A missão é *minha* – interrompeu Larkyra. – Não fiquei aqui nem um dia e você já quer chamar Niya e Arabessa para me socorrer? Por acaso julga que não sou capaz?

– Lark – suspirou Zimri –, não é nada disso. Estou dizendo apenas que, seja lá o que os deuses perdidos tenham feito com esse lugar, precisamos agir com cautela.

A jovem riu depois dessa, e seus dons se agitaram e ferveram com sua irritação. Larkyra fechou a boca com força antes que alguma magia pudesse escapar. Pelos deuses perdidos, odiava ter que se controlar sempre! Respirando bem devagar, tentou mais uma vez, agora em um tom apático.

– Zim, você tem noção de com quem está falando? Sou membro da família Bassette. Cautela é uma característica que não faz parte das nossas tradições.

– Não é hora de ser ingênua – censurou o rapaz.

– Sempre há uma hora de ser ingênua – retrucou a jovem.

– Seguindo essa lógica, você não precisa temer minha partida antes da hora.

– Eu já ia lhe perguntar por que está demorando tanto para subir no cavalo.

Zimri sacudiu a cabeça e passou a mão no cabelo castanho-escuro.

– Eu sabia que uma de vocês seria o meu fim.

– Sim, bem... – Larkyra tornou a calçar as luvas. – Só lamento não ser a irmã de sua preferência a lhe mandar para o Ocaso.

– Niya nunca seria capaz de fazer isso.

– Você sabe que não estou falando de Niya.

– Sim. – Zimri encaixou o pé no estribo da sela e subiu no cavalo. – Eu sei.

Larkyra segurou o bridão de couro de Bavol para que o corcel ficasse parado.

– Vou tomar cuidado, Zim. Todo o cuidado que eu for capaz de tomar.

– O que, para alguém da família Bassette, significa flertar com o perigo.

– Tirar a confusão para dançar.

– Brincar com a morte.

– Sim, pode ser. Mas, se posso brincar, significa que ainda estou viva.

– Então vamos parar por aqui e chegar a um denominador comum. – Zimri segurou as rédeas com mais força nas mãos enluvadas. – Continue viva.

– Farei isso. – Larkyra meneou a cabeça. – Quando você voltar, prometo que estarei viva.

– Obrigado. – O rapaz a olhou mais uma vez.

Os dois se encararam por mais alguns instantes, despedindo-se em silêncio, à própria maneira, antes que Zimri estalasse a língua, fazendo o cavalo trotar.

Larkyra o observou debaixo do toldo. A chuva havia enlameado o chão e sujado a barra de seu vestido. Zimri foi ficando cada vez menor e mais cinzento à medida que se afastava do castelo, envolto em neblina. Ele atravessou a ponte comprida e estreita que levava aos penhascos distantes, à procura do homem que, sem dúvida, era a maldição daquelas terras. O mesmo homem que, infelizmente, tinha as maiores intenções de se tornar marido dela.

CAPÍTULO TREZE

A única coisa que ajudou a aliviar a dor de Larkyra nos dias que sucederam a partida de Zimri foi a carta que ela recebeu das irmãs. Sentada no parapeito da grandiosa janela da biblioteca – uma torre de vigia adaptada, com uma escada em caracol metalizada que se erguia no centro e levava a várias galerias repletas de livros –, a jovem releu as palavras que brigavam entre si pela proeminência no papel:

Minha Nossa querida irmã, vou avisá-la desde já que esta carta pode ser complicada, pois Niya está parada atrás de mim, com a pena entintada na mão, pronta para – Não vamos gastar papel com introduções cordiais. Já descobriu alguma coisa? Como é Lachlan? Existe alguma diversão nesse território tão encharcado? – Desculpe por essas bobagens, Lark. Escreverei rápido para – Todas nós sabemos que sou eu quem tem mais talento para escrever cartas, então deveria ser – Pelos deuses perdidos, fique feliz por estar a salvo desse espinho ruivo. Enfeiticei minha harpa para segurá-la e nos garantir certa paz. Tudo está silencioso em Jabari, tirando a costumeira balbúrdia de Niya. Papai colocou vigias em cada canto do reino para ficarem atentos ao contrabando. Torço para que seus dias tenham sido frutíferos. Aguardamos ansiosamente por notícias suas ou de Zimri, sobretudo para que possamos nos reencontrar logo. Já visitou as cidades vizinhas? Talvez existam pessoas fora do castelo que saibam mais a respeito do que acontece lá dentro. Minha querida menina, já pegou no sono? Não se preocupe. Consegui distrair Arabessa de forma certeira, impedindo *que escreva mais. Ela está muito ocupada dançando, tentando sair do emaranhado de saias em que a amarrei. Terminarei esta carta dizendo o seguinte: você pode estar aí a trabalho, mas, por favor, dê um jeito de se divertir nesse meio-tempo. O riso iluminará qualquer escuridão que encontre em sua busca. Eu Nós te amo amamos muito.*

N + A + N

Larkyra não pôde deixar de sorrir, passando o dedo por cada marca deixada pelo traço da pena das irmãs. "Já descobriu alguma coisa?" Não, nada que valesse a pena relatar em uma carta. Com a companhia e vigilância constante de Clara, Larkyra espionou a ala norte que, basicamente, consistia nos aposentos para visitas – que agora se resumiam a uma só – e em um grande salão de baile que ficava trancado, com os móveis tapados com lençóis brancos, o que não era nenhuma surpresa. Ela foi levada para conhecer a sala de música e diversas salas de estar – nenhuma delas dava a impressão de ser usada –, guiada pelos corredores repletos de história ancestral, com seus bustos esculpidos e mais retratos pintados, e conduzida pelo perímetro do castelo. Todo o percurso incluía áreas comuns, feitas para serem exibidas. O extremo oposto da excursão de que precisava.

"Talvez existam pessoas fora do castelo que saibam mais a respeito do que acontece lá dentro."

As palavras de Arabessa rodopiavam na cabeça de Larkyra, que agora observava a paisagem rochosa através da janela da biblioteca, a vista precipitando-se no lago que cercava o castelo.

– Clara! – A jovem encostou uma das mãos no vidro. – Parou de chover!

A dama de companhia, que estava sentada à sua frente, remendando uma meia de seda, tirou os olhos da costura.

– É verdade, milady.

– E então? – Larkyra levantou em um pulo. – Por que estamos sentadas aqui? Vamos fazer mais uma caminhada.

O clima estava frio, nebuloso, e gotículas de água grudaram na capa escura de Larkyra, de um marrom avermelhado. Ela arrancou uma folha de um galho mais baixo e começou a desbravar uma trilha densa, cheia de mato, que levava aos penhascos ao sul da ilha.

Apesar de o castelo se erguer, imponente, do pico rochoso da ilha, era parcialmente cercado por um trecho denso de floresta. A trilha de chão batido que as duas percorriam passava pelo meio das árvores e era tortuosa, difícil, pouco adequada para alguém que não gostava de fazer trilha.

Por sorte, Larkyra adorava. A dama de companhia, contudo...

– Precisamos ir por aqui, milady? – perguntou Clara, ofegante, logo atrás dela. – Se sim, precisamos fazer isso tão rápido?

Larkyra virou-se de frente para a moça e observou seus contornos envoltos na neblina acinzentada cambalearem em uma curva especialmente enlameada.

– Um pouco de exercício e ar fresco fazem bem para o ânimo, Clara. Aposto que você já adiou sua visita ao Ocaso.

– Só se eu sobreviver à presente excursão, a senhora quer dizer, milady – resmungou Clara. Mas seus murmúrios foram interrompidos por um grito estridente que ecoou alto no céu e a fez escorregar. Larkyra segurou o braço da criada para que ela não caísse. – Pelo mar de Obasi. – Clara olhou para a copa das árvores, de onde era possível ver um trecho de céu cinzento. – O que foi isso?

Larkyra continuou caminhando.

– Parecia um falcão.

– Um *falcão*? – Clara apertou o passo para alcançar Larkyra. – Parecia uma coisa maior do que um falcão.

– Talvez seja um falcão bem grande – desconversou Larkyra, mas seus pensamentos foram logo expulsos de sua cabeça, pois as duas saíram da floresta e toparam com a vista.

Um horizonte de lagos e ilhas esparramava-se diante dela, o cinza azulado das águas refletia as nuvens infinitas do céu. A jovem nunca tinha visto algo tão sereno e dominado pela natureza. E olhe que já vira muitas maravilhas em Aadilor.

Alguns passos adiante, chegaram à borda da península sul, onde o penhasco despencava, dramaticamente, até as águas lá embaixo. Alguns rochedos salpicavam o despenhadeiro, convidando almas corajosas a descerem até a faixa de praia. Mais além das águas, à direita, um vilarejo cinzento esparramava-se pelo continente que se erguia, afastando-se das ondas antes de ser interrompida por outra montanha altíssima, que atingia as nuvens e era tapada por árvores e arbustos silvestres. Larkyra avistou uma grande fortificação de pedra escavada direto da encosta, a fachada coberta até a metade por heras e musgo. Havia estátuas erodidas acima da sacada protuberante da fortaleza. Mas, àquela distância, ela não conseguia enxergá-las direito. A construção parecia ser uma antiga torre de vigia, de onde se controlava os barcos que chegavam e saíam do porto.

A jovem fechou os olhos por alguns instantes, digerindo aquela cena. O ar fresco encheu seus pulmões, ao passo que o vento fazia a capa bater em suas pernas. Ao ter essa rara sensação de liberdade, a magia de Larkyra suspirou junto com ela. A única coisa capaz de tornar aquele momento mais perfeito seria um pouco de Sol.

– Não deixa de ser lindo – declarou Clara, olhando para a cidadezinha ao longe com uma expressão relaxada e melancólica.

– Diga-me – Larkyra observava o falcão prateado, que entrava e saía de seu campo de visão, voando pelo céu nublado –, quanto tempo dura a estação chuvosa em Lachlan?

A dama de companhia soltou uma risadinha discreta e debochada.

– Ah, mil perdões, milady. – Clara tapou a boca com a mão. – É só que, se fosse uma estação, seria uma terrivelmente longa.

– O que você quer dizer com isso?

– Já faz mais de uma década que chove sem parar.

Larkyra o encarou.

– Está me dizendo que, há dez anos, *todos os dias* cai uma tempestade?

– De vez em quando, até temos uma trégua, com alguns poucos dias ensolarados, mas a chuva é constante.

– Como tudo que existe aqui não foi levado pela chuva? Não fica inundado?

– Sabe – Clara franziu bem o cenho –, ninguém nunca me perguntou isso. Suponho que os lagos ajudem. Ninguém sabe qual é a verdadeira profundidade deles. E há quem acredite que Lachlan era o poço dos deuses perdidos. "Céus de Cascata", é assim que os viajantes a chamam.

– Céus de Cascata – repetiu Larkyra. – Esse nome passa uma impressão… menos violenta.

A dama de companhia surpreendeu a si mesma e à jovem ao dar mais uma risada.

– Ah, peço desculpas novamente, milady! A senhorita, pelo jeito, me pegou de bom humor, coisa rara.

– Qual é a graça?

– É que a senhorita está conosco há pouco tempo e já acha o clima violento. Tenho até medo do que irá dizer quando as verdadeiras ondas começarem a arrebentar.

– Ai, minha nossa. – Larkyra tornou a olhar para as águas. – Eu também.

De repente, um vento forte começou a soprar, e Larkyra fechou mais a capa, tremendo.

– Está com frio, milady?

– Não muito.

– Não seria melhor voltarmos?

– Na verdade, você poderia me fazer a gentileza de me deixar um pouco sozinha? – pediu Larkyra. – Sabe, o fato de não estar com minha família começou a me atingir, e gostaria de ter um momento a sós para me recompor, se você não se importar.

– Quer que eu volte sozinha para o castelo? – Clara franziu a testa. – E deixe a senhorita aqui, desacompanhada? Acho que não seria prudente, milady. Vou demorar um pouco para chegar aos seus aposentos, e está ficando tarde.

– Mal passou da hora do almoço – argumentou Larkyra. – De certo ainda teremos luz por mais alguns grãos de areia.

Clara olhou para a floresta atrás delas, para as torres de pedra do castelo, que despontavam da copa das árvores.

– Não arredarei o pé daqui – insistiu Larkyra. – Prometo.

– Desculpe, milady – disse Clara, com um olhar de compaixão. – Deve ser difícil viajar e ficar tão longe deles. A senhorita é próxima de sua família?

– Minhas irmãs são minhas melhores amigas.

A dama de companhia franziu ainda mais o cenho.

– Então lhe deixarei em paz, mas a senhorita promete que não arredará o pé daqui?

Larkyra levou a mão enluvada ao coração.

– Não darei nem um passo além daqui.

Aparentemente satisfeita, Clara assentiu.

Larkyra observou a criada voltar pelo mesmo caminho por onde as duas tinham vindo, até sumir no meio da floresta. Deixando passar mais alguns grãos de areia, ela certificou-se de que estava totalmente fora do campo de visão de Clara antes de recolocar o capuz e perscrutar o céu nublado.

Apesar de parecer que não havia nada lá em cima, Larkyra sabia o que estava escondido atrás das nuvens. Ela abriu a boca e soltou uma imitação tão fiel de um guincho de falcão que chegava a ser chocante. A magia aqueceu sua garganta, erguendo-se com sua voz.

Alguns instantes apenas de vento e ondas.

E então...

Feito uma agulha que atravessa a seda, uma faísca prateada transpôs a névoa e guinchou em resposta. Kaipo veio voando até Larkyra. Sua envergadura, agora, era do comprimento de quatro cavalos; a ave aumentara de tamanho não apenas porque estava a céu aberto, mas também para atender ao pedido da dona.

A jovem ergueu os braços abertos, formando um T com o corpo, e ficou parada enquanto o falcão pairava acima dela. O bater das asas do pássaro soltou algumas mechas de suas tranças. Muito delicadamente, as garras de Kaipo seguraram os braços da dona. Em um piscar de olhos, Larkyra não estava mais parada à beira do precipício, mas suspensa no ar, porque foi erguida através das nuvens, além do castelo, que encolhia a cada bater de asas do amigo. Daquela altura, conseguia ver algumas outras cidadezinhas salpicadas pelos lagos do entorno, mas nenhuma era tão grande quanto Imell, a cidade principal, que acompanhava os contornos do Lago Lachlan. A Ilha do Castelo erguia-se bem no centro, feito um cão de guarda. Clara estava lá dentro, em algum lugar.

Apesar de ter prometido que não daria um passo para longe do precipício, ela não tinha comentado nada sobre voar. Com um sorriso nos lábios, Larkyra desfrutou do vento gelado em seu rosto e soltou mais um guincho, que Kaipo respondeu inclinando-se para a direita, voando em direção ao destino que sua dona solicitara.

O falcão deixou a jovem no continente, em um trecho de estrada a céu aberto, que ia fazendo curvas e descendo até chegar a Imell. Larkyra agradeceu com um carinho em suas penas grossas antes que ele batesse as asas enormes, sacudindo a copa das árvores, levantando voo e sumindo no céu mais uma vez.

Com o capuz na cabeça, o marrom avermelhado da capa se destacando em contraste com os tons úmidos de verde e marrom do ambiente, Larkyra desceu pela estrada enlameada em direção à cidade. Começara a chover de leve, e ela secou o orvalho que se acumulava em seu rosto, torcendo para que a chuva continuasse assim: apenas leve.

Desviando-se de raízes expostas ou de pilhas de pedras caídas de quando em quando, ela examinou os arredores. Tudo estava coberto por mato. As trepadeiras tomavam conta de tudo, subindo pelas rochas sinuosas, junto com folhas de orelha-de-elefante gigantes, que faziam as vezes de copa para diversas outras plantas e flores, incluindo aguapés roxos. Os aguapés ladeavam a estrada por onde a jovem andava, guiando seus passos e trazendo um belo toque de cor àquela paisagem de dois tons.

Além do ruído que suas botas faziam ao esmagar folhas ou escorregar no chão de terra e do cair suave da chuva, o trajeto foi silencioso e um tanto solitário.

Onde todo mundo foi parar?

Alguém, certamente, precisava se deslocar do castelo para a cidade ou vice-versa.

Justo quando Larkyra começava a acreditar que era a única pessoa ainda viva daquele lado do lago, um leve murmúrio de vozes chegou até ela.

A jovem apertou o passo, virou em uma curva e avistou dois homens diante de uma carroça de mercador, do outro lado da estrada. Um indivíduo um tanto corpulento, de barba grisalha e pele pálida, as roupas molhadas e gastas pelo tempo, segurava a parte de cima da roda de ferro. O mais jovem, que tinha cabelo escuro, acobreado, estava ajoelhado na lama, forçando os músculos das costas enquanto apertava um parafuso com uma chave inglesa.

– Pronto. – O jovem sentou-se no chão com as pernas dobradas e atirou a ferramenta em uma caixa de madeira ao seu lado. – Isso vai segurar a roda até você chegar a Imell. Mas precisará falar com o sr. Bergan assim que chegar. Os deuses perdidos sabem que não sou nenhum fabricante de carroças.

– Sim. – O homem mais velho balançou a cabeça e apertou a mão do mais jovem, que ficou de pé. – O senhor tem minha gratidão eterna. Eu teria sido obrigado a abandoná-la para chamar meu filho se você não tivesse aparecido, já que as minhas costas não são mais como eram antes.

– Não precisa agradecer, Henry. Fico feliz de poder ajudar.

– Sei disso, senhor. Mesmo assim, sou grato pela sua ajuda.

Bem nessa hora, Larkyra pisou em um graveto caído, que se partiu, fazendo um ruído que ecoou no ar gelado. Os dois homens olharam na direção dela.

A jovem segurou a respiração. *Pauzinhos*, pensou, porque as sobrancelhas peludas de Henry ergueram-se até a linha do couro cabeludo, examinando-a, ao passo que a silhueta alta do homem ao lado dele estreitou os olhos.

– A senhorita está perdida, madame? – perguntou Henry.

– Talvez tenha perdido a cabeça – disse o Lorde Mekenna, limpando as mãos sujas de terra nas calças ainda mais sujas.

Esse gesto fez Larkyra admirar o restante do corpo do lorde. O traje impecável que o rapaz costumava usar estava ausente, e ele trajava uma camisa simples de algodão branco e calças curtas marrons. O tecido da camisa estava tão gasto que era quase transparente, e as botas de couro, por sua vez, estavam cobertas por lama. A aparência do rapaz era selvagem.

Ai, ai.

Apesar do ar gelado, Larkyra sentiu um certo calor e, para sua surpresa, ficou um tanto atrapalhada.

– O que a senhorita está fazendo fora do castelo, Lady Larkyra? – questionou o Lorde Mekenna, observando-a.

Ela arqueou a sobrancelha ao ouvir o tom do lorde, e seu desengonço se transformou em irritação.

– Eu não tinha me dado conta de que deveria ficar acorrentada entre as quatro paredes do castelo – retrucou, aproximando-se, antes de dirigir-se a Henry. – Peço desculpas pelas maneiras equivocadas de nosso amigo em comum. Mas, ao que tudo indica, ele é incapaz de nos apresentar como manda o figurino. – Larkyra, então, estendeu a mão. – Sou Larkyra Bassette, hóspede das terras de Lachlan.

Henry observou a mão enluvada da moça, o veludo verde limpo e liso comparado ao estado dos dois homens, e dirigiu o olhar para o Lorde Mekenna.

– Pode apertar – incentivou ela. – Só mordo quando não me dão sobremesa.

– Henry Alton, milady. – Ele segurou os delicados dedos de Larkyra entre os próprios, que mais pareciam salsichas.

– Por favor, me chame pelo meu nome, Larkyra. Ater-se a tais formalidades é um desperdício de ar que poderia ser usado para falar de assuntos mais interessantes. Você não acha, Henry?

– Eu... – O velho olhou novamente para o Lorde Mekenna, que agora tinha os lábios espremidos e encarava Larkyra com um ar de incredulidade.

– Exatamente. – A jovem prosseguiu: – Ora, percebo que está com problemas com a roda da carroça?

– Ãnh, sim, milady...

– Larkyra.

O pomo de adão do homem ficou aparente quando ele engoliu em seco.

– Larkyra.

– Ótimo. – Ela sorriu. – Que gentileza do Lorde Mekenna... – A jovem olhou para ele. – Ou posso lhe chamar de Darius, já que estamos deixando de lado tais convenções esnobes?

Larkyra não esperou pela resposta do lorde. Sua vida girava em torno do autocontrole e de permanecer com o coração firme por causa de sua magia. Sendo assim, no que tocava às formalidades sociais, não suportava trivialidades. E tinha a sensação de que Darius, tanto quanto ela, precisava de qualquer oportunidade de se soltar.

– Perfeito. Então, apesar de Darius ter feito a gentileza de apertar sua roda, o que o sr. Bergan irá lhe dizer, ou – nessa hora, a jovem falou mais baixo, em tom de confidência – talvez não, se for do tipo salafrário – ela então piscou para Henry, que sorriu –, é que o senhor precisa trocar todos os aros, não apenas esse, que foi quebrado recentemente.

– Como a senhorita sabe que um dos aros foi quebrado recentemente? – perguntou Henry.

– Foi esse aqui – ela apontou. – Está um pouco mais fino do que os outros, para não falar da madeira, que é diferente. Está atrapalhando a distribuição do peso e desgastando os rolamentos. Será um conserto mais caro, mas um bom investimento a longo prazo. Dessa forma, você não atolará na lama com tanta frequência.

Os dois homens ficaram em silêncio, até que Henry soltou uma risadinha, um som terno e bem ensaiado.

– Bem, veja só – disse ele, dando um tapinha na roda. – Faz sentido. Essa velha belezinha anda tendo muito azar desde que meu filho quebrou o aro, vindo do mercado para casa. Obrigado, Larkyra.

– Não tem de quê. – A jovem sorriu. – Se quiser, será uma alegria acompanhá-lo até a cidade e fazer uma visita a este tal sr. Bergan. Só para garantir que ele cobrará o preço certo.

– Receio ter que requisitar sua companhia no trajeto de volta ao castelo – disse Darius, impedindo que Henry respondesse, e seus olhos verdes imobilizaram Larkyra. – E tenho certeza de que Henry precisa resolver outros assuntos antes de procurar o fabricante de carroças.

– Mas o senhor acabou de dizer para ele ir direto até lá – argumentou Larkyra.

– É, o senhor disse mesmo – concordou Henry.

– Bem, então o que está esperando? Ande logo, homem. – Darius praticamente pôs o velho em cima do assento do cocheiro. O peso repentino de seu corpo despertou o burrico, que estava mastigando a grama com tranquilidade. – Mande consertar essa roda, e eu passarei para ver como você está da próxima vez que vier aqui. – O lorde então deu um tapa no traseiro do burrico, que soltou um zurro estridente, puxou a carroça e foi embora.

– Isso foi uma falta de educação terrível – Larkyra disparou para Henry, que se afastava pela estrada sinuosa. – Não consegui nem me despedir.

– O que a senhorita está fazendo aqui? – Darius virou a jovem de frente para ele.

Ela encarou a mão do lorde em seu braço, o calor daquele toque infiltrando-se através da capa quase que de imediato. A magia dela agitou-se, assim como seu coração.

Darius acompanhou o olhar de Larkyra e, no mesmo instante, tirou a mão do braço dela.

– Tive vontade de fazer uma caminhada – explicou a jovem, depois de ter tirado alguns instantes para se recompor.

– Caminhada?

– Sim, colocar um pé na frente do outro, num ritmo descontraído, sabe? Há quem diga que faz bem à saúde.

– Mas como veio parar *aqui* caminhando? Como conseguiu sair da ilha?

Lá vem esta pergunta de novo, pensou Larkyra, franzindo o cenho.

– Por acaso estou proibida de sair da ilha?

– Não. Quer dizer, sim, está. O que estou querendo dizer é... – Darius deixou a frase no ar, franziu o cenho e olhou para a estrada, atrás de Larkyra. – Onde está sua dama de companhia?

– O senhor tem muitas perguntas a fazer nesta tarde, milorde. Que diferença de sua atitude calada durante o chá, outro dia.

O lorde tornou a encarar a jovem.

– Achei que, agora, iria me tratar por "Darius".

O comentário a fez sorrir.

– Verdade, Darius, isso mesmo.

Os dois ficaram se encarando, o ruído baixo da chuva os envolveu em uma bolha de silêncio. Sob o céu prateado e líquido, o cabelo de Darius desbotara até ficar com um tom âmbar, deixando as sardas em evidência nas bochechas e no nariz. Um leve vapor emanava da pele do lorde, através da camisa, fundindo-se com o ar gelado. A mão de Larkyra movimentou-se sozinha na lateral do corpo, com vontade de tirar as luvas e sentir na própria pele o calor que aquele rapaz tinha por dentro.

– Eu não tinha nada de interessante a acrescentar à conversa naquela manhã – declarou Darius, por fim.

– Então termos nos encontrado foi perfeito. Porque você pode provar que tem, *sim*, coisas importantes a dizer enquanto caminhamos até a cidade.

– Não vamos até a cidade.

– *Você* pode até não ir, mas esse é o meu destino.

– Não mais.

– Meus deuses – Larkyra se afastou. – Você é sempre tão autoritário?

– Só quando chove. – Darius pegou uma sacola vazia que estava no chão e a colocou no ombro.

Uma surpreendente bolha de euforia atravessou Larkyra.

– Por acaso você acabou de fazer uma piada?

– E daí se fiz? – indagou o lorde. E foi logo tomando o caminho da estrada ladeada por árvores, na direção pela qual a jovem acabara de vir.

– Então será um prazer – disse ela, acompanhando-o. – Estava começando a temer que o homem com o qual dancei em meu *Eumar*

Journée, aquele, que deu risada e brincou, não passava de um fruto da minha imaginação.

Darius não respondeu, apenas continuou andando, os olhos fixos na estrada.

Mas Larkyra estava determinada. Agora que tinha visto uma pequena rachadura na máscara austera do lorde, tinha um desejo muito forte de fazer vir à tona o homem que sabia estar escondido em algum lugar, debaixo da máscara. Aquele, que conhecera nas ruas de Jabari; aquele, que encontrara ali, com Henry, antes de anunciar sua presença. O Darius gentil, bondoso e que sorria.

Por que o rapaz conseguia ser tão franco e simpático com as pessoas de classe baixa, mas ficava tão tenso na companhia de pessoas de sua estirpe? Larkyra precisou se segurar para não parar de andar quando se deu conta disso. *Ele não confia em nós*, pensou. *Algo em nós deve fazê-lo se sentir ameaçado.*

"Eu e as mentiras somos velhos conhecidos."

As palavras de Darius vieram à tona em sua memória. Aquelas, que ele tinha dito quando Larkyra não passava de uma menina de rua. *Mentiras*, ela tornou a pensar, dirigindo o olhar para o rapaz. O padrasto dele contava muitas, e era óbvio que ele o temia. Seria esse o motivo para o Lorde Mekenna se fechar na companhia de pessoas da mesma classe?

– Darius, espero que saiba que podemos ser amigos. Não estou aqui para lhe causar nenhum transtorno.

– Se isso fosse verdade – disse Darius, ainda sem olhar para a jovem –, você não teria aceitado o convite para vir até aqui, para início de conversa.

Larkyra sentiu que o lorde tinha lhe dado um soco no estômago. Parou de andar, e Darius olhou disfarçadamente para ela, sem virar-se para trás. Sua expressão suavizou-se quando ele reparou em algo nas feições dela. Um suspiro resignado escapou de seus lábios.

– Mil perdões – disse ele, voltando para o lado de Larkyra. – Não foi isso que eu quis...

– Foi, sim.

Darius sacudiu a cabeça.

– Não...

– Sim – insistiu Larkyra. – Foi isso. E apesar de ter doído, fico feliz porque você, pelo menos, disse a verdade.

Darius fez careta.

– Sério?

Larkyra assentiu.

– Sim. As pessoas de nossa classe, não raro, escondem o que pensam de verdade. Minha família e eu não somos desse tipo. A vida é muito curta para não falar o que realmente queremos.

Darius encarou Larkyra.

– Sim – concordou ele. – Penso o mesmo com frequência. Entretanto... admito que nem sempre coloco isso em prática.

– Ficarei feliz em ajudá-lo a praticar essa arte. – A jovem deu um sorriso tímido, que valeu a pena, porque Darius também sorriu, discretamente.

– Eu gostaria.

A magia dela ficou toda prosa com esse incentivo.

– Que tal começarmos agora? – sugeriu ela. – Pode fazer uma pergunta, e prometo me esforçar ao máximo para responder com franqueza. Mas precisa prometer que também vai responder a uma pergunta minha.

Darius pareceu refletir sobre essa proposta. Passou a mão no cabelo, tirando as gotículas de água que pingavam das pontas ruivas.

– Muito bem. Como você sabia tanta coisa a respeito da roda da carroça de Henry?

– Meu pai faz negócios em muitas regiões de Aadilor – respondeu Larkyra. – E, em vez de abandonar as filhas por longos períodos de tempo, levava minhas irmãs e eu com ele. Rodas de carroça quebradas são apenas uma das muitas coisas que aprendemos a consertar em nossas viagens.

– Mas de certo o cocheiro estava equipado para consertar esse tipo de coisa, não?

– Quem você acha que nos ensinou? – A jovem riu. – Meu pai acredita que uma mente bem-educada se expande além do que pode ser encontrado em livros ou ensinado por tutoras. Sempre quis que as filhas estivessem bem preparadas para todo tipo de coisa que o mundo pudesse colocar em nosso caminho.

– Como uma emboscada de bandidos? – Os olhos inteligentes de Darius fitaram os de Larkyra mais uma vez.

– Homens desse tipo não ficam apenas em estradinhas tranquilas, campestres.

– Então já teve necessidade de se defender sozinha?

– Ah, ah. – Ela sorriu. – Você me fez três perguntas, e eu respondi. Agora é a minha vez.

Os dois escorregaram no chão molhado, porque a chuva começou a cair com mais força.

– Vá em frente.

– O que você estava fazendo neste vilarejo?

Darius mudou a sacola de ombro, e Larkyra esforçou-se muito para *não* reparar quando os músculos do lorde esticaram a camisa.

– Estava ajudando os pescadores a limpar a parte de baixo do casco dos barcos.

– Você ajuda seus vassalos a fazer isso com frequência?

– Sim.

– Que gentileza de sua parte – disse ela, sentindo um calor no coração.

Era mais do que visível que o lorde se importava com seu povo. É raro encontrar pessoas da classe à qual os dois pertenciam que tratavam as classes mais baixas com um pouco de cordialidade, apesar de essas pessoas, com certeza, merecerem.

– É o mínimo que posso fazer por tudo o que concedem à minha família e às nossas terras – disse Darius. – Não posso ficar parado, desfrutando de meu conforto, sabendo que meus vassalos não possuem as mesmas coisas.

– E o duque sabe que você vem para Imell com esse objetivo? Ele também ajuda os vassalos?

Darius ficou tenso de repente. Ao ouvir falar do padrasto, aquela janela de franqueza fechou-se com força.

– Não ajuda – respondeu. – E gostaria que não comentasse nada com ele.

Larkyra examinou aquele lorde que se vestia como plebeu e escondia a caridade que praticava para com seu povo como se fosse um segredo vergonhoso. Os dois tinham muito em comum, mas, sobre esse assunto, a jovem nunca poderia falar.

– Claro – disse ela. – E eu gostaria que minhas... excursões fora dos limites do castelo ficassem apenas entre nós.

Darius andou mais devagar, porque tinham chegado a uma bifurcação na estrada.

– Então vamos combinar que o que aconteceu hoje será esquecido.

A jovem o encarou por alguns instantes e uma estranha tristeza infiltrou-se em seu coração ao vê-lo parado ali, tão solitário e decoroso, mesmo com as roupas sujas de terra.

– Como preferir – concordou.

Meneando a cabeça em agradecimento, Darius saiu do lado dela e afastou alguns galhos à sua direita, revelando outro caminho: uma escadaria escorregadia, escavada na paisagem rochosa, que levava a um emaranhado de vegetação.

– Por aqui – disse ele, e então estendeu a mão para ajudá-la a descer.

Larkyra encostou os dedos enluvados nos do lorde, e esse contato fez brotar notas de uma nova canção, que atravessou o coração dela a toda velocidade.

– Obrigada – conseguiu dizer, em um sussurro.

Mais um meneio de cabeça antes que Darius soltasse sua mão.

A jovem terminou de descer a escada em silêncio e admirou a pequena praia de pedrinhas e a canoa que fora levada pelas águas até a terra firme. A Ilha do Castelo erguia-se bem acima, do outro lado das águas do lago, e a ponte comprida e estreita que ligava a ilha ao continente podia ser vista ao longe. Névoa e nuvens tapavam parte da vista, uma fileira de pássaros pretos voava no céu e a chuva caía com um murmúrio exausto.

– Venha – disse Darius, indo em direção ao pequeno barco e jogando a sacola lá dentro.

Segurando as saias e a capa encharcadas, Larkyra acomodou-se no assento, do outro lado. Darius empurrou a canoa para a água e pulou lá dentro.

O lorde levou os dois adiante, a superfície do lago ondulava a cada remada. Parecia estar à vontade no próprio corpo naquele momento, a floresta selvagem e o lago plácido eram seu pano de fundo. Quem se desse ao trabalho de reparar perceberia quem era o verdadeiro amo daquelas terras.

– Esses cortes são de limpar os barcos? – A jovem inclinou-se para a frente e passou o dedo no braço dele, acompanhando uma cicatriz saliente que aparecia por baixo da manga arregaçada da camisa.

Darius foi para trás e quase deixou o remo car na água.

– Ai, não. – Larkyra endireitou-se. – Desculpe. Não tive a intenção de…

– Não tem problema – disse o lorde, cerrando os dentes e parando de remar para puxar a manga da camisa, tapando a cicatriz. – Eu só… não gosto que toquem em mim… aqui.

Sentindo que a energia entre ambos havia mudado com um crepitar incômodo, Larkyra engoliu as perguntas que subiam por sua garganta. Estava ali porque tinha planos a longo prazo, afinal de contas. Até ela – uma integrante da família Bassette, cuja curiosidade era insaciável – sabia que aqueles segredos que tinham sido revelados de livre e espontânea vontade recuariam caso fossem pressionados.

Sendo assim, permaneceu em silêncio enquanto Darius remava até chegar a um deque minúsculo, espremido entre dois rochedos cobertos de musgo, na praia da Ilha do Castelo, onde havia outro barco amarrado. Mais degraus em caracol escavados na pedra levavam até a residência.

Segurando-se em uma estaca, Darius equilibrou o barco, permitindo que a jovem saísse.

– Larkyra.

Um arrepio percorreu a pele dela quando seu nome escapou dos lábios do lorde, e ela virou-se para trás.

Darius ainda estava sentado dentro do barco, o cabelo ruivo brilhando em contraste com aquele mundo de cores apagadas, os olhos verdes fixos nos dela.

– Se, em algum momento, você sentir necessidade de sair do castelo sem ser vista – ele então inclinou a cabeça, indicando o caminho recôndito atrás dela –, é por ali que deve ir.

Antes que Larkyra tivesse tempo de responder ou perguntar por que precisaria ter conhecimento de tal trajeto, Darius tomou impulso e afastou-se do deque. O barco flutuou, voltando para as águas brumosas, enquanto ele remava.

Foi afastando-se mais, mais e mais.

Sumiu de vista, como se cumprisse sua promessa de que aquele dia nunca tinha acontecido.

CAPÍTULO CATORZE

Larkyra não andava tanto às escondidas desde o dia em que quebrara o broche preferido de Niya. Ficou imaginando se aquela situação terminaria de modo semelhante: com ela sendo pega em flagrante e amarrada de ponta-cabeça para fora de casa, até um jardineiro encontrá-la por acaso. Para seu próprio bem, a jovem esperava que esse incidente não se repetisse.

Como o restante da casa estava dormindo, dado que já era quase meia-noite, ela tornou a esgueirar-se pelos corredores silenciosos, determinada a dar continuidade à sua busca. Tinha escarafunchado em todos os cantinhos das alas norte e leste do castelo e, como Hayzar ainda estava viajando, era hora de arriscar mais uma visita à ala sul.

De chinelos, usando um robe grosso por cima da camisola fina, não encontrou vivalma quando se aproximou, em silêncio, da grande escadaria de pedra que levava a uma miríade de andares superiores. Apenas uns poucos candelabros estavam acesos naquela parte do castelo; os criados, sem dúvida, não viram necessidade de acender os demais, já que o amo estava viajando. O que, para Larkyra, era ainda melhor. Mais sombras com as quais dançar.

Acariciando a cabeça de uma gárgula ameaçadora, instalada no alto da escadaria do terceiro andar, Larkyra decidiu inspecionar primeiro os aposentos de Hayzar. Vira o duque lá em cima na noite em que ele, bêbado, havia dado aquele espetáculo, e recordava-se do som da porta sendo batida após ele se retirar do corredor e entrar em um dos cômodos.

A jovem pisou com delicadeza no tapete felpudo, já que, naquela noite, não caía uma tempestade para abafar o ruído de seus movimentos. Na verdade, o tempo tinha melhorado nos últimos dias, restando apenas o vento uivante e uma leve garoa. Quando chegou ao primeiro andar, ela entrou de fininho. Aproveitando o brilho do luar que atravessava o vidro, deu um tempo para que seus olhos se acostumassem à escuridão do quarto, enquanto escutava o vento lá fora sacudir as janelas. Depois de alguns instantes, Larkyra percebeu que estava em um gabinete lindamente decorado, com cortinas pesadas penduradas no teto de pé direito alto, uma grande parede de livros, móveis opulentos revestidos de seda refinada e uma mesa escura, com tampo forrado de couro, bem no centro. Era ali que estavam as riquezas que esperava ver no restante do castelo. Ao que tudo indicava, o duque estava mais do que satisfeito de restringi-las apenas à ala em que morava.

"O duque é um acumulador quando se trata do dinheiro obtido pela exploração de suas terras." As palavras de Zimri ecoaram em seus pensamentos, fortalecendo sua determinação de encontrar algo naquela noite.

Movimentando-se com rapidez pelo recinto, Larkyra passou a mão por baixo de todas as mesas e cadeiras, empurrou e tirou os livros das estantes, ergueu candelabros apagados, tateou as paredes, em busca de *qualquer coisa* que pudesse ser uma trava disfarçada que levasse a algum outro lugar. Mas, no fim das contas, só descobriu que, apesar de o gabinete ser lindo, era óbvio que nunca era usado. *Por que o duque não utiliza seu gabinete privativo?*, pensou.

"Porque é preguiçoso", Larkyra imaginou a resposta de Niya.

A jovem avistou uma porta conjugada e, ao perceber que não estava trancada, entrou no cômodo seguinte, pé ante pé.

Um cheiro adocicado e enjoativo, de fruta azeda, a atingiu em cheio, e ela resistiu ao ímpeto de sair correndo dali. Em vez disso, acendeu um lampião a óleo que estava por perto, utilizando uma caixa de fósforos que encontrou em uma mesinha de canto. Lançando uma luz alaranjada pelo enorme recinto, Larkyra obrigou-se a seguir em frente, esgueirando-se pelo que, sem dúvida, era o quarto de dormir de Hayzar Bruin. A cama escura de dossel, bem no centro do cômodo, ocupava boa parte do espaço, ao passo que mesas compridas, cômodas e uma sala de estar preenchiam o restante. O ar rançoso era tão parecido com aquele dos antros de *phorria* no Reino do Ladrão que, por um instante, ela viu fantasmas de pessoas anestesiadas, deitadas no opulento divã do duque, encostadas em uma cadeira no canto, injetando nas veias a magia azedada, boquiabertas, abrindo e fechando as pálpebras, em êxtase. Larkyra piscou e a visão sumiu, deixando-a sozinha naquele quarto.

Ela se aproximou de um dos armários altos e abriu para ver o que havia lá dentro. Ergueu o lampião, revelando fileiras e mais fileiras de lindos vestidos. Todos tinham costuras impecáveis, e até os mais simples eram forrados com veludo e seda.

À esquerda, prateleiras e mais prateleiras de joias faiscantes. Um broche floral de diamantes amarelos, brincos de esmeralda em formato de gota e anéis de metais preciosos com grandes gemas engastadas, todos dispostos em caixas forradas de veludo.

Quem seria a dona de tudo isso?, pensou Larkyra, passando as mãos naquela riqueza. Ela colocou um encantador anel de ametista no dedo anular esquerdo e sorriu ao ver que a enorme pedra escondia o dedo decepado.

Será que o duque sentiria falta dele?, conjecturou a jovem.

"Sim, e descobriria que foi você num piscar de olhos", a voz de Arabessa invadiu seus pensamentos. *"Se vai roubar bugigangas, faça isso no dia em que for embora."* Com uma careta, Larkyra tirou o anel do dedo. Infelizmente, a irmã mais velha sempre dava bons conselhos.

Ela fechou o armário e dirigiu-se à cama, aproximando-se de uma das mesinhas de cabeceira. Remexeu no compartimento de baixo, onde encontrou uma tigela cheia de esferas de vidro vazias, com manchas pretas na superfície e uma agulha grossa, que saía da parte de cima. Pegou uma das esferas e, depois de uma rápida cheirada, encolheu-se toda, porque sabia o que eram.

Ampolas de *phorria*.

– Eca. – Larkyra colocou a esfera de volta no lugar e limpou os resíduos grudentos das mãos nos lençóis do duque.

Ele deve estar acostumado com essa sujeira, pensou.

Quando examinou os demais objetos, surpreendeu-se por não encontrar nenhum tubo de borracha ou uma bolsa de gelo, coisas que, certa vez, os Achak explicaram que eram utilizadas para amenizar a potência da droga.

"A magia em si já é tóxica para quem não é abençoado", disseram. *"E é isso que torna quem é desprovido de dons tão suscetível aos feitiços. É necessário um filtro para consumir essa droga; caso contrário, a pessoa pode sofrer efeitos colaterais permanentes, que arruínam a vida."*

"Que tipo de efeito colateral?", quis saber Niya.

"Bem, se a pessoa conseguir sobreviver após introduzir tamanho poder, de forma tão direta, na corrente sanguínea, ela precisará de doses muito grandes para se satisfazer depois. E aí, é claro que a droga causa sequelas na mente."

"Sequelas?"

"A pessoa fica ensandecida, minhas queridas", explicaram os Achak. "Muito mais rápido do que a maioria das pessoas que se entrega a esse prazer."

Larkyra tornou a olhar para as agulhas espetadas nas esferas de vidro, que tinham manchas de sangue seco na ponta. Pelos deuses perdidos, será que o duque estava aplicando a droga diretamente nas veias?

Um arrepio percorreu sua espinha. Precisava sair daquele quarto e daquela ala perversa o quanto antes. Descobrira bastante coisa para relatar ao pai, provas cabais de que o duque tinha mesmo um fornecedor fora do Reino do Ladrão, e podia até descrever as ampolas de *phorria*. Talvez isso pudesse ajudar a identificar o produtor, ou até apontar quem era ingênuo ao ponto de contrabandear a droga.

Quando estava saindo do quarto, algo chamou sua atenção: um pedaço de fita azul saindo de um livro encadernado em couro que estava em cima da mesinha de cabeceira de Hayzar. Larkyra o abriu na página marcada e aproximou o lampião para ver o que a fita amarrava: uma volumosa mecha de cabelo ruivo.

Ela inclinou-se para ver melhor.

A cor era tão parecida com a do cabelo de Darius...

Larkyra olhou mais uma vez para o armário e teve a sensação de que a mecha pertencia à mesma pessoa cujas roupas ainda estavam guardadas ali. Passou o dedo nos fios e percebeu que eram muito bem cuidados, brilhantes e grossos, como se tivessem sido cortados no dia anterior. Então, tirou a mão da mecha, porque foi aí que se deu conta de quem eram todas aquelas coisas: da falecida duquesa.

A jovem fechou o livro de supetão.

Nunca se sentira tão intrusa.

Ossos do ofício, com certeza. Mas, quando se tratava de mães perdidas, a culpa atingia Larkyra com uma força ainda maior. Ela não bisbilhotaria mais. Ao menos, não naquela noite.

Por ora, a jovem precisava sair daquela parte do castelo o mais rápido possível, e sem ser vista. Com os nervos à flor da pele, apagou o lampião a óleo e, depois de colocar tudo em seu devido lugar, saiu de fininho do quarto de Hayzar.

O fedor adocicado e enjoativo daqueles cômodos permaneceu grudado em seu corpo quando ela voltou correndo para o primeiro andar. Optou pela saída mais próxima, que levava a um outro corredor, não aquele pelo qual tinha vindo. Os sentidos de Larkyra estavam tão concentrados no que havia atrás dela, as orelhas em pé, tentando ouvir passos de outras pessoas, que a jovem se esqueceu de prestar atenção no que havia pela frente. Quando virou em uma curva, encontrou um homem parado no meio de um corredor sombrio. Ele segurava uma vela e olhava para um quadro grande, pendurado na parede à sua frente.

Os nervos da jovem ficaram em polvorosa, e uma canção escapou de seus lábios à força: um feitiço de proteção. Mas, quando o vulto ficou nítido, ela se deu conta de que conhecia aquele homem, conhecia o brilho acobreado daquele cabelo, e foi forçada a se acalmar. Ela engoliu o feitiço como quem engole uma bebida amarga. *Cabeça firme, coração firme. Cabeça firme, coração firme*, repetiu, em pensamento, enquanto tentava decidir, às pressas, se devia ir em frente ou sair correndo.

No fim, Darius acabou decidindo por ela. Enquanto titubeava, algo que raramente fazia, Larkyra percebeu, constrangida, que o lorde tinha se virado rapidamente para a sombra projetada por seus movimentos.

– Quem está aí? – perguntou a voz grave do rapaz.

– Sua hóspede – respondeu Larkyra, baixinho, com o tom mais controlado que conseguiu, e foi se aproximando dele.

– Larkyra? – Darius estendeu a vela, banhando o rosto da moça em uma luz quente. – O que está fazendo aqui?

Ela estreitou os olhos para se acostumar àquela nova luminosidade, o coração batendo acelerado, tentando encontrar uma desculpa aceitável.

– Como não consegui dormir, pensei em dar uma volta.

– Na ala sul?

– Tenho a impressão de que você se preocupa muito com os lugares por onde eu ando.

– Só porque não paro de encontrá-la andando por lugares onde não deveria estar.

Larkyra fez careta.

– Por que eu não deveria estar aqui?

– É bem longe da ala dos hóspedes.

– Eu diria que a distância é a mesma da parte do castelo em que você fica – retrucou a jovem, recordando-se de que Darius residia na ala oeste. – Qual é a sua desculpa para estar aqui?

O lorde fez uma careta discreta e abaixou a vela. Larkyra soltou um suspiro de alívio, ao mesmo tempo em que seus olhos pousaram nos pés descalços do rapaz, que apareciam por baixo do camisolão de dormir preto e das calças. Foi acometida por uma sensação de calor e formigamento um tanto inquietante ao vê-los, porque, de repente, achou Darius ainda mais irritante do que antes, de tão atraente. Gostava de vê-lo à vontade, deu-se conta. Apenas um dos dois podia ficar tenso o tempo todo, e Larkyra conjecturou, com certa amargura, que seria muito mais seguro se esse alguém fosse ela.

– Também não consegui dormir – admitiu o rapaz.

– Então resolveu dar uma olhada na sua coleção de obras de arte? – Larkyra olhou para o quadro diante dos dois. Era o retrato de uma mulher impressionante, de cabelo ruivo e sorriso sincero. Estava sentada com um cachorro pequeno no colo, o vestido feito de um veludo verde intenso.

– É a minha mãe – explicou Darius. – Duquesa Josephine Annabell Mekenna.

Larkyra sentiu um aperto no peito com a intensidade do afeto e do orgulho contidos nas palavras do lorde. Também sentiu a própria pulsação acelerar. Reconheceu o vestido verde pintado e os cabelos ruivos, porque ambos estavam, no presente momento, trancafiados nos aposentos de Hayzar, dois andares acima.

Mas por quê? Por que, depois de tantos anos, Hayzar ainda guardaria tais coisas? E tão perto?

"Meu amor." A ternura demonstrada pelo duque voltou a tomar conta dos pensamentos de Larkyra. Seria possível que Hayzar guardasse tudo aquilo pelo mesmo motivo que o pai dela continuava guardando os pertences da falecida esposa?

Amor?

A jovem ficou abalada com essa possibilidade. Porque, a julgar pelo que tinha descoberto a respeito do duque até então, o homem não lhe parecia ser capaz de tal sentimento, a menos que fosse dirigido a si mesmo, claro. Mas Larkyra supôs que as aparências enganam, na maioria dos casos.

– Ela é linda – comentou.

– Sim – concordou Darius. – Ela era.

– Desculpe a pergunta, mas como foi que sua mãe...?

Ela ficou doente.

– E... seu pai?

– Pelo que me contaram, meu pai morreu fazendo o que amava. Era apaixonado por cavalos – explicou. – Sofreu um acidente enquanto cavalgava.

– Meus sentimentos.

O silêncio se misturou ao barulho abafado da tempestade constante que agora caía lá fora.

– Não cheguei a conhecê-lo – admitiu Darius, por fim. – Eu não tinha sequer completado 3 anos quando ele foi enviado para o Ocaso. E minha mãe... faleceu há muito tempo, quando eu tinha 12 anos. Mas até hoje, quando dou por mim, ainda procuro a presença dela, de vez em quando.

Larkyra olhou de relance para o lorde, um tanto surpresa por aquela franqueza. Receava que o rapaz realmente já tivesse se esquecido da relação que os dois tinham começado a desenvolver fora do castelo, mas sentiu um leve calor por dentro ao perceber Darius sendo espontâneo. O lorde talvez tivesse se dado conta de que conheciam os segredos um do outro. *E é assim que uma semente de confiança começa a brotar*, pensou a jovem.

– Eu não cheguei a conhecer minha mãe. – Quando deu por si, Larkyra já estava pronunciando essas palavras. – Ela morreu assim que deu à luz a mim.

A jovem conseguia sentir os olhos do lorde pousados nela, mas não lhe dirigiu o olhar.

– Meus sentimentos.

Larkyra apenas deu de ombros e continuou observando a mulher diante dos dois. Surpreendeu-se ao perceber que estava conjecturando se a duquesa e Johanna teriam se dado bem. Apesar de saber tão pouco a respeito da mãe, acreditava que sim.

– Olhe só para nós dois. – Ela deu um sorriso tímido para Darius. – Ambos órfãos de mãe e perambulando por um castelo em plena madrugada.

Darius riu baixinho, um som repleto de ternura.

Ele deveria rir mais, pensou Larkyra.

– Sim, somos de dar pena. – O lorde tornou a olhar para o quadro.

– Tem outros que você costuma admirar?

– Outros o quê?

– Outros retratos da duquesa. Só para saber, caso eu decida perambular por aí quando deveria estar dormindo e precise de companhia.

Ou não queira ser pega de surpresa mais uma vez, completou, em pensamento.

– Só mais um – respondeu o lorde, franzindo o cenho. – Mas também fica na ala do duque. Creio que ele o guarda em seus aposentos.

Larkyra piscou. Não tinha se demorado muito examinando as obras de arte quando esteve nos aposentos de Hayzar.

– Todos os retratos de sua mãe ficam na ala sul?

Ele concordou com a cabeça.

– Só venho aqui quando ele está fora. O duque... faz questão de privacidade.

A jovem franziu o cenho. Como deve ter sido horrível para uma criança não poder olhar a própria mãe sempre que tivesse vontade. Havia retratos da mãe de Larkyra pendurados por toda parte na residência de sua família, em Jabari, para que as filhas os vissem sempre que desejassem.

Será que o duque fizera isso de propósito? Mudado os quadros de lugar, para ser a única pessoa a usufruir deles, assim como havia feito com os pertences da duquesa? Ou será que estava apenas acumulando mais coisas de valor, assim como acumulava as riquezas oriundas das terras de Lachlan?

E, se *realmente* gostava de Josephine, será que ela retribuía seu amor?

– O que aconteceu com a sua mão? – indagou Darius, encarando o dedo decepado de Larkyra.

Pauzinhos! A jovem tinha se esquecido de que não estava de luvas. Foi logo escondendo as mãos atrás das costas, sentindo as bochechas ganharem um tom de carmim.

– Eu, *ãhn*, nada.

– Desculpe – Darius foi logo dizendo. – Não tive a intenção de ofendê-la.

– Não, você não ofendeu. É só que… a maioria das pessoas acharia que isso é algo desagradável de olhar.

Darius a fitou com atenção, sem dúvida percebendo seu constrangimento.

– Não sou a maioria das pessoas.

Larkyra mordeu o lábio, pesando suas opções, mas acabou respirando fundo e mostrando o dedo. O lorde já o vira, de qualquer modo.

– Foi um acidente bobo – explicou. – Mas não me atrapalha muito. Escrevo com a mão direita e aprendi a me adaptar para fazer outras coisas, como bordar, cortar alimentos… – Larkyra deixou a frase no ar porque Darius segurou sua mão, examinando-a.

– Aconteceu há pouco tempo.

Ela puxou a mão e se afastou. Seu estômago se revirou, assim como a magia, pois era a primeira vez que os dois se encostavam sem luvas servindo de barreira, e…, *pelos deuses perdidos*, como foi bom.

O lorde a olhou.

– Mil perdões – disse ele, com uma expressão de arrependimento. – Não tive a intenção de ser tão direto. Eu só não tinha percebido que lhe faltava… quer dizer, eu não sabia… nem quando dançamos… desculpe.

– Darius, então, sacudiu a cabeça. – Acho que a falta de sono enfim me pegou. Meus pensamentos estão confusos.

– Eu entendo. – Larkyra obrigou-se a dar um sorriso gentil. – Sempre uso luvas em público e mandei pôr um enchimento na parte do dedo que está faltando.

O lorde meneou a cabeça, refletindo a respeito.

– Isso lhe incomoda? – quis saber Larkyra.

– Por que incomodaria?

– É raro encontrar uma dama com ferimentos.

Os olhos verdes de Darius ganharam um brilho intenso sob a luz das velas.

– Não sou do tipo que julga as pessoas por suas cicatrizes ou revezes.

Essas palavras atingiram Larkyra como se fossem um estranho eco, uma repetição de suas próprias convicções. A magia da jovem se alvoroçou, mais do que satisfeita.

– Tem toda a razão – declarou ela. – Você não é a maioria das pessoas.

Darius a olhou nos olhos. A luz quente bruxuleou, refletida em sua pele branca, atingindo os fios de seu cabelo ruivo e tornando-os acobreados. E então ele mudou de posição, desviou o olhar e perguntou:

– Doeu?

– Fico surpresa de não ter desmaiado.

– Você é corajosa.

A jovem deu uma risada debochada.

– Por favor, eu imploro: repita isso para Niya da próxima vez que a encontrar. Fizemos uma aposta a esse respeito.

– Farei questão de me lembrar disso.

– Eu com certeza lhe recordarei, caso se esqueça.

Os dois permaneceram parados ali, trocando sorrisos, enquanto um silêncio agradável tomava conta do corredor mal iluminado. Até que uma ruidosa lufada de vento sacudiu uma janela próxima, quebrando o encanto.

– É melhor eu ir para a cama – disse Larkyra. – Senão, com certeza, estarei um terror quando Clara vier me acordar.

– Sim – concordou Darius. – Permita-me acompanhá-la…

– Ah, não, é melhor eu ir sozinha. Se alguém nos encontrar a essa hora da madrugada, os dois só com a roupa de baixo, receio que a criadagem irá se divertir muito inventando uma história tórrida que, sem dúvida, seu padrasto descobriria e…

– Tem toda a razão. – Darius a interrompeu, com um olhar de pânico. – O duque não pode saber que estive aqui.

– Nem que eu estive – completou Larkyra, em sua defesa.

Aos olhos da sociedade, *ela* é que teria a reputação arruinada, não o lorde. Os homens sempre conseguem se safar da sujeira que fazem, ao passo que sobra para as mulheres limpá-la.

– Sim, é claro.

– Eu também gostaria que não comentasse nada com seu padrasto a respeito… – Larkyra ergueu a mão esquerda. – Como eu disse, costumo usar luvas. Não que eu vá esconder isso dele, claro – foi logo completando, ao perceber que Darius estreitou os olhos. – Eu só gostaria de conhecê-lo um pouco melhor antes disso.

– Se deseja mesmo se casar com o duque – disse Darius, com uma frieza repentina na voz –, sugiro que espere até *depois* do casamento para contar a verdade.

Larkyra o encarou.

– Como assim?

– Digamos apenas que meu padrasto é um homem que não tem o hábito de colecionar coisas com cicatrizes. É mais afeito a causá-las.

A jovem se empertigou.

– Eu...

– Fique com minha vela. – Darius a interrompeu, enfiando o castiçal bruxuleante na mão dela. – Conheço muito bem esses corredores e sei como voltar no escuro.

– Por acaso chateei você?

– É claro que não.

– Você me parece chateado.

– Estou cansado – desconversou o lorde. E, de uma hora para a outra, ele pareceu mesmo muito cansado. – Ao que tudo indica, tivemos mais um momento que deve ser esquecido.

– Talvez não esquecido, mas guardado em segredo por dois amigos.

– Amigos?

– Sim. Eu gostaria de ser sua amiga, Darius.

As palavras de Larkyra fizeram o lorde olhar novamente para a mulher pendurada, congelada com tintas e cores, ao lado de ambos.

– Darius?

Ele tornou a olhar para Larkyra, os olhos recobrando o foco.

– Pode dormir sossegada. Não contarei seus segredos para ninguém.

– Eu tampouco contarei os seus – garantiu a jovem.

Ele meneou a cabeça.

– Boa noite, Larkyra.

Ela ficou em dúvida, mas acabou respondendo na mesma moeda.

– Boa noite.

Depois de percorrer o corredor, com a chama bruxuleante da vela espichando-se para iluminar seus passos, Larkyra parou em um canto e olhou para trás. Já não conseguia mais distinguir a silhueta de Darius do corredor escuro como nanquim, não sabia dizer se o rapaz havia permanecido ao lado da mãe.

Ele tinha lhe dado sua luz e permanecido na escuridão.

CAPÍTULO QUINZE

A Lua era uma faixa branca no céu noturno, fina como uma faca, quando Darius manobrou, em silêncio, o pequeno barco debaixo da copa de galhos suspensos. A chuva tinha dado mais uma trégua, como sempre fazia quando Hayzar ausentava-se, permitindo que o zumbido dos insetos despertasse e fizesse uma serenata para o lago que, por sua vez, marulhava suas águas de um lado para o outro, acompanhando os limites continentais. A máscara de couro marrom que Darius usava esquentava a pele, mas foi um abraço bem-vindo que o protegeu do ar gelado.

Dois dias haviam se passado desde que Larkyra o surpreendera na ala do padrasto e, nesse meio-tempo, o lorde conseguiu esquivar-se dela.

"Eu gostaria de ser sua amiga, Darius."

As palavras da jovem flutuaram mais uma vez em volta do lorde, acompanhadas da lembrança que ele tinha dela. Quando avistou a moça, teve a impressão de que um dos deuses perdidos tinha voltado e entrava com delicadeza em seu campo de visão, percorrendo o corredor na penumbra, sua camisola fina flutuando por baixo do robe, o cabelo loiro, quase branco, brilhando à luz das velas. Naquele momento, Darius sentiu a vibração da energia de Larkyra, da vida banhada pelo Sol, que contrastava com o ambiente escuro onde se encontrava. Pensou que poderia estar sonhando, até que a jovem tornou a falar.

O lorde odiou o fato de o próprio coração ter batido tão rápido naquele momento, ao vê-la ali. O fato de essas batidas terem transformado-se em dor quando Larkyra pronunciou o nome dele, o som parecendo uma delicada canção saindo dos lábios daquela jovem mulher.

"Eu gostaria de ser sua amiga, Darius."

O que ele estava pensando quando resolveu confidenciar a respeito do pai, da mãe, para aquela mulher?

Mas aí pensou no dedo da moça e no quanto Larkyra também tinha revelado. Os dois tinham mais em comum do que ele gostaria de admitir. Ambos eram órfãos de mãe, com cicatrizes escondidas debaixo das roupas refinadas. Na ocasião, o lorde teve vontade de arregaçar as mangas para apagar, assim, o rubor de vergonha das bochechas dela, mostrando que não era a única que tinha segredos dolorosos.

E, nesse meio-tempo, aquela Larkyra mimada e superficial… bem, essa versão da jovem estava rapidamente virando cinzas aos pés de Darius.

O que era perigoso. Levava a outros sentimentos que ele não tinha coragem de explorar.

A única maneira de sobreviver àquela corte ridícula entre Larkyra e o padrasto era evitar aproximar-se dela o máximo possível. Depois que os dois se casassem, *se é que* se casariam, haveria motivos de sobra para Darius ausentar-se da ilha. Coisas bem mais importantes do que seus próprios desejos e sofrimentos.

Mas, pelo mar de Obasi, ter Larkyra como madrasta? Que insanidade.

Depois de deslizar em silêncio pelas águas até o porto de Imell, o lorde amarrou o barco no lugar de sempre, em uma estaca presa nos fundos de uma lojinha, bem na beirada rochosa do lago. Com um grunhido baixo, levantou a sacola pesada e a pôs no ombro. Os pacotes que havia lá dentro foram se chocando e tilintando conforme subia a escada presa naquela pequena doca, no fim de um beco espremido entre duas construções. Àquela hora da noite, Imell estava apagada, não havia ninguém nas ruas, com exceção de uns poucos cães vira-latas e um mendigo, que dormia perto dos caixotes de peixe vazios. Darius remexeu na sacola e pegou um pedaço de pão embrulhado em tecido, que colocou ao lado do homem coberto por trapos antes de seguir as sombras mais escuras até seu destino.

Esforçou-se ao máximo para ficar fora do alcance dos lampiões bruxuleantes que iluminavam as ruas de paralelepípedos. Dava para ver o lago da praça, onde as barraquinhas do mercado permaneceriam trancadas até a manhã seguinte – e as poucas mercadorias que tinham conseguido obter passariam mais um dia sem ser vendidas, porque viajantes de posses eram cada vez mais raros por ali.

Depois de cortar caminho pelo mercado, Darius voltou para um trecho a céu aberto e atravessou o porto, onde os barcos ancorados ao longo das docas balançavam de forma ritmada, com as velas abaixadas e amarradas, feito crianças que foram postas para dormir.

Uns poucos homens e mulheres estavam de vigia no píer, fumando cachimbos que projetavam pontos de luz alaranjados na noite. Encolhidos e espremidos, murmuravam perto de uma lixeira que servia de fogueira, mas cujos carvões acesos já se apagavam. Se alguma dessas pessoas avistou o lorde, não deu indícios, porque ele bem que poderia ser um bandido no meio da noite, com sua máscara e a capa de capuz preto cobrindo a cabeça.

Mas sua presença ali era conhecida. O lorde dirigiu-se a um pequeno navio parado no fim da doca mais afastada, as ripas de madeira curvada gemeram sob o peso de suas botas. Havia uma velha sentada na prancha que dava acesso à embarcação. Ela observou Darius se aproximar, as formas de seu corpo praticamente invisíveis, de tão enrolada que estava em diversos casacos esfarrapados. Os dois se cumprimentaram balançando a cabeça – palavras eram desnecessárias – quando ele subiu a bordo. O navio parecia abandonado: boa parte estava em ruínas; o cordame do mastro, desfiado, e a vela principal, abaixada, como se estivesse sendo consertada. Ao ver aquilo, o lorde cerrou os dentes para conter a frustração, que lhe deixou com um nó na garganta.

Lachlan era uma terra de homens que se orgulhavam de ser pescadores, que produzira gerações e mais gerações dos melhores marinheiros, à exceção dos piratas do mar de Obasi. Vê-la reduzida à tamanha dilapidação era motivo de loucura constante.

O lorde entrou no casco do navio, espremendo-se pelo corredor estreito para chegar à cabine dos fundos. Ali, foi recebido por uma luz amarelada e quente, projetada por um lampião que estava em cima da mesa, atrás da qual havia um velho sentado. O gorro preto tapava o cabelo cacheado e grisalho, e ele tinha uma barba cerrada. O blusão grosso de tricô estava salpicado de buracos nos ombros e cotovelos, e as mãos brancas ressecadas pelo vento faziam anotações em um pergaminho. Um homem mais jovem, mais ou menos da mesma idade do lorde, estava sentado ao lado do velho. Tinha a pele negra, o rosto barbeado e o cabelo trançado, preso em um coque baixo. Brincava com um vintém de cobre entre os dedos, mas, ao ver que Darius se aproximava, escondeu a moeda.

– Eu estava mesmo me perguntando se você não ia aparecer hoje – disse o velho, sem tirar os olhos do que estava escrevendo.

– Quem é a visita? – Darius permaneceu parado no batente da porta.

– Xavier, meu sobrinho. Achei melhor ensinar tudo isso para mais alguém – ele fez um gesto indicando as coisas ao seu redor, apontando para os poucos sacos e as poucas caixas empilhadas e apoiadas nas paredes da cabine –, por motivos de segurança.

– Isso não era necessário, Alastair.

Nessa hora, o pescador tirou os olhos do pergaminho e olhou para Darius, um sorriso cansado insinuando-se em seus traços empedernidos.

– Claro que não. Do mesmo modo que sua máscara não é necessária.

Os dois se encararam em silêncio até que Alastair soltou um suspiro delicado, achando graça, e empurrou o lampião para o lado.

– Sente-se. Vamos ver o que você trouxe desta vez.

Darius soltou a sacola em cima da mesa.

– Receio que não seja muita coisa.

– Qualquer coisa é mais do que temos no momento.

A verdade dessa afirmação foi um soco no estômago do lorde.

– Consegui um pouco de comida para distribuir entre quem estiver precisando mais. – Ele tirou da sacola filões de pão, um pedaço de presunto defumado e uma braçada de verduras e legumes.

– Por acaso isso é queijo? – Xavier pegou o pacote de papel encerado, suas pupilas dilataram-se de fome. – Como conseguiu isso?

Alastair arrancou a comida das mãos do sobrinho.

– Primeira regra – disse ele, ríspido. – A gente não pergunta como foi que alguma coisa veio parar aqui, está me ouvindo?

O rapaz encolheu-se todo.

– Desculpe, tio.

– Mas é um colírio para os olhos. – Alastair cheirou o queijo com um ar desejoso antes de colocá-lo de lado.

– Ele está planejando um jantar – explicou Darius, enquanto terminava de esvaziar a sacola. – Está trazendo tanta coisa de outros lugares que não sentirá falta disso.

– Um jantar, hein? – Alastair coçou a barba. – Que sorte a dele e de sua nova hóspede.

Ao ouvir o comentário a respeito de Larkyra, Darius voltou a atenção para os olhos castanhos do velho.

– O que você sabe sobre a hóspede dele?

– O suficiente para dizer que está acostumada a ter do bom e do melhor. Ele vai precisar de todo o néctar que conseguir obter para atrair essa linda abelhinha.

Darius segurou-se para não soltar um palavrão. *Maldito Henry e as fofocas de cidade pequena.*

– Diga – disse Alastair –, você acha que teremos uma duquesa em breve?

O lorde apertou a sacola.

– Cuidado – avisou, seu tom aproximando-se de um urro. – Você deveria ouvir o conselho que deu para seu sobrinho e não falar quando não deve.

Xavier mudou de posição, como se estivesse se preparando para proteger o tio, ao passo que o velho ergueu as mãos, em um gesto apaziguador.

– Não tive a intenção de ser desrespeitoso.

– Parece que teve, sim.

– Jamais. Eu, mais do que ninguém, me lembro de nosso falecido duque e de nossa falecida duquesa e de tudo o que fizeram por essas terras. Estou apenas tentando preparar nosso povo para o que pode acontecer no futuro.

Apesar de Darius não passar de uma criança pequena na época, nunca era agradável pensar no acidente a cavalo que ceifou a vida do pai, nem em como Lachlan era antes de a mãe ter se casado de novo, ou antes de ele ser obrigado a assistir, ainda indefeso, a ela adoecer e piorar, a vida esvaindo-se. Também não era agradável pensar no que Lachlan sofreu com a morte de cada um de seus pais.

– Então prepare-se para a próxima cobrança de impostos. – Darius atirou um último saquinho em cima da mesa. As moedas que havia lá dentro bateram no tampo, fazendo um barulho alto. – Não consegui adiar mais, mas esse dinheiro deve ajudar você a não ficar no prejuízo.

Alastair pegou a bolsinha, e as moedas de prata refletiram a luz do lampião.

– Não que não sejamos gratos – disse –, mas isso não vai funcionar para sempre.

– Eu sei – declarou Darius, acomodando-se em um barril próximo. *Pelos deuses perdidos, e como sei.*

– Dizem que as obras da mineração terão início na semana que vem. Mas Henry disse que você está tentando adiar isso também.

– Sim, tentando – admitiu o lorde. – O duque quer ver os lucros já no começo da próxima temporada.

Alastair soltou uma risada debochada.

– E como ele espera que homens e mulheres que estão passando fome tenham forças para erguer uma picareta? Mais do que isso, erguer essa picareta várias vezes, até conseguir minerar alguma coisa.

– Suspeito que, para ele, não faz diferença como as coisas são feitas, desde que sejam feitas – respondeu Darius, com plena consciência do ressentimento transmitido por seu tom de voz.

– O que devo dizer para nosso povo, então? – indagou Alastair. – Eles estão definhando a cada dia, não sei como vão conseguir…

– Estou tentando resolver nisso. – Darius interrompeu o homem, sua frustração aumentando.

Tinha a sensação de que, nos últimos tempos, estava tentando resolver tudo. Ajudar seu povo. Esconder essa ajuda do duque. Evitar de cruzar com Larkyra. Encarar o fato de que a presença da jovem poderia representar uma ameaça no futuro. Além disso, aqueles sentimentos que cresciam dentro dele... *Não*. O lorde interrompeu esses pensamentos.

– É, sabemos disso – comentou Alastair, percebendo a tensão que se instalara no recinto. – Mas temo que, se as coisas continuarem como estão e você continuar vindo aqui, ele logo vai descobrir que...

– Deixe que eu me preocupo com isso. – Darius ficou de pé e pôs a sacola, agora vazia, no ombro.

– Você não precisa fazer isso sozinho.

Sozinho.

Mas ele só sabia fazer as coisas sozinho.

– Dividam o que eu trouxe – orientou o lorde. – Voltarei em breve.

Darius saiu da cabine apertada do navio, respirando com mais facilidade ao voltar para o frio noturno. Tinha vontade de arrancar a máscara, de sentir o ar na pele, mas segurou-se. Olhou para as águas mansas do lago, tentando relaxar os músculos dos ombros. A luz furiosa de um relâmpago explodiu no céu. O castelo se iluminou ao longe, os contornos afiados da torre delineados antes que os raios fossem seguidos pelo retumbar de um trovão. Depois, mais alguns.

Quando voltou a respirar, as nuvens se desintegraram, permitindo que uma tormenta caísse. O lorde ficou petrificado, sem importar-se, contudo, com o fato de que todas as suas camadas de roupa estavam ficando encharcadas. Naquele momento, seu sangue gelou, por mais que aquela fúria conhecida fervilhasse em seu peito.

Uma tempestade repentina como aquela só podia significar uma coisa.

O padrasto estava de volta.

CAPÍTULO DEZESSEIS

Os corredores escondidos da ala dos serviçais eram mais iluminados do que os das áreas comuns do castelo e, por esse motivo, esgueirar-se por eles era enervante. O tagarelar das criadas em um canto próximo ecoou até Larkyra, que, com o coração sobressaltado, foi correndo para outro corredor. Por sorte, este estava mais escuro, e a moça limitou seus movimentos às sombras, tateando as frias paredes de pedra para guiar seus passos. Encontrara essa passagem atrás de um quadro, em uma das salas de estar.

Apesar de ter o compromisso de jantar com o duque naquela noite, já que ele retornara na madrugada do dia anterior, Larkyra estava aproveitando a ausência de Clara, que ajudava a arrumar a casa, para dar continuidade à sua caçada.

Já estava em Lachlan há quase duas semanas e ainda não encontrara nenhum sinal do cofre da família e nenhuma pista de quem poderia ser o fornecedor de Hayzar. Começava a desesperar-se. Sua família estava contando com ela, não podia fracassar naquela missão. Tirando as ampolas de *phorria*, que tinha encontrado no quarto do duque, a coisa mais nefasta com a qual se deparou foi consigo mesma, nos aposentos de Boland, quando afanou aquele lindo broche de prata em formato de rosa. Resistira às joias de Hayzar, mas permitiu-se passar a mão nessa única lembrancinha. *Uma recompensa por ter passado tantos dias controlando minha magia*, pensou.

Uma luz quente insinuava-se por uma fresta no final do corredor. Devagar, Larkyra aproximou-se dela, espiou pela fresta e descobriu uma pequena biblioteca. Ao que tudo indicava, o castelo tinha muitas bibliotecas, mas nenhuma delas parecia ser tão utilizada quanto aquela. Havia livros esparramados por todo canto, alguns abertos em cima das mesas, e uma lareira acesa, crepitando, cheia de vida.

Ela esperou perto da entrada quase secreta, a luminosidade do recinto era convidativa, o cheiro dos tomos encadernados em couro bailava pelo ar. Ao ouvir um suave ruído de páginas sendo folheadas, ela ficou sem ar.

Havia alguém lá dentro.

A jovem deu uma olhada nas pilhas de livros, bem na frente dela, e avistou o alto de uma cabeça. Fios acobreados.

Um sorriso esboçou-se em seus lábios, o coração bateu acelerado.

Darius.

Larkyra poderia ter se retirado naquele momento, e sabia que, provavelmente, era a coisa certa a fazer. Mas não via o lorde já há alguns dias, e ficar ali, sabendo que Darius estava tão perto, a fez se dar conta de que sentia falta da presença dele. O que foi ainda mais inquietante, mas já estava cansada de fazer as coisas que deveria fazer, de sempre adotar a atitude mais apropriada, e sendo assim, com um empurrão decidido, ela entrou na biblioteca.

– O que você está lendo? – questionou, ao encontrar Darius encolhido em uma poltrona, absorto em um livro.

Ele pulou de susto ao ouvi-la, derramou um pouco do chá que estava bebericando nas páginas.

– Pelos céus e mares! – exclamou o lorde, ofegante. – Como foi que... – Darius olhou para a porta fechada do outro lado do recinto. – Por onde foi que você entrou?

– Por uma das entradas dos serviçais. – Larkyra apontou para a estante de livros na parede bem atrás de Darius, que permanecia afastada. *Não preciso mentir a respeito disso*, pensou.

– Por que estava aí dentro? – indagou o lorde, franzindo o cenho.

A jovem deu de ombros.

– Acho passagens secretas muito mais interessantes do que as que estão à mostra.

– Por que isso não me surpreende? – debochou Darius, pousando a xícara de chá em uma mesa. A camisa branca do lorde estava com o colarinho aberto; o casaco, jogado na lateral da poltrona.

– O que você está lendo? – perguntou Larkyra mais uma vez, sentando-se em um divã de frente para ele.

– *As doze lendas mágicas* – admitiu o rapaz, um tanto envergonhado, e fechou o livro em seguida.

– Histórias para crianças? Faz séculos que eu não leio. "A seda da aranha espiã" é uma das minhas preferidas.

Darius pareceu relaxar, já que não se sentiu recriminado por Larkyra.

– A minha é "O Sol que fazia serenata".

A jovem sorriu, um tanto lisonjeada. Seus poderes, parecidos com os que apareciam na história, agitaram-se de leve em seu peito.

– É a preferida de minha irmã Niya também. O que o fez escolher essas histórias? – Ela esticou o braço e pegou o livro das mãos de Darius, passou a mão enluvada nas letras douradas da capa.

– Gosto de ler sobre magia – respondeu o lorde.

Larkyra o encarou, sentindo, mais uma vez, um frio na barriga.

– Você acredita que isso ainda existe? – quis saber Darius. – Magia?

Ela deveria responder "não", deveria desconversar. Mas, quando estava na presença de Darius, não queria mais ser tão contida. Tinha prometido falar a verdade para o rapaz, e foi uma resposta verdadeira que lhe deu.

– Eu sei que existe.

– Sabe? – O lorde arqueou as sobrancelhas.

A jovem assentiu.

– Jabari pode até ser uma cidade desprovida de dons, mas ainda tem umas poucas pessoas abençoadas, que vivem escondidas. E você, acredita que a magia continua existindo?

– Eu acreditava, e muito, quando criança. Mas, conforme fui crescendo, essa ideia morreu, junto com muitas coisas nas quais eu acreditava. Acho que… – Darius deixou a frase no ar. – Mas agora…

– O quê? – incentivou Larkyra, e quando deu por si, estava inclinando o corpo, aproximando-se dele.

– Também sei que ela existe.

A jovem não sabia o motivo, mas ouvir isso fez nascer nela uma estranha esperança. Que espécie de esperança, Larkyra não saberia dizer.

– Milorde. – Uma voz anasalada interrompeu o momento de intimidade dos dois. Ambos se viraram e encontraram Boland parado na porta da biblioteca, agora aberta. Os olhos escuros do mordomo pousaram em Larkyra por um instante, e ele empertigou-se antes de continuar falando com Darius: – Vim buscá-lo, está na hora de vesti-lo para o jantar.

– Ah, sim – disse o rapaz, com um suspiro. – Estava quase me esquecendo.

– Eu também – declarou Larkyra, ficando de pé ao mesmo tempo que Darius.

A decepção pesou sobre os ombros dela: tinha curiosidade de saber aonde aquela conversa poderia ter levado.

Não que fosse admitir alguma verdade sobre a sua história com a magia, mas teria adorado saber o que Darius pensava de um mundo com o qual ela tinha uma ligação tão próxima.

– Vejo você em breve? – perguntou o lorde, sorrindo para a jovem com ar de confidência.
Amigos, pensou Larkyra, animando-se.
– Sim, nos encontraremos muito em breve.

Larkyra tapou os ombros com o xale, porque um frio infiltrou-se em seus aposentos. O vento sacudia as janelas do quarto, e as chamas dos candelabros tremelicavam em resposta. Mas, apesar do frio, a jovem sentia um calor por dentro, seus pensamentos repassando o encontro com Darius há poucos instantes.
"Gosto de ler sobre magia."
As palavras do rapaz dançavam em sua mente.
Ah, eu poderia mostrar-lhe tanta magia, pensou Larkyra.
– Que joia linda, milady. – A voz de Clara interrompeu seu momento de silêncio, e a dama de companhia ajeitou um colar de pérolas negras com várias voltas trançadas no colo da moça.
– Obrigada. – Larkyra passou os dedos enluvados pelas pérolas. – Era da minha mãe.
A jovem trajava um de seus melhores vestidos: um modelo verde-água com um corpete forrado por uma fina renda cinza. O espartilho empinava os seios, deixando-os um tanto insinuantes *demais*. Seu cabelo estava preso, formando um coque intrincado no alto da cabeça. Clara tinha revelado-se uma dama de companhia muito talentosa. Quando Larkyra voltasse para Jabari, precisaria explicar a Charlotte como fazer o novo penteado, porque realmente ficou encantador.
Isso, claro, se eu voltar algum dia, pensou, com certa melancolia. Precisava encontrar aquele cofre, e logo. Caso contrário, temia que o pai despachasse as irmãs para ajudá-la. Não suportaria não conseguir provar seu valor para a família antes disso. As irmãs tinham se saído bem em sua primeira missão solo, e ela precisava fazer o mesmo.
– Que bondade de sua mãe ter lhe dado. – Clara deu um passo para trás, examinando o efeito do colar em conjunto com seu trabalho.
– Na verdade, foi meu pai que me deu. Minha mãe morreu quando eu nasci.
– Perdão, milady. Eu não sabia.
Larkyra ficou de pé e alisou as saias de seda.

– Não tem problema. Não cheguei a conhecê-la para, de fato, sentir sua perda.

O que não era verdade, é claro. A jovem sentia a morte da mãe toda vez que se olhava no espelho, sabendo que os traços das duas eram tão parecidos, que o sorriso de Johanna, reluzente nos retratos a óleo pendurados pela casa, era idêntico ao seu. As irmãs nunca comentaram se sofriam ou não ao ver essa semelhança, mas ela já flagrara o pai observando-a em certos momentos, seus olhos azuis tão concentrados, apesar de vidrados, como se tentasse se convencer de que era a filha quem estava diante dele.

Uma batida na porta fez Clara e Larkyra erguerem os olhos.

– Milorde. – A dama de companhia fez uma mesura, ficando corada ao revelar que era Darius do outro lado da porta.

– Boa noite, srta. Clara – cumprimentou o lorde. – Vim buscar Lady Larkyra para acompanhá-la até o salão de jantar.

A pele da moça formigou ao sentir a presença dele, pensando no momento íntimo que ambos tinham acabado de compartilhar, a sós, na biblioteca.

– Seu padrasto não vai me acompanhar? – indagou ela, aproximando-se do lorde.

Os olhos verdes de Darius a mediram de cima a baixo, e a jovem tentou ignorar o efeito que isso lhe causou.

– Ele me instruiu a guiá-la até lá embaixo. Espero que não tenha problema.

– De maneira alguma. – A moça sorriu, saindo do quarto e seguindo pelo corredor ao lado do rapaz. O perfume de cravo do lorde, agora já tão familiar, acariciou seus sentidos. – Ele deve julgar importante que nós dois nos entrosemos.

Darius não respondeu.

– Devo lhe dar o braço? – perguntou Larkyra.

Darius dirigiu o olhar para a mão estendida da jovem, sem dúvida percebendo que era a mão esquerda e recordando do segredo que, agora, ambos sabiam estar escondido debaixo da luva de veludo verde.

– Ou, se você não...

O lorde a interrompeu posicionando a mão da jovem em cima do próprio braço. A magia dela borbulhou, excitada com aquele contato, e foi difícil disfarçar o sorriso. Darius trajava um atraente *smoking* azul-marinho, com colete e calças da mesma cor, o cabelo repartido ao meio e lambido para trás. Larkyra teve orgulho de ser ela a moça de braço dado com ele.

– Eu queria pedir desculpas – declarou o lorde, enquanto percorriam o corredor mal iluminado.

– Pelo quê?

– Pelo fato de nossa conversa ter sido interrompida há pouco, na biblioteca.

Larkyra olhou para ele, e aquela esperança estranha agitou-se mais uma vez.

– Sim, eu estava gostando da conversa. Também gosto de saber que existem lugares neste castelo onde é possível ficar sozinha. Lugares que não são sombrios e sinistros, claro – completou, fazendo graça.

Darius a recompensou com um sorriso.

– Admito que não são muitos, mas existem.

A cabeça dela começou a maquinar: talvez pudesse usar a intimidade crescente entre ambos para outros propósitos. Assim, no fim das contas, também acabaria ajudando o lorde, então não precisava sentir-se culpada.

– Ah, por favor, me conte – disse Larkyra. – Adoro refúgios escondidos. Nossa casa em Jabari tem muitos, e ainda não descobri a maioria. Até acredito que temos um ou dois cofres desconhecidos em algum canto empoeirado, como costuma haver em casas antigas. Diga, por acaso o castelo de Lachlan também tem um cofre desses?

– Há lugares aqui que pouca gente conhece – admitiu Darius. – Mas eu costumo encontrar paz longe da Ilha do Castelo.

– É mesmo? E aonde você vai? Por favor, não me diga que só encontra paz limpando o casco dos barcos das pessoas do vilarejo.

Darius conteve o sorriso.

– Se eu lhe contar, receio que perderei minha paz.

– Como é que é? – retrucou Larkyra, com um suspiro de assombro. – Eu apenas *contribuo* para a natureza harmoniosa de qualquer local. Pode perguntar para quem quiser. Bem, exceto para as minhas irmãs. Elas são grandes mentirosas que nunca me defendem... – A jovem deixou a frase no ar ao perceber que o lorde estava rindo. – E qual é a graça? Conte-me, por favor.

– Você – respondeu ele. – Peço desculpas, mas você faz com que eu me surpreenda comigo mesmo.

– Uma surpresa boa, espero.

– Ainda não tenho uma opinião formada.

– Não se acanhe, leve o tempo que quiser para tirar suas conclusões.

– Desde que fique por perto para me ajudar com essa questão, eu levarei.

Larkyra soltou uma risada discreta, mas o riso terminou de uma forma um tanto constrangedora, porque ela se deu conta de uma coisa.

Ai, ai. Será que Darius estava *flertando* com ela? E será que ela estava gostando? De repente, a jovem quis muito tirar a mão do braço do lorde. Aquele momento estava começando a ficar um tanto íntimo demais.

Pela primeira vez, só os deuses perdidos sabiam há quanto tempo, Larkyra estava calada – algo muito incomum entre membros da família Bassette –, e assim permaneceu quando entraram no saguão a céu aberto da ala norte e desceram a grandiosa escadaria. Apesar de haver uma miríade de velas acesas em arandelas, elas iluminavam apenas uma pequena parte do local, tornando o ambiente fiel à temática do castelo, fadado às sombras perpétuas.

Eles passaram por uma série de estátuas de pedra que reproduziam animais de todos os confins de Aadilor, alguns mostrando os dentes ou rosnando, outros corcoveando, todos muito maiores do que os dois. Larkyra achou que haviam *exagerado* um pouco com aquele clima taciturno e pensou que não podia esquecer-se de colher algumas flores silvestres da próxima vez que fosse dar uma caminhada, porque as garras das estátuas serviriam perfeitamente como vasos. Quando viraram em um corredor, ela viu serviçais vestidos de preto, enfileirados perto das paredes ou parados nos batentes da porta, de prontidão, uma presença silenciada. Nunca vira tantos serviçais em seus passeios durante a madrugada.

– Que bom ver que o castelo pode pagar por uma criadagem tão grande – comentou Larkyra.

– Normalmente, não temos tantos. Meu padrasto, ao que tudo indica, convocou mais pessoas em razão de sua visita.

– É mesmo? Mas, de certo, a manutenção de uma casa desse tamanho deve exigir muitos criados.

– Sim, mas não quando... – Os olhos de Darius pousaram em Boland, que aguardava na entrada do salão.

Larkyra sorriu para o mordomo e dirigiu o olhar para a lapela do lado esquerdo, agora desamparada sem a bela rosa prateada. Boland permaneceu com uma postura rígida feito um cabo de vassoura quando viu os dois se aproximando e dirigiu o olhar para o braço da moça, enroscado no de Darius.

– Boa noite, milorde, milady. – O mordomo fez uma reverência. – O duque está aguardando sua chegada.

– Obrigado, Boland – disse Darius, fazendo sinal para Larkyra entrar primeiro.

Assim que a jovem passou pela porta, tudo dentro dela gritou, pedindo que desse a meia-volta. E não foi por causa da aparência do recinto. Não, o salão de banquete tinha certo charme sombrio, com suas janelas de vitral enfileiradas, formando um mosaico abstrato em tons de vermelho, laranja e amarelo que reluzia a cada clarão da tempestade lá fora. No centro, havia uma mesa tão comprida que chegava a ser ridícula, porque estava servida apenas para três pessoas, com lugares postos nas duas extremidades e outro bem no meio.

Foi nesse momento que Larkyra encontrou motivos para expandir as narinas, alerta como uma fera. Na cabeceira da mesa, com uma auréola formada pelas chamas ardentes da lareira na parede de trás, estava Hayzar Bruin, e todo o seu ser transbordava magia roubada.

CAPÍTULO DEZESSETE

Naquele momento, Hayzar mal parecia um homem pelo modo como Larkyra o enxergava através do dom da Vidência. Apesar de a pele dele ter se regenerado e não estar mais com aquele aspecto murcho e cansado, seu rosto estava tão coberto por um óleo escuro – a boca não parava de soltar uma baba preta e espessa, que escorria lentamente pelo queixo – que a jovem mal conseguiu ver a camisa e a casaca vermelhas muito bem cortadas por baixo de toda a sujeira. Como é que o duque não enxergava o estado pavoroso em que se encontrava? O que a *phorria* estava fazendo com ele?

A resposta era óbvia, claro: o homem só conseguia sentir os fragmentos de êxtase que a droga provocava, o poder que nunca possuíra, agora obtido. Os demais efeitos colaterais tornavam-se vagos e sem importância diante da promessa de grandeza que a *phorria* sussurrava em seus pensamentos. Aos olhos de Hayzar, o próprio reflexo naquele estado era lindo, poderoso.

Pelo menos, era isso que os Achak haviam contado para Larkyra e suas irmãs.

Os viciados em *phorria* mal sabiam que a magia que "possuíam" não tinha a força de um sopro se comparada ao furacão da magia de alguém como Larkyra. Era provável que, dependendo da potência da droga, Hayzar fosse capaz de fazer truques mais simples, mas que não passavam de uma miragem, que se dissiparia até virar nada logo após ser criada. Mas era justamente esse efeito que fazia os viciados desejarem mais, com uma frequência cada vez maior.

Bem, pensou Larkyra, *isso com toda a certeza responde à pergunta de qual era o tal assunto pessoal que Hayzar precisava resolver.*

Ao ver o duque em toda a sua glória sombria, a jovem imaginou se Zimri conseguira segui-lo e, caso tivesse conseguido, quais seriam as informações que fornecera ao pai dela. Lark enviaria a própria carta naquela noite, por Kaipo, assim que conseguisse se libertar daquele salão. A energia opressiva em volta de Hayzar era como um buraco que levava ao Não Existe Mais, drenando todas as boas lembranças do recinto, ao passo que tentáculos escuros e grossos da magia roubada serpenteavam dos ombros do homem, tateando, procurando, ávidos por algo do qual se alimentar. Um deles espichou-se e grudou em Larkyra. Acariciou o rosto dela, depois o pescoço, e desceu pela lateral de seu corpo. Ela segurou a respiração, enterrando os próprios poderes bem no fundo do peito.

Cabeça firme, sussurrou ela, em pensamento. *Coração firme.*

– Lady Larkyra, a senhorita está linda esta hoje. – Hayzar não se levantou quando a moça entrou, apenas fez sinal para que ela se sentasse no centro da mesa, e os braços de sua magia azedada retrocederam. – Por favor, sente-se e me conte o que tem visto e feito por aqui durante minha ausência.

Grata pelos anos de experiência atuando e se apresentando em uma miríade de realidades mascaradas, Larkyra conseguiu dar um sorriso natural quando um serviçal empurrou sua cadeira.

– Passeei pelo seu labirinto de sebes outro dia, Sua Graça. O senhor precisa transmitir meus elogios ao jardineiro. Ele se saiu muito bem com o projeto, ficou excelente.

– Meu labirinto de sebes? – Hayzar arqueou a sobrancelha, enquanto um garçom enchia as taças com vinho. – Eu não fazia ideia de que tínhamos um labirinto desses. Você sabia, Darius?

– Sim, Sua Graça.

Mesmo com a distância que a separava do lorde, a jovem era capaz de sentir a tensão que Darius irradiava. Ele não era mais o homem sorridente que a acompanhara até o salão de jantar e, apesar de não conseguir enxergar o que ela conseguia, não tinha como o rapaz não *sentir* alguma coisa. O cheiro, ao menos? Que aparência tal magia deturpada teria para quem não possuía o dom da Vidência?

– Extraordinário – declarou o duque, quando os serviçais começaram a servir o primeiro prato. – Talvez a senhorita e eu possamos dar uma volta por lá amanhã, milady. Adoraria descobrir que outros segredos a respeito de minha residência meu enteado escondeu de mim durante todos esses anos.

– Os jardins não são nenhum segredo – retrucou Darius. – É possível vê-los da sua ala.

– Espero que não esteja insinuando que não sou um bom observador – disparou Hayzar, roçando os dedos na ponta afiada da faca que estava ao lado do prato. – Porque isso poderia fazer nossa hóspede ter uma visão nada lisonjeira a meu respeito.

O olhar de Darius dirigiu-se à mão do duque, e ele cerrou os dentes.

– Muito pelo contrário. – Larkyra tentou dissipar a tensão crescente. – Em boa parte dos dias, eu não saberia dizer de que cor são meus próprios sapatos. O que, provavelmente, foi o motivo para minhas irmãs terem tentado me convencer a sempre usar sapatos da mesma cor.

– Que inteligentes, suas irmãs – elogiou Hayzar, tirando os olhos do enteado. – Gostei tanto de conhecê-las na noite de seu *Eumar Journée*.

– Fico feliz em saber disso, Sua Graça, mas posso lhe contar um segredo?

A pergunta enfim fez o duque prestar atenção em Larkyra.

– Claro. Segredos são as coisas que mais gosto de colecionar.

A moça esboçou um sorriso e inclinou o corpo na direção dele, mostrando mais os seios.

– Fico feliz que o senhor tenha gostado mais de me conhecer do que de conhecê-las.

O olhar de Hayzar dirigiu-se ao que a jovem mulher estava mostrando, e uma faísca de cobiça iluminou seus olhos antes de ele inclinar a cabeça para trás, rindo.

– Ah, Lady Larkyra, a senhorita e eu vamos nos divertir muito, não é mesmo?

– Espero que sim – respondeu ela, revirando os olhos em pensamento. É tão fácil distrair um homem mostrando um pouco de pele. O conselho que Niya lhe dera antes de ir para Lachlan lhe veio à mente: "As mulheres têm que usar todos os seus atributos a seu favor".

E é verdade, pensou Larkyra, taciturna.

Hayzar, pelo menos, não estava mais olhando para Darius como se o rapaz fosse um brinquedo que lhe pertencesse.

O primeiro prato foi colocado na frente dela, um caldo com aroma de *curash* picante, e, apesar de tudo, Larkyra estava faminta.

– Está com uma aparência deliciosa – elogiou ela, antes de colocar uma colherada na boca, os sabores explodindo em sua língua.

Graças aos deuses perdidos, pelo menos a comida não combinava com o necrotério no qual estavam jantando.

– Você não está com fome, Darius? – indagou o duque.

Quando olhou para a sopa, o enteado ficou mais pálido do que Boland.

– Não seja mal-educado, meu garoto. *Coma.*

– O senhor está bem, milorde? – perguntou Larkyra.

– Ele está ótimo – respondeu o duque, ríspido. – Está apenas sendo estranho, como de costume.

A jovem teve vontade de cair na gargalhada. A *única coisa estranha aqui é a criatura sentada à cabeceira da mesa*.

– Milorde? – repetiu ela, baixinho, dirigindo-se a Darius e franzindo o cenho.

– *Coma*. – O duque deu um soco na mesa.

Larkyra deu um pulo, assustada. A energia sombria que cercava Hayzar projetou-se para a frente: uma onda de escuridão foi atravessando a mesa, arranhando o móvel com suas garras. O estado de espírito do duque havia se inflamado de raiva, feito um fósforo riscado.

– Você está me fazendo passar vergonha na frente de nossa hóspede.

– Sua Graça – interveio Larkyra –, posso lhe garantir que estou bem.

Mas era como se ela não estivesse mais ali, porque o duque tinha os olhos fixos em Darius. Com que facilidade o humor dele mudou após a partida de Zimri, agora que não havia nenhum cavalheiro para testemunhar seu comportamento.

– Se não quer comer, meu garoto, então *fale*!

– O senhor sabe que não posso comer isso. – Darius falou tão baixo que Larkyra quase não ouviu.

– O que foi que disse? – indagou Hayzar. – Você bem sabe o que penso a respeito de resmungos.

– Eu. Não. Posso. Comer. *Isso* – disparou o lorde, enfim encarando o padrasto.

O duque arqueou a sobrancelha, em uma expressão de surpresa, e conteve o riso.

– E por que não?

Darius cerrou os punhos.

– Leva *curash*.

– E?

– O senhor sabe que tenho alergia a *curash*.

– Ah. – Larkyra soltou um suspiro. – Só isso? Então vamos pular para o próximo prat...

– Eu paguei uma fortuna para o nosso cozinheiro preparar este jantar. – Hayzar interrompeu a moça. – Você *vai* comer cada migalha.

– Não.

– *Não?*

Darius apertou bem os lábios, seus olhos verdes em chamas. Larkyra não saberia dizer ao certo, mas... sim, o rapaz estava tremendo.

– Muito bem. – O duque pegou o guardanapo e limpou os cantos da boca, sujando o tecido com aquela energia. – Então, por favor, não coma. Eu não posso obrigá-lo. – Hayzar voltou o olhar para o enteado. – Ou será que posso?

– Sua Graça – Larkyra começou a dizer. – Por favor, vamos...

As palavras da jovem se perderam, porque a magia envenenada de Hayzar explodiu de repente. Feito uma onda, espalhou-se pelo chão e pelas paredes, fazendo as chamas da lareira mudarem de cor, de laranja para azul. O salão agitou-se, gotejando aquele muco grosso e escuro da droga, o cheiro de azedo quase insuportável agora. A única coisa que iluminava o recinto era o fogo da lareira, cujas chamas ficaram mais altas com a fúria do duque. Todos os presentes no salão ficaram petrificados, os serviçais mantiveram os olhos fixos à frente, olhando para o nada.

Larkyra observava, perplexa, o duque tornar-se demasiado monstruoso com aquela enxurrada de poder: os olhos piscaram, completamente pretos; o rosto empalideceu, num tom de ossos e cinzas; e os dentes cresceram, tornando-se afiados como os de um peixe carnívoro. Os tentáculos em suas costas pairaram sobre a mesa antes de lamberem o rosto de cada pessoa presente no recinto, invadindo seu livre arbítrio. Quando um dos tentáculos encostou em Larkyra, ela sentiu como se cacos de gelo rastejassem por sua pele, enevoando seus pensamentos e sussurrando intenções. *Duuurma*, a magia do duque murmurou em sua mente. *Descanse essa cabeça.*

O poder da jovem reagiu, agitando-se, correndo por suas veias, apressando-se para protegê-la. *Lute*, gritou. *Deixe-nos sair!* Zonza, Larkyra cerrou os dentes e manteve a magia presa na garganta. Flexionou o próprio poder como se fosse um músculo, obrigando-o a se espalhar pelos dedos das mãos e dos pés antes que endurecesse e ficasse à flor da pele – um escudo.

Cabeça firme, coração firme, cabeça firme, coração firme, mantenha-se firmefirmefirme. Ela respirava rápido, agarrando-se, desesperada, a essas palavras que sempre lhe davam clareza e calma em momentos de pressão, enquanto imitava as expressões petrificadas de Darius e dos serviçais.

– *Coma.* – As palavras de Hayzar, apesar de serem dirigidas a Darius, infiltraram-se nos ouvidos de Larkyra, arranhando-os.

O lorde ergueu a colher, seu rosto pálido como uma máscara, e ele tomou a sopa.

– *Mais* – ordenou o duque, com um sorriso debochado.

E Darius comeu mais, mais e mais.

Larkyra foi obrigada a ver, a cada colherada, a alergia surtir efeito; o rapaz não havia mentido. Em pouco instantes, a pele do lorde ficou cheia de manchas e erupções, que foram subindo até o pescoço. Lá pela sétima colherada, os lábios se avolumaram, e uma das pálpebras fechou-se, de tão inchada.

Pelo mar de Obasi. Ela tinha que pôr fim àquilo!

Larkyra sentia que a própria pele a apertava enquanto lutava para manter o controle. Não suportava ver Darius sofrendo daquele jeito, ainda mais sabendo que poderia pôr fim àquilo com a maior facilidade. Bastaria um pensamento, uma nota aguda saída de seus lábios, um grito estridente para obliterar o brilho daquele poder que, acreditava Hayzar, estava no auge.

Mas e depois?

Manipular os pensamentos do duque, assim como os de Darius e dos serviçais, fazendo-os se esquecer de que tinham testemunhado os dons de Larkyra em ação, era uma tarefa para suas irmãs. Ela podia hipnotizar as pessoas, deixando suas mentes enevoadas e vazias, e conseguia fazê-las obedecer a suas ordens, como o duque estava fazendo agora. Mas as nuances de reescrever as lembranças dos outros, garantindo que os dons da família permanecessem em segredo e segurança, era um trabalho sutil demais para ela, porque eram muitos os pensamentos que precisariam ser alterados naquele recinto. Isso para não falar da raiva crescente que sentia por Hayzar. A magia arranhou seus pulmões, pedindo para ser libertada, e a jovem estava a um passo de ceder. Ainda mais depois que Darius começou a respirar com dificuldade, sinal de que sua traqueia estava se fechando.

Não, não, não, não, não.

Os pensamentos de Larkyra rodopiavam, desesperados para encontrar uma solução, enquanto rezava em silêncio para os deuses perdidos, pedindo que Hayzar parasse com aquela insanidade antes que matasse o enteado.

Ele não pode matar ninguém se estiver morto. Os poderes deslizaram, tentadores, pela mente de Larkyra. *Somos mais fortes do que ele. Machuque-o também,* insistiram, pulsando embaixo das costelas da jovem dama.

NÃO! Larkyra calou aquela voz. Apesar de ser uma loucura não fazer nada enquanto Darius tornava a erguer, devagarinho, a colher cheia de sopa, a jovem *não* seria o monstro presente naquele recinto. Só permitia-se libertar aquela criatura quando o rei ordenava e, mesmo assim, ficou despedaçada na primeira vez que fez isso.

O estômago dela revirou-se e, instantes depois, as lembranças do próprio passado vieram à tona.

Ela era uma criança chorando no camarim embaixo do palácio, no Reino do Ladrão.

"Pare, menina." O pai estava ao lado dela, as vestes brancas de rei dobrando-se ao lado das saias da filha. "Você precisa parar de chorar, senão irá piorar a situação."

As irmãs, preocupadas, estavam paradas perto da porta, observando, de prontidão para lhe apoiar.

"Por que o senhor me obrigou a fazer isso?" Larkyra respirou fundo, ofegante, tentando se acalmar, obrigando a magia a voltar para dentro dela. Mas a magia continuava rodopiando, batendo e derrubando objetos pelo camarim.

A única coisa que protegia o pai dos ferimentos causados por ela era a armadura.

Larkyra não conseguia parar de pensar no homem que tinham acabado de torturar com seus dons, cumprindo ordens do rei.

"A magia que vocês possuem, meninas, é complicada", disse Dolion, com toda a delicadeza. "Seu poder deve ser usado para o bem e, às vezes, alcança-se o bem fazendo o mal. É preciso entender esse equilíbrio. Aquele homem fez coisas muito terríveis, e você ajudou a detê-lo."

"Mas recém aprendi a controlar meus dons", protestou ela, "recém parei de machucar os outros. E aí, o senhor ordena que nós..."

"É porque agora você é capaz de controlar sua magia", argumentou o pai, com a mão no ombro da garota, "então tive certeza de que estava preparada para isso. Você sente que perdeu o controle?"

Larkyra limpou o nariz, pensando nessa pergunta.

"Apesar de ter machucado alguém, você estava no controle de sua magia naquele momento, meu passarinho que canta. Entende a diferença? Você controlou a dor que infligiu, assim como, agora, controla a alegria que pode dar a outra pessoa empregando seus poderes. Você é a constante em sua magia, Larkyra. Você é que decide para onde vai direcioná-la."

"Eu decido", repetiu ela.

"Sim. Pedirei que vocês façam muitas coisas difíceis, meninas, as mesmas decisões difíceis que preciso tomar todos os dias, mas fazemos isso para controlar um mundo que é maior do que nós. O Reino do Ladrão é um lugar que precisa ser governado com pulso firme. Nós mantemos o caos sob controle."

"Entendo", declarou Larkyra, após alguns instantes, e as emoções confusas foram se aquietando junto com a magia.

O pai meneou a cabeça. "Que bom. E se algum dia sentir que está perdendo o controle, é só se recordar do que os Achak ensinaram. Você se lembra do que eles ensinaram?"

"A... a engolir a respiração quando eu estiver estressada e não soltar o ar."

"Exatamente. Sei que é difícil, meu passarinho que canta, mas sei que vai conseguir. Sua vida pode até ser cheia de interrupções, mas é mais seguro assim. E você tem suas irmãs. Olhe para elas quando sentir medo, use a força delas. Segure a mão delas, qualquer coisa para se manter firme. Você precisa permanecer firme."

Firme. Firme. Firme.

Esse era um fardo que Larkyra teria que carregar para sempre: permanecer calma, tranquila e feliz. Porque a alternativa era muito mais difícil de controlar. Mas, se foi capaz de segurar os gritos quando teve o próprio dedo cortado, seria capaz de permanecer em silêncio agora.

E, apesar de despedaçar seu coração ver a alergia de Darius tornar-se fatal, ela não tinha opção. Precisava escolher a família. Temia que, se movesse um músculo, se abrisse a boca para falar uma palavra que fosse, tudo explodisse, o salão e as pessoas, talvez até o castelo. A verdade a respeito da magia da família seria revelada e eles seriam ostracizados – ou pior, perseguidos. Não podia fazer isso com eles, não podia roubar-lhes a vida. Até porque roubara tantas outras coisas, causara tanta dor ao longo dos anos, incluindo a morte da própria mãe.

Sendo assim, enquanto o rosto de Darius ganhava um tom pavoroso de roxo, Larkyra permaneceu sentada e imóvel, agarrada aos braços da cadeira e mordendo a própria língua até sentir o gosto de sangue na boca.

Ela olhou de esguelha para o duque, viu o brilho triunfante nos olhos escuros do homem, que observava o enteado se dobrando à sua vontade. Pensou na falecida duquesa, Josephine, nos seus pertences e nos retratos guardados nos aposentos de Hayzar. A mecha de cabelo, amarrada com tanta delicadeza, com um laço de seda. Se aquele homem gostou mesmo dela um dia, como era capaz de tratar seu único filho daquela maneira?

O quão sombrio é o coração dele?, pensou a jovem. *E o quão bom seria silenciá-lo?*

– Já basta. – A voz do duque ecoou pelo salão.

A mão de Darius tremia quando ele parou, com a colher a poucos centímetros da boca. Uma gota de suor escorreu pela sobrancelha do rapaz, e foi aí que Larkyra viu um brilho de lucidez em seu olhar indefeso. A parte de Darius que era capaz de sentir cada gota daquele sofrimento.

O fogo que havia dentro dela intensificou-se.

Que pesadelo é esse no qual me meti? Larkyra apertou mais o braço da cadeira. Há quanto tempo Darius vivia nele?

Tendo crescido no Reino do Ladrão, a jovem já testemunhara muitas coisas sombrias: homens sendo assassinados, tendo a pele arrancada dos músculos e as vidas despedaçadas, mas nunca uma crueldade contra alguém que não merecia. O Rei Ladrão reservava um castigo especial para aqueles que atacavam pessoas inocentes, e ninguém que testemunhasse os gritos de tais pecadores ousaria tentar a sorte nesse jogo.

– Ah, pobre garoto – disse o duque, esparramando-se, cansado, na cadeira, sua magia retrocedendo das paredes, do chão e do fogo.

Quando a magia se foi, a impressão foi de que o próprio ar suspirou aliviado. Os serviçais que estavam perto da parede caíram no chão, livres dos desmandos do duque. Larkyra, com o coração saindo pela boca, ficou olhando enquanto Darius piscava e voltava à consciência junto com os demais.

Ele largou a colher, que caiu na mesa com um estalo, como se estivesse pegando fogo. Respirava ofegante quando passou a mão no rosto inchado, dando-se conta do que acabara de fazer, a pele ficando mais vermelha a cada tentativa desesperada de puxar o ar.

– Você é *mesmo* alérgico. – O duque arqueou a sobrancelha, chocado. – Não deveria ter comido tanto. Por que não nos deixa a sós e vai se limpar, *hein?*

Darius levantou-se, raspando a cadeira no chão. Cambaleou de leve antes de colocar a mão na mesa para se equilibrar. Larkyra fez menção de se levantar, querendo ajudar. O lorde a fitou, com os olhos inchados, suplicando, em silêncio, que ela tornasse a sentar-se.

Não, disseram os olhos de Darius. *Esqueça-se de que eu existo.*

O mesmo pedido impossível de atender que Larkyra havia feito à própria magia, que se agitava em suas entranhas. A jovem engoliu em seco, obrigando os próprios dons, que haviam se expandido em sua garganta, a descer pelo corpo, a *descer, descer e descer cada vez mais*, até que conseguiu tornar a se sentar. Quando, enfim, sentiu que seria capaz de falar sem causar danos, virou-se para o duque e perguntou:

– O que foi que aconteceu com ele? Darius está com uma aparência péssima.

Ela fez questão de bancar a boba, como o duque queria que todos ali fossem.

– Está mesmo, não é? Mas não se preocupe. – Hayzar sacudiu a mão. – Darius ficará bem.

Larkyra olhou para o lorde, mas a cadeira onde ele havia se sentado agora estava vazia, e a porta do salão de jantar fechava-se lentamente. A jovem foi invadida por uma sensação de alívio por Darius ter conseguido escapar, mas esse alívio foi logo substituído pelo pavor.

Agora, ela estava a sós com um lunático. E não era o tipo de lunático que podia ser encontrado no Reino do Ladrão. Esses eram simpáticos. Esses Larkyra conseguia distrair com algo doce ou brilhante, ou fazer de fantoche, empregando seus poderes. Ali, a moça devia se safar sem utilizar esses poderes. E viver sem sua magia, bem, era como ser uma pessoa pela metade. Era como passar pelo *Lierenfast* de novo, só que pior, porque não podia sequer exibir suas habilidades com as facas.

Pelo menos, ainda não.

Ela tornou a olhar para a porta fechada, para a cadeira que Darius deixara vaga. Será que ele ficaria bem? Será que tinha um remédio para acalmar aquela alergia? Tudo o que havia dentro de Larkyra gritava para que saísse correndo daquela sala e descobrisse a resposta para essas perguntas.

– Não há necessidade de permitir que a imprudência de meu enteado estrague o restante de nosso jantar. – O duque estalou os dedos, ordenando que os serviçais tirassem a mesa e trouxessem o segundo prato.

Pelos deuses perdidos, pensou a jovem, olhando para o pedaço de carne que foi colocado na frente dela. *Como é que vou conseguir comer agora?*

– Então, minha queridíssima. – O duque começou a cortar a carne no prato, visivelmente cansado, mas ainda um homem enfeitiçado e enfeitiçador. Bem, a não ser pelo óleo escuro que continuava saindo de cada um de seus poros. – Conte-me mais a respeito do que fez enquanto eu estive fora.

Larkyra piscou.

Tinha vontade de gritar: *Você acabou de torturar seu enteado na frente de todo mundo. Com uma sopa.*

Mas é claro que não falou nada disso. Era da família Bassette, afinal de contas. Adaptável, uma sobrevivente, e mais inteligente do que aquele desgraçado convencido diante dela.

Ainda restavam muitas respostas a serem desenterradas, cofres a serem descobertos e terras a serem libertadas. *Planos de longo prazo*, recordou-se Larkyra, várias e várias vezes. Aqueles eram planos de longo prazo que trariam um resultado satisfatório.

Sendo assim, enquanto um jovem lorde estava deitado, tremendo de dor e respirando com dificuldade em algum lugar do castelo, Larkyra permaneceu com o duque, conversando, sorrindo e garantindo que ele comeria até a última garfada.

Enquanto isso, imaginava que cada garfada de Hayzar seria a última.

CAPÍTULO DEZOITO

"*E*squeça-se de que eu existo."
            O doloroso olhar de Darius dançava diante de Larkyra e só fortalecia seus passos na passarela da ala oeste do castelo, em meio à chuvarada que fustigava a madrugada com ventos e relâmpagos furiosos. A jovem, entretanto, permaneceu seca, porque cantou para si mesma, criando uma bolha protetora de invisibilidade desprovida de som. A canção falava sobre os verões passados nos campos, o murmurar da própria voz era como o Sol, alto e quente. Larkyra empurrou sua magia para fora, uma carícia morna em sua pele; assim, quando o temporal tentava atingi-la, vindo de cima, a água escorria pela superfície do escudo de ar que a envolvia. Depois da cena que testemunhara no jantar, seu pai de certo compreenderia que o tempo de manter seus poderes contidos chegara ao fim. O jejum terminara.

Ela não sabia ao certo qual era a porta do quarto de Darius, mas deixou que seus sentidos a guiassem quando entrou na ala. Passou por uma sala de estar com decoração espartana, por uma pequena biblioteca pessoal e por um quarto de criança cuja mobília estava coberta por lençóis brancos. Teria outras noites para bisbilhotar aqueles cômodos. Agora era hora de fazer algo mais importante.

Larkyra seguiu em frente até chegar a uma porta dupla no fim do corredor, que estava fechada. Por baixo dela, vazava uma luz alaranjada. *Ele está aqui*, pensou. Apesar de Darius ser desprovido de dons, a jovem começava a reconhecer a energia pessoal do lorde, que a invocava, aquecia sua pele, como se o rapaz possuísse magia de fato.

Quando encostou a mão na madeira maciça, a porta se entreabriu. A canção de Larkyra morreu em seus lábios, ao passo que seu coração continuou a bater acelerado. Com passos tímidos, ela entrou.

O aroma de cravo de Darius era mais forte em seus aposentos e a distraiu por alguns instantes.

– Darius? – ela chamou, baixinho.

Poderia até ser inapropriado estar nos aposentos do rapaz, mas essa questão não tinha mais importância para Larkyra. Queria se certificar de que o lorde estava bem e, com a graça dos deuses perdidos, vivo!

Ela percorreu o enorme quarto, suas cadeiras e mesas, com o olhar. As portas da sacada estavam escancaradas, permitindo a entrada de um forte vento, que lutava contra uma lareira acesa na parede do outro lado do quarto. Seus olhos, então, detiveram-se na cama que havia bem no centro do cômodo e na silhueta ali deitada.

A moça ficou sem ar quando correu para o lado de Darius, as batidas do coração degladiando-se com sua magia, e ela sentiu-se aliviada ao ver que o lorde estava dormindo, respirando.

Larkyra foi logo criando uma nova canção, uma canção de ninar que o fez mergulhar em um sono mais profundo. Foi só aí que ela conseguiu relaxar e, com uma nota de ordem e um movimento do pulso, fez as portas da sacada se fecharem, passando a tranca. Teve a impressão de que o recinto se encolheu, aliviado. O quarto tinha ficado acolhedor e aquecido.

Mesmo assim, o que via diante dela estava longe de ser agradável, e um nó raivoso formou-se em sua garganta ao enxergar as manchas grotescas e o inchaço na pele do lorde. Não estavam tão graves quanto durante o jantar, mas Darius estava todo enroscado nos lençóis, como se ainda lutasse contra o monstro, mesmo dormindo. A jovem aproximou-se. Não tinha traçado um plano quando resolveu ir até ali. Mas, agora, ao vê-lo, ao encontrá-lo inconsciente, sabia o que deveria fazer.

Larkyra respirou fundo antes de libertar uma canção que o pai costumava cantar para ela e as irmãs, uma canção que, segundo Dolion, era a preferida da mãe das meninas. A melodia sempre trazia consolo à jovem durante a noite e, sentada ali, na beirada da cama de Darius, ela foi dispondo as notas sobre ele, como se fossem um emplastro quente.

Olhe para as estrelas, minha criança,
Que dançam lá no céu
É lá que estarei esperando por você

Minha distância é uma ilusão, meu amor,
Minha luz sempre irá nos envolver

Deixe que a noite acaricie seus olhos, minha querida,
Bloqueando angústias e pesar

Sem a escuridão, minha faísca,
Meu amor que transborda
Eu não poderia iluminar

Sinta o toque delicado da minha voz
Nos ventos da madrugada, por todo lado

É assim, sussurrando, que contaremos segredos, minha flor,
A cada grão de areia que suportamos, separados

Então torne a olhar para as estrelas de novo, meu amor,
E veja como estão felizes no céu, a dançar

Encontre consolo tendo a certeza
De que, toda vez que elas brilham,
Sou eu, murmurando essa canção de ninar

A magia derramou-se dos lábios de Larkyra, transformando a canção em um feitiço, formigando sua língua e seus lábios. E, conforme a energia contida em seu sangue fluía, a jovem emanava delicadas ramificações cor de mel formadas por sua voz, que entravam nos ouvidos de Darius e acariciavam-lhe os olhos.

Ela remexeu os poderes com os dedos, direcionando a magia e acariciando com delicadeza a testa, o rosto, o pescoço de Darius, tocando cada uma das manchas vermelhas que contavam a história do tormento infligido pelo duque. Repartiu sua voz em duas, uma nota aguda e outra grave, tecidas em harmonia, costurando, observando todos os pontos da pele tocados pela canção voltarem a ficar lisos e sem manchas. Os pensamentos de Larkyra zuniam com a letra da melodia, eufóricos com a energia de cura que transbordava dela, o coração batendo tão forte que retumbava em seus ouvidos enquanto ela tentava firmar suas intenções, enquanto tentava não se distrair com o calor do corpo daquele homem forte ao seu lado, mas sim na tarefa que precisava cumprir. Larkyra era capaz de cicatrizar ferimentos recentes. A cura foi um dos primeiros feitiços que os Achak lhe ensinaram, e exigia mais força e autocontrole do que quando ela se apresentava. Mas a jovem era capaz de fazer isso. *Queria* fazer isso por Darius.

Quando Larkyra chegou na última brotoeja à vista, baixou os olhos para o restante das erupções, que se alastravam por baixo da camisa do lorde. A canção silenciou. Será que ela teria coragem de avançar mais para baixo?

Darius gemeu baixinho e virou o rosto como se a buscasse, como se já sentisse falta da voz dela, e a pele da própria Larkyra ficou toda arrepiada ao ouvir esse som.

Ela olhou para os botões da camisa de Darius por um bom tempo, para os músculos torneados do peito do lorde, visíveis através do tecido esgarçado. *Terei que tirar essa camisa se quiser concluir a tarefa*, pensou a moça. *Com certeza há mais erupções por baixo dela.* Instantes depois, quando Larkyra deu por si, estava abrindo todos os botões, um por um, até chegar ao último.

A camisa de Darius se abriu e caiu para os lados, e Larkyra foi logo tapando a boca com a mão. Porque ali, marcando a linda pele clara e os lindos músculos torneados do lorde, havia dúzias de cicatrizes. Alguns ferimentos eram bem pequenos; outros, grandes, cortes feios ou hachurados. Era possível perceber que tinham sido feitos com uma variedade de instrumentos. Seus olhos percorreram quatro linhas paralelas feitas pelas pontas de um garfo.

A imagem de Hayzar durante o jantar, acariciando a faca ao lado do prato, veio à tona na cabeça da jovem.

O estômago de Larkyra ficou embrulhado.

Será que o duque teria coragem?

Se não tivesse testemunhado o incidente com a sopa, teria suas dúvidas, mas...

Outra imagem surgiu diante de seus olhos – Darius remando na canoa em que os dois estavam, a cicatriz que despontou no braço dele – e, sem titubear, ela tirou a camisa do lorde de um dos braços, depois do outro.

O corpo dele se virou, ficando de costas, ainda inconsciente, e Larkyra conteve um suspiro de assombro. As cicatrizes ali eram ainda piores. A jovem sentiu-se pressionada a encontrar algum ponto do antebraço e bíceps que não estivesse coberto de cicatrizes. Foi aí que encontrou, na parte de cima do braço direito, aquela que tinha visto no barco, que parecia ser a mais profunda e antiga. Ficou com os olhos cheios de lágrimas, a visão borrada. Quando soltou o ar, ele se transformou em vapor, e Larkyra se deu conta de que a luminosidade do quarto tinha diminuído, esfriado. A magia transformou-se em uma nuvem escura e triste, igual às da tempestade que caía lá fora.

Não havia nada de alegre naquele lugar.

Sentiu o estômago queimar de raiva. Aquela sensação perigosa de quando a magia sussurrava ideias de uma doce vingança, lembrando-a de que tinha o poder de adaptar seus feitiços de luz e transformá-los em algo sombrio.

Machuuuque, sussurrou a magia. *Machuque como eles machucam. Roube como eles roubam.*

Um lado perverso de Larkyra a imaginou cedendo, tornando-se a criatura explosiva que poderia ser. A satisfação seria tão grande se prendesse Hayzar – o homem que apreciava infligir dor – em uma estaca de tortura. O Rei Ladrão compreenderia, não é mesmo? Porque, se aquele tipo de agressão acontecesse por lá, o castigo viria a galope. E Larkyra, sem dúvida, ganharia de presente a oportunidade de executá-lo.

Darius mudou de posição na cama mais uma vez e a jovem expulsou aquele sonho sinistro, extinguindo a sensação adocicada e enjoativa de vingança. *Firme*, pensou, *cabeça firme, coração firme.* Ao repetir essas palavras, outra lembrança do próprio passado veio à tona: a primeira vez que fez os ferimentos de alguém cicatrizarem.

"A mesma energia que você emprega para quebrar e despedaçar também pode ser usada para consertar, minha criança", explicaram os Achak para Larkyra, que estava sentada com as irmãs em uma das bibliotecas menores e mais escondidas na casa da família Bassette, em Jabari. As estantes eram repletas de tomos antigos e pergaminhos, e o local, que cheirava a incenso, magia e segredos, era utilizado como sala de aula quando os Achak vinham ensinar. "Você pode curar com a mesma força que emprega para ferir."

"Verdade?", Larkyra endireitou-se na cadeira, o peito estufado de esperança. Era apenas uma menina de 9 anos, mas já estava cansada de deixar rastros de destruição.

"Podemos ensiná-la a fazer isso", disse o irmão, a túnica farfalhando com seus movimentos. "Qual de vocês duas gostaria de ser minha assistente hoje?", perguntou, dirigindo-se a Arabessa e Niya.

As irmãs ficaram tensas.

"Não", Larkyra foi logo dizendo. "Deixe pra lá."

Nunca saía nada de bom quando os Achak pediam que as irmãs ajudassem Larkyra a dominar sua magia.

"Eu quero." Arabessa levantou-se e foi para o lado dos Achak.

"Ara…"

"Lark, uma hora ou outra, teremos que fazer isso", Larkyra foi interrompida pela irmã mais velha, os olhos azuis de Arabessa repletos de um ar tão duro quanto terno, um amor teimoso. "Não podemos permitir que você pense que é um animal selvagem para sempre. Até as cobras trocam de pele."

"*E continuam sendo cobras*", ressaltou Larkyra.

"*Sim, mas elas crescem*", insistiu Arabessa. "*E você também precisa crescer.*"

Larkyra permaneceu em silêncio enquanto os Achak colocavam Arabessa sentada em uma cadeira, de frente para ela. Pegaram uma faca que estava pendurada na parede, ao lado de várias outras, e pediram que Arabessa deixasse a coxa à mostra.

O ar pareceu ficar mais opressor quando ela atendeu ao pedido dos Achak, enrijecendo os ombros.

"*Vai doer*", disseram os antiquíssimos. "*Mas será rápido.*"

Com um VUUSH, cortaram a pele branca de Arabessa, logo acima do joelho.

A menina agarrou-se aos braços da cadeira, sufocando o que, com certeza, teria sido um grito. Os olhos começaram a lacrimejar.

"*Por que precisa ser desse jeito?*", Larkyra levantou-se da cadeira de um pulo. O sofrimento em sua voz era cortante e atravessou o ar, aumentando o ferimento de Arabessa, deixando-o mais profundo. Uma poça de sangue carmim se formou na perna da irmã mais velha.

"*Aaai!*", Arabessa se dobrou de dor.

"*Fique firme*", os Achak relembraram Larkyra. "*Firme.*"

A respiração de Larkyra estava ofegante, a biblioteca girava. Niya apareceu do lado dela e colocou a mão em seu ombro, com toda a delicadeza. Não pronunciou nenhuma palavra, mas sua presença disse tudo.

As irmãs sempre estavam ao seu lado para apoiá-la.

O recinto parou de girar.

"*Você está sentindo raiva e frustração?*", perguntaram os Achak. "*Precisa transformar esses sentimentos em paz, em calma.*"

Mas como?, Larkyra quis gritar, mas não teve coragem de produzir um ruído sequer.

"*Olhe para a pessoa ferida à sua frente*", prosseguiram os Achak. "*É Arabessa. Sua irmã. Ela está sentada aqui, sangrando, porque a ama, porque acredita em você. Sinta o amor dela e liberte seu próprio amor. Encontre o amor que sente por ela. Pela sua família. Encontre luz, Larkyra. Deixe que esta luz tome conta de sua barriga, de seus braços, de suas pernas. Deixe esse amor queimar toda a sua raiva e todas as suas dúvidas. Isso mesmo. Respire com tranquilidade.*"

Larkyra encarou a irmã mais velha, encontrando determinação e incentivo nas profundezas de seus olhos azuis. *Eu acredito em você.*

Ela sentiu as batidas aceleradas do próprio coração ficarem mais lentas com essa conexão. O peito expandiu-se, tornando-se não mais apertado, *mas livre quando abriu os próprios pensamentos para Niya, que estava ao seu lado, uma força tranquilizadora. E, durante todo esse tempo, Arabessa sacrificou a própria pele para que a irmã pudesse expulsar o próprio demônio. Esperança, sussurrou a magia de Larkyra. Amor.*

"Encontre sua vontade de curá-la", instruíram os Achak. "Remova a dor de sua irmã com sua magia. Isso é possível. A sua raiva faz o corte, mas o seu amor faz os pontos. Cicatrize sua irmã. Cante o amor que sente por ela."

As notas começaram bem baixinho, de início, apenas um murmúrio, mas eram ternas, delicadas e encantadoras, e foram fluindo da garganta de Larkyra. Não continham nenhuma palavra, apenas sentimentos: admiração, gratidão, afeição e determinação.

Larkyra concentrou-se no corte aberto da perna de Arabessa enquanto cantava, os fios amarelos de sua magia dançavam e serpenteavam pelo ar, acariciando o ferimento. A irmã soltou um suspiro de alívio, porque os dois lados do corte se uniram. Por um instante, a sutura projetou uma luz branca, tal qual a determinação e a empolgação puras e simples que tomaram conta do coração de Larkyra.

Tudo no recinto ficou tranquilo e silencioso quando a canção terminou. Arabessa passou o dedo na cicatriz vermelha, bem no meio da coxa. Era tudo o que restava do corte.

"Podemos ensinar a remover cicatrizes outra hora", disseram os Achak, mas nenhuma das três meninas ouviu, porque Arabessa e Niya já tinham envolvido Larkyra em um abraço, todas elas chorando. Mas, daquela vez, eram lágrimas de felicidade. Foi o que marcou o início. Como disse Arabessa, Larkyra estava crescendo.

A jovem piscou e se encontrou outra vez nos aposentos de Darius, o corpo adormecido do lorde e a pele cheia de cicatrizes esparramados diante de seus olhos.

Quantos anos será que ele tinha quando isso começou?, conjecturou, sombriamente. E por quê? Será que ninguém tentou intervir? Será que o próprio Darius fez isso? Será que ele *teria conseguido* fazer isso? Como ainda era capaz de sentir compaixão por seu povo? Por qualquer pessoa – em especial, por uma ratazana de rua em forma de menina, lá em Jabari –, sendo que sofria tanto?

Apesar de todas essas perguntas girarem dentro de Larkyra, a jovem sabia que as respostas não faziam diferença. Porque o que faria em seguida poderia até levantar suspeitas, mas, naquele momento, ela pouco se importava.

Removeria as cicatrizes do lorde, como aprendera a fazer.

Podia até não caber a ela tomar essa decisão, mas a culpa que sentia por ter sido uma inútil durante o jantar era grande demais. O fato de não ter feito nada, sendo que Darius quase havia morrido, lhe pareceu algo imperdoável. Era assim que iria se redimir com o rapaz. *Proteja*, ronronou a magia que corria em suas veias.

Sim, concordou Larkyra. *Preciso*.

Ela respirou fundo, invocando o amor que sempre iluminaria as trevas – o amor que sentia pela família –, e tornou a conjurar sua canção tranquila. As notas saíram voando de sua boca, desta vez, imbuídas de uma promessa. *Porei fim aos seus pesadelos*, jurou. *Porque serei a última tempestade a sacudir este torreão.*

Conforme foi tecendo a própria magia para que tomasse conta do quarto outra vez, iluminando o recinto com nuances mais quentes, ela manteve os olhos fixos no lorde adormecido, absorvendo as marcas do tormento de Darius, que fora obrigado a fazer coisas inenarráveis contra si mesmo.

Com a mão firme, ela transferiu mais do próprio poder, da própria alma e do próprio sangue do que já entregara a alguém, a fim de apagar um passado que um homem como aquele não deveria ter sofrido. Precisaria de toda a sua energia para fazer aquilo. Conforme cantava o feitiço, sentiu sua cabeça ficando mais leve, solta, até. As notas foram emaranhando-se, suavizando a textura da pele cicatrizada, achatando-a. Entrelaçaram-se, suturaram e dividiram-se em três ramificações de som, que Larkyra passou em cima de cada uma das cicatrizes de Darius. Todas as marcas encheram-se de luz antes de se dissiparem do corpo do lorde. Só que algumas eram tão graves, tão antigas e profundas, que Larkyra só conseguiu reduzi-las a linhas rasas, descoloridas, que ainda mostravam o sofrimento dele.

Quando terminou, a jovem recostou-se e soltou um suspiro profundo, com a cabeça latejando. Sua voz foi enfraquecendo até silenciar. Sentia os ossos cansados, uma sensação estranha para alguém tão poderoso quanto ela. Até sua garganta ficou um pouco dolorida. Mas isso não era nada comparado ao que aquele homem diante de seus olhos sofrera.

Espero que isso lhe traga uma paz renovada, pensou, ajeitando uma mecha de cabelo ruivo que havia caído na testa do rapaz.

Larkyra ficou sentada ali por um bom tempo velando o sono de Darius, as juntas doendo por conta do feitiço, antes de se obrigar a cantar uma última canção, uma melodia tranquila, de sua terra natal:

Faíscas douradas em meio à grama, no verão,
Sob o balançar dos caules e da delicada carícia
Dos ventos

O Sol está deitado ao seu lado,
Acima e por todos os lados,
E todos os seus pecados vai absolvendo

Agora fique em paz, minha delicada alma:
Tudo perdoam os deuses perdidos

Eles nos deixaram esta joia eterna,
A pulsação que restou do calor
Que vale a pena viver e ter vivido

Então não precisa procurar além de seu sono
Para encontrar o que busca, tenha certeza

A luz sempre brilhará para você, plena,
Trazendo força aos momentos de fraqueza

A voz de Larkyra aquietou-se, feito a brisa que passa pelos campos de trigo nos arredores de Jabari.

Ignorando os protestos dos próprios músculos, ela ficou de pé. Lançou um último olhar para o rapaz adormecido, cuja pele, outrora desfigurada, agora estava lisinha.

Em seguida, da mesma maneira que tinha entrado na ala do lorde, tal como um fantasma envolto em uma bolha de uma canção invisível, ela saiu flutuando. O estalar da porta do quarto de Darius, que ecoou, foi o único indício da presença daquela moça, que queria consertar um passado traumático e estava determinada a forjar um novo futuro, completamente diferente.

CAPÍTULO DEZENOVE

Ao acordar, Darius teve a sensação de flutuar pela superfície de um lago calmo e aquecido, leve e com uma tranquilidade que não era costumeira. Recordava-se de ter se sentido assim apenas quando Lachlan era banhada pelos raios solares e pelo céu azul, quando tanto seu pai quanto sua mãe ainda eram vivos. Era um passado que mais parecia um sonho esquecido, lembranças de uma outra criança. O lorde esforçou-se para manter viva aquele sentimento enquanto se concentrava nas janelas do quarto, bem como no clarão dos relâmpagos, mais adiante, e no ruído alto da chuva batendo no vidro. Às vezes, as tempestades eram tão fortes que a noite e o dia viravam um só, a manhã tão escura quanto a madrugada. A única maneira de ter noção da passagem do tempo era por meio da ampulheta ao lado de sua cama: havia acabado de amanhecer.

Ele virou-se na cama, soltando um gemido, querendo se entocar embaixo dos lençóis. Mas, pela primeira vez em muito tempo, Darius não se sentia cansado. Na verdade, sentia-se muito bem: estava revigorado, sem nenhuma dor ou incômodo nos músculos.

Quando se deu conta disso, sentou-se de repente na cama. Havia algo de errado. A dor era uma constante em sua vida, e o rapaz tinha uma forte sensação de que bastante dela lhe fora infligida na noite anterior.

Ao olhar em volta do quarto, para as brasas que morriam na lareira, seus olhos depararam-se com um pequeno frasco marrom virado em cima do tapete: remédio. Seus pensamentos logo voaram rumo aos acontecimentos da noite anterior: encontrara Larkyra nos aposentos dela, a beleza revigorante, a inteligência e o senso de humor da jovem haviam enchido seu coração de ternura, ao mesmo tempo em que o peito ficou apertado, porque iria acompanhá-la até o salão de jantar, onde encontraria o padrasto.

O padrasto…

Era ali que seus pensamentos derrapavam, nublando as lembranças de sair do salão e ir para o quarto… Uma lacuna.

Um arrepio percorreu sua espinha, e ele implorou para a própria mente encaixar as peças que não conseguia encontrar.

Jantar. O que aconteceu no jantar?

Quanto mais tentava ressuscitar aquele acontecimento, mais suas lembranças se distanciavam. O frio que sentia por dentro transformou-se em um suor gelado, porque os borrões na memória só poderiam ter sido causados por uma coisa.

Não, pensou Darius. *Por favor, isso não.* Ele fechou bem os olhos, com medo de olhar para o que, sem dúvida, teria sujado os lençóis.

O próprio sangue.

Mas como a chuva perpétua continuava a bater no vidro e nenhum sofrimento o afligia, criou coragem de olhar para baixo.

Nada.

Não viu nada.

E não apenas no sentido de novos ferimentos; as cicatrizes antigas tampouco estavam presentes. O pânico subiu pelo peito do lorde, rodopiando feito um tornado em seus pensamentos, e ele pulou da cama. *Que truque é esse?*

Darius foi até o espelho e passou a mão trêmula na pele que, até então, era toda marcada, olhando de soslaio para o próprio reflexo. Apesar de nunca conseguir lembrar-se de como aqueles ferimentos iam parar ali, o peito, a barriga e os braços, antes infestados com uma década de cortes, agora não tinham nada, estavam lisos, com exceção de um punhado de linhas vermelhas levemente salientes no lugar dos ferimentos mais profundos.

O lorde caiu de joelhos diante do espelho, o corpo tremendo enquanto tocava aquelas linhas que haviam restado.

Pelos deuses perdidos…

Será que ainda estava dormindo, será que ainda sonhava com o Sol e o céu azulado? Ou será que aquilo era real?

Parecia real.

Mas o que significava? Que fim haviam levado as lembranças de viver com cortes e ferimentos por toda a pele? A dor… a dor sempre fazia Darius fincar os pés na realidade.

Desesperado, examinou o antebraço direito; sabia que a primeira cicatriz que lhe fora infligida vivia ali. Sentou-se nos calcanhares e sentiu um alívio descomunal tomar conta de si ao ver que a marca ainda estava ali. Ele tateou a linha protuberante.

Ainda está aqui. Ainda está aqui. Foi real.

Mas e as outras cicatrizes?

O lorde sentiu-se enjoado ao examinar o novo corpo no espelho.

Era isso. Devia mesmo estar enlouquecendo.

Uma lufada forte de vento bateu nas janelas de Darius, sacudindo-o e fazendo-o voltar ao presente. O vento uivou em volta do torreão, dando continuidade à melodia assombrosa da Ilha do Castelo. Outra canção infiltrou-se em sua memória, uma melodia distinta, oriunda de uma voz diferente. Uma voz que pareceu grudar no rapaz no instante em que sua dona abriu os lábios, lá no reino do Ladrão – o passarinho canoro das Mousai.

Darius franziu o cenho.

Como isso era possível?

Nada fazia sentido.

– Milorde?

Uma batida na porta fez Darius levantar-se de supetão e pegar a camisa em cima da cama.

– Milorde? – Boland chamou mais uma vez, já entrando nos aposentos de Darius e dirigindo o olhar para o peito do lorde, que logo fechou os botões da camisa. – Perdão se interrompi alguma coisa. – O olhar do mordomo examinou o quarto. – Vim lhe acordar e ajudá-lo a se vestir, como faço todos os dias.

– Obrigado, Boland – disse o rapaz, escondendo as mãos trêmulas e ocupando-se de colocar a camisa para dentro da calça. – Mas acho que hoje consigo fazer isso sozinho.

Se existia alguém capaz de notar que as cicatrizes tinham sumido, esse alguém era o valete do lorde. Mesmo depois de ter sido promovido a mordomo, muitos anos atrás, Boland fizera questão de continuar acompanhando Darius, e insistiu que nenhum outro serviçal seria capaz de cumprir essa tarefa adequadamente. O lorde acreditava que essa insistência tinha a ver com o segredo que ambos guardavam, mas sobre o qual nunca falavam, nem mesmo quando os ferimentos começaram a deixar cicatrizes.

"O senhor precisa tomar mais cuidado", declarou Boland, *quando Darius era mais novo, ao finalizar um curativo em um corte recente na barriga dele antes de ajudá-lo a vestir, com toda a delicadeza, a camisa e o casaco.*

"Como posso tomar mais cuidado", indagou Darius, *com um tom ressentido,* "se eu sequer consigo me lembrar de como me feri? Enlouqueci e deveria estar trancafiado lá embaixo, numa das celas do nosso calabouço."

"Não", disse o valete. "O senhor é bondoso, tem saúde e um futuro brilhante. Vamos apenas cuidar dessa... situação, caso torne a se repetir. O senhor e eu, juntos. Está entendendo, milorde?" Ele, então, olhou Darius nos olhos. "É meu dever garantir que seja bem cuidado. Sempre estarei aqui para ajudá-lo."

O lorde ficou um tanto comovido na ocasião, encontrando consolo nas palavras e na preocupação do valete, já que o padrasto deixara muito claro que pouco ligava para aquele assunto. E, ainda que Darius não entendesse como, a realidade uma hora infiltrou-se: Hayzar tinha uma participação importante em seus ferimentos. Apesar de sempre haver detalhes em branco em suas lembranças, que retiam apenas instantes passageiros e agonizantes, ele sabia, com uma certeza enevoada, mas inabalável, que o padrasto estivera por perto em cada um daqueles episódios.

Nunca houve uma constante naquilo tudo. Darius passava meses sem um arranhão até que, de repente, acordava em algum canto inusitado do castelo ou nos próprios aposentos com novos cortes na pele. Sentindo que ficava cada vez mais insano, recolheu-se em uma bola de medo e incerteza até que, quando percebeu, tocava a vida apesar da dor. Obrigou-se a continuar acordando e a continuar vivendo apesar dos cortes, novos ou antigos, e da constante ameaça de acordar com novos ferimentos. O bem-estar de seu povo tornou-se uma obsessão. Precisava descobrir uma maneira de fazer Lachlan voltar a florescer. Era para isso que dirigia o ímpeto que lhe restava, e não ter para onde ir o ajudava a manter os pensamentos firmes e verdadeiros. Sua terra natal e seu povo lhe traziam consolo porque, quando estava nas áreas intocadas e nos lagos vizinhos, não desmaiava de dor. Sempre encontrava refúgio longe das paredes do castelo. Entretanto, sabia que, para ajudar Lachlan, precisava permanecer nos limites do torreão. Aquela neblina dolorosa tornou-se sua nova normalidade. E, ao que parece, isso também tinha ocorrido com Boland.

Como todo e qualquer bom serviçal de Lachlan, treinado nas artes da discrição, Boland permaneceu em silêncio a respeito desse assunto conforme os anos foram se passando. E Darius parou de fazer perguntas. *Mentiras*, pensou, com amargura, *minha vida é construída em cima de mentiras.*

Apesar de ter aprendido, há muitos e muitos anos, que certas mentiras são necessárias e que é mais seguro não fazer certas perguntas, seu lado sombrio e deturpado sentia que merecia aquelas feridas. Pois para que prestava um filho incapaz de proteger a mãe e de impedir que ela ficasse doente? Para que prestava um homem que não era capaz de proteger o próprio lar?

– Milorde. – Boland o fez voltar para a realidade do quarto. – O senhor está bem?

– O quê? – Darius piscou para o mordomo, porque agora estava diante de uma lareira em chamas. Havia uma bandeja com café e torradas com geleia, seu café da manhã preferido, em cima de uma mesinha de canto.

– Perguntei se o senhor está bem.

– Por que não estaria?

– O senhor não respondeu à minha primeira pergunta.

– Ah, é? Ainda devo estar dormindo.

– Sim. – Boland olhou para o lorde de esguelha e serviu uma xícara de café, o aroma forte e intenso tomou conta do ambiente. – Prontinho, senhor.

– Obrigado.

Boland ficou olhando enquanto Darius tomava o café, o calor da bebida desceu pela garganta do lorde.

– O que foi? – perguntou o rapaz.

– A primeira pergunta que fiz, milorde.

– Sim, sim. Por favor, repita, já que tem tamanha importância.

– Vesti-lo, milorde. Tem certeza de que não precisa da minha ajuda?

– Sim. – Darius encheu a xícara mais uma vez. – Tenho absoluta certeza.

– Deixe que eu faço isso...

– Pelos deuses perdidos, Boland. Sou capaz de tomar meu próprio café da manhã sem que ninguém me dê na boca.

O velho ficou rígido.

– É claro, milorde.

O rapaz suspirou.

– Perdão. Não tive a intenção de ser grosseiro. Receio que não esteja no meu normal esta manhã. Acho que ainda preciso de um tempo para acordar.

– É claro, senhor.

– Obrigado por ter me trazido o café da manhã.

– O prazer é todo meu, senhor. Precisa de mais alguma coisa, milorde, antes que eu me retire?

– Não. Posso me virar sozinho.

– Ótimo, milorde. – Boland fez uma reverência exagerada, e seus olhos pousaram no frasco em cima do tapete, perto de seus pés.

Darius acompanhou o olhar do mordomo.

– Você sabe por que precisei tomar meu remédio para alergia?

O mordomo encarou Darius.

– Eu não saberia dizer, milorde.

– O frasco está vazio. Por acaso passei mal ontem à noite?

Boland nunca questionou por que o lorde não conseguia se recordar de tais coisas por conta própria. Os lábios do idoso se retorceram muito discretamente.

– Eu não estava presente no jantar, senhor. O cavalariço-chefe precisava de alguém para conferir o levantamento do estoque. Mas eu posso perguntar aos serviçais...

Darius sacudiu a mão e se esparramou em uma das poltronas próxima à lareira. Aquela fadiga bem conhecida instalou-se de novo.

– Isso não será necessário. Apenas mande fazer mais, por favor.

– É claro. – O homem colocou o frasco no bolso do paletó antes de dirigir-se à porta.

– Ah, e Boland – gritou Darius, interrompendo a retirada do velho. – Você sabe quais são os planos de Lady Larkyra para a manhã de hoje?

– Lady Larkyra? – repetiu Boland.

– Sim, a única dama presente neste castelo.

– Acredito que a srta. Clara tenha dito que as duas fariam uma caminhada após o café da manhã, mas a tal dama deve estar em seus aposentos no presente momento. Ao que tudo indica, ela gosta de dormir até tarde.

O mordomo disse "dormir até tarde" como se fosse uma doença pútrida.

– Obrigado, Boland. Isso é tudo.

– Sim, milorde.

O mordomo dirigiu-se à porta, mas parou no batente.

– Senhor, eu poderia lhe dar um conselho?

As sobrancelhas de Darius arquearam-se, em uma expressão de surpresa.

– É claro.

– Eu passaria mais tempo ao ar livre nas próximas semanas, se possível. De preferência, no continente.

– E por quê?

– O ar fresco faz bem para a saúde, milorde.

– Por acaso está dizendo que eu não pareço estar bem de saúde, Boland?

– Claro que não, senhor. Eu apenas acho que há passatempos melhores para um jovem no continente do que aqui.

Neste momento, um clarão cegante brilhou lá fora.

Os dois olharam na direção do relâmpago.

— E muito mais coisas que poderiam me matar — respondeu Darius, com um tom seco.

— Talvez... — O mordomo colocou a mão no bolso do paletó, o frasco vazio de remédio estava à mostra. — Ou talvez não.

O lorde franziu o cenho quando o criado saiu do quarto, fazendo-o voltar ao seu estado de sempre: o de solidão.

Apesar do conselho do mordomo de que passasse o dia ao ar livre em meio a uma forte tempestade, Darius teve que segurar-se para não ir correndo até a ala norte. Seu corpo permaneceu em um estado de confusão e perplexidade enquanto se vestia às pressas, quase rindo da ironia de estar escondendo a pele lisa com o mesmo desespero que escondera as cicatrizes que, até então, marcavam cada centímetro dela.

Nada poderia explicar o fenômeno de acordar quase completamente curado — bem, pelo menos, com o corpo curado. Os danos causados por aquelas marcas em sua mente, os anos de confusão e dor que trouxeram, eram profundos demais para desaparecerem após uma única noite de sono tranquilo.

O medo que o lorde tinha de, enfim, ter perdido a cabeça era mais forte do que nunca. Mas, assim como fizera no passado, Darius expulsou esse pensamento; sua determinação de permanecer firme e são pelo seu povo era ainda maior.

Entretanto, a memória do rapaz ainda estava às voltas, em busca de respostas para o que havia acontecido na noite anterior, até que se deparou com um detalhe importante: Lady Larkyra.

Se ele tinha se retirado do jantar sem nenhum ferimento visível, o que isso significava para Larkyra?

A imprevisibilidade do duque era enlouquecedora.

Hayzar podia até ter sido perverso, mas será que era um tolo tão cruel a ponto de infligir seu lado mais sombrio à futura noiva antes de casar-se com ela? Antes que o dote da dama tivesse ido parar, em segurança, nas suas mãos?

O pânico o incitou a correr para os aposentos dela.

Quando chegou ao terceiro andar, os passos apressados de Darius permaneceram silenciosos, percorrendo os tapetes que acompanhavam o corredor vazio. Ele diminuiu o passo quando chegou ao fim: uma suave melodia saía flutuando pela última porta.

Era apenas um murmurar de notas, mas o som despertou uma vibração terna em seu peito que o empurrou porta adentro, apesar da falta de decoro que entrar sem bater representava.

Os aposentos de Lady Larkyra eram um dos maiores entre os quartos de hóspedes, com pé direito alto e tapetes felpudos. Apesar de boa parte do castelo transmitir uma sensação de frio e escuridão, aquele recinto retinha um pouco de calor, uma sensação aconchegante que – disso Darius não tinha dúvidas – vinha de sua atual ocupante. Uma cama de dossel gigante ficava no centro do quarto e estava perfeitamente arrumada com uma colcha azul floral, bordada com margaridas brancas. O lorde não conseguia recordar-se de já ter visto algo tão alegre no castelo e imaginou que poderia ser um pedacinho de casa que aquela dama trouxera para usar durante sua estadia ali.

Esse pensamento trouxe um peso ao seu coração. Ele tinha quase se esquecido de que a jovem devia sentir muita solidão ali, em uma terra tão diferente, sem nenhum familiar ou amigo.

Solidão.

Como os dois eram parecidos...

Ao perscrutar a escrivaninha, as cadeiras, o sofá e a penteadeira com o olhar, Darius surpreendeu-se, porque não encontrou ninguém no recinto, mas a melodia continuava. Isto é, até se dar conta de que as portas da sacada estavam entreabertas. Dirigiu-se a elas, e a canção ficou mais alta. Espiou lá fora e viu os contornos de uma mulher reclinada em um sofá, com uma bandeja de chá e docinhos ao lado.

Darius prendeu a respiração.

Larkyra era nada menos do que uma deusa.

Uma deusa sã e salva, sem nenhum ferimento aparente.

O vestido azul tremeluzia feito água, assim como o cabelo loiro, quase branco, que fluía até abaixo da cintura, esta livre de espartilho e saias bufantes para esconder seu corpo esguio, as pernas dobradas embaixo do corpo.

O lorde teve a sensação de estar preso ao chão. Não queria perturbar aquela cena tranquila, que fez seu coração parar de bater porque, bem ali, equilibrado na ponta do indicador estendido de Larkyra, havia um passarinho amarelo e laranja. A ave trinava uma bela melodia, como se respondesse ao cantarolar da voz da moça, e ela sorriu, entreabrindo os lábios para cantar uma nota tão parecida com a da criatura que Darius precisou ver o diálogo o mais duas vezes antes de acreditar.

Batendo as asas, mais dois pássaros amarelos pousaram na balaustrada da sacada. Sacudiram as penas para livrar-se da água da chuva antes de voarem e pousarem no colo de Larkyra.

Quem é essa mulher? Quando deu por si, Darius estava se fazendo essa pergunta de novo. Havia dito para a jovem que ainda acreditava em magia e, ao olhar para ela, era fácil entender o motivo. Larkyra resplandecia, cheia de vida, vigor e *bondade*.

– É um truque que um velho amigo de meu pai me ensinou – murmurou a moça, acariciando com delicadeza o pássaro em seu dedo, o ferimento da mão esquerda à mostra sem as luvas. – Os picoteiros-americanos são os que tenho mais facilidade de imitar – completou ela, como se isso explicasse tamanho dom, antes de virar-se e olhar Darius nos olhos.

O lorde pulou de susto em seu esconderijo, batendo o quadril na maçaneta da porta.

A jovem riu baixinho, e os pássaros voejaram em volta dela antes de voarem de volta para a tempestade.

– Você pode sentar-se aqui comigo – sugeriu ela, medindo-o de cima a baixo com aqueles olhos azuis, um olhar quase clínico. – A menos que prefira ficar bisbilhotando.

– Eu não estava bisbilhotando. – Darius sabia que suas bochechas coradas contavam outra história.

– É claro. Mil perdões. Você está em casa. Eu me esqueci que isso significa que tem permissão para passar por qualquer porta sem motivo nem convite.

– E você por acaso não acabou de me convidar?

Um sorriso se esboçou nos lábios de Larkyra.

– Bela jogada, Darius. Agora, por favor, saia daí antes que eu o arraste até aqui.

O lorde entrou na sacada com todo o cuidado, o vento gelado bateu em seu casaco.

– Não está com frio aqui fora?

– Eu trouxe uma pequena fogueira. – Ela apontou para um recipiente de pedra ao seu lado, que tinha uma grade de metal por cima e carvões em brasa por baixo. – Acendemos essas fogueiras nos pátios de nossa casa em Jabari, nas noites mais frias.

Ele se aproximou, saboreando o calor que cercava aquela mulher.

– Trouxe isso em suas malas?

– Contra muitos argumentos de minhas irmãs. Fiquei muito feliz quando escrevi para contar para elas que estavam enganadas.

– Sim, posso imaginar o quanto deve ter gostado de dar essa notícia.

– Por favor. – Larkyra tirou os pés debaixo do corpo e mudou de posição, abrindo espaço para Darius sentar-se ao lado dela no sofá. – Sente-se aqui e me diga a que devo a honra de sua visita.

O lorde preferiu encostar-se em uma coluna.

– Queria saber o que achou do jantar de ontem. – *E se tinha sobrevivido.*

A jovem deu um piparote em uma migalha em seu colo.

– Achei bom.

– Bom? – Darius arqueou as sobrancelhas. – Duvido que meu padrasto ficaria satisfeito com tal resposta.

– Sim, também duvido.

O lorde percebeu um leve tom de irritação na voz da moça.

– Por acaso aconteceu alguma coisa que lhe desagradou?

Larkyra olhou para o temporal, para as gotas de chuva que batiam na beirada da sacada.

Mais, Darius sempre achava que as tempestades de Lachlan imploravam. *Nos dê mais. Mais para encharcar, mais para possuir, mais para tornar igual a nós, que caímos, caímos e caímos para sempre.*

– Não gosto da maneira como seu padrasto fala com você.

A resposta fez os ouvidos do lorde zumbirem de nervoso.

– O que quer dizer com isso?

– Ele dá a impressão de lhe odiar pelo simples fato de você existir.

O lorde a encarou. A franqueza daquela dama sempre o deixava desconcertado. Quando deu por si, estava rindo.

– Você não concorda comigo? – Larkyra franziu o cenho.

– Ah, não. – Darius soltou mais algumas risadinhas e, enfim, foi sentar-se ao lado dela. Como aquela jovem conseguia desarmá-lo... – Concordo plenamente. Nunca, contudo, conheci alguém que dissesse isso na minha cara.

– Bem, agora conhece.

Apesar do assunto, o lorde sorriu.

– Agora conheço.

– Isso não lhe incomoda?

– O fato de as pessoas não dizerem o que pensam a respeito de meu padrasto e de nossa relação? Bem, duvido que alguém ache isso apropriado.

– Eu quis dizer: não lhe incomoda o fato de seu padrasto não gostar de você?

– Por que deveria? – Darius deu de ombros. – Eu não gosto dele.

Era a primeira vez que o lorde admitia isso com todas as letras. Foi libertador, ainda mais porque tinha a sensação de que não seria recriminado por aquela mulher.

Larkyra virou-se de frente para ele, e o movimento posicionou o joelho da dama perigosamente perto da coxa do lorde. O calor que havia entre ambos ficou mais elétrico do que os relâmpagos que despencavam do céu. Darius também não conseguia parar de olhar para as mãos dela. Não porque lhe faltava um dedo, mas porque não estava acostumado a vê-las sem luvas. Mesmo com as cicatrizes na dobra do anular, as mãos de Larkyra eram delicadas, ainda que fortes. Continham um poder, mas a criação que a jovem lady recebera ficava óbvia na maneira como posicionava delicadamente uma mão em cima da outra.

— Vocês já se deram bem um dia? — indagou ela.

A pergunta obrigou Darius a encará-la, e seus pensamentos relutantes regressaram para uma época que o rapaz acreditava ter sido enterrada há muito tempo.

— Em alguns momentos... logo no início. Eu me lembro de quando Hayzar veio de visita para Lachlan, antes de tornar-se o novo duque, e nos levou, minha mãe e eu, para passear na cidade. Naquela época, fazia Sol... — Nessa hora, o lorde olhou para a tempestade. — Ele comprou balas e um pequeno barco de madeira para mim, que eu coloquei no lago, sem saber que a correnteza estava forte naquele dia, e o barquinho foi logo levado pela água. Entrei em pânico, com medo de ter perdido o presente tão pouco tempo depois de tê-lo ganhado, e pulei no lago para pegá-lo. Não cheguei muito longe antes de ser tirado da água e levado até a praia. Eu me recordo que minha mãe ficou pálida e me abraçou, com lágrimas nos olhos. Hayzar estava do lado dela, massageando suas costas, o belo traje ensopado por ter me resgatado, mas ele não parecia bravo, apenas aliviado. "Você vale mais do que qualquer barco", disse ele, "mais até que os barcos feitos em Esrom." Hayzar e minha mãe casaram-se pouco depois desse dia.

— Devo me casar com ele?

Darius inclinou-se para trás, como se tivesse levado um tapa na cara.

— Como?

— Devo me casar com seu padrasto? O propósito de minha visita não é nenhum segredo.

O lorde abriu a boca e a fechou em seguida, como um peixe fora d'água.

— Eu... eu acho que essa não é uma pergunta apropriada.

— E?

— E não deveria ser feita.

— O fato de algo ser ou não apropriado não deveria influir em seu valor. Na verdade, os assuntos mais inapropriados rendem conversas mais importantes do que os apropriados.

– Essa é mais uma lição que aprendeu com seu pai e que não pode ser encontrada em livros nem ensinada por governantas?

– Não é por acaso que ele é um dos homens mais ricos de Jabari.

– De certo. – Darius apoiou os cotovelos nos joelhos, afastando-se daquela mulher que tinha o poder de levá-lo à loucura.

Ela era perigosa, aquela dama da família Bassette. Perigosa demais para os dois ficarem conversando a sós.

Era melhor ir embora.

– Pensei que sempre falaríamos francamente um com o outro – relembrou Larkyra. – E então? Não vai responder à minha chocante pergunta? Ou será que vai agir da mesma forma que as pessoas que se recusam a lhe dizer a verdade?

– Diz a mulher que defende a mentira quando a situação assim exige.

– Sim, e sou da opinião de que essa situação não exige.

– Que conveniente para você.

Ela sorriu.

– E não é?

Com um suspiro de frustração, Darius levantou-se do sofá e foi até a beirada da sacada. Pela primeira vez na vida, deu graças pela chuva fria que batia em sua pele, porque esfriou seus pensamentos confusos.

– Não acredito que minha opinião tenha importância.

– Sendo integrante dessa família, acredito que tem.

– Bem, se *você* acredita que sim, deve ser.

– Eu sabia que era um homem inteligente.

– O fato de eu continuar aqui ao seu lado, sem a presença de uma acompanhante, prova o contrário.

– Acha que algo nefasto vai acontecer?

– Nefasto?

– Inapropriado, para empregar essa palavra que, ao que tudo indica, é sua preferida.

– Não.

– Essa não é uma de suas palavras preferidas?

– Eu quis dizer que nada de inapropriado vai acontecer.

– Que pena.

– O que foi que você disse?

– Que pena – repetiu a jovem. – Porque, se acontecesse, você teria razão, e eu não. Mas agora que acabou de contradizer seu próprio argumento contra sua falta de inteligência de vir me ver sem a presença de uma acompanhante, receio que qualquer declaração sua daqui para a frente será irrelevante.

– Estou com dor de cabeça.

– Tome. – Larkyra pegou um doce da bandeja. – Você deveria comer alguma coisa.

– Não estou com fome.

– Ah, ah – censurou a moça. – Como acabamos de provar, deve estar, sim.

– Eu... – Darius parou de fitar os olhos sedutores de Larkyra e dirigiu o olhar para a mão estendida da jovem, que segurava um bolinho confeitado. – Desisto. – Darius pegou o doce, sentou-se ao lado dela e comeu tudo em duas mordidas.

– Melhorou?

– Não.

– O que, agora, quer dizer que sim.

Ficando irritado consigo mesmo, o lorde conteve o riso. Deveria ter adivinhado que não venceria uma disputa verbal com aquela integrante da família Bassette.

Os dois, então, ficaram em silêncio, e Darius deu graças por isso, considerando que sua mente tentava descobrir a informação que ele tinha ido buscar ali, em primeiro lugar. Aquela mulher tinha o dom de distraí-lo por completo. Mas, quando o vento soprou na sacada, fustigando seu casaco, beijando sua pele, tudo veio à tona de supetão. As cicatrizes desaparecidas.

Olhando para Larkyra, observando-a beber seu chá, o lorde se deu conta de que, seja lá o que tivesse acontecido na noite anterior, ela não se recordava, não sofrera nenhum ferimento ou ambos. Aquela jovem não dava a impressão de ser o tipo de pessoa que ficaria calada depois de ter visto as cicatrizes do lorde em toda a sua glória, muito menos após testemunhar o desaparecimento repentino daquelas marcas. E Darius não podia perguntar-lhe a esse respeito, apenas imaginar – ele tirando a camisa, ficando de peito nu diante de uma lady, explicando que antes tinha muitas cicatrizes, mas que agora restavam apenas algumas. Ela o acharia um completo lunático. Coisa que, mais uma vez, talvez fosse. Só que ainda não era capaz de aceitar essa ideia. Lachlan enfraquecia a cada dia que passava. Suas terras e seu povo não podiam se dar ao luxo de Darius também cair em desgraça. Ele precisava se manter firme. O mistério que levara ao sumiço das cicatrizes talvez devesse permanecer assim: um mistério. Afinal de contas, Aadilor era um lugar estranho e, como Darius testemunhara no Reino do Ladrão, guardava possibilidades ainda mais estranhas. Talvez o lorde tivesse trazido um pouco daquela magia consigo quando voltou para Lachlan...

Larkyra tremeu de frio ao lado dele e, sem pensar, Darius tirou o casaco e colocou nos ombros da jovem.

– Obrigada – disse ela, erguendo os olhos, surpresa.

Assim, tão de perto, o perfume de lavanda e menta de Larkyra pairou sobre Darius, tentador. O lorde tirou a mão dos braços da dama e afastou-se.

– De nada.

A forte tempestade continuou seu espetáculo além da sacada, tornando impossível ver os arredores. Parecia que os dois tinham sido isolados em uma ilha particular dentro de outra ilha.

Como se fossem íntimos.

Darius mudou de posição.

– Posso lhe fazer uma pergunta?

– Sempre.

– Por que se importa com a minha opinião a respeito de seu casamento? Larkyra fechou mais o casaco do lorde.

– Porque sim.

– É sério, por quê?

– Porque sua voz merece ser ouvida.

– Com que objetivo?

– A sua felicidade.

– Minha felicidade? – indagou Darius, com um risinho debochado. – Perdão, Larkyra, mas não entendo o que uma coisa tem a ver com a outra.

Ele entendia, é claro, mas não seria capaz de admitir isso nem em seus pensamentos mais íntimos.

– Eu não estava falando de quem deveria ser a esposa de seu padrasto – explicou a jovem. – Só que toda e qualquer alma de Aadilor merece ter a oportunidade de ser ouvida, de ter seus desejos e aspirações reconhecidos.

– E acha que eu não tive essa oportunidade?

– Aqui, não.

Darius analisou os traços de Larkyra: a delicada saliência do nariz dela, as bochechas coradas pelo vento, a postura altiva. O jeito que o olhava, como se conhecesse seus segredos mais profundos.

Foi aí que sentiu algo inesperado, algo que o fez voltar para a realidade num susto, afastando-o daquele mundo escondido e particular dos dois: raiva. Porque algo em Larkyra – as palavras dela, talvez, ou seu modo de agir, como se o conhecesse, o conhecesse *de verdade*, como se soubesse que tinha sofrido em silêncio, sozinho, por anos e anos – fez uma onda enraivecida percorrer o corpo dele. Talvez fosse porque aquela mulher chegara muito perto da verdade: ele queria, sim, ter vida própria, livre da mão sufocante do padrasto e do medo de que os próprios pensamentos fossem proferidos em voz alta. Essa era uma verdade que Darius se obrigara a esquecer havia muito tempo.

– E você acredita ser a pessoa que me dará essa oportunidade? – questionou o rapaz. – Minha heroína, que veio me salvar e permitir que eu seja ouvido? Bem, então, se vamos nos guiar pelos padrões de sinceridade que estabelecemos, permita-me dizer o seguinte: não sei que tipo de joguinho gosta de fazer quando está em Jabari, no seu ambiente, ou quais são os projetinhos que você e suas irmãs acham que precisam realizar para passar o tempo em sua mansão dourada. Mas nem tudo nesse mundo é justo, correto ou precisa de um salvador. Certas coisas apenas *são*. – Darius levantou-se do sofá, puxou os punhos da camisa e ignorou o cenho franzido de Larkyra. – Vim apenas ver se a senhorita estava bem, milady, e se o jantar foi agradável. Não queria a sua opinião a respeito da minha vida, coisa que, sendo bem franco, a senhorita não tem conhecimento suficiente para dar.

Um instante de silêncio. Apenas o som da chuva e dos trovões, até que:

– Então voltamos a empregar "milady"?

– Ao que tudo indica.

Darius conseguia sentir o olhar de Larkyra sobre ele, desafiando-o a encará-la ao fazer tal declaração, mas o lorde não quis. Nem conseguiu.

– Muito bem, milorde. Estou ótima, e o jantar também foi ótimo.

– Que bom.

– Excelente.

Darius então se retirou dos aposentos da dama, ignorando o fato de que seu casaco ainda envolvia a única pessoa que, depois de tantos anos sozinho e fechado, o ajudara a se abrir. *É melhor assim*, pensou, apegando-se à raiva que sentia. Era melhor apagar aquela chama antes que ela ardesse de verdade. Porque as pessoas que se importavam com Darius, que o amavam, bem... elas o aguardavam do outro lado do Ocaso.

CAPÍTULO VINTE

Sentada na biblioteca, Larkyra bufava de raiva. E não era por que, nos últimos três dias, Clara tinha recusado-se a sair para caminhar com ela, obrigando as duas a permanecer entocadas dentro do castelo. *Sério, os relatos de chuva de granizo, desmoronamento de rochas e de barrancos são mesmo tão horríveis assim?* Também não era porque não via o agora "Lorde Mekenna" desde a manhã em que tiveram uma rusga na sacada dos aposentos dela. O rapaz estava saindo-se muito bem no que dizia respeito a ficar confinado em sua ala empoeirada, ao passo que a jovem foi relegada a tomar chá, fazer as refeições e dar continuidade à farsa com o duque babão. Não que quisesse a presença de Darius, é claro. Apesar de ter se safado por apagar as cicatrizes do lorde, ela sabia que seria melhor para todo mundo se o rapaz evitasse a companhia do padrasto.

Não, o que a deixou mesmo louca de raiva foi a carta que tinha nas mãos.

Kaipo a entregara naquela mesma manhã, suas asas prateadas brilhavam com as gotas de chuva enquanto diminuía de tamanho, permitindo que Larkyra o levasse para seus aposentos para aquecer-se perto da lareira enquanto soltava o pequeno estojo de couro preso na perna do animal. A jovem leu a carta de imediato, é claro, antes que Clara viesse vesti-la. Releu depois do café da manhã e mais duas vezes enquanto as duas se dirigiam à biblioteca circular, onde Larkyra atirou-se em um parapeito almofadado e ficou emburrada.

— A senhorita vai ficar com rugas antes do tempo fazendo essa careta, milady. — Clara estava sentada em uma poltrona perto dela, bordando um lencinho. — As notícias, por certo, não podem ser tão horríveis assim.

– São exatamente tão horríveis assim. – Larkyra cruzou os braços e ficou olhando pela janela, emburrada.

A missiva não era muito longa, considerando o número de páginas da última carta enviada por Larkyra.

Na verdade, o pai escrevera apenas cinco linhas:

Meu queridíssimo passarinho que canta,

Que história sinistra esta do Lorde M., mas preciso insistir que se abstenha de cantar. A menos que você mesma esteja ferida, tudo o mais deve seguir conforme o planejado. Paciência. Dê continuidade à sua busca. Z e eu estamos muito perto de encontrar o que procuramos. Suas irmãs e eu sentimos muito a sua falta.

Com amor, seu pai

O pai dela poderia muito bem não ter escrito nada. "Preciso insistir que se abstenha de cantar." Enfim, bem feito para ele, por ter mandado uma carta tão diminuta. Lark não se arrependia nem um pouco de ter usado sua magia. As cicatrizes cruéis de Lorde Mekenna ainda surgiam diante de seus olhos toda vez que se deitava na cama e tentava dormir, como se as sombras das paredes imitassem os cortes. Será que Darius ainda as via? Será que ainda temia a presença das marcas quando acordava pela manhã?

Talvez seu pai tivesse razão. Talvez ela não devesse ter se intrometido…

Mas, até aí, não era justamente para isso que estava em Lachlan?

Larkyra tornou a encarar a carta.

"Dê continuidade à sua busca."

Ela soltou uma risada debochada. Por acaso Dolion não tinha lido a parte que relatava os resultados das expedições de espionagem da filha durante a madrugada? Além de uma descrição detalhada das ampolas vazias de *phorria* que encontrara no quarto de dormir de Hayzar, ela só tinha notícias de um caso amoroso entre dois serviçais, de um lacaio que abusava do álcool e de alguém que roubava comida da despensa regularmente, provocando grunhidos e gemidos de desgosto por parte do cozinheiro.

Enquanto seu pai, Zimri e, sem dúvida, suas irmãs estavam por aí vivendo uma grande aventura, procurando quem seria corajoso ou burro a ponto de contrabandear a droga do Reino do Ladrão, ela estava presa ali, dando voltas e mais voltas por um castelo que abrigava um agressor lunático... e nada mais. Claro, tinha passagens secretas aqui e ali, como qualquer residência antiga teria, mas todas, ao que tudo indicava, eram utilizadas pelos serviçais, levando-os das profundezas do castelo até seus respectivos postos de trabalho. Se existia mesmo um antiquíssimo cofre de família, era impossível descobrir.

Larkyra olhou pela janela mais uma vez, para a chuva que tamborilava no vidro.

Talvez o cofre nem fique nesta maldita ilha.

– Ah! – A jovem endireitou-se no parapeito.

– O que foi, milady?

– Talvez não esteja.

Clara franziu o cenho.

– Talvez não esteja o quê, milady?

A jovem aproximou-se mais da janela, tanto que quase esmagou o nariz no vidro.

– Clara, o que são aquelas ruínas lá em cima?

Ela apontou para uma grande fachada de pedra atrás de um véu nebuloso, escavada direto da montanha, no continente. A floresta tinha infiltrado-se e crescido por cima de quase tudo, mas a construção ainda se erguia, imponente, acima da cidadezinha e do lago que havia lá embaixo. Era a mesma fortificação em que Larkyra tinha reparado na primeira semana que passou ali, mas a descartara, achando que era uma espécie de antiga torre de vigia, alguma relíquia da história esquecida de Lachlan.

– Creio que seja a primeira residência da família Mekenna, antes de este castelo ser construído e eles terem se mudado do continente.

– Por acaso alguém mora lá agora?

– Ah, não. Está abandonada há séculos.

– Você já entrou lá?

Clara fez careta.

– Não se eu quiser continuar deste lado do Ocaso. Apenas tolos entrariam naquelas ruínas de livre e espontânea vontade, até porque não há nada além de fantasmas iluminando aqueles corredores.

– Fantasmas?

Clara correu os olhos pela biblioteca silenciosa antes de aproximar-se de Larkyra.

– Corre à boca miúda que, em certas noites, dá para ver uma tocha acesa na sacada.

– Talvez seja alguém de passagem, que foi obrigado a passar a noite lá para se proteger da chuva forte.

– Talvez, mas então por que ninguém vê essa pessoa na cidade ou na estrada, uma hora ou outra? Pessoas desconhecidas e forasteiros nunca passam despercebidos. Não mesmo. – A dama de companhia sacudiu a cabeça e voltou a dedicar-se ao bordado. – Acredito que outra coisa esteja presente lá em cima, milady. Lachlan não possui mais o que os deuses perdidos deixaram, mas continua tendo seus mistérios.

– E suas maldições?

Clara encarou Larkyra.

– É, e suas maldições também.

A jovem olhou pela janela, examinando as antigas ruínas.

"Dê continuidade à sua busca", era o que o pai tinha escrito.

Bem, pensou ela, *vou dar continuidade à minha busca, então.*

Larkyra fechou ainda mais a capa que roubava sombras. Por baixo, vestia uma túnica de couro confortável, que aquecia sua pele, e sua calça preta preferida, pois era justa e facilitava seus passos. Era a mesma calça que todas as meninas da família Bassette ganharam quando o pai as levou para dar um passeio e lhes ensinari a arte da prestidigitação. Apenas homens tinham permissão de entrar nos estabelecimentos que visitaram em Jabari, lugares onde o acaso, a sorte e a aposta eram a mesma coisa. Naquela noite, elas se vestiram de meninos e foram logo aprendendo que a vida poderia ser muito diferente. Larkyra sorriu ao recordar-se de que haviam voltado com os bolsos cheios de dinheiro.

Já passava um grão de areia inteiro da meia-noite, e a jovem tinha, mais uma vez, saído de fininho de seus aposentos. O fato de acordar tarde pela manhã poderia parecer um mau hábito de menina rica, mas era melhor que a considerassem preguiçosa do que descobrissem seus verdadeiros motivos para passar a noite acordada.

A escada em caracol que levava à entrada lateral do castelo estava molhada, como a maioria das coisas em Lachlan. Quando terminou de descer, Larkyra demorou-se olhando para o longo trecho de passarela que havia diante dela: a única luz vinha de uma nesga fraca de luar que entrava por uma porta entreaberta lá no final. Enquanto dirigia-se ao deque escondido de Darius, rezou aos deuses perdidos para que tivesse um barco ali.

O ar que entrou em seus pulmões quando ela saiu do castelo estava gelado, e a chuva era um mero sussurro em meio à neblina. Ela desceu o declive rochoso e sorriu ao ver um pequeno barco amarrado, as ondas fortes o empurrando contra o deque.

PAM, PAM, PAM.

Era como o rufar de um tambor, abafando seus passos.

Larkyra acomodou-se lá dentro, soltou a corda e se pôs a remar. Não era nenhuma marinheira, e suas remadas estavam longe de serem fortes como as de Lorde Mekenna. Mas, após algumas tentativas, entrou em um ritmo até que produtivo.

Ah, se minhas irmãs pudessem me ver agora.

Niya, com certeza, ficaria impressionada; Arabessa, orgulhosa.

Ao lembrar das irmãs, a jovem sentiu um aperto no peito. *Pelos deuses perdidos, que saudade eu sinto delas*, pensou. A única coisa que impedia o reencontro das três era ter que encontrar aquele maldito cofre!

Larkyra remou com mais força. Encontraria o que buscava naquela noite.

Tinha que encontrar.

O barco chegou ao continente e, depois de pular da embarcação, ela o arrastou até a praia, soltando um grunhido. A luz das tochas que emanava da Ilha do Castelo brilhava atrás de Larkyra, como um aviso. Ela percorreu toda a extensão da praia de pedregulhos e só parou quando se deparou com um longo trecho coberto por amoreiras e galhos. A madeira estava preta e chamuscada: tinha caído um raio ali, e parecia que o ar estava vivo, pois uma energia bailava, invisível. Era perfeito.

A jovem soltou um guincho de falcão, depois mais um. Uma ruidosa lufada de vento soprou lá de cima e ela estendeu os braços, permitindo que as grandes garras os envolvessem e a carregassem céu afora, para longe dali, com um *VUUUSH*.

– Oi, Kaipo – cumprimentou ela, dirigindo-se ao pássaro cujas enormes asas prateadas refletiam o luar nublado.

O falcão a cumprimentou guinchando e o vento fustigou o rosto da jovem, que analisou as terras que se alastravam lá embaixo. Não estava muito longe de seu destino. Soltando mais um guincho, Kaipo adernou para a esquerda, sobrevoando o vilarejo adormecido de Imell.

Teria causado uma comoção muito grande se o falcão *mutati* tivesse ido buscá-la na sacada de seus aposentos, dado que Kaipo precisava ser gigante naquela noite. E vagar pela floresta até chegar ao penhasco àquela hora lhe pareceu algo com possibilidades indesejadas em demasia. A aposta mais segura, julgou Larkyra, era sair da Ilha do Castelo primeiro.

Coisa que parecia ser uma regra ali.

Kaipo bateu as asas enormes, sobrevoando as copas das árvores antes de subir, subir e subir mais, acompanhando a beirada da montanha, colocando Larkyra face a face com a antiga residência da família Mekenna. Mesmo com boa parte da construção oculta pela escuridão e pelo mato, a jovem ainda conseguia distinguir a arquitetura que um dia fora majestosa. Três janelas altas desciam até a sacada. Lindos padrões de roseta e uma insígnia de onda serpenteavam pela beirada do chão do terraço, mas as lajotas estavam quebradas. Galhos e folhas caídos tomavam conta do local. Ela procurou um lugar seguro para pousar.

– Obrigada, meu velho amigo – sussurrou para Kaipo, que a colocou no chão, delicadamente, antes de se encolher até conseguir empoleirar-se na ombreira de couro da moça.

Lark tirou a capa, passou a mão no rosto e no cabelo trançado para secar as gotas de chuva e encarou a escuridão dentro do torreão. As portas de madeira há muito tinham apodrecido, restando apenas as aberturas, verdadeiros portais para outra época. Ali, de onde estava, a jovem não conseguia sequer ter um vislumbre de um corredor ou do início de algum saguão. Ela tentou calcular a profundidade daquela residência montanhosa. Quantas entradas escondidas poderia ter, que não começavam ali? E quem mais poderia saber de sua localização?

Tirando do bolso uma pedra, que tinha o tamanho perfeito para caber na palma da mão, a jovem sussurrou uma ordem melodiosa:

– Faça-se a luz, dê-me visão e me conduz.

A pedra emitiu uma luz branca ao sentir a magia da jovem, e então se firmou em um lume suave.

Larkyra levantou a pedra e respirou fundo para se acalmar.

– Não se esqueça, Kaipo – disse ela. – Não existem tal coisa como fantasmas. Existem apenas espíritos, e todos descansam em paz no Ocaso.

O falcão abriu o bico e apertou o ombro da tutora, concordando.

Dando uma última olhada para trás, para aquela vista composta de mil lagos, iluminada pela Lua encoberta por uma única nuvem, Larkyra saiu da Lachlan do presente e entrou em outra, tingida pelo breu de um passado desconhecido.

CAPÍTULO VINTE E UM

Larkyra direcionou o brilho da pedra para a frente, iluminando fileiras e mais fileiras de colunas imensas e lustrosas, que se erguiam de ambos os lados, guiando seus passos. Aquele lugar devia ter sido muito alto, porque o facho não chegava ao teto do saguão. Havia pedaços de pedra e de mármore espalhados pelo chão, assim como folhas e galhos mortos. O cheiro de decomposição tomava conta do lugar. Os olhos da jovem acompanhavam os ratos, que fugiam correndo conforme passava. Besouros e outros insetos não demoraram a fazer a mesma coisa, enquanto ela tentava, desesperada, ignorar as gigantes teias de aranha penduradas entre as colunas – suas donas, sem dúvida, deviam ser do mesmo tamanho.

Grandes tochas apagadas estavam ao alcance da mão; era uma tentação preenchê-las com chamas para admirar a obra-prima que – disso, Lark estava certa – fora erigida ali.

Apesar de a Ilha do Castelo ter seus pontos de esplendor, aquela construção era marcada por uma história antiquíssima, pela artesania maestral de um povo que fora próspero, quiçá até antes de os deuses perdidos terem partido. A moça olhou para cima, admirando os ornamentados arcobotantes que saíam das colunas. Estandartes esfarrapados ainda estavam pendurados nas paredes, tremulando na brisa invisível: a insígnia da Casa Mekenna, com formato de onda do mar, não passava de uma sombra costurada no centro. O luar atravessava o recinto em linhas diagonais, e a jovem seguiu pelo caminho iluminado. Com a mão enluvada, limpou a superfície de uma das paredes e inclinou-se para trás, porque um pedaço de lama seca caiu, revelando um vitral que deixou passar mais luz.

Janelas.

Aquele lado do saguão devia ser decorado com grandes janelascom vista para a montanha.

– Este lugar devia ser tão lindo – sussurrou, dirigindo-se a Kaipo, em seu ombro.

E então, seguiu adiante.

– Na sua opinião, o que levou a família a ir embora daqui? – indagou ao falcão. – Por que abandonar este lugar, deixá-lo transformar-se em ruínas?

O eco de alguma coisa mais ao fundo a fez baixar o foco de luz e encostar-se em uma coluna, às pressas.

O ruído ecoou outra vez. *Passos?*

– De quem podem ser? – perguntou para Kaipo. – Voe em silêncio, meu amor, e veja o que é.

O falcão alçou voo, batendo as asas sem fazer barulho, antes de ser engolido pela escuridão.

Larkyra ficou ouvindo as batidas do próprio coração, à espera.

Apesar de quase inaudível, foi capaz de detectar um leve farfalhar.

Mais ratos?

Ela deu alguns passos tímidos para a frente, arriscando-se apenas a projetar o menor dos fachos da pedra, até chegar ao fim daquele enorme saguão, que se bifurcava. Precisaria de uma luz mais forte para ver o que estava à espreita em ambos os corredores.

Bem nessa hora, uma luminosidade alaranjada bruxuleou no fim do corredor da direita. Uma tocha.

A pulsação da jovem acelerou e ela fechou a mão, escondendo a pedra.

A chama se aproximou e Larkyra só conseguiu discernir a silhueta de quem a segurava: alguém alto, usando um capuz que cobria o rosto. No instante seguinte, o vulto sumiu de vista, parecendo ter passado por uma porta.

Pauzinhos.

A jovem procurou algum indício de Kaipo naquele breu. Quando estava prestes a desistir do pássaro e a arriscar se a avançar sozinha, uma leve brisa roçou em seu rosto.

Ela estendeu o braço e o falcão pousou, voltando os olhos roxos para os dela, rapidamente.

– E então? – Larkyra perguntou.

Kaipo inclinou a cabeça, indicando a direção tomada pela tocha.

– Ah, não me diga! – sussurrou Lark, revirando os olhos. – Como se eu não tivesse pensado em seguir aquela pessoa, seja lá quem for.

O falcão bateu as asas, nem um pouco impressionado com o sarcasmo da dona.

Quando os dois avançaram, Larkyra ativou mais uma vez a pedra iluminadora. Manteve o facho no mínimo, a segurou ao lado do corpo, bem baixo, e foi passando a ponta dos dedos na parede para guiar seus passos.

Chegou a uma porta em arco e observou a luz alaranjada e fraca da tocha do desconhecido descer uma escadaria em espiral. Ela foi logo atrás.

O ar ali tinha ainda mais cheiro de mofo, e o lugar foi ficando mais quente conforme descia, como se o centro da montanha tivesse sua própria fonte de calor. Ao chegar ao fim da escadaria, Larkyra avistou o vulto virando em um corredor. Seu coração acelerou-se, ela guardou a pedra no bolso e foi seguindo, na companhia de Kaipo e em silêncio, aquela luz que se afastava. Percorreram um longo corredor, depois mais um. A chama que perseguiam permaneceu firme; quem a carregava não tinha consciência da presença dos dois, porque a moça manteve-se a uma distância segura.

Quem quer que fosse, parecia saber por onde andava, porque virou mais uma vez e parou diante de uma parede semicircular, um beco sem saída. O desconhecido ergueu a tocha para iluminar uma grande porta arredondada revestida de cobre, bem no centro da parede, com uma gravura intrincada de uma paisagem repleta de lagos na superfície. Contornos de montanhas e morros brilhavam, refletindo a chama bruxuleante, ao passo que, na parte de cima, havia um Sol brilhante e um céu sem nuvens. Um retrato do passado de Lachlan.

Larkyra admirou a imagem do lugar de onde estava, do outro lado do corredor, escondida em um canto escuro. Era difícil acreditar que Lachlan poderia ter sido assim um dia, tão resplandecente e cheia de vida.

O vulto foi acompanhando a curva da parede, acendendo as tochas que estavam ali. Uma enorme alcova circular surgiu ao redor deles, revelando mais duas portas arredondas de cobre. Só que, nessas outras, a cena gravada era composta de ondas marulhando sob dezenas de navios, as velas cheias com a força dos ventos.

Larkyra encolheu-se nas sombras, agora escassas, escondendo Kaipo na lateral do corpo. Com a luz mais forte, conseguiu enxergar o descohecido por completo. A julgar pelos ombros largos e pelas dimensões do corpo, era um homem, com certeza, mas o que a fez franzir o cenho foi o fato de esse homem lhe parecer familiar.

A jovem já tinha visto aquela máscara de couro marrom e aquela capa escura uma vez, quando aquele homem saiu correndo, indignado, dos aposentos do rei no Reino do Ladrão.

O coração dela acelerou-se quando pensou no que aquilo significava. Larkyra observou o homem tirar uma corrente do pescoço, escondida debaixo das roupas. Em seguida, soltou um anel pendurado na corrente e o encaixou em uma das ranhuras bem no centro da porta. Ele ergueu a outra mão e enfiou três dedos nos sulcos que compunham o desenho em relevo.

Uma lufada de ar soprou, as junções cuspiram poeira quando a enorme laje se entreabriu.

O homem entrou, espremendo-se pela fresta.

Larkyra permaneceu onde estava, até que Kaipo mordiscou seu ouvido.

– Eu vou. – Ela afastou o bico do pássaro. – Mas você vai ficar aqui.

O falcão mordiscou a dona outra vez.

– Alguém precisa ficar de vigia. – A jovem cutucou o pássaro para que pulasse no chão.

Quando espiou pela fresta, os olhos de Larkyra arregalaram-se. Todo aquele espaço retangular estava abarrotado de baús de couro, empilhados do chão ao teto, escondendo quase por completo as paredes de mármore branco. A tocha do homem estava encostada no chão de pedra, projetando sombras que dançavam pelo recinto, e ele debruçou-se sobre um dos baús no canto oposto. A capa do ladrão enrolou-se em seus pés enquanto ele tentava abrir a tranca. Lark aproveitou esse instante para entrar, como uma lufada de vento, e agachou-se atrás dos baús mais próximos, de onde podia espiar por uma fresta.

O homem olhou para trás, tentando encontrar, com os olhos por trás da máscara, a fonte do ruído suave causado pelos movimentos da moça. Só que, como não viu mais ninguém no recinto, retomou sua tarefa.

A pele de Larkyra vibrou. Estava tomada pela emoção da caçada, de observar sem ser observada. Houve um estalo baixo. Os olhos fixaram-se naquele desconhecido que abria um baú, revelando o reflexo cegante de um monte de moedas de prata.

Pelo mar de Obasi.

A jovem salivou. Tinha encontrado o cofre de Lachlan. Mas quem seria aquele ladrão?

Contando meticulosamente as moedas, o homem encheu uma bolsinha e amarrou as cordas para fechá-la antes de atirá-la em uma sacola maior, que estava no chão, próxima aos seus pés calçados com botas. Ele se afastou e foi abrir outro baú, e Lark franziu o cenho quando o viu tirar vegetais em conserva e pacotes de onde estava escrito "trigo", "arroz" e "cevada".

Comida? Também guardavam comida no cofre da família?

Depois de terminar de saquear o cofre, o ladrão ficou de pé, espichou-se e soltou um grunhido.

Quando ele baixou o capuz e tirou a máscara para secar o suor, Larkyra perdeu o fôlego.

Darius.

Lorde Mekenna.

Darius.

A cabeça da jovem gritava esses nomes sem parar. Era ele o homem mascarado que estava no Reino do Ladrão, em audiência com o pai de Larkyra... e que estava ali, agora, saqueando o cofre da própria família.

Mas... *por quê?*

O caos instaurou-se no sangue da jovem quando notou Darius franzir o cenho para a sacola aos seus pés, seu cabelo ruivo ganhando um brilho laranja-escuro sob a luz da tocha.

Os baús atrás Larkyra estremeceram, fazendo barulho. Sem perceber, ela havia recuado do canto onde estava agachada, em segurança.

Os olhos verdes de Darius dirigiram-se para o vulto encapuzado da jovem na mesma hora e, com o coração batendo forte, Larkyra pulou de onde estava e saiu pela porta.

– Ei! – A voz brava do rapaz ecoou atrás dela.

Mas Larkyra não parou nem para respirar, e passou correndo por Kaipo. O falcão guinchou e voou ao lado dela, fazendo uma só pergunta: *Atacar?*

O fato de Larkyra ter que pensar para responder só podia ser um mau sinal.

– Não, não – disse ela, bufando. Então pegou a pedra iluminadora, ergueu o braço e atirou a luz na escuridão à sua frente.

– Pare! – urrou Lorde Mekenna, logo atrás dela, bem mais perto do que Larkyra gostaria, já que percorria, a toda velocidade, corredores e mais corredores antes de parar de supetão e agarrar-se no batente da porta que levava à escadaria em espiral.

Ela subiu os degraus de dois em dois, com o eco dos xingamentos do lorde logo atrás, até chegar ao térreo. Respirou, ofegante, permitindo que uma gota de esperança a invadisse antes de seguir em frente.

A única maneira de avançar era fazer a mesma coisa que os deuses perdidos tinham feito: desaparecer.

A jovem correu até o saguão principal, com cuidado para não pisar nos destroços espalhados pelo chão, e viu a porta da sacada delineando sua salvação lá do outro lado.

Algo bateu com força em Larkyra, arrancando-lhe um gemido de dor: tinha colidido com uma das imensas colunas. A caverna abalou-se com o impacto. Lark chutou a canela de seu perseguidor e tentou atingir suas partes íntimas, mas, pelo jeito, ele tinha lido seus pensamentos, porque bloqueou a investida e virou a jovem de costas para ele, pressionando seu rosto contra o mármore gelado da coluna.

– Quem é você? – disparou o rapaz. – Por que me seguiu?

O capuz escondia metade do rosto de Larkyra. Sua cabeça girava tentando pensar em uma saída, em uma forma de pegar as facas escondidas por baixo da roupa antes que...

Darius arrancou o capuz. Houve um instante de choque, durante o qual ele apenas encarou a jovem, a mesmíssima lady que estava hospedada na casa de sua família. Então, afastou-se dela com um empurrão, como se aquela dama tivesse o poder de queimá-lo.

– Larkyra? – A pergunta saiu de seus lábios como as últimas palavras de um homem moribundo. Sussurradas. Fracas. Rejeitando o próprio destino.

Neste momento, Kaipo anunciou sua presença. Saiu voando das vigas, pronto para atacar.

– Pare, Kaipo! – ordenou Lark ao ver o lorde xingar e bater no animal, que o bicava e arranhava sua cabeça com as garras.

O falcão guinchou, soltando Darius, antes de pousar no braço da dona.

– Que... – O lorde sacudiu a cabeça – Por que você está...

– Este lugar é, ãnh, encantador. – Larkyra olhou em volta. – Aposto que poderíamos deixá-lo novinho em folha com uma boa espanada.

Resposta errada.

O estado de desorientação de Darius logo se transformou em fúria, porque ele foi aproximando-se dela a passos firmes, um touro partindo para o ataque. Larkyra andou para trás, em direção à coluna.

– O que está fazendo aqui?

A jovem ergueu a mão, fazendo sinal para que Darius parasse de se aproximar.

– Calma, calma – disse, tentando aplacar a fúria do lorde. – Eu poderia lhe fazer a mesma pergunta. Na verdade, vou fazer. O que você está fazendo aqui?

– Não estou brincando! – A voz do rapaz ecoou por aquele saguão imenso. – Por que está aqui? – Darius examinou as roupas de Larkyra, o falcão prateado em seu braço. A jovem empurrou o pássaro, que alçou voo, e o lorde observou enquanto Kaipo se afastava até sumir na escuridão.

– Quem é você?

– Larkyra Bassette. Filha de Dolion Bassette, conde de Ra...

– *Sei como você se chama* – retrucou ele, cerrando os dentes. – Mas *quem* é Larkyra Bassette?

– O que quer dizer com isso?

Darius passou a mão no cabelo.

– Pare com esses joguinhos! – urrou. – Por que você está aqui? Como foi que entrou?

Lark nunca suspeitara que Darius fosse capaz de tamanha fúria. E talvez tivesse enlouquecido, pois testemunhar aquela reação fez uma faísca de calor percorrer o corpo dela. Podia ser felicidade, pelo fato de o lorde ser capaz de tamanha energia, sendo que, até então, só o vira escondido em casa e nos próprios pensamentos.

É claro que, agora, ela sabia *por que* o lorde estava sempre saindo de fininho.

– Entrei por onde suspeito que você também tenha entrado. Pela porta.

– Se está tentando me enlouquecer, está conseguindo.

– Não era esse meu objetivo, mas aceito.

Outro urro, e ele a mediu com o olhar mais uma vez.

– Por que está vestida desse jeito? Parece uma gatuna...! – Os olhos de Darius brilharam quando seu olhar cruzou com o de Larkyra. – Por acaso você... estava tentando me *roubar*?

– Não seja ridículo.

Está dando tudo errado. Muito errado.

– Por que, então? Por que estava escondida dentro do nosso cofre? Responda com franqueza! Cumpra com sua palavra ao menos nesse quesito. Caso contrário, vai se arrepender de ter vindo até aqui.

– Já me arrependi.

Darius a segurou pelos ombros e ela soltou um suspiro de assombro, porque o lorde a empurrou contra a pedra.

– *Fale logo.*

– Você está me machucando. – A jovem encolheu-se toda, a magia se alvoroçou em sua barriga.

Darius não se abalou.

Os pensamentos de Larkyra voltaram-se para as facas que trazia escondidas nas costas: outra saída rápida. Mas, se usasse seus poderes ou suas facas, apenas se prejudicaria ainda mais.

– Tive curiosidade de saber o que havia aqui em cima – respondeu ela, ofegante, fitando os olhos frios do lorde. – Não estava conseguindo dormir e fiquei curiosa. Por acaso é proibido ter curiosidade?

– Não é por mera curiosidade que alguém sai de sua cama quentinha, em plena madrugada, e se dirige a um lugar tão longe.

– Muito pelo contrário. A curiosidade pode levar a pessoa a fazer muitas...

– Já chega! Por que me seguiu até aqui?

– Não segui. – Larkyra empurrou Darius, um esforço em vão: o homem parecia feito de granito. – Vim por conta própria. Não sabia que você estaria aqui, que alguém estaria aqui, se é que vem ao caso. Uma pessoa me disse que este lugar estava abandonado. Eu não fazia ideia do que iria encontrar. E essa é a verdade! Juro pela alma de minha mãe, que está no Ocaso.

Darius perscrutou o olhar de Larkyra. O calor do corpo do rapaz aqueceu o da jovem, e ela estremeceu, aliviada, quando o lorde a soltou e recuou.

– Isso não é nada bom. – Ele massageou a própria testa. – Você não deveria ter vindo aqui.

Concordo plenamente. Larkyra dirigiu o olhar para a saída. A porta minúscula estava tão fora de alcance que chegava a ser enlouquecedor.

– O que faço com você agora? – murmurou Darius, com seus botões.

– Você precisa *fazer* alguma coisa comigo? Ao que tudo indica, nós dois temos segredos. O seu, no caso, é andar por aí mascarado, saqueando a própria herança.

O rapaz deu uma risada fria, seca.

– Você não sabe *nada* de minha herança nem do que acha que viu esta noite.

– Então esclareça para mim.

– Assim como você me esclareceu? Como eu disse, não estou *brincando*. Você deveria voltar para Jabari enquanto é tempo. Volte para a sua vida de luxo e para suas coisas bonitas.

Larkyra encolheu-se toda. Doeu ouvir aquelas palavras de Darius.

– Você acha mesmo que eu só valorizo esse tipo de coisa?

– E não é?

– Bem... – ela conseguiu dizer, sentindo uma dor aguda no fundo do peito. *Firme*, pensou. *Firme*. – De que adianta eu dizer que não, se já tirou suas conclusões?

– As ações falam mais alto do que as palavras. São mais verdadeiras.

– Como as suas ações falaram hoje à noite? Eu teria muito cuidado antes de apontar o dedo para os outros, milorde. O senhor acha que, porque ando por aí alegre e sorrindo, envolta em seda, não sei o que é ter perdido um ente querido, o que é ter vivenciado a dor e o sofrimento? Vai me julgar apenas pelas aparências? Se sim, me parece que não aprendeu nada no tempo que passamos juntos ou com a vida em Aadilor. Ao contrário da máscara pendurada em seu pescoço, nem todas as máscaras são assim tão óbvias.

Darius abriu a boca para responder, mas a fechou em seguida. Estava, visivelmente, debatendo com as palavras que tinha em mente.

Fale o que está pensando, Larkyra quis gritar. Em vez disso, ela ergueu o queixo.

– Agora, se me dá licença, o senhor ficará ainda mais chocado com minhas próximas atitudes, mas não posso evitar. – A jovem então pegou um punhado de poeira da coluna atrás de si e jogou nos olhos do rapaz, que soltou um palavrão e urrou, mas ela saiu correndo em direção à sacada sem olhar para trás.

Kaipo voou na frente da dona, seus contornos prateados brilharam e aumentaram quando a jovem passou correndo pela porta. Larkyra quase chorou de alívio ao sentir o ar da noite roçando em seu rosto.

– Larkyra! – A voz abafada de Darius a alcançou, vinda do torreão, assim como o eco dos passos do lorde, que corria para alcançá-la.

Mas ele não conseguiu.

Ao menos, não naquela noite. Porque, sem parar de correr, a jovem atirou-se da balaustrada da sacada de braços abertos.

Sua queda livre não chegou a durar um grão de areia, antes que garras segurassem seus braços. Kaipo a apanhou, bateu as asas com força e alçou voo, dirigindo-se à Lua, que não oferecia nenhuma ameaça e brilhava no céu, refletida nos lagos de Lachlan, lá embaixo.

CAPÍTULO VINTE E DOIS

Darius fitou o próprio reflexo no espelho, examinando o corte fino e avermelhado no rosto. Mais abaixo, o peito nu continuava sem ferimentos, a não ser por umas poucas cicatrizes que restavam, fazendo aquela nova destacar-se de tal maneira... O lorde nunca pensou que um corte em seu corpo poderia destacar-se tanto.

A noite anterior tinha sido um desastre.

Ele mal tivera tempo de fazer a entrega para Alastair antes de precisar retornar ao castelo.

Enquanto remava de volta para a doca escondida, percebeu que o outro barco não estava lá e dirigiu o olhar para o castelo imponente. O lorde tinha, ao mesmo tempo, pavor e esperança de que a hóspede ainda estivesse no interior da residência. Teria sido uma atitude inteligente por parte de Larkyra ter feito as malas e ido embora antes do raiar do Sol. Isso causaria muitos problemas a Darius, claro, pois era muito provável que fosse responsabilizado pela partida prematura, sem aviso, daquela dama. Mas apenas uma alma corajosa permaneceria ali depois de ter sido pega no flagra e fugido, como ela fizera.

O rapaz virou o rosto, observando o corte com mais atenção.

"Nem todas as máscaras são assim, tão óbvias."

Ele repassou a noite anterior em pensamento, mais uma vez. Recordou-se das mãos enluvadas da jovem, do enchimento que, segundo ela, compensava a falta do dedo anular esquerdo. Que outras máscaras Larkyra usava? Quais eram as mentiras e as verdades que contava? Seria a moça que Darius tinha conhecido na noite anterior a verdadeira Larkyra?

O rapaz cerrou os dentes quando colocou um pano embebido em álcool no rosto, encolhendo-se de dor devido à ardência. Apesar do reflexo ter continuado imóvel, Darius estava uma pilha de nervos por dentro. A compostura não passava de um truque que aperfeiçoara havia muito tempo.

O que será que Larkyra faria com as informações que, na opinião dela, tinha obtido? Por quanto tempo observara o lorde em meio às ruínas? Será que ela o havia seguido desde o instante em que ele saiu do castelo? Será que o perseguira algum outro dia antes disso? E aquelas roupas... Por que a filha de um conde teria tais trajes? Por que andaria com passos tão leves, sem fazer ruído? A imagem do falcão prateado surgiu diante de Darius, que franziu o cenho. Só podia ser a criatura que vira na estrada, a caminho de casa, a mesma que atacou e matou aquele bandido, apesar de o pássaro parecer menor do que o lorde recordava.

Ele atirou o pano manchado de vermelho em uma bacia de água em cima da penteadeira e passou a mão na testa. Nos últimos dias, as dores de cabeça eram incessantes. E, apesar de saber que só piorariam quando cumprisse sua próxima tarefa, o lorde não podia ignorar o que precisava fazer.

Vestiu-se rapidamente e, sem olhar outra vez para o espelho, partiu em busca da dama que poderia muito bem ser seu fim. Exigiria que Larkyra explicasse tudo, mesmo que, depois disso, ambos sangrassem, com cortes no corpo.

As criadas saíram correndo da frente de Darius quando ele se dirigiu, apressado, à sala de estar principal, onde lhe disseram que Lady Larkyra estaria. Ao chegar, encontrou as grandes portas de madeira entreabertas. Ele parou ao ouvir uma risada, antes de espiar lá dentro.

Lady Larkyra estava de pé em cima de um pedestal no meio do cômodo. Uma mulher mais velha, de pele negra e cabelo grisalho, estava agachada na altura da barra de sua saia, prendendo-a com alfinetes. A jovem estava envolta em um tecido azul-marinho bem escuro: o vestido marcava sua cintura e subia, mais solto, pelo peito, com mangas compridas cheias de detalhes. Era um dos trajes mais finos que Darius já vira em Lachlan, e ele observou, admirado, enquanto a mulher se levantava para buscar mais amostras de tecido escuro.

– Ah, que lindos, sra. Everett – Larkyra abaixou-se e passou a mão nos tecidos. – Quero um vestido de cada.

– Muito bem, milady – a costureira sorriu, com uma alegria visível. – Se me permite a ousadia, acho que esse – ela, então, exibiu uma amostra de tecido azul-noite – daria uma capa linda também.

– A senhora está coberta de razão. – Larkyra meneou a cabeça. – Minha querida Clara acertou em cheio quando disse que a senhora é muito talentosa. Não tenho dúvidas de que minhas irmãs também vão querer um vestido quando virem essas obras de arte.

– Ah, muito obrigada, milady. – A mulher fez uma reverência. – É muita gentileza de sua parte.

– Estou apenas dizendo a verdade, sra. Everett.

Ao ouvir a palavra "verdade", Darius piscou e empertigou-se perto da porta, cerrando os punhos.

E está na hora de a senhorita dizer a verdade a seu respeito, Lady Larkyra. Ele estava com a mão pronta para bater na porta, mas a voz grave, rouca e retumbante do padrasto o deteve.

– Lady Larkyra é mesmo muito gentil, sra. Everett – disse Hayzar, aproximando-se das duas e entrando no campo de visão do enteado. – Eu mesmo tenho um olho clínico para a beleza e sei quando estou na presença dela.

– Como o senhor é galanteador, Sua Graça. – Larkyra deu um sorriso para o homem, e foi como se a caixa torácica de Darius tivesse sido estilhaçada.

O duque usava mais um de seus exagerados trajes de três peças. O cabelo preto e oleoso brilhava na luz vespertina que atravessava as janelas, fustigada pela chuva.

Será que essa é a vida que Larkyra deseja?, conjecturou Darius. Seria ela aquela jovem que se sentia à vontade em seus lindos vestidos, flertando com o padrasto do rapaz? Ou aquela outra, capaz de conversar com o lorde sobre as noites em que perdia o sono, sobre a dor de ter perdido a mãe? Uma dama capaz de correr com tanta destreza, trajando calças, que fazia jogo sujo?

Máscaras. A palavra não parava de ecoar na cabeça de Darius.

– E por falar em seu bom gosto, Sua Graça – Larkyra passou um pedacinho de renda entre os dedos cobertos pela luva de veludo preto, enquanto a sra. Everett continuava tirando suas medidas –, eu estava imaginando se o senhor gostaria de fazer um projeto comigo.

– Eu gostaria de fazer muitas coisas com a senhorita, Lady Larkyra.

– Ah. – Nessa hora, ela ficou corada. – O senhor é um homem perigoso.

– Assim espero. – O duque aproximou-se, e a sra. Everett pareceu querer se encolher até sumir do recinto.

– O que *eu* tinha em mente, entretanto – prosseguiu a jovem –, é que, enquanto durasse o contrato que a sra. Everett tem conosco, poderia ser divertido, quem sabe, criar novos uniformes para a criadagem.

– Novos uniformes?

– Sim. Pensei que poderia fazer bem aos criados estar à altura dos belos trajes do amo. Além do mais, isso me daria a oportunidade de conhecê-los melhor, algo que, penso eu, uma futura dona de casa precisará fazer, uma hora ou outra.

Larkyra lançou um olhar para o duque, batendo as pestanas, e abriu um sorriso inocente e provocante. Darius teve vontade de arrancar a porta das dobradiças.

O que está acontecendo? Os cofres de Lachlan não tinham como pagar por novos uniformes e tampouco precisavam de uma nova dona.

– Seria um projeto ambicioso. – O duque franziu o cenho. – Mas poderia fazer bem para os criados estarem bem vestidos no nosso baile de noivado.

Ao ouvir isso, foi como se a casa tombasse para o lado e um abismo se abrisse sob os pés de Darius, porque ele viu Hayzar levantar a mão esquerda de Larkyra, que exibia um grande rubi no dedo anular da mão enluvada. Um anel que fora da mãe do rapaz.

Cego de raiva, o lorde entrou na sala sem ser convidado.

– Meu filho. – O padrasto retorceu os lábios, e os três olharam para Darius. – Que gentileza a sua se juntar a nós, *até que enfim.*

– Milorde. – A sra. Everett fez uma reverência.

Larkyra não disse nada, apenas escondeu a mão atrás das saias.

Por algum motivo, essa atitude servil enfureceu Darius ainda mais.

– Sua Graça, damas. – Ele cumprimentou cada um com um rápido meneio de cabeça. – Que história é essa que acabei de ouvir a respeito de novos uniformes e de um noivado? – O lorde, então, dirigiu um olhar fulminante para Larkyra.

– Ao que tudo indica, temos um espião em nosso meio – declarou Hayzar.

– De forma alguma. Apenas ouvi sem querer essas palavras, logo que entrei.

– Seu pai me pediu em casamento hoje pela manhã, milorde. – Larkyra ergueu o queixo, numa expressão de provocação, e tornou a exibir o anel. – E eu aceitei.

Ao fitar a gema reluzente naquele dedo disfarçado, que tinha mais significado para os dois do que deveria, Darius precisou segurar-se para não arrancar o anel da mão da moça, com luva e tudo. Será que Larkyra tinha aceitado casar-se com o duque de forma tão intempestiva por causa do que havia acontecido na noite anterior? Por causa do que achava que iria herdar? O lorde engoliu uma risada amarga. Se isso fosse verdade, aquela dama merecia o destino que lhe aguardava.

Como podia ter se enganado tanto a respeito daquela mulher?

– É claro que aceitou. – O duque segurou a outra mão de Larkyra.

Darius percebeu que o sorriso da jovem se dissipou e que sua coluna ficou rígida quando o padrasto encostou nela.

– Parabéns. – O rapaz conseguiu dizer, entredentes. – E quanto aos novos uniformes?

– Pensei que, já que daremos um baile de noivado, seria oportuno investir em novos uniformes.

– Deveras oportuno. – Darius mediu com os olhos os cabelos esvoaçantes e o vestido luxuoso da jovem. A nova Duquesa de Lachlan. Ele precisou conter a expressão de nojo que se insinuou em seus lábios. – Mas com que recursos?

– *Darius* – interrompeu o padrasto.

Só que, àquela altura, nada seria capaz de detê-lo. Não mais. Não após passar anos de dificuldades, muito menos depois do que tinha acontecido na noite anterior. O rapaz estava farto de tudo aquilo. Farto daqueles joguinhos, de andar pisando em ovos e de mal conseguir desviar algumas migalhas para seu povo. E, agora, tudo isso iria por água abaixo, pelas mãos de uma moça tola.

– Minhas desculpas, Sua Graça – prosseguiu Darius –, mas não vejo como isso poderia ser feito. Ainda mais agora, que teremos de pagar por um baile de noivado.

– O senhor não quer que seus criados se vistam de maneira adequada? – perguntou Larkyra, antes que desse tempo de o duque responder. – Que tenham orgulho dos cargos que exercem aqui?

– Costuras bem feitas não dão orgulho a ninguém.

A sra. Everett soltou um gritinho ao ouvir isso.

– Mil perdões, madame. Eu não estava falando da senhora.

– É claro, senhor.

– Apenas pense que – Darius tentou explicar com um tom mais calmo –, talvez, seja melhor gastar esse dinheiro com outra coisa.

– Certamente não será um gasto excessivo, tendo em vista esta residência.

– Na atual conjuntura, *qualquer* gasto é excessivo.

Larkyra franziu o cenho.

– Se os cofres estão sem recursos – ela começou a dizer, bem devagar –, meu pai terá o maior prazer de pagar pelos uniformes da criadagem…

– Já chega. – A ordem ríspida de Hayzar silenciou o recinto.

O duque encarou o enteado com tamanho desprezo que o lorde não foi capaz de conter a fagulha de medo que se infiltrou em sua postura determinada. Mas, no instante seguinte, ele a expulsou com um palavrão. *Que venha a neblina*, gritou, em pensamento. Darius estava farto de dar importância a esse tipo de coisa, porque tinha a impressão de que tudo estava prestes a desmoronar, de qualquer modo.

– Sra. Everett – disse o duque, encarando Darius com seus olhos pretos. – A senhora poderia fazer a gentileza de terminar de tirar as medidas de Lady Larkyra outro dia?

– É claro, Sua Graça. – A velha guardou suas coisas às pressas, fez uma mesura para todos e fugiu da sala.

A energia do ambiente mudou com a partida da costureira: a luz ficou mais fraca e, apesar do corpo de Darius ordenar que se mexesse, parecia que o lorde estava fincado ali, feito uma pedra.

Mesmo assim, a alma do rapaz permaneceu enlouquecida e desafiadora, apesar das consequências. Pela primeira vez na vida, diria o que pensava para o padrasto. Talvez tamanho brio fosse devido ao fato de estar sendo observado por aquela mulher, aquela cujo espírito dava a impressão de clamar por imprudência, por verdade: o anel no dedo dela era prova de que Larkyra agia sem pensar.

– Como ousa dizer esse tipo de coisa na frente de pessoas de fora? – O duque aproximou-se do enteado.

Algo escorregadio roçou a pele de Darius. Era conhecido e horrendo, apesar de permanecer invisível. Sempre invisível.

– Apenas penso no que é melhor para nossas terras. – Darius ergueu o queixo.

– Então pensa que eu, o dono destas terras, não sei o que é melhor para elas? – Hayzar aproximou-se ainda mais, parando ao lado da escrivaninha entre os dois.

– Por favor, cavalheiros. – Larkyra desceu do pedestal, suas saias farfalharam naquele instante de tensão. – Vamos nos esquecer de tudo isso e tomar um chá. Podemos ter essa discussão num outro mo…

– Acho que isso precisa ser resolvido agora mesmo – declarou o duque, pegando um objeto com um brilho prateado.

Pelo canto do olho, Darius conseguiu notar que a pele de Larkyra empalideceu ao ver aquilo. Mas, por algum motivo, o lorde não conseguia tirar os olhos do padrasto e ver o que o duque tinha em mãos com os próprios olhos.

Em uma onda avassaladora, seus pensamentos entraram naquela névoa bem conhecida, complacente, ainda que estivesse tentando resistir à sensação. Parecia que seu corpo reconhecia aquele efeito, porque Darius começou a suar frio.

Mexa-se, gritava uma vozinha em sua cabeça, em segundo plano. *Fuja.* Mas o rapaz não conseguiu fugir. Nunca conseguia.

Hayzar disse alguma coisa, mas suas palavras foram abafadas por aquela névoa. Algum comentário a respeito de como estava descontente com Darius. Que o enteado seria punido por aquela insolência. Mas, sobretudo, que não se recordaria de nada daquilo.

Darius assentiu.

Não há nada do que recordar.

– Que belo corte você tem na bochecha, filho. – Nesse momento, as palavras de Hayzar penetraram aquela névoa densa, e o rosto do padrasto ficou nítido. Alguma coisa fria pressionou a mão do lorde. – Por que não tentamos fazer mais um?

A última lembrança que Darius tinha era de olhar para o objeto em sua mão – um abridor de cartas afiado feito faca – e de mergulhar em sombras, sentindo uma dor aguda.

CAPÍTULO VINTE E TRÊS

Tinha sangue por toda a parte.
 Larkyra lutou contra as lágrimas que escorriam pelo seu rosto quando deitou Darius na cama, com cuidado. O lorde permanecia adormecido, meio inconsciente ou sob a influência daquele feitiço insano que ainda controlava sua mente, mantendo-o dócil após passar por tamanha tortura.

A jovem afastou-se um pouco e secou o suor da testa. Era provável que o vermelho que pingava dos ferimentos de Darius tivesse salpicado todo o vestido inacabado quando Larkyra tentou, a duras penas, sustentar os passos delirantes do rapaz pelos corredores.

Ela quase perdeu o controle quando viu Hayzar ordenar que o enteado cortasse o próprio rosto. Que fizesse isso muitas e muitas vezes. Aquela cena de horror permanecia vibrante em sua mente, os rios carmim que fluíram, entrando nos olhos vazios do rapaz e empapando o colarinho de sua camisa branca.

O medo a tinha paralisado. Medo do que aconteceria caso não fizesse nada. Medo do que poderia entrar em erupção caso fizesse. Larkyra, como sempre, sofreu em meio a uma tempestade silenciosa, encurralada dentro da própria mente, mal precisando fingir que permanecia sob o efeito do transe nebuloso do duque. Quase nem respirou, porque tinha certeza de que, se fizesse isso, soltaria fogo pelas ventas.

Havia mais de um monstro ali, naquela sala de estar.

Larkyra sempre ficava encurralada com sua magia, por sua magia.

Mas *tinha* que se sair bem em sua missão. Não podia decepcionar a família.

Se tivesse tentando deter Hayzar quando ainda estava acometida por aquela fúria ardente, teria, muito provavelmente, matado o duque ou –

pior ainda – Darius, assim como qualquer outra alma que se colocasse em seu caminho.

Sentiu vontade de gritar naquele momento, gritar bem alto, descontrolada, de ceder aos próprios poderes, que se assomaram, prontos para urrar. Por reflexo, refugiou-se nas profundezas de si mesma, bloqueando a visão da sala e silenciando os gemidos de dor que emanavam de Darius. Entrou tão fundo em si mesma que chegou a se perguntar se, por acaso, não tinha morrido.

A única bênção foi o fato de o suprimento de magia forjada do duque ter acabado, porque ele só poderia infligir dor no enteado até certo ponto, antes de precisar parar para descansar.

Larkyra tirou as luvas manchadas de sangue e sacudiu-se. Estava na hora de parar de choramingar e fazer-se útil. Pelos deuses perdidos, já vira pessoas sendo torturadas no Reino do Ladrão. Tinha torturado pessoas com os próprios poderes. Por que aquilo seria diferente?

A jovem, é claro, sabia por quê.

Seus olhos dirigiram-se para aquela confusão vermelha em que se encontrava o rosto de Lorde Mekenna. Eram cinco linhas fundas no total: duas na testa, uma na bochecha direita, combinando com a que Kaipo deixara na bochecha esquerda, e outra que ia do maxilar até abaixo da orelha. Larkyra engoliu em seco, tentando suprimir a culpa que sentia por ter causado aquilo.

Porque aquilo *fora* culpa dela. Mas como poderia ter recusado o pedido de casamento do duque? O pai lhe dissera que isso poderia acontecer, que talvez tivessem que chegar a esse ponto para revelar o que precisava ser revelado. Ela nunca se casaria de fato, é claro. *Isso o pai jamais pediria que fizesse... Será?*

Larkyra arrependeu-se de não ter contado a verdade para Darius naquele momento. A mágoa e a raiva estampadas no rosto dele quando viu o anel no dedo da jovem quase a despedaçaram.

E aqueles uniformes ridículos. Ela apenas queria se sentir útil, ser prestativa, ainda mais depois das palavras duras que Darius tinha lhe dito na noite anterior. Não pensou que ajudar a criadagem despertaria mais raiva por parte do lorde.

"Talvez seja melhor gastar esse dinheiro com outra coisa."

Mas, a julgar pela montanha de baús guardados no cofre escondido, somados ao tom de desespero do lorde... alguma coisa não estava se encaixando.

Larkyra teria que descobrir o que era depois. Naquele momento, precisava fechar as feridas que havia causado.

Foi uma bênção o fato de ela e Darius não terem cruzado com ninguém no trajeto até os aposentos do lorde; o número de pessoas presentes no castelo vinha diminuindo desde o dia em que Larkyra chegara. Deveria agradecer por tal esquisitice. Não teria energia para explicar a algum criado por que o jovem amo estava em tal estado.

Não, precisava poupar toda a sua energia e dirigi-la a Darius.

Depois de certificar-se de que a porta do quarto do lorde estava trancada, ela fechou a sacada e apagou as velas, mas não a lareira, que já estava acesa. Encontrou umas tiras de tecido de algodão que tinham sido jogadas fora e uma bacia de água na penteadeira e as trouxe até a cama. Com movimentos delicados, limpou o sangue dos ferimentos dele.

Darius gemeu de dor, e ela sentiu um aperto no coração.

– Mil desculpas – sussurrou a jovem. – Vai melhorar logo, logo.

Ao ouvir a voz dela, o lorde entreabriu os olhos. A mão de Lark ficou imóvel.

– Larkyra – murmurou o rapaz, antes que seu corpo se afundasse ainda mais no colchão e seus olhos se revirassem e fechassem.

Ela tornou a se concentrar na tarefa que precisava realizar, agora cantando uma suave canção de ninar.

O som saiu de sua barriga, bem lá do fundo, e esquentou-lhe a garganta. Larkyra envolveu o recinto em uma névoa de magia amarelada, cor de mel, uma bolha de segurança à prova de som, e continuou limpando o rapaz. A canção era uma das preferidas de suas irmãs. Falava sobre os prados que havia no Parque Principal, localizado no limite leste de Jabari. O pai as levara lá muitas vezes, desde que eram bem pequenas, para fazer piquenique. A jovem deixou que as notas vagassem, quentes e douradas, como as flores que Arabessa pôs no cabelo enquanto Niya lia versos de um de seus livros de poesia preferidos. Era uma lembrança tranquilizadora, que livraria o lorde de qualquer dor que pudesse sentir quando Larkyra o tocasse para limpá-lo. Ela torceu a toalha, a bacia enchendo-se de uma água cor de rubi, e depois recostou-se.

Mesmo cheio de cortes, Darius era lindo. As maçãs do rosto, bem marcadas, estavam banhadas por sombras projetadas pela lareira. Os lábios volumosos estavam entreabertos, respirando em um ritmo suave. Lark inspecionou o restante do corpo do rapaz, pousando os olhos no traje manchado. O sangue tinha deixado marcas escuras na lapela e uma grande mancha vermelha na camisa branca, antes imaculada, que ele trajava por baixo do colete. Ela iria verificar se alguém poderia lavar aquelas manchas assim que terminasse de cuidar do rosto do lorde.

Sentiu um aperto no peito ao olhar para os cortes mais uma vez. Como Darius havia sobrevivido a tamanho tormento, por tantos anos? Deve ter precisado de um poço bem fundo de coragem para entrar na sala daquele jeito, e uma forte fé em suas convicções para expressar sua opinião.

– Desculpe. – Quando percebeu, Larkyra estava dizendo isso outra vez. – Eu não sabia que as coisas chegariam a esse ponto.

Sentiu um peso e um cansaço no peito quando olhou para a gema vermelha do anel, que ainda estava na luva de veludo, ao lado dela. Era uma linda joia – apesar de representar seu noivado com Hayzar Bruin –, composta por delicadas alianças de ouro entrelaçadas que envolviam o grande rubi. Quando Larkyra a pegou das mãos do duque e a colocou no dedo acolchoado, sentiu a história daquela joia, uma história que, talvez, remontasse a uma época mais feliz.

Vou me redimir com você, prometeu, olhando para Darius. *Preciso fazer isso.*

A jovem soltou o trapo em cima da cama e respirou fundo, pronta para invocar outra canção que cicatrizaria pele e ossos a partir da magia guardada nas profundezas de seu coração.

Mas, antes que tivesse tempo de fazer isso, a maçaneta da porta dos aposentos de Darius rangeu. Uma chave entrou, arranhando a fechadura. Larkyra fechou a boca de repente, pegou as luvas, levantou-se correndo e foi se esconder nas sombras, atrás das grossas cortinas perto da porta da sacada.

Espiando por uma fresta estreita do tecido, ela viu quando um homem magro, cujo nariz aquilino reconheceria em qualquer circunstância, pôs a cabeça para dentro do quarto. Boland espiou os aposentos do lorde, passando os olhos pelo esconderijo de Larkyra até chegar ao fogo que dançava na lareira.

– Milorde? – sussurrou o mordomo.

O coração da jovem bateu mais rápido, fazendo a pele de seu pulso vibrar.

– Milorde, o senhor está acordado? – Boland foi entrando, pé ante pé.

Como o amo não respondeu, ele relaxou os ombros, entrou e trancou a porta. Aproximou-se de Darius e soltou um suspiro de assombro ao vê-lo.

Uma onda de magia protetora arrancou um ruído gutural de Larkyra.

O mordomo olhou para cima, pensando ter ouvido algum ruído. Mas, com a tempestade constante que caía lá fora, seria difícil distinguir um trovão do grito de raiva de alguém.

– Ah, milorde – disse o velho, tornando a olhar para Darius. – O que o senhor fez agora?

Agora?

Então aquele homem tinha conhecimento do que acontecia dentro daquela prisão de pedra? Uma fúria ardorosa acendeu-se nas entranhas de Larkyra. Mas, em seguida, Boland tapou o nariz e a boca com um lenço e pegou um pequeno feixe de galhos amarrados com barbante. Acendeu a ponta e foi passando a fumaça pelo corpo do lorde adormecido. O aroma intenso atingiu a jovem em cheio. Casca de *gaffaw*, cuja fumaça induzia o sono. Ela foi logo segurando a respiração.

O que este homem está fazendo?

O mordomo apagou o *gaffaw* na bacia ao lado de Darius, tirou o lenço do rosto e pegou uma bolsinha de couro no bolso do casaco. Com muito cuidado, começou a esfregar uma substância amarronzada nas feridas abertas.

– Esses cortes são profundos, milorde – murmurou baixinho, seu olhar transmitindo profunda tristeza. – Como eu gostaria que tivessem sido feitos em mim, no seu lugar. Sua mãe não admitiria se visse o que fizeram com seu lar. Ah, não. – Boland continuou tagarelando, como se quisesse consolar a si mesmo na mesma medida que queria consolar o jovem amo. – Ah, como eu gostaria que o senhor não fosse tão parecido com ela.

Ela?

Vislumbres de um cabelo acobreado semelhante ao de Darius, assim como a pele clara e os olhos verdes destampados em um retrato, surgiram na mente de Larkyra.

Pelo mar de Obasi, será que era esse o motivo da crueldade de Hayzar? O fato de o enteado ser parecido com a falecida duquesa?

A jovem cerrou os punhos nas laterais do corpo, sua magia um ronronar de vingança preso na garganta.

Os pensamentos de Larkyra não paravam de rodopiar enquanto ela observava o mordomo – aquele homem ranzinza, que não lhe dirigira nada além de uma expressão de desdém – tentando ajudar Darius. Seus cuidados eram delicados, o toque suave de um amigo acostumado a desempenhar tal função.

Qual é a relação entre esses dois? E até que ponto Boland sabe o que de fato acontece debaixo deste teto?

Algo tilintou do lado de fora dos aposentos do lorde, fazendo tanto Larkyra quanto Boland dirigirem o olhar para a porta. O velho guardou suas coisas às pressas e, lançando um último olhar sofrido para o jovem amo, saiu do quarto.

Larkyra sacudiu a cabeça, perplexa, ainda escondida, e Darius mudou levemente de posição na cama.

Ela então se aproximou do lorde e examinou o que o mordomo tinha feito. O resultado era um tanto desastrado, deixara uma gosma amarronzada em todos os cortes do rapaz. Mas, se aquilo vinha sendo usado há tantos anos para cicatrizar os demais ferimentos, que mal tinha?

Só que, naquela noite, não bastaria.

Deixando de lado uma miríade de perguntas, Larkyra recomeçou do ponto onde tinha parado. Inspirou delicadamente e se pôs a cantar:

Conserte o que está quebrado, elimine a dor,
Trame e suture
O que restou

A superfície aguarda, imóvel,
Nade rápido, nade de verdade;
Repare a vida que findou

Para sempre sejam removidas
As lágrimas dos olhos dele,
Por obra do Não Existe Mais

Obscureça as lembranças
Que oprimem o coração dele
E expulse todos os seus ais

Apague, leve embora,
Uma lufada de vento que suaviza
Tudo o que é áspero e fere

O futuro dele renove,
Que a maldade morra de fome
Onde a luz impere

Com minha luz,
Meu amor por tudo o que é vivo,
Dissipe a escuridão

Deixe que as águas do mar de Obasi
Afoguem o passado,
Erguendo um derradeiro perdão

A magia de Larkyra foi derramando-se, um ouro reluzente saindo de seus lábios enquanto as notas fluíam em volta dos dois, envolvendo-os mais uma vez no silêncio. Ela esperou até que o feitiço se fortalecesse, até que as intenções de seu coração estivessem puras e concentradas, para guiar a magia por cada um dos ferimentos, com delicadeza.

O poder vibrou por todo o corpo dela, correu em suas veias, trazendo uma sensação de calor bem-vinda. Em seguida, o emplastro do mordomo se soltou e despedaçou. Os dois lados dos cortes foram se unindo, dando lugar a uma pele sem cicatrizes, apagando o tempo.

Como as feridas eram recentes, foi rápido. Mas Larkyra sabia que nem todas as cicatrizes são visíveis e que aquele dia deixaria suas marcas em todos, principalmente nela.

Tendo fechado os cortes de Darius, a jovem começou a tirar o casaco e a camisa do lorde, que estavam sujos, fazendo de tudo para ignorar o peito nu do rapaz. Em seguida, levantou-se da cama e foi remexer no armário dele. Tirou de lá a primeira camisa em que seus os dedos roçaram e vestiu, com todo o cuidado, o lorde inconsciente.

Contrariando as instruções do pai, sua paciência tinha chegado ao fim. Estava na hora de partir para a ação como bem entendesse. De fazer as coisas tomarem seu verdadeiro rumo, percorrendo um caminho mais rápido e mais seguro, para salvar Lachlan.

Larkyra tapou Darius com um cobertor macio, prendendo-o debaixo das laterais do corpo, e analisou o rosto dele – uma máscara nova, sem cicatrizes –, antes de dirigir-se à poltrona perto da lareira, onde ficou esperando.

CAPÍTULO VINTE E QUATRO

Darius soltou um suspiro assombrado e sentou-se de supetão, como se tivessem lhe atirado um balde de água gelada. Sonhara com uma onda de dor que foi se suavizando, transformando-se em carícias ternas e quentes, leves como uma pluma, antes de tornar a mergulhar no beijo gelado das sombras.

As cortinas do quarto estavam fechadas, mas uma faixa de luz conseguiu infiltrar-se, um indício de manhã, de um novo dia, ao passo que o ruído da chuva batendo nos vidros e o ribombar da tempestade eterna de Lachlan ecoavam lá fora. O restante de seus aposentos estava banhado em um suave tom de laranja. O fogo da lareira ardia forte, e quando o rapaz puxou a gola apertada, deu-se conta de que não usava aquela camisa desde que era bem mais novo. Teve a sensação de que o tecido pinicava e apertava sua pele.

Ele franziu o cenho e começou a desabotoar a camisa, no que foi interrompido por uma tossidinha. Ao virar-se, avistou uma mulher acomodada confortavelmente em uma de suas poltronas. Darius fechou a camisa e pulou da cama.

– Larkyra? O que está fazendo aqui?
– Como o senhor está se sentindo, milorde?
– Sentindo? – balbuciou o rapaz. – Um tanto invadido neste momento.
– Mas sem dor?
"Dor."

A palavra desencadeou uma horda de lembranças confusas. Darius olhou para a própria mão, com a qual, há pouco, segurava um objeto prateado e reluzente. Ele deu mais um passo para trás, virou-se e olhou para o próprio peito, para os braços. *Nada*. Nenhuma nova cicatriz. Mas por que tinha a sensação de que deveria tê-las encontrado?

– Foi no rosto.

– O que você disse? – O lorde virou-se para Larkyra, ainda sentada na poltrona.

– Ele obrigou você a fazer cortes no rosto.

A jovem disse isso como se fosse uma declaração tão corriqueira quanto um "bom-dia".

– Por acaso você enlouqueceu? – vociferou Darius, tocando nas bochechas e na testa. Nenhum ferimento. – Por que está em meus aposentos? Precisa sair daqui. – Ele dirigiu-se à porta. – Isso é inapropriado.

Ainda mais considerando que, agora, aquela mulher era noiva de seu padrasto. *Disso* Darius se recordava, e continuava sendo um soco recémdado em seu estômago. Mais um pesadelo que se tornava realidade. Como sobreviveria a isso?

– O que foi que a senhorita fez com a porta? – O lorde sacudiu a maçaneta, mas de nada adiantou. Estava trancado lá dentro.

– O senhor não se lembra mesmo de nada? – Larkyra levantou-se da poltrona e se aproximou dele.

Darius foi para trás.

– Do que a senhorita está falando? Eu me lembro de tudo. Da notícia alvissareira da senhorita. Parabéns mais uma vez, milady. – Ele, então, fez uma reverência debochada. – E de sua frivolidade, querendo encomendar roupas novas para toda a nossa criadagem.

O olhar da jovem ganhou um brilho magoado.

– Pergunto a respeito da outra coisa que aconteceu, milorde.

Aquele vasto abismo de lembranças apagadas tomou conta dos pensamentos de Darius mais uma vez.

Não estou louco. Não estou louco. Não estou louco, repetiu o lorde, em pensamento, entrando em pânico, procurando o vergão bem conhecido que tinha no braço direito. Ainda estava ali.

– Que outra coisa? – perguntou, torcendo para que Larkyra não reparasse que sua voz tremia.

– Que impressionante. – Ela o observou com toda a atenção. – O senhor tampouco se lembra de ter sentido dor?

Lá vinha aquela palavra de novo.

– Eu... – O que Darius ia dizer ficou preso na garganta.

"Dor."

Ele conteve um tremor. Sempre sentia dor. Ainda mais agora, na presença daquela mulher. Nos *aposentos* dele. Tão perto da cama, dos lençóis macios.

. 248 .

Pelos deuses perdidos, controle-se.

– Temos muitos o que conversar, milorde. Sugiro que nos sentemos. – A jovem apontou para as poltronas ao redor da lareira.

Em algum momento, enquanto esperava que Darius acordasse, Larkyra pediu para que trouxessem um lanche, porque havia uma bandeja posta sobre a mesinha de centro.

Quem mais sabia que aquela dama estava ali? Ou será que ela tinha lançado mão de sua astúcia para que ninguém a visse?

Enquanto ela tornava a se acomodar em uma das poltronas, Darius reparou que, à segunda vista, Larkyra não estava tão arrumada e bem-apessoada como de costume. Alguns fios de cabelo tinham se soltado da complicada trança presa no alto da cabeça, e o vestido era o mesmo mode-lito inacabado que trajava no dia anterior, cuja saia estava toda amassada. E ele não sabia ao certo, mas… por acaso aquelas manchas perto do pescoço dela eram de *sangue*?

– Venha se sentar – insistiu ela, servindo duas xícaras de chá. – Ninguém virá nos perturbar.

– Isso tudo é muito estranho.

Ao se aproximar, devagar, da poltrona na frente dela, Darius sentiu-se tonto. Isso para não falar nos ossos, que pareciam cansados; no corpo, que estava pesado, com uma exaustão que vinha do fundo da alma e neutrali-zava sua vontade de brigar.

O lorde estava cansado de brigar.

– Entendo que esteja confuso. – A jovem, então, entregou-lhe uma das xícaras. – Eu também estou um pouco confusa, mas é por isso que precisamos conversar.

– Sobre coisas que, normalmente, não são adequadas para uma con-versa civilizada, imagino.

Um indício de sorriso no rosto exausto de Larkyra.

– Exatamente.

– Por acaso essa conversa vai explicar o que aconteceu anteontem à noite, na residência de meus ancestrais?

– Entre outras coisas.

O rapaz estreitou os olhos.

– Verdade?

– Milorde… – A jovem recostou-se na poltrona. – O que estou prestes a lhe dizer, muito provavelmente, fará com que eu seja expulsa de minha família. Talvez até executada. Quer dizer, isso se alguém conseguir me pegar. Então, sim, vamos ter uma conversa verdadeira, sem truques e sem máscaras.

Darius examinou Larkyra, dos olhos azuis e cintilantes aos dedos firmes que seguravam a xícara.

– Muito bem – disse ele. – Sou todo ouvidos.

– A parte mais difícil é, provavelmente, saber por onde começar.

– Que tal pelos acontecimentos mais recentes?

– Sim, esses mesmos. – A jovem respirou fundo, olhando para o fogo da lareira. – Meu noivado com seu pai... *padrasto*... é uma farsa.

Mais uma vez, o lorde teve a sensação de que alguém tinha lhe jogado um balde de água fria.

– Como assim?

– É só de fachada.

Ele deu uma risada debochada.

– E os casamentos não são todos assim, por acaso?

– O que quero dizer é que eu não pretendo me casar de fato.

A impressão foi de que as chamas da lareira pararam de bruxulear, porque uma gota de alívio caiu no poço de confusão de Darius. "Eu não pretendo me casar de fato."

O coração do rapaz deu um solavanco, tomando-o em uma estranha onda de emoção. Mas de qual emoção, precisamente, ele não saberia dizer.

– O que a senhorita pretende fazer, então?

– Isso é... um tanto complicado.

– Como só algo que lhe diz respeito poderia ser.

– Também sei sobre suas cicatrizes.

Um zumbido tomou conta dos ouvidos de Darius.

– Minhas cicatrizes?

– Sim, aquelas que marcam seu peito e seus braços.

A mão do rapaz dirigiu-se, de maneira involuntária, à camisa incômoda de tão apertada.

– Não faço a menor ideia do que a senhorita está falando. Não tenho nenhuma cicatriz nesses lugares.

– Tem, sim, mas estão mais suaves agora.

Darius ficou sem ar, sentiu um frio na pele e precisou colocar a xícara em cima da mesa, para não derramar o chá.

– Não há nada com o que se preocupar – prosseguiu a jovem. – Por...

– Nada com o que me preocupar? – O lorde quase engasgou-se com a própria língua. – Permita-me discordar, milady.

– Larkyra – corrigiu ela, bufando. – Por favor, volte a me chamar de Larkyra. Se eu tiver que continuar resmungando "milorde" e "senhor" quando falo com você, que seja, mas me parece uma tolice insistir em formalidades agora.

– Agora? Ou seja, depois de você ter acabado de admitir que me viu de peito nu?

Um tom de vermelho tingiu as bochechas da jovem.

– Entre outras coisas – respondeu ela.

Darius arqueou a sobrancelha, em uma expressão chocada.

– Não *essas* outras coisas – Larkyra foi logo retificando.

– Espero que não.

– Enfim... – Ela alisou as próprias saias. – Vi essas coisas porque vim ver como você estava, depois de ter passado mal durante o jantar.

– Passado mal...

O frasco de remédio caído no chão do quarto. Vazio.

Em um vislumbre enevoado, o rosto furioso do padrasto surgiu nas lembranças do lorde, a sopa com um cheiro forte de *curash*, a sensação de ser compelido a tomá-la, mesmo sabendo que causaria tanta dor... Por que ele tinha feito isso?

Hayzar, gritou uma voz na cabeça de Darius. *Sempre Hayzar.*

– E, quando entrei, você estava dormindo.

O som das palavras de Larkyra o fez voltar ao presente.

– Foi aí que vi as cicatrizes e, bem, ajudei a removê-las. A lhe curar. O máximo que pude, de todo modo.

Fez-se silêncio no recinto. A tempestade retumbante do outro lado das janelas foi a única reação a tal afirmação.

– Percebo que não acredita em mim – disse Larkyra, após alguns instantes. – E, como estava preparada para isso, vou lhe mostrar uma coisa. – A jovem colocou a xícara em cima da mesa e tirou um alfinete do vestido inacabado. A ponta afiada brilhou na luz fraca quando ela o pressionou contra a palma da própria mão e a cortou.

– Larkyra! – Darius levantou-se de supetão.

Ela soltou um suspiro de dor. Mas, tirando isso, não parecia nem um pouco abalada.

– Volte para a poltrona. Está tudo bem.

– Você é louca. – O lorde ajoelhou-se ao lado da jovem e segurou a mão dela. – Precisamos limpar esse ferimento. Tenho unguento e...

– Não. – Larkyra desvencilhou-se de Darius. – Preciso lhe mostrar. E você precisa me ouvir. Vou tentar conter os efeitos da canção, direcionando-os apenas para mim, para que você possa ouvir sem correr perigo, mas terá que tapar os ouvidos. Nunca fiz esse feitiço específico com uma pessoa desprovida de dons acordada ou sem estar amarrada.

– Do que você está...

Mas as palavras do lorde foram interrompidas quando as notas começaram a fluir dos lábios da jovem. Uma canção envolvida em uma melodia tão deslumbrante e com uma afinação tão perfeita, que o rapaz cambaleou para trás, o ar expulso de seu peito. Ele conhecia aquela voz, que ecoava em seus sonhos e entrelaçava-se em seus pesadelos, todas as noites, desde a primeira vez que a ouvira.

Mas como isso era possível?

Como *ela* poderia ser...?

Os olhos de Larkyra permaneceram fixos na própria mão, no corte que sangrava e, apesar de Darius não conseguir ver, o ar que o cercava tornou-se elétrico, um acúmulo de algo forte. Algo capaz de alterar o próprio ritmo do coração dele.

A música derramou-se da jovem, uma canção que não continha palavras, nenhuma palavra conhecida por ele, pelo menos, mas cuja melodia envolvia uma complicada história de perdão e de consertar coisas quebradas.

Darius nunca teria acreditado no que aconteceu em seguida caso não tivesse visto com os próprios olhos. A pele ao redor do corte na mão de Larkyra, que estava sangrando, começou a movimentar-se e a se fundir até voltar ao seu tom pálido de rosa, cada gota de vermelho entrando na ferida, que começou a se fechar.

A voz da jovem dissipou-se, deixando um anseio no peito do lorde, e o tagarelar da chuva e o estrondo de um trovão tomaram conta do recinto mais uma vez.

Darius continuou segurando a mão de Larkyra. Ficou olhando para a palma intacta, passando delicadamente a ponta do dedo na área onde, até então, havia um corte, sem sentir nenhuma evidência de sua existência a não ser aquela imagem, que já se apagava de seus pensamentos.

Um leve suspiro o fez olhar para cima, aproximando seu rosto do rosto de Larkyra, e seu olhar dirigiu-se para os lábios volumosos da moça, que se entreabriram para suspirar de novo. O perfume dela, de lavanda e menta, o envolveu, mais sedutor do que um banho recém-tomado. O lorde sentiu-se indefeso, incapaz de se movimentar, fosse para se aproximar ou para se afastar.

— Viu só? — disse Larkyra, e sua voz era uma lembrança sutil do poder que tinha acabado de se derramar dela, da pessoa que aquela mulher devia ser. — Completamente cicatrizado.

Darius piscou e soltou a mão dela.

— *Você...* — sussurrou. — Possui magia.

– Sim. – A jovem meneou a cabeça. – Possuo. E o que fiz com minha mão, fiz aqui também. – Larkyra pousou a mão delicada no peito do lorde. A pele dele encolheu-se toda. – E aqui. – Ela o tocou no rosto.

Darius afastou-se de repente, o eco daquela carícia era ardente, e ele ficou em pé. Sua mente girava, tentando encaixar todas as peças, tentando compreender o que estava acontecendo.

Ele tornou a olhar para Larkyra, para sua expressão tranquila, que o fitava. E, de repente, viu outra criatura sentada ali, uma criatura cujos traços estavam completamente envolvidos por pérolas negras, com um laço gigante no alto da cabeça.

Ele estreitou os olhos antes de fechá-los e tornar a abri-los. A imagem havia sumido.

– Foi você... foi você que fez isso? – Ele colocou a mão no ponto onde a camisa tapava sua pele sem cicatrizes.

Um menear de cabeça.

– Você não tinha esse direito! – A raiva tomou conta de Darius, a sensação de ter sido invadido fez a bile subir até a garganta.

– Como assim? – Larkyra arqueou as sobrancelhas, confusa.

– Por acaso faz ideia do que passei quando acordei e mal encontrei um arranhão em minha pele? Depois de anos e anos conhecendo a geografia da minha dor? Como se não bastasse eu não me recordar de como essas cicatrizes apareceram, fiquei sem saber como tinham desaparecido... Pensei... eu pensei que tinha perdido a cabeça! Que tinha, enfim, enlouquecido. Que nada do que sofri era real. – O peito do lorde doía a cada tentativa de respirar. Teve a sensação de que as paredes se aproximavam, como se quisessem esmagá-lo.

– Darius – Larkyra foi logo dizendo –, sinto muito, muito mesmo. Não tive a intenção... isto é, quando vi suas cicatrizes, não pude suportar a ideia de ter passado por tanta dor. E você passou. Realmente *passou*. Você não é louco. Sinto muito, muito mesmo. Eu só queria ajudar. *Ainda quero*.

– Ajudar com o quê? – indagou o lorde.

– Com o seu sofrimento, Darius – prosseguiu ela, baixinho. – O seu padrasto... é ele que tem lhe machucado.

Um vulcão de novas emoções entrou em erupção no âmago de Darius ao ouvir, com todas as letras, o que ele sempre pensou, mas nunca quis acreditar.

– E eu quero, ou melhor, eu *preciso* que entenda – insistiu a jovem, com toda a sinceridade – que você não tem culpa de nada disso.

Darius atirou-se na poltrona mais próxima, e todas as suas forças e a sua fúria escapuliram de dentro dele com um *VUUSH*.

"Você não tem culpa."

Lágrimas brotaram em seus olhos, seu corpo começou a tremer. Ele não sabia o quanto precisava e estava desesperado para ouvir essa afirmação, até que a frase tomou conta de seus aposentos.

"Você não tem culpa."

Você não tem culpa pela morte de sua mãe.

Você não tem culpa pela ruína de Lachlan.

Você não tem culpa pela raiva que seu padrasto sente.

Outras lembranças, há muito enterradas, vieram à tona nesse momento. Darius recordou-se de estar sentado com Hayzar, logo após a morte da mãe. Estava distraído, passando o dedo em um dos broches da duquesa, com o qual ela permitia que o filho brincasse, antes de adoecer. O menino o levava consigo desde então. Quando o padrasto percebeu, perguntou onde ele tinha pegado o broche. Darius contou e um olhar fulminante formou-se no rosto de Hayzar. O lorde não compreendeu esse olhar na ocasião, mas agora...

"Você não tem culpa."

Será, pensou Darius, *que o motivo da raiva de Hayzar poderia ser ciúme do amor que minha mãe tinha por mim?* Ele foi tomado pela tontura, e tudo desmoronou.

– Darius. – A voz baixa de Larkyra penetrou seus pensamentos revoltos.

Ela tentou segurar a mão dele, mas o lorde esquivou-se. Aquela chama ardente de raiva tomou conta do rapaz mais uma vez.

– Apagar minhas cicatrizes não vai mudar o fato de os cortes terem sido feitos – disse ele. – Nem vai impedir que tornem a aparecer.

Larkyra ficou em silêncio por alguns instantes, permitindo que os sentimentos do rapaz rodopiassem, antes de responder:

– Em relação à primeira parte, talvez não mesmo. Mas permita-me discordar da segunda. Que outro motivo eu teria para estar aqui e lhe mostrar o que acabei de fazer? O que seu padrasto faz com você, o que faz *você* fazer...

– Não tem importância – disparou Darius.

– *Claro* que tem importância.

– Não, porque não pode ser impedido.

– E se eu dissesse que pode?

O lorde fitou a jovem por um bom tempo, observando o reflexo das chamas dançando nas profundezas azuis dos olhos dela.

– Foi o Rei Ladrão que enviou você?

Foi a vez de Larkyra ficar perplexa. Coisa rara de se ver.

– O que você disse?

– Você é uma das Mousai, não é?

A jovem permaneceu imóvel, feito uma pedra.

– É difícil esquecer uma voz como a sua – explicou Darius.

Larkyra o encarou com atenção.

– E onde você poderia ter ouvido minha voz antes?

– Eu estava presente na noite em que as Mousai se apresentaram no Reino do Ladrão. Na verdade, foi na mesma noite do seu *Eumar Journée*.

Ela permaneceu em silêncio.

– Não me venha com essa – disse Darius. – Pensei que iríamos falar a verdade, Larkyra. Se é que esse é seu nome verdadeiro.

Ela endireitou-se na poltrona.

– Muito bem. Se vamos falar a verdade, então como posso chamar o homem mascarado que solicitou uma audiência com o Rei Ladrão? Por acaso ele tem o mesmo nome daquele que gosta de pilhar os baús do cofre da família?

Darius ignorou a alfinetada. Sua teoria tinha sido confirmada.

– O fato de vocês, damas da família Bassette, serem tão excêntricas faz sentido agora.

Larkyra ergueu o queixo.

– Somos exatamente como precisamos ser.

– Estranhas?

– Estranhas apenas aos olhos de uma mente fechada.

Darius se surpreendeu ao cair na risada. Realmente estava enlouquecendo.

– Diga, por acaso seu pai ignora por onde vocês andam? Ou ele tem um cargo na corte do Rei Ladrão? Deve ter, dados os seus dons e a riqueza…

– Acho melhor nos atermos a você e a seu padrasto neste momento. Ou por acaso gostaria que eu me arrependesse de ter vindo aqui e cantasse para realmente destruir sua sanidade?

E eis que ela apareceu. Aquela criatura imponente que Darius havia visto, que presidia aquele antro de pagãos, que instaurara o caos no recinto ao entreabrir os lábios. O lorde não tinha dúvidas de que ela cumpriria a ameaça, caso fosse pressionada. Larkyra podia até parecer delicada, mas o rapaz estava começando a entender que essas eram as criaturas que mais deveria temer.

– Desculpe – disse a jovem, após alguns instantes. – Foi uma grosseria lhe ameaçar dessa maneira, depois de ter me contado o que me contou.

– Não, fique à vontade. Mostre sua verdadeira face, cantora das Mousai.

Larkyra respirou fundo, como se procurasse forças para permanecer calma.

– Você tem todo o direito de não confiar em mim neste momento.

– Concordo.

– E de estar bravo.

– Também concordo.

– Mas, apesar de eu ter cometido alguns equívocos ao tentar ajudá-lo – prosseguiu a jovem –, *sou* sua amiga, Darius. Minhas intenções são as de uma aliada.

Ele a examinou por um bom tempo: seu olhar inabalável, a força de sua postura, a familiaridade de sua energia, que tomava conta dele. E sabia, apesar da presente fúria, que a jovem estava falando a verdade, porque sempre fizera isso com ele. Ainda mais agora, que se revelava e revelava o segredo da família. O lorde tinha noção do que isso poderia lhe custar.

– Tudo bem – começou a dizer, parte de sua resistência começando a minguar. – Mas pode me recriminar por ter minhas dúvidas a seu respeito?

– Não, não posso.

O rapaz não gostou do olhar de pena de Larkyra: apesar de ter sofrido, ele não queria se vitimizar.

– Então, o que mais você sabe a respeito de Hayzar ao ponto de achar que ele precisa ser detido?

– Sei que ele é viciado em *phorria*.

– Ele é o quê?

– Viciado em *phorria*.

– Você só repetiu o que disse. Como isso pode servir de esclarecimento?

– A magia só pode ser empregada por aqueles que possuem os dons dos deuses perdidos – explicou Larkyra. – Seu padrasto não foi abençoado com esses dons, mas tem injetado nas veias uma magia que foi drenada de pessoas que a têm. Esse processo faz com que a magia azede e se torne venenosa, transformando-a numa substância altamente viciante chamada *phorria*. A *phorria* age como uma droga em mortais comuns, dando uma sensação de êxtase e permitindo que tenham poderes superficiais. Essa droga corrompe a alma de qualquer homem ou mulher que a usar por muito tempo. Seu padrasto, receio, faz uso dela há muito, muito tempo. Acredito que seja por isso que você não consegue se lembrar de como as cicatrizes foram parar no seu corpo, Darius. – O olhar dela, então, suavizou-se. – Hayzar vem colocando todos aqui no castelo numa espécie de transe enquanto enfeitiça você para...

– Já chega. – As palavras dele saíram num tom ríspido, de ordem.

Larkyra permaneceu em silêncio enquanto Darius passava as mãos no cabelo e apoiava-se nos próprios joelhos. Apesar de sofrer com o mistério de seus ferimentos há anos, agora, confrontado com a verdade, sentia-se fraco demais para ouvi-la. A criança perdida de seu passado estava presa ao seu presente, à pessoa que ele era hoje. Darius temia o que poderia acontecer se ela fosse libertada.

– *Phorria* – ele ouviu a própria voz sussurrar. – Mas por quê? Por que Hayzar faria isso?

– Há muitos motivos para as pessoas desprovidas de dons buscarem esse poder superficial, passageiro – admitiu Larkyra. – Eu imagino que...

– O quê?

– Só pergunto porque estou tentando ajudar, entender, mas você consegue se lembrar quando foi, exatamente, que o duque começou a...

– Ser cruel?

Os olhos de Larkyra brilharam de remorso.

– Sim.

– Tudo mudou depois que minha mãe morreu. Eu mudei. Assim como a criadagem, esta casa, estas terras. Foi como se Lachlan por inteiro tivesse ficado de luto. E, por um bom tempo, eu aceitei isso de braços abertos.

– O que fez você mudar de ideia?

– Meu povo. Eu ainda era apenas um garoto, mas um dia peguei um barco, porque precisava sair da Ilha do Castelo e, quando dei por mim, estava atracado em Imell. Fiquei chocado com o estado da cidade. Só tinha se passado um ano, mas parecia uma década inteira de abandono. Peixarias, antes prósperas, tinham sido fechadas. Casas foram abandonadas e crianças mais novas do que eu estavam largadas na rua, famintas. Não entendi o que havia dizimado um porto tão pujante quanto Imell, com tamanha rapidez. Foi quando voltei para casa, tendo essa consciência, que meus olhos se abriram para o estado das coisas.

O lorde suspirou antes de continuar:

– Parecia que partes do castelo tinham sido saqueadas, apesar de nossa criadagem ter se esforçado ao máximo para manter as aparências. Meu padrasto dava *soirées* quase todas as noites, e seus convidados não tinham o menor pudor de ir embora levando uma tapeçaria, uma relíquia cara ou uma caixa cheia de moedas de prata. Nunca soube onde Hayzar encontrou tais companhias, mas vinham em hordas intermináveis, fedendo aos piores tipos de podridão. O duque tinha começado a beber quando a saúde de minha mãe se deteriorou, mas em silêncio e tarde da noite. Só quem chegasse bem perto conseguia sentir o bafo. Mas, um ano depois, ele se tornou um trapo, um bêbado. Um mês depois disso, não consegui mais aguentar, vendo que o pouco dinheiro que nossos vassalos conseguiam gerar era dissipado pelos vícios dele. Confrontei meu padrasto bem na frente de seus convidados. Foi a primeira vez que levei um tapa na cara.

– Ah, Darius...

– Não. – O lorde ergueu a mão, impedindo que Larkyra dissesse mais uma palavra imbuída de pena. – Foi uma boa lição. Ficou visível que Hayzar não se importava mais com nada, nem com aquilo que eu tinha certeza de que minha mãe teria desejado: o bem-estar de Lachlan. Então, assumi a responsabilidade de aprender tudo a respeito de como administrar minhas terras, apesar de não ter nenhuma autoridade para fazer isso. Nessa época, meu padrasto sumiu por um tempo, e tive esperanças, por um breve período, de que talvez nunca mais voltasse. Mas, quando voltou, estava muito mudado.

– Mudado como?

– Hayzar parecia estar... mais forte e mais jovem, de certo modo. Não ficava mais perambulando pelo castelo em trajes sujos e amarrotados, tinha tornado a se vestir de maneira impecável. Mas, sobretudo, a maneira que olhava para mim era diferente, como ele olha agora...

– Como se você fosse a presa dele.

Darius encarou Larkyra sem querer confirmar aquela afirmação, mas isso tampouco era necessário. Nunca sentira tanto medo na vida como sentiu durante aqueles primeiros anos, logo após Hayzar ter voltado para o castelo.

– As tempestades começaram pouco depois disso. E, eventualmente... os cortes.

Um longo silêncio tomou conta do recinto. O lorde percebeu que Larkyra queria dizer muitas coisas. O olhar dela, por si só, transmitia uma abundância de emoções: tristeza, raiva, arrependimento e uma promessa de vingança. Mas ela continuou calada, como se soubesse que Darius tinha acabado de revelar aquilo para si mesmo e não para ela, a libertação de um ar preso no peito, e ele seria eternamente grato por isso. Nunca tinha contado essa história para ninguém. Nunca confessara o medo que sentia do padrasto, nem para Boland. Mas Larkyra, aquela mulher que ainda era quase uma desconhecida, arrancara a confissão do rapaz, que revelou até seus pensamentos mais sombrios.

Poderia aquela tal de *phorria* realmente ser o que havia transformado Hayzar em tamanho monstro, e não apenas o fato de o duque ter um coração morto e odiar o enteado que herdara, de ter ciúme do amor que a esposa nutria pelo filho? Ou talvez fosse tudo isso, um emaranhado de dor e de luto, que impelia suas ações.

Mas será que realmente faz alguma diferença?, pensou Darius. Que importância tinha saber quando, como ou por que o duque se tornou o homem que era agora?

O que precisava ser feito para corrigir a situação não seria mais fácil se o lorde sentisse compaixão por aquele homem, e era por isso que tinha parado de fazer tais perguntas e de buscar tais respostas. A história de suas cicatrizes e de como tinham aparecido em seu corpo perdera a importância. Darius só se importava com seu povo, com suas terras e com como fazer para se libertar do animal que governava ambos.

Uma determinação renovada tomou conta do lorde, feito uma represa que se rompe, fortalecendo sua mente cansada, e ele olhou bem nos olhos de Larkyra.

– Mas, voltando a esta tal de *phorria*, você está sugerindo que tudo isso – ele gesticulou para o ambiente que os cercava –, as tempestades, o... comportamento do duque em relação a mim, pode ter sido causado por uma droga qualquer?

– Em relação à fúria do duque, que só faz piorar, sim. Esta é a minha teoria.

– Mas como saber disso pode me ajudar?

– Temos tentado descobrir quem fornece a droga para o duque – explicou Larkyra. – Comprar e vender *phorria* fora do Reino do Ladrão é proibido por lei.

– E eu que pensava que o Reino do Ladrão não tinha regras.

– Uma ideia equivocada. Tem mais regras do que a maioria dos lugares.

– Tudo bem... – disse Darius, observando Larkyra com atenção. Observando a mulher que, ao que tudo indicava, mudou a trajetória de sua vida no mesmo instante em que ele a tomou nos braços para dançar, a contragosto.

– Então este é o único motivo para estar aqui? Para descobrir quem fornece a droga para o duque, ou tem mais algum?

– Darius. – Ela sentou-se na beirada da poltrona. – Também estou aqui para ajudar.

– Sim, você não para de falar isso. Mas *como*?

Larkyra desviou o olhar por alguns instantes, e algo na expressão dela, que parecia estar pesando as próprias palavras, o fez compreender.

O Rei Ladrão tomou sua decisão, pensou Darius, odiando a dor que sentia ao pensar que Larkyra podia estar dizendo tudo aquilo não em virtude dos próprios sentimentos ou desejos, mas por obrigação, porque fora incumbida de tal tarefa.

– E qual será o preço que o Rei cobrará por sua ajuda? Será que ele não sabe que Lachlan não tem dinheiro para pagar?

Larkyra franziu o cenho ao ouvir isso.

– Sim. – O lorde deu um sorriso sardônico. – Todos aqueles baús que você viu estão ou quase vazios de dinheiro ou cheios de comida que consegui desviar de nossa cozinha ao longo dos meses, para dar aos meus vassalos. Por sorte, meu padrasto não tem conhecimento do dinheiro dos meus ancestrais, que ficou a salvo. É esse dinheiro que tenho empregado para ajudar meu povo a pagar os impostos que não conseguem mais pagar, já que as chuvas erodiram nossas terras cultiváveis e danificaram os barcos de pesca.

– E as minas? Os metais preciosos de Lachlan, que garantiram o acordo de comércio de minerais com Jabari?

– Seria um ótimo acordo, caso Hayzar não fosse apropriar-se de cada centavo. Da forma como foi estabelecido, o tratado acorrenta meu povo, porque as pessoas não receberão pagamento por seu trabalho árduo. O duque está determinado a ignorar as consequências de suas ações sobre essas terras, apesar de ser Lachlan quem paga por suas roupas finas e, ao que tudo indica, por esse vício que você comentou. Mal temos condições de pagar os poucos criados do castelo. Os que você viu quando chegou foram cedidos por Imell apenas durante aquela semana.

Larkyra ficou calada por um bom tempo, passando o dedão no corte que tinha feito na palma da mão.

– Então precisamos fazer o que eu suspeitava ser necessário.

– O quê?

– Precisamos nos livrar de seu padrasto.

Darius piscou ao ouvir essas palavras. E então, caiu no riso, uma gargalhada que veio do fundo do âmago e encheu seus olhos de lágrimas.

– Você acha isso engraçado?

– Muito.

– E por quê?

– Porque foi isso que eu disse para o Rei Ladrão, e a resposta dele foi enviar você.

Larkyra apertou os lábios.

– Tenho talento em muitas áreas, milorde, além de cicatrizar feridas e confundir criaturas com meu canto.

– Disso, não tenho dúvidas.

– Então por que está rindo?

– Porque – respondeu Darius, olhando bem nos olhos azuis da jovem – quando chegou aqui, eu achava que você seria minha ruína. Mas, na verdade, parece que será minha salvação.

Larkyra corou, e o lorde sentiu um estranho prazer retornar ao peito por tê-la deixado sem palavras. Seus próprios pensamentos estavam confusos, num embate entre seus desejos, suas obrigações e sua mágoa, mas os deuses perdidos o ajudaram a não dizer tudo o que lhe vinha à mente quando aquela criatura estava por perto.

– Sim, bem... – A jovem mexeu no tecido do vestido. – Apesar de eu ser forte, minha magia tem, sim, seus limites.

– Eu acredito que seja capaz de fazer qualquer coisa que se dispuser a fazer.

Larkyra olhou para Darius, e uma ternura infiltrou-se em seu olhar.

– Ainda assim – prosseguiu a jovem –, pensei que poderia fazer isso sozinha, mas não posso. Nós não podemos.

Isso era difícil de acreditar, mas o lorde não quis contrariá-la mais uma vez.

– Então o que você sugere?

– Precisamos fazer uma rápida viagem.

– Uma viagem?

– Sim.

– Para quê?

Larkyra sorriu pela primeira vez desde que Darius tinha acordado.

– Para falar com minhas irmãs.

CAPÍTULO VINTE E CINCO

Mais duas noites transcorreram antes que Lark se sentisse segura para sair do castelo. O duque, como ela suspeitara, rapidamente pôs fim ao seu suprimento de *phorria* após enfeitiçar Darius e se ausentou, alegando que tinha negócios a resolver na fronteira de Lachlan. Já não era sem tempo, dado que, desde o noivado, começara a tomar certas liberdades com a jovem. Liberdades essas que envolviam, principalmente, apalpadelas.

Ela se segurava para não tremer ao se lembrar disso e dos métodos que seriam necessários para sair dali sem lançar mão da magia. Quanto mais rápido aquela encrenca em forma de missão chegasse ao fim, mais rápido poderia arrancar aquele anel do dedo.

Apesar de o anel ser mesmo lindo.

Larkyra foi para a sacada de seus aposentos e caminhou debaixo do toldo de pedra até chegar à beirada. A chuva tinha ficado mais leve com a partida do duque, restando apenas uma leve garoa. Com a ausência das nuvens e da neblina, pôde admirar a vista dos lagos entremeados pelas montanhas altíssimas. À sua direita, Imell parecia uma infiltração de tons de cinza e marrom, e ela espichou o pescoço, perscrutando o céu do crepúsculo.

Ela emitiu um grito de falcão ao vento, e uma estrela prateada entrou em seu campo de visão. Kaipo veio planando e pousou na balaustrada da sacada. Agora, tinha o tamanho de um búteo-de-cauda-vermelha.

– Oi, meu querido. – A moça passou a mão nas penas sedosas do pássaro antes de amarrar-lhe um pequeno invólucro de couro na perna. – Certifique-se de que seja entregue para meu pai sem demora.

Com um guincho, Kaipo pulou da sacada e alçou voo.

Lark observou o falcão se afastar até sumir no céu, levando a carta que informava Dolion da partida do duque e perguntava até onde Zimri tinha seguido Hayzar. Não comentou o que pretendia fazer. Isso poderia ser explicado depois, apesar de ser muito provável que o plano tivesse chegado aos ouvidos do pai no mesmo instante em que a jovem teve essa ideia.

Ela vestiu o capuz da capa que roubava sombras e saiu de seus aposentos. As botas não fizeram ruído ao pisar no chão, encobertas pelo vestido preto – um dos primeiros protótipos dos modelitos criados pela sra. Everett –, que chegara bem a tempo daquela viagem. Tinha mangas compridas e dramáticas que pendiam em triângulos sob os pulsos e subiam até o pescoço, compondo um padrão de renda em formato de diamante na altura do colo. O cabelo estava preso, escondido pelo capuz, e uma máscara dourada com traços pintados de preto pendia, pronta para ser usada, dentro da bolsinha modelo retícula que Larkyra levava amarrada no pulso.

Ela se dirigiu às pressas ao final do corredor da ala de hóspedes e entrou escondida em uma das passagens reservadas aos criados. Quando saiu, seguiu as instruções de Darius: "Quando chegar à sala onde são guardados os tapetes, procure a porta de alçapão que fica bem no centro. Desça a escada até o antigo calabouço e siga o musgo que ali cresce até sentir cheiro de ar fresco. Estarei esperando depois do portão de ferro que parece estar trancado, mas sempre fica aberto".

Larkyra havia se deleitado ao ouvir os novos segredos do castelo. Um lar não era um lar sem entradas e saídas escondidas.

Enquanto percorria a prisão subterrânea, onde o ar era parado, olhou de relance para as celas vazias, clareando o caminho com sua pequena pedra luminosa. Todos os recintos tinham grilhões pendurados e o chão enlameado, e ela imaginou quem – ou o que – tinha ficado preso ali um dia. Franziu o cenho, torcendo para que Darius nunca tivesse sido uma dessas criaturas.

A conversa que ambos tiveram nos aposentos do lorde na manhã anterior deixara Larkyra perturbada. Sentiu-se péssima ao se dar conta de que, apesar de suas boas intenções, quando tentou ajudar Darius, cicatrizando suas feridas, tinha apenas ferido o rapaz ainda mais. As palavras do lorde foram um soco em seu estômago, principalmente a parte em que ele acreditava ter enlouquecido. Lark estava determinada a se redimir, a reconquistar a confiança de Darius, o que a deixava ainda mais desesperada para se sair bem na tarefa que os dois estavam prestes a executar.

Ela virou em uma passarela de pedra e sentiu o ar gelado da noite antes de avistar o portão, no fim do caminho. Um vulto oculto pelas sombras esperava do outro lado.

– Alguém lhe viu? – Darius abriu o portão de ferro, o rangido enferrujado mais pareceu um grito no silêncio da noite.

– Sim – respondeu Larkyra, guardando a pedra no bolso. – E convidei todo mundo para sair de fininho do castelo comigo.

Darius olhou por cima do ombro dela, para a passarela na penumbra, onde não havia ninguém.

– Que engraçado – comentou, seco, dirigindo o olhar para o vestido que o casaco deixava entrever. – Que roupa é essa?

– A roupa que eu deveria usar.

– Por acaso vamos a um baile?

– Se der tempo, talvez depois. Agora, coloque isso. – Larkyra entregou ao lorde uma máscara de couro vermelho antes de revelar a sua, dourada.

– Já tenho uma máscara – declarou Darius.

– Você está falando daquela coisa marrom e mofada que gruda na pele?

– Ela não é nada disso. – O lorde largou a máscara vermelha nas mãos da jovem.

– Tudo bem, mas não venha me culpar se não ouvir o fim.

– Fim do quê?

– Qual é a melhor maneira de chegar até o coreto de pedra, partindo daqui? – Larkyra virou-se para analisar a posição em que estavam, do lado leste do castelo, a floresta escura se alastrando morro abaixo. A Lua cheia estava bem alta no céu, roçando sua luz enevoada pela paisagem.

– O coreto?

– Sim, aquele no meio das árvores, lá embaixo.

– Não é nada fácil chegar, partindo daqui.

– Melhor ainda.

Ela começou a descer o declive, até que a mão enluvada de Darius segurou seu braço e a puxou para trás. O corpo dela ficou bem próximo ao do lorde, e o calor que vinha de seu vulto escuro, trajando capa, era mais do que convidativo naquele ar gelado. Larkyra segurou-se para não chegar mais perto de Darius.

– É melhor não ir reto, mas entrar pela ponta sul da ilha.

– Tudo bem. Vá na frente.

Os dois caminharam em silêncio. O eco das ondas arrebentando no penhasco, do outro lado da ilha, era o rufar de tambores que guiava seus passos.

– O que você disse a Boland para convencê-lo a não meter o bedelho curioso em seus aposentos enquanto estivermos fora? – perguntou Larkyra, enquanto embrenhavam-se pela floresta.

– Que eu queria ficar em meus aposentos e que ninguém me incomodasse até uma ordem contrária.

– Só isso?

Darius assentiu.

– Bem – ela suspirou em censura, afastando um galho que estava em seu caminho –, deve ser muito bom conseguir que as pessoas obedeçam a suas ordens com tamanha facilidade.

– Sou o dono deste lugar. Não preciso dar explicações de meus atos para os criados.

A jovem arqueou as sobrancelhas ao ouvir isso.

– Não precisa mesmo, *Alteza*.

Darius franziu o cenho.

– Até porque você disse que Boland viu os cortes no meu rosto. Fiz questão de ficar de costas para ele quando dei essa ordem. Meu valete sabe que tendo a me esconder até minhas feridas cicatrizarem. Não seria a primeira vez.

A explicação silenciou Larkyra, a vergonha atingindo-a no peito.

– O que você disse para Clara? – quis saber o lorde.

– Que eu estava no meio de meu sangramento mensal e, se avistasse alguém entrando em meus aposentos ou vindo me amarrar num espartilho, atiraria carvões em brasa na pessoa.

Darius parou de andar.

– O que foi que você disse?

– Meu sangramento mensal – repetiu Larkyra. – Sabe, aquela coisa que a mulher tem durante boa parte da vida, a partir do momento em que ela...

– Sim, sim. – O lorde sacudiu a mão. – Eu sei o que é... quer dizer, quando a mulher... – Ele pigarreou. – Estava me referindo à ameaça de atirar carvões em brasa.

– Ah – Larkyra continuou andando, a escuridão do caminho cortada apenas pelo luar, que iluminava entre a copa das árvores. – É um desejo perfeitamente normal para algumas mulheres durante esse período.

– Você se encaixaria na categoria "algumas mulheres"?

– Ah, sim. Posso até estar no topo da lista.

Darius lançou-lhe um olhar de desconfiança, o que a fez sorrir.

– Não se preocupe – declarou Larkyra. – Não estou tendo minhas regras *de fato*. Ainda falta, pelo menos, uma semana.

– Que bom saber disso. – O lorde, de repente, pareceu estar muito interessado no chão.

– É claro que você não entenderia de tais assuntos, já que cresceu sem ter nenhuma mulher por perto. Mas será um prazer lhe explicar, se quiser.

– Muito obrigado, mas acho que prefiro permanecer na ignorância a respeito desse assunto.

– Isso me parece muito pouco prático. E quando você tiver uma esposa?

– Esposa?

– Sim. Com certeza vai querer ajudar a aliviar a dor que ela sente durante esse período.

– De que adiantaria, se vou condená-la a sofrer de outro modo, obrigando-a a morar neste lugar? – Darius apontou para a floresta que se esparramava em volta dos dois. – Não, não vejo nenhuma esposa em meu futuro.

Larkyra franziu o cenho e os dois ficaram em silêncio.

"Não vejo nenhuma esposa em meu futuro."

Por que doeu tanto ouvir isso?

– Mas e se nos sairmos bem em nossa missão e Lachlan voltar a ser como era, do jeito que você se lembra? – questionou a jovem.

– Ainda que eu ouse ter esperança de que isso aconteça um dia – respondeu o lorde –, temo que não voltarei a ser como eu era, em minha lembrança. Quem iria querer uma pessoa corrompida feito eu?

– Você não é corrompido, Darius. – Lark encostou no braço dele e percebeu que o rapaz ainda se encolhia todo.

Ela permaneceu firme, contudo, sabendo que essa reação se devia ao fato de ele acreditar que estava arruinado. Mas ambos tinham cicatrizes, ambos se continham por medo do que poderia acontecer se ousassem se abrir. Larkyra não permitiria que Darius acreditasse ser o único que não podia ser curado. Se ela foi capaz de se encontrar e de sair da própria escuridão, o rapaz também seria.

– Sabe o que eu vejo quando olho para você? – perguntou a jovem. – Vejo uma pessoa corajosa, que lutou para proteger seu povo do pior tipo de monstro: a crença de que ninguém os ama.

O pomo de adão do rapaz ficou saliente, porque ele engoliu em seco ao ouvir essas palavras.

– Apesar das sombras de Lachlan, você demonstrou para seus vassalos que eles ainda são importantes. Essa não é uma atitude que uma pessoa corrompida teria, Darius.

O lorde a olhou nos olhos, e um poço de emoção derramou-se dele quando se aproximou da jovem.

O coração de Larkyra acelerou. Sua mão ainda segurava o braço dele e não queria soltar jamais.

– Larkyra, eu...

– Sim? – perguntou ela, quase implorando.

Mas, seja lá o que Darius iria dizer ou fazer, o momento se foi, substituído por uma surpreendente lufada de ar gelado quando ele sacudiu a cabeça e se afastou.

Larkyra soltou o braço do lorde, sua mão pendendo na lateral do corpo.

– O coreto fica logo depois daquelas amoreiras – declarou Darius, afastando alguns galhos e revelando uma pequena clareira naquele trecho de mata fechada.

A jovem respirou fundo, trêmula, tentando acalmar sua magia, que rodopiava, decepcionada, dentro do peito.

– Muito obrigada – disse ela, entrando na clareira circular onde ficava o coreto, uma construção de pedra antiquíssima com uma intrincada abóboda de vitral.

– Por que precisamos vir até aqui mesmo? – indagou o lorde.

Larkyra virou-se para ele ao chegar no centro da plataforma. O coreto precisava de reparos, precisava que alguém arrancasse as ervas daninhas que cresciam pelas colunas, mas sua beleza era inegável.

– Sempre que possível, é melhor estar a céu aberto, em um local mais isolado, quando se usa uma chave de portal – explicou. – Assim teremos mais opções de direção para sair correndo quando voltarmos.

– Você acha que precisaremos sair correndo?

A jovem deu de ombros.

– É melhor ter essa opção do que não ter. – Ela abriu a bolsa e pegou uma moeda com bordas douradas. A parte do meio era preenchida com um óleo que se movimentava, como se contivesse estrelas presas.

– Isso é uma chave de portal? – perguntou Darius.

Ela assentiu.

– Uma chave feita sob medida para uma porta que já está marcada.

– Existem outros tipos?

– Muitos outros. Mas só os seres mais poderosos são capazes de criá-los. A maioria que você vai encontrar foi roubada do bolso de algum cadáver.

O lorde arregalou os olhos.

– Não se preocupe – prosseguiu a jovem. – Esta aqui não faz parte dessa história. Agora coloque seu saco marrom na cabeça.

– Eu não trouxe um saco.

– Claro que trouxe. Está aí na sua mão.

– Isso é minha *máscara*.

– Tem certeza? Eu poderia jurar que vi os cavalariços colocando cocô de cavalo dentro de alguma coisa que era bem parecida...

– Se não parar com essas bobagens – disse Darius –, vou obrigar *você* a usá-la.

– Uma ideia divertida, mas declino do convite.

– *Larkyra* – resmungou o rapaz.

– Que foi? Eu avisei que não ia parar de falar disso.

– Tudo bem, me dê esse maldito disfarce novo.

Ela lançou um olhar radiante para o lorde e entregou-lhe a máscara de couro vermelha.

Darius não disse uma palavra ao colocá-la, não admitiu que a sensação, em contato com a pele, era muito melhor: parecia nem estar usando nada. Larkyra sabia dessas características, porque procurara a máscara em suas coisas especialmente por este motivo.

Mesmo assim, Darius apenas fez careta e permaneceu calado.

Já Larkyra demonstrou-se satisfeita ao colocar a própria máscara, que tinha um brilho dourado. Ela pegou um broche da gola do vestido, tirou uma das luvas, furou a ponta do dedo e observou uma perfeita esfera carmim formar-se antes de pingá-la no meio da moeda. Então levou a chave até os lábios, sussurrou um rápido segredo que guardava no fundo do coração e sorriu, pois a chave ganhou vida, com um redemoinho em tons de amarelo, vermelho e roxo.

– Aonde você disse que esse portal nos levaria? – perguntou Darius.

– Eu não disse. – Larkyra jogou a moeda para cima. A chave virou-se uma, duas e, na terceira vez, ficou parada no ar. Uma cortina surgiu diante dos dois, formando um túnel escuro. – Fique bem atrás de mim – instruiu ela. – E aconteça o que acontecer, não tire a máscara.

Dando as costas para o lorde, a jovem pisou no portal e entrou em outro mundo, um mundo mergulhado no caos.

Meu lar.

CAPÍTULO VINTE E SEIS

O Reino do Ladrão alastrava-se lá embaixo, uma reluzente cidade azul-noite. As mesmas estalactites e estalagmites que Darius vira em sua primeira visita alongavam próximas umas das outras, interligando-se no centro, as luzes de mil casas escavadas nas laterais. O enorme castelo de ônix sobressaía-se, imponente, no centro de tudo isso, os patamares pretos e pontiagudos um indício das intenções ainda mais afiadas que havia lá dentro, enquanto o chão daquele mundo cavernoso era coberto por uma extensa cidade escura, formada por casas com teto de sapê.

– É por aqui – indicou Larkyra, começando a descer por uma trilha que acompanhava os limites rochosos da cidade.

Não era tarefa fácil seguir o vulto da jovem, que entrava e saía do campo de visão do lorde, a capa dela parecendo camuflá-la sempre que se aproximava de sombras. Mais um mistério para pôr na lista.

Adaptar-se foi uma lição difícil que Darius foi obrigado a aprender conforme crescia, único motivo pelo qual conseguira lidar de tal forma com os desdobramentos dos últimos acontecimentos. Se existia alguém que conhecia a arte de assumir diferentes formas e papéis, esse alguém era ele. E, apesar de agora ser difícil aceitar que tinha alguma semelhança com aquela mulher que adentrava as profundezas do Reino do Ladrão com tanta autoconfiança, o rapaz sabia que, na verdade, ambos tinham muito em comum. Eles vivenciaram a perda da mãe, sabiam o que era ter que arcar com muitas responsabilidades e – disso, Darius suspeitava – carregavam um fardo de culpa e cicatrizes invisíveis de algo que acontecera há muito tempo.

E, apesar de, vez ou outra, não conseguir conter uma pontada de decepção e mágoa quando a olhava, o rapaz compreendia que o motivo por trás de suas ações era bom. Além do mais, Larkyra estava ali para ajudar Lachlan a mando do rei, e Darius precisava lembrar-se disso constantemente.

Apesar de não saber como faria para pagar pela ajuda do Rei Ladrão, o lorde teria o maior prazer de assumir qualquer dívida, por toda a eternidade, para ter suas terras de volta e restaurar a vida de seu povo.

– Não olhe para as mãos que tentarem encostar em você. – Larkyra diminuiu o passo até ficar ao lado de Darius quando chegaram à cidade e entraram em um beco exíguo e lotado de gente. – Eles fazem um feitiço nos pulsos para simular que têm joias e roubar os bolsos dos curiosos.

A rua de paralelepípedos estava repleta de criaturas, que se esgueiravam pelas laterais das casas de madeira e das vitrines de lojas. Diversas janelas às escuras estavam com as venezianas escancaradas, com garras afiadas, pingentes de pedras, penas cerimoniais e outras bugigangas para fazer feitiços penduradas nas ripas. Havia uma pessoa mascarada de prontidão em cada uma das janelas, esperando que alguém se aproximasse à procura de alguma quinquilharia para comprar.

– Esta é a Via dos Andarilhos – sussurrou a jovem, fechando mais a capa, como se quisesse esconder a roupa que estava usando por baixo dela. – Se estiver procurando amuletos, bruxaria, maldição ou realizar algum desejo, pode encontrar isso aqui. Só que a relação custo-benefício nunca compensa.

Darius manteve os olhos fixos à frente, ao mesmo tempo em que tentava assimilar o máximo possível daquelas pessoas que o cercavam, vestidas com trajes esfarrapados, mas elaborados, que mais pareciam saídos do guarda-roupa esquecido de algum lorde ou de alguma lady excêntricos. Os tecidos refinados estavam cobertos de fuligem e sujeira, e buracos revelavam pedaços de pele com verrugas e feridas, coisas que seria melhor esconder. Todos usavam máscaras, algumas feitas do mesmo tecido da roupa, outras improvisadas com materiais mais rudimentares.

Era um bairro clandestino e depravado, onde imperavam os cochichos e os olhares sombrios. E, apesar de aquela ser a primeira vez que o lorde punha os pés naquele lugar, ele teve certeza de que ali nada passava despercebido.

– Este é mesmo o melhor trajeto até nosso destino? – questionou, acompanhando Lark até uma praça pavimentada de pedras, com um chafariz preto e reluzente cuspindo água bem no centro.

– Os trajetos mais rápidos nunca são os melhores – respondeu ela. – Mas temos que...

– Quer alguma coisa bonita para o seu belo e jovem prisioneiro? – Um homem de cartola, ou, descrevendo-o mais apropriadamente, um esqueleto brotou de um canto escondido pelas sombras e abriu um estojo escondido sob o casaco cinzento. O sorriso tomava conta de todo o seu rosto, os dentes tinham sido lixados até ficarem pontiagudos.

Darius estava prestes a olhar para dentro do estojo quando Larkyra pulou na frente dele, bloqueando a vista.

– Eu manteria distância – a voz da jovem saiu feito a letra de uma canção sombria – caso não tenha como pagar com sangue.

Ao que tudo indicava, o que quer que a pilha de ossos tenha ouvido ou visto quando encarou a máscara dourada de Larkyra exauriu a cor que ainda restava em seu rosto. Ele fez uma mesura, como quem pede desculpas, e afastou-se correndo.

– O que era aquilo? – Darius não demorou para acompanhar os passos apressados da jovem.

– Um ladrão de pele – respondeu ela, já descendo uma escadaria que levava a uma galeria subterrânea. Havia lampiões verdes e amarelos pendurados no teto baixo, em torno dos quais centenas de mariposas luminescentes voejavam, atraídas por sua luz quente. – Se tivesse olhado no espelho interno do estojo, teria dado permissão para que ele usasse sua aparência quando bem entendesse.

– Mas eu estou de máscara.

– Como a maior parte das pessoas aqui. – Lark desviou de um grupo que tentava pegar as mariposas. – Na maioria das vezes, máscaras são mais identificáveis do que a pele ou as escamas que escondem. – Nessa hora, a jovem virou o rosto dourado para uma criatura baixinha e mascarada que os seguia com o olhar. Quando ela olhou para a criatura, a mesma soltou um guincho, encolheu-se toda e sumiu de vista.

– Você é um tanto apavorante – confessou Darius.

– Obrigada – disse Larkyra, e seu sorriso transpareceu por baixo da máscara.

– Isso não a incomoda?

– O quê?

– As coisas que precisa fazer para gozar da reputação que tem por aqui.

A jovem virou o rosto e, de repente, esticou o braço para pegar uma mariposa luminosa. O inseto ficou batendo as asas, indefeso, entre seus dedos.

– Não fico remoendo isso ao ponto de me incomodar.

– Acho que eu não seria capaz de fazer o que você faz – admitiu Darius.

O lorde conseguiu enxergar o olhar de mágoa da moça por baixo do disfarce e foi logo se explicando.

– Não estou recriminando...

– Acredito que está, com certeza.

– Não, nem um pouco. É só que... bem, você disse que sou corajoso, mas não há como negar que é muito mais corajosa do que eu.

Ela deu de ombros.

– É assim que o mundo funciona, só isso. Todos nós fazemos o que fazemos porque precisamos. E certas maldades só dão frutos quando causam dor. É a intenção por trás do sofrimento que conta. Você pergunta se meus poderes me incomodam: é claro que sim. As ações que sou capaz de... as coisas que já fiz... – Larkyra sacudiu a cabeça. – Não posso pensar nelas por muito tempo, senão enlouqueço, como as pessoas afetadas pela minha magia. Eu me apego no bem que posso fazer, que *já fiz*, apesar dos métodos que tive de empregar. – Ela afastou-se do lorde nesse momento, para que ele pudesse assimilar suas palavras.

Larkyra passou a mão em uma fumaça com cheiro florido que saía de uma rachadura e a mariposa que segurava parou de se movimentar, instantaneamente. Quando esticou os dedos, as asas da criatura abriram-se, revelando um pequeno cilindro nas costas. A jovem tirou um minúsculo papel enrolado da bolsinha retícula que trazia no pulso, enfiou no compartimento e o fechou. Em seguida, fechou os olhos e murmurou algo entredentes antes de levantar a mão, fazendo a mariposa bater as asas, alçar voo e entrar em um buraco no teto de pedra da galeria, por onde outros insetos da mesma espécie também entravam.

– O que acabou de acontecer?

– Enviei uma mensagem para as pessoas que precisam vir nos encontrar.

– Mas como a mariposa sabe quem elas são ou onde estarão?

A jovem parou na escadaria que saía da rua cintilante.

– Bom, eu não sei ao certo. Apenas revelamos nossas intenções e soltamos a mariposa.

– Isso me parece um modo incerto de mandar notícias.

– Só que as mariposas mensageiras nunca deixaram de entregar uma mensagem.

Darius repassou essa resposta em pensamento enquanto caminhavam até o limite da cidade. As casas dilapidadas transformaram-se em paredes de terra, até que os dois passaram por uma fenda saliente na parede da caverna. Larkyra o levou até um pequeno riacho que interrompia o chão rochoso, e ambos mergulharam em uma gruta subterrânea. Água caía do meio do teto, derramando-se em uma piscina de pedra aos pés dos dois. Uma luz roxa emanava de suas profundezas, iluminando o local.

– Larvas da água – explicou a jovem, endireitando as saias enquanto se acomodava em um banco de pedra. – São parentes próximas daquelas que brilham no céu do Reino do Ladrão.

O lorde desviou os olhos da luz para examinar o resto do ambiente. A gruta circular era um lugar tranquilo, com aquela luz violeta. A água caía em um ritmo incessante, bem no centro. Só havia uma entrada e nenhum outro banco além daquele no qual Larkyra tinha se sentado.

Ela foi para o lado, abrindo espaço para o rapaz se acomodar.

– É melhor você se sentar. – O rosto dourado da jovem ergueu-se por baixo do capuz. – Pode demorar um pouco.

– Mas não temos esse tempo.

– Temos o tempo que for necessário.

Com resignação, Darius acomodou-se ao lado de Larkyra naquele banco pequeno, as saias pretas do vestido dela roçaram nas pernas dele. Tentou ignorar aquela proximidade entre ambos, o perfume de banho tomado da jovem, que deixou sua pele febril. Nos últimos dias, mais do que nunca, queria ficar longe dela e, pela primeira vez, isso não tinha nada a ver com raiva, mas com uma sensação diferente... Uma sensação que Darius tentava, desesperadamente, abafar, que o fazia imaginar como seria envolvê-la em seus braços, contrariando todo o bom senso.

– Esse broche. – O lorde encostou na rosa prateada que despontava por baixo da capa da jovem. – Boland tem um bem parecido.

– Tem, é? – perguntou Larkyra, mudando de posição para esconder o acessório.

Darius franziu o cenho e olhou com mais atenção.

– É o dele, não é?

Era   esclareceu a jovem. – Agora é meu.

– Ele lhe deu?

– Não exatamente.

O lorde esperou que ela se explicasse, mas, conforme os grãos de areia transcorriam, a queda d'água produzindo o único ruído no ambiente, a indecisão de Larkyra ficou aparente...

– Você roubou dele? – A perplexidade do rapaz estava estampada em seu tom de voz.

A jovem pigarreou.

– Sim.

– Mas por quê?

– Boland não foi lá muito gentil comigo – acusou a jovem. – Na verdade, acho que ele odeia o simples fato de eu estar no castelo.

– E isso lá é motivo para roubar um de meus criados mais leais? – perguntou Darius, decepcionado.

O lorde sabia que a jovem era uma ladra, mas aquilo... aquilo lhe pareceu pura mesquinharia, mesmo tratando-se dela.

Larkyra encarou Darius com um ar de culpa.

– É *um* motivo, com certeza.

– Não, não é. Você sabe que meu povo mal tem dinheiro para comprar comida, que dirá uma linda joia como essa. Boland adora esse broche.

– Bem, na ocasião, eu não tinha conhecimento do estado das coisas em Lachlan – admitiu Larkyra, com a voz embargada, já tirando o broche do vestido. – Tome. Pode devolver para Boland. Desculpe.

Darius examinou o objeto em suas mãos.

– Você roubou mais alguma coisa como essa?

– Em Lachlan? Não.

– E em outros lugares?

O silêncio da jovem bastou como resposta, e o lorde sacudiu a cabeça, perplexo.

– Por quê? – tornou a perguntar. – Você é de uma família rica, por que teria necessidade de roubar esse tipo de quinquilharia dos outros?

Lark ficou mexendo no tecido da luva, mais folgado no dedo anular decepado. Darius sabia que havia enchimento ali para que o dedo parecesse inteiro.

Ela está nervosa, pensou, surpreso.

Com toda a delicadeza, ele segurou a mão dela, impedindo que se movimentasse. Larkyra arregalou os olhos azuis e os dirigiu a ele.

– Pode me contar – garantiu o lorde. – A essa altura, já fizemos tantas revelações que não há necessidade de parar agora.

A jovem soltou um suspiro trêmulo e virou o rosto.

– Sempre foi difícil controlar meus dons, já que são ligados à minha voz. Quando eu era criança, não sabia que essas duas coisas podiam ser separadas. Se eu chorasse, minha magia também chorava; se risse, meus poderes também riam. Mas não fazia diferença se eu estivesse feliz ou triste: meu dom sempre causava dor. Como eu me via fazendo mal a outras pessoas, à minha família, aos meus amigos, apenas por ter aberto a boca, parei de falar por muito, muito tempo – confessou ela. – Precisei... e ainda preciso... de uma quantidade exaustiva de disciplina para comandar minha magia adequadamente. Não raro, sinto que não poderei ser livre de verdade por causa dela. E... bem, isso me deixa com raiva, o fato de ter que permanecer calma o tempo todo. De nunca poder me irritar demais, de ter medo do que pode acontecer se eu abrir a boca quando me sinto assim. Acho que roubar essas coisas...

– Permite que tenha uma liberdade que não causa sofrimento físico aos outros – completou Darius, sentindo uma dor no próprio peito ao ouvir as palavras de Larkyra, porque agora a compreendia. Porque sabia muito bem como era sentir-se encurralado pela própria necessidade de controle. Como era procurar pela mais mísera gota de trégua.

– Sim – concordou ela, e seus olhos azuis brilharam por trás da máscara.

Darius apertou a mão dela.

– Mas você precisa saber que seu autocontrole compensa, porque a magia que me mostrou não tem nada de dolorosa. Ou por acaso você se esqueceu de que me curou?

– Mas causei dor a você quando acordou. Eu...

– Talvez, no início – interrompeu ele. – Mas agora... agora você me fez lembrar que nem todo toque é imbuído de dor. – Ao expressar esse entendimento, uma onda de choque fez o corpo inteiro do lorde tremer, ao mesmo tempo em que um peso foi tirado de seu coração.

Larkyra respirava rápido, no mesmo ritmo das batidas do coração de Darius. Estava tão perto, o calor de seu corpo infiltrava-se no corpo do lorde. O rapaz teve vontade de tirar a máscara da jovem, de olhar seus lábios volumosos e passar a mão na pele macia de seu rosto.

– Sinto muito – disse Larkyra, depois de alguns instantes.

– Pelo quê? – perguntou Darius.

– Por precisar que alguém o lembrasse disso, para começo de conversa.

Ela então se levantou, deixando apenas um rastro de frio, bem na hora em que murmúrios baixos ecoaram pela abertura da gruta.

O lorde virou-se e avistou dois vultos, ambos com capas e máscaras douradas idênticas às de Larkyra, entrando pela abertura. Logo atrás, entrou um homem muito bem vestido com uma máscara prateada, seguido por uma quarta criatura que não precisava de apresentações ou disfarces: os Achak sobressaíam-se por sua altura, e sua cabeça raspada quase bateu na entrada da gruta. Os olhos violeta pousaram em Darius, com certeza divisando muito mais do que o que estava à mostra. O lorde expulsou a tontura causada pelo instante de intimidade que acabara de ter com Larkyra.

– Passarinho que canta! – A mulher mais baixa veio correndo ao encontro de Larkyra e quase a levantou do chão quando a abraçou. Por um instante, a capa nanquim das duas virou uma coisa só. – Ah, como você está magrinha. – Ela colocou a jovem no chão antes de virar o rosto, que estava encoberto por aquela máscara sem expressão, para Darius. – O senhor não tem comida em seu castelo, milorde?

Ele ficou perplexo por ter sido reconhecido apesar do disfarce, até se dar conta de que conhecia todas aquelas pessoas, com exceção do homem prateado: o capuz de couro, a gola alta e as mãos enluvadas ocultavam qualquer indício de sua identidade.

– Sua irmã teve muitas oportunidades para se entupir de comida – garantiu Darius, dirigindo-se a Niya. Ao menos, pela altura, ele supunha ser a irmã do meio das garotas Bassette.

– Verdade? – Niya tornou a virar-se para a irmã. – Então por que está tão magra, minha querida?

– Podemos discutir meu peso outra hora? – Foi a resposta um tanto ríspida de Larkyra.

– Essa foi a única decisão sábia que, ao que tudo indica, você tomou ultimamente – declarou a outra irmã, ficando entre o homem prateado e os Achak. Uma frieza emanou de seu corpo coberto pela capa.

A gruta gotejou enquanto Darius assimilava o fato de que aquelas três eram as mesmas criaturas que ele vira se apresentar: as apavorantes e tentadoras Mousai.

– Posso entender por que você pensa assim – Larkyra dirigiu-se à irmã. – Mas eu o trouxe aqui por um bom motivo.

Com um movimento de mão dos Achak, a entrada da caverna onde estavam foi coberta com terra. Não havia mais como sair nem como entrar.

– Que tal ficarmos mais à vontade para ouvir o bom motivo de Lark? – sugeriram os antiquíssimos, e mais bancos surgiram em volta deles.

– Graças aos deuses perdidos. – Niya tirou o capuz, revelando primeiro seu cabelo ruivo flamejante, depois a pele branca, para em seguida tirar a máscara. – Só suporto ficar escondida nessas coisas malditas por certo tempo. – Ela rodopiou, tirando a capa e deixando à mostra o elaborado vestido cor de pêssego, cujas aplicações abraçavam suas curvas.

Os demais fizeram a mesma coisa: sentaram-se e tiraram as máscaras e as capas. Darius voltou a respirar ao sentir o ar frio da gruta em contato com a pele.

– Esse vestido – disse Niya, com um suspiro de assombro, olhando para Larkyra. – Onde foi que o arranjou?

– Ah, esse modelito? – respondeu a jovem, afofando as volumosas saias pretas. – É só uma coisinha que a sra. Everett fez para mim de improviso.

– É... divino. – Niya pareceu estar sofrendo quando pronunciou essas palavras.

– E era para ser mesmo. Dizem que a sra. Everett é a melhor costureira de Lachlan.

– Sim – interveio Darius. – Mas deve ser porque ela é a única costureira...

– A única costureira – Larkyra o interrompeu, colocando a mão no braço do lorde – com uma coleção tão grande de tecidos. Tenho certeza de que consigo marcar uma hora para você, querida, se for para Lachlan. A sra. Everett e eu ficamos muito íntimas, e ela terá todo o prazer de cancelar seus muitos compromissos para ajudar uma de minhas irmãs.

– Isso seria um encanto – declarou Niya, olhando para a mão da irmã, que ainda estava no braço do lorde.

Larkyra tirou a mão na mesma hora, e Darius odiou o fato de ter inclinado levemente o corpo na direção dela.

Pelo mar de Obasi. Ele precisava se recompor.

O lorde pigarreou e virou-se para observar o homem que, até há pouco, usava uma máscara prateada, e agora estava sentado, com o rosto completamente à mostra. O tom de sua pele perdera um pouco do contraste por causa da luz cintilante da piscina, e os olhos castanho-claros faiscavam, refletindo essa mesma luz.

– D'Enieu – disse Darius. – Não sei como, mas não me surpreende encontrá-lo aqui.

– Então somos da mesma opinião, porque posso afirmar a mesma coisa a seu respeito.

– É mesmo?

– Sim. – Zimri lhe dirigiu um sorriso seco, apontando para as irmãs. Quase sempre, as coisas não sacm como plancjado quando cssas três estão envolvidas.

– Esse comentário me ofende. – Niya cruzou os braços em cima do peito.

– A mim também. – Arabessa arqueou a sobrancelha.

– Além do mais – interveio Larkyra –, quando as coisas não saem como o planejado, talvez o curso alternativo seja aquele que deveria ter sido tomado desde o início.

– Nem eu consigo entender essa lógica – disse Zimri.

– Na verdade, essa lógica faz todo o sentido – comentaram os Achak.

– Viu só? – Larkyra empertigou-se no banco.

O olhar de Darius pulava de uma pessoa para outra, em uma rápida sucessão, enquanto cada uma falava. *A gente realmente precisa permanecer atento para acompanhar essa turma*, pensou o lorde, perplexo.

– Mas essa lógica não explica por que fomos convocados para vir até aqui de última hora, nem por que está acompanhada – insistiu Zimri. – Quando a sua mariposa mensageira chegou, eu já estava de partida para o lugar que você indicou no bilhete entregue por Kaipo.

– A mensagem era para minhas irmãs e para os Achak, não para você.

– Ainda bem, então, que eu estava com Arabessa na hora em que a mensagem chegou.

– Verdade. – Larkyra lançou um olhar de curiosidade para a irmã mais velha.

Arabessa fez careta, olhando para Zimri.

– O que me faz pensar em outro assunto – prosseguiu o homem. – Lorde Mekenna, suponho que, agora, o senhor saiba qual é a ligação que nós, presentes nesse recinto, temos com as Mousai, assim como a ligação que as Mousai têm com este lugar.

Darius titubeou por alguns instantes.

– Acredito que sei, sim.

– Posso ver sua mão? Só por garantia?

– Minha mão? – O lorde franziu o cenho, levantando a mão enluvada para D'Enieu, que estava sentado à sua frente.

Rapidamente, Zimri tirou a luva de Darius, dizendo "Minhas sinceras desculpas" antes de apertar um cilindro prateado contra a ponta de um dos dedos do lorde. O rapaz sentiu uma fisgada de dor antes de uma luz forte aparecer, entrar em sua corrente sanguínea e sumir, deixando apenas um formigamento no dedo.

– Pelos deuses perdidos, homem. – Darius puxou o braço. – O que foi isso? – Ele chupou o pontinho vermelho que havia ficado na ponta do dedo.

– Não há nada com o que se preocupar – explicou Zimri, entregando o diminuto dispositivo para os Achak que, com um floreio da mão, o fez desaparecer. – Isso apenas garante que, caso o senhor tente revelar quem são as Mousai ou qualquer coisa a respeito da ligação delas com o Reino do Ladrão, perderá a língua.

Darius piscou e, por reflexo, tapou a boca com a mão.

– Como é que é?

– Ela vai crescer de novo – garantiu Zimri.

– Uma hora ou outra – completou Niya.

– Não que não confiemos em você – explicou Larkyra. – É apenas...

– Uma garantia – concluiu Zimri. – Tenho certeza de que o senhor é capaz de entender.

– Ao que parece, não tenho outra opção.

– E por falar em segredos revelados... – interveio Arabessa, sua postura reta feito um cabo de vassoura. – Que tipo de encrenca estamos tentando resolver com a presença de Lorde Mekenna?

– Encrenca nenhuma – respondeu Larkyra, na defensiva. – Quero apenas cumprir a tarefa que me foi designada.

– Apesar dos Achak respaldarem essa teoria – comentou Zimri –, não vejo como isso poderia ser verdade.

– Pensando bem... – Niya levou o dedo aos lábios. – Deve haver, provavelmente, *várias* maneiras de isso ser verdade.

– Criança. – Os Achak colocaram a mão no joelho de Larkyra. – Conte logo a sua história antes que entremos num círculo hipotético interminável.

– É isso que estou tentando fazer desde o início – disse a jovem, lançando um olhar fulminante para as irmãs antes de começar a contar a longa história que culminou com ela e Darius indo parar naquele mundo escondido dentro de Yamanu.

Quando Lark terminou seu relato, o único ruído que podia ser ouvido no interior da gruta era o gotejar da água. O lorde se deu conta de que apertara tanto a lateral do banco de madeira onde estava que pequenas farpas fincavam suas mãos enluvadas. Não estava preparado para ouvir o relato da jovem a respeito de todas as noites que saíra para espionar, à procura do cofre da família, nem de sua decepção ao descobrir a verdade em relação à penúria de tais cofres. Também não foi fácil ficar sentado sem dizer uma só palavra quando, enfim, Larkyra contou o que o padrasto do lorde fizera durante o jantar e, depois, na sala de visitas, os cortes brutais que o rapaz fora obrigado a fazer no próprio rosto. Darius não sabia se ela tinha exagerado em alguns detalhes para conquistar a compaixão das irmãs ou mantido alguns detalhes de fora, por serem macabros demais. De todo modo, sentiu-se enjoado, o estômago revirando-se como se mil espinhos o espetassem. Seu único alívio veio quando se deu conta de que Lark não comentaria nada sobre suas outras cicatrizes. Ao que tudo indicava, a jovem tinha compreendido que só cabia a ele contar essa história.

– Agora vocês entendem que, apesar de ainda precisarmos descobrir quem anda contrabandeando *phorria*, temos um problema maior, que não pode mais ser ignorado – disse Larkyra, sentada ao lado de Darius.

– Precisamos ajudar Lachlan, não roubando, mas eliminando Hayzar.

E o Lorde Mekenna conhece o comportamento do duque melhor do que ninguém, assim como a criadagem e os caminhos que levam à Ilha do Castelo. Além do mais... eu não podia mais esconder a verdade dele, muito menos depois de ter cicatrizado suas feridas, como fiz.

– Sim, concordo. – Niya meneou a cabeça. – Mas o mais importante é que você está noiva!

– Sério *mesmo*? – Arabessa franziu o cenho para a irmã.

– O que foi? Ficar noiva é empolgante, principalmente na primeira vez.

– Nenhum dos seus noivados conta. Você enfeitiçou o primeiro para que ele lhe pedisse em casamento, ameaçou o segundo, e o terceiro estava apaixonado demais para se dar conta de como seria horrível um futuro ao seu lado.

– A inveja não lhe cai nada bem, Ara. – Niya alisou uma pequena ruga no vestido. – Além do mais, não *continuei* noiva de nenhum dos três.

– O que torna tudo muito melhor.

– Exatamente. Agora, me dê a mão. – Niya debruçou-se sobre Larkyra. – Deixe-me ver esse anel.

A queimação no estômago de Darius pronunciou-se mais uma vez, subindo pela garganta, porque a luva de Larkyra foi arrancada para deixar à mostra o anel de rubi vermelho, no dedo pela metade. Apesar de a jovem ter dito que tudo não passava de uma farsa, ver que continuava usando o anel fez um arrepio percorrer o corpo do lorde.

– Ah, que lindo! – exclamou Niya, dando um suspiro.

– Sim. – Larkyra parecia não querer admitir. – Até que é.

– De onde o duque tirou uma joia dessas?

– Era da minha mãe.

Silêncio.

– Darius. – Larkyra desvencilhou-se de Niya. – Eu não sabia.

Quando ela o chamou pelo nome, de forma tão casual, o lorde flagrou as duas irmãs se entreolhando.

– E como saberia? – perguntou o lorde, esforçando-se ao máximo para dar a impressão de que não tinha ficado abalado.

– Eu deveria ter adivinhado. – A jovem fez menção de tirar o anel, mas o rapaz a deteve.

– Não. – Os dois se fitaram.

– Mas... é da sua mãe. Isso não está certo.

– A única coisa que não está certa é o homem que lhe deu esse anel. – As palavras escaparam da boca do lorde antes que ele se desse conta do que estava dizendo.

Larkyra arregalou os olhos azuis, ficou levemente corada e virou o rosto. Darius odiou o fato de não estarem a sós, o que o impediu de virar o rosto da jovem de frente para o dele e acariciar sua pele, de sentir se estava tão quente quanto o tom de vermelho que tingia suas bochechas.

– Bem – a voz de Arabessa interrompeu aquele momento –, ao que parece, muita coisa aconteceu desde que chegou a Lachlan. – O olhar arguto da moça dirigia-se ora ao lorde, ora à irmã. – E eu acredito que a única maneira de prosseguir é depor Hayzar de sua posição de duque. Que se dane a *phorria*. Na verdade, não entendo como ele continuou tendo direito ao título depois que a duquesa faleceu. O senhor deveria ser o sucessor natural, milorde, dado que tem relação de consanguinidade com ela.

– Sim – concordou Darius, afastando-se de Larkyra. Uma tarefa difícil. – Eu nunca entendi também. Mas, ao que tudo indica, minha mãe deixou escrito no testamento, bem especificamente, que o título passaria para meu padrasto e para qualquer herdeiro consanguíneo dele antes de ser passado para mim. – O lorde sentiu uma queimação no peito ao dizer isso, as palavras não mais lhe parecendo tão corretas como tinham parecido quando o testamenteiro as pronunciou, tantos anos atrás.

– Que estranho. – Os Achak passaram os dedos nas pulseiras de prata que tinham no braço, de modo ritmado. – Você e Josephine não se davam bem nessa época?

Darius olhou para trás ao ouvir o nome da mãe, um nome que sempre lhe pareceu de uso exclusivo de seu pequeno mundo. Mas é claro que os Achak saberiam. Aquele ser parecia enxergar mais do que este mundo deixava à mostra.

– Ela usou seus últimos suspiros para dizer que me amava. – O tom da resposta foi defensivo. O rapaz recordava dos sussurros fracos da mãe, que se esvaía diante de seus olhos, e do toque leve como uma pluma da mão dela sobre a dele, até se tornar nada. – Então, sim, também foi um choque para mim. Quando cheguei à idade de tomar posse do título e meu padrasto declarou que continuaria sendo duque, fui procurar o testamenteiro, exigindo que me mostrasse o testamento de minha mãe. E lá estava, por escrito, com todas as letras. Não sei o que fiz para fazê-la pensar que eu não seria digno de assumir essa responsabilidade.

– Acho que o senhor não fez nada. – Larkyra pousou a mão no ombro de Darius, mas, em seguida, pareceu mudar de ideia e a retirou. – Tem muita coisa que não me cheira bem na sua casa.

– O que a senhorita quer dizer com isso?

– Apenas que, ao que tudo indica, muita coisa mudou depois que Hayzar Bruin começou a injetar *phorria* nas veias.

Uma incômoda ardência desabrochou nas entranhas de Darius.

– Por acaso está sugerindo que meu padrasto teve algo a ver com o que estava escrito no testamento de minha mãe?

Larkyra passou o dedo no anel, nervosa.

– Acho que não seria tão inusitado assim o duque obrigar alguém a fazer coisas contra a própria vontade.

Os pensamentos do lorde voltaram-se para dentro, uma nuvem tempestuosa, de pavor, e ele sentiu como se tivesse uma faca afiada no próprio pescoço. O que a jovem disse podia ser verdade? Será que parte do testamento da mãe fora forjado? Ou o testamento todo? Como ele nunca havia pensado nisso? Como nunca havia ligado os pontos?

Porque ele era um garotinho que se afogava na dor do luto. Nada mais ficou claro para Darius depois daquele dia.

Lembranças indesejadas invadiram os pensamentos do rapaz, arrastando-o para o passado, até ele se ver sentado, de vigília, ao lado da cama da mãe, o quarto cheirando às ervas amargas que os médicos queimavam, insistindo que a faziam respirar melhor. O duque também estava presente. Na verdade, Hayzar recusou-se a sair do lado da duquesa ao longo daquelas últimas semanas. Os olhos do padrasto estavam vermelhos e inchados, evidências das lágrimas derramadas quando não havia ninguém olhando. Nenhum dos dois disse nada, mas tampouco precisavam. Todos os pensamentos estavam voltados para aquela mulher diante de ambos, que viram médicos e mais médicos, curandeiros e mais curandeiros, boticários e mais boticários, todos convocados pelo duque, vindos de todos os cantos de Aadilor. Tudo em vão. Todos partiram sem conseguir curá-la.

Como era possível que um homem como aquele, que buscou incessantemente por uma maneira de curar a esposa, que demonstrara tamanha devoção por ela, se tornasse o que era agora? Egoísta e selvagem. Um monstro à solta, que traumatizara Darius ainda mais quando o rapaz pensou que não havia nada pior do que assistir à própria mãe morrer.

– Pelos deuses perdidos – O lorde caiu para a frente, apoiando a cabeça nas mãos.

Sentia-se um tolo.

– Sinto muito. – A voz de Lark foi um sussurro tranquilizante, e ela enfim pôs a mão no ombro dele novamente. Desta vez, o rapaz não se encolheu. – Pode não ser verdade. É só que as coisas têm sido...

– Como podemos nos livrar dele? – perguntou o lorde, erguendo os olhos, a voz retumbante e vingativa. – Diga-me o que precisa ser feito, que eu farei.

Todos os presentes encararam Darius, muito provavelmente analisando o ardor de seus olhos verdes e imaginando qual seria a verdadeira distância que ele estaria disposto a subir ou afundar para que seu desejo fosse atendido.

Qualquer coisa, o rapaz queria gritar. *Eu posso me tornar qualquer coisa.* Até mesmo o animal que Hayzar passara tanto tempo esculpindo.

Darius podia até ter entrado naquela missão para ajudar a libertar seu povo. Mas agora, *agora* ele sabia que precisava se livrar do duque para libertar a si mesmo.

– Acho que existe um modo de corrigir essa situação – declararam os Achak –, mas o caminho é tortuoso. Um caminho que exigirá que um de vocês entre no Ocaso.

– No Ocaso? – Darius franziu o cenho para os antiquíssimos. – Mas é para lá que os mortos vão.

– Sim, minha criança. – Os olhos violeta da criatura fitaram os do lorde. – É, sim.

CAPÍTULO VINTE E SETE

Larkyra fitou, ansiosa, a entrada do Ocaso, que ficava do outro lado da Ponte Filtrante. A neblina rodopiava dentro do arco de pedra. A jovem esticou o braço e viu a cor de sua pele esmaecer, ficando com tons de cinza apagados, conforme ia se aproximando da porta.

O plano que os Achak tinham traçado era, de fato, complicado. Precisavam da permissão do Rei Ladrão antes de incluir detalhes para delimitar o rumo a ser tomado. E, sendo assim, Zimri e os Achak saíram da gruta e foram confabular com ele. Larkyra, as irmãs e Darius, por sua vez, dirigiram-se ao arco que continha as respostas que buscavam e ficaram esperando.

– É ali que os Achak moram? – questionou Darius, dirigindo-se a Niya, olhando para a ilha flutuante.

– Até onde sabemos.

– Mas é tão...

– Pequeno? – sugeriu a moça.

– Bonitinho – completou o lorde.

Niya riu.

– Sim, mas não fale isso para os Achak. Tenho certeza de que era muito moderno e elegante na época em que foi criado.

Larkyra achou estranho observar o comportamento do rapaz na companhia das irmãs, ver como ele ficava à vontade. Ele sorria com mais naturalidade na presença das jovens, principalmente para ela, e Lark tentou ignorar o quanto esses sorrisos incendiavam seu coração. A curiosidade, o raciocínio rápido e a presença reconfortante do lorde lhe pareciam um complemento natural à própria família: um complemento desejado, caso fosse sincera consigo mesma.

A jovem mordeu o lábio e tornou a olhar para a porta do Ocaso. *Não*, pensou, *é melhor nunca ser sincera a respeito disso*. Pois o que poderia resultar de tais sentimentos no futuro? A vida de Larkyra era uma cacofonia de complicações e farsas, sendo que Darius precisava de calma, precisava de verdade.

E, de todo modo, eles tinham coisas mais importantes para se ocupar do que dela e de seus caprichos.

– Lark? – Niya gritou para a irmã. – É verdade o que Lorde Mekenna está dizendo, que você jogou poeira na cara dele?

– *Ãhn*, sim?

– Que espetáculo. – Ela estava radiante e tornou a virar-se para Darius. – O senhor ficou muito furioso?

– Extremamente furioso. – Ele então olhou de esguelha para Larkyra, dando um sorriso contido.

A jovem ignorou a vibração que sentiu no peito ao ser objeto de tal olhar.

– Eles voltaram – anunciou Arabessa, ao ver que Zimri e os Achak aproximavam-se às pressas, vindos do trecho de floresta do outro lado da ponte. – E então? – perguntou, quando os dois chegaram. – O que foi que ele disse?

– O Rei Ladrão deu permissão para que as Mousai ajudem o Lorde Darius – declarou Zimri.

– É mesmo? – perguntou Lark, um tanto surpresa.

Ela tinha certeza de que receberia "não" como resposta. Talvez fosse até banida do reino, já que ficara sabendo que o rei gostava de fazer isso com quem desobedecia a suas ordens. Ter alterado os planos da missão sem consultá-lo e permitido que Darius descobrisse a verdadeira identidade dela e das irmãs, bem, essa era mesmo uma forma muito grave de desobediência.

– Qual será o preço por essa ajuda? – perguntou o lorde.

– Nada que o senhor não tenha condições de pagar – respondeu Zimri. – Porque, se esses planos derem certo, o senhor também estará ajudando o rei.

– Estarei?

– Sim. – Zimri meneou a cabeça. – Ele acha que, se Hayzar parar de comprar *phorria*, uma hora ou outra atrairá o traficante, obrigará a pessoa a ir procurar seu fiel freguês.

– Então nosso plano de fazer uma apresentação no baile de noivado...? – perguntou Arabessa.

– É recomendável – disse Zimri. – Mas o rei concorda que nada disso pode acontecer até encontrarmos uma solução que possibilite fazer essa apresentação na presença de pessoas desprovidas de dons, ou seja: a maioria dos convidados. O concerto de vocês deve ser ouvido e visto como se fosse desprovido de magia, para que, quando lançarem o feitiço, a loucura de Hayzar pareça um caso isolado.

– Mesmo que a apresentação seja dirigida exclusivamente para o duque – Darius olhou para o trio –, as pessoas desprovidas de magia serão afetadas?

– Eu dirigi meu canto apenas para mim mesma quando cicatrizei o corte que fiz na palma de minha mão – explicou Larkyra. – E estava sozinha, não acompanhada de minhas irmãs. Por acaso meu canto afetou o senhor?

O lorde engoliu em seco.

– O que vocês sugerem que façamos?

– Isso é o que encontraremos lá dentro. – Os Achak apontaram para o Ocaso. – Johanna era uma feiticeira poderosa e terá todas as respostas que procuramos.

As irmãs fitaram o arco cinzento que se agitava, através do qual poderiam encontrar a mãe. Mas qual seria o preço a pagar?

– Sabe o que tornaria tudo isso muito mais simples? – indagou Niya, dirigindo-se a Darius. – Simplesmente matar Hayzar.

– *Niya* – censurou Arabessa.

– Que foi? Você sabe que é verdade.

– Sim, mas não cabe a nós tomar essa decisão.

Larkyra também achou estranho o fato de o lorde, em última análise, não querer que o duque morresse, mesmo depois de tudo o que passou. Mas, pelo jeito, o rapaz não era capaz de rebaixar-se ao nível do padrasto, por maior que fosse a raiva que sentia do homem.

Algo na habilidade de Darius de superar a escuridão que lhe fora infligida pôs um peso nos ombros de Larkyra, lhe deu vontade de ser uma pessoa melhor.

– Sei que pode parecer estranho para vocês – admitiu o lorde –, mas prefiro não ser assombrado por esse espírito. Apenas quero que minhas terras voltem a ser prósperas e que meu povo volte a ser feliz, como me recordo que era quando minha mãe ainda vivia. E me parece que a morte é um fim fácil demais para meu padrasto. Se eu estiver certo em relação ao poder de uma apresentação de vocês com a intenção específica de levar alguém à loucura, bem, Hayzar terá o sofrimento que merece, pelo tempo que for capaz de suportar.

Talvez ele tenha uma veia vingativa, afinal de contas, pensou Larkyra, um tanto feliz com isso.

– Se, na frente de todos os convidados, o duque reagir do mesmo modo que as pessoas no Reino do Ladrão – comentou Arabessa –, será levado direto para o manicômio. A dor acumulada lá será incessante.

Darius deixou transparecer um brilho no olhar, mas permaneceu calado.

Nenhuma quantidade de *phorria* estaria à altura do poder das Mousai reunidas. E, sendo assim, o plano dos Achak, que consistia em as irmãs enfeitiçarem Hayzar e levá-lo à loucura no baile de noivado de Larkyra, tinha um quê de genialidade. Precisavam providenciar muitas coisas para que o duque fosse declarado um governante inepto para Lachlan, sendo testemunhas uma delas. A outra era uma garantia de que nunca haveria provas do ocorrido contra Darius ou Larkyra.

A questão era como fazer isso.

– Está bem. – Larkyra empertigou-se. – Está decidido. E, como essa missão era minha, eu é que entrarei no Ocaso.

– Não – Darius foi logo respondendo. – O fardo é meu. Eu...

– Ela é minha mãe. – interrompeu a jovem.

– Assim como é nossa. – O olhar de Arabessa foi gentil.

– Sim – disse Larkyra, o estômago revirado devido àquela culpa eterna –, mas é por minha causa que ela está lá.

– *Larkyra* – disseram Niya e Arabessa, ao mesmo tempo.

– Você não pode pensar uma coisa dessas. – A irmã mais velha apertou a mão de Lark, com sinceridade.

– Mas eu penso. – As palavras saíram em tom de cansaço, porque a culpa, velha conhecida dela, torceu-se feito uma adaga em seu peito. – E só terei paz depois de pedir desculpas.

– Querida. – Niya abraçou a irmã. – Nós não sabíamos que era assim que você se sentia.

Arabessa também a abraçou, apertando as duas irmãs.

– Ninguém culpa você pelo que aconteceu.

– *Eu* me culpo. – Larkyra desvencilhou-se de Niya e de Arabessa, contendo as lágrimas, que queriam correr livres. – Foi o *meu* grito que roubou o sopro de vida dela. O *meu* nascimento. Diga que isso não é verdade.

As irmãs não responderam, apenas a fitaram com um olhar sofrido.

– Então, vocês conseguem entender... – A jovem engoliu em seco e olhou para todos, para Darius, cujos olhos arregalados comunicaram que ele entendia o sofrimento dela. – Sou *eu* quem deve fazer isso.

Sem mais nenhuma palavra, Larkyra se dirigiu à porta que mais parecia o fim de todas as coisas vivas, porque era exatamente isso.

A jovem hesitou quando chegou à entrada, imaginando que alguém poderia tentar impedi-la outra vez. E, em parte, era isso o que queria.

Só que ninguém a impediu.

Ela se sentiu magoada e aliviada ao mesmo tempo.

Até que sentiu uma presença ao seu lado.

– Deixe-me carregar seu fardo, meu passarinho que canta. – A voz do pai a envolveu.

Lark olhou para cima e avistou aquele homem corpulento, que agora estava ao lado dela, colocando uma chave de portal no seu bolso.

– Ah, pai. – Ela atirou-se nos braços do pai, não conseguindo mais conter as lágrimas quando ele a abraçou. – Sinto muito, muito mesmo – murmurou, encostada no peito de Dolion, inspirando o aroma da própria casa, de madressilvas à luz do sol. – Decepcionei o senhor. Eu...

– *Shhh.* – O homem acariciou as costas da filha. – Você não decepcionou ninguém.

Ela levantou a cabeça, recebendo o olhar terno do pai.

– Mas revelei quem são as Mousai para o Lorde Mekenna.

– Fiquei sabendo. – Dolion, então, secou uma lágrima do rosto da filha. – Você não teve opção, já que queria ajudar quem precisava de ajuda. E o lorde e seu povo precisam muito de nossa ajuda.

– Precisam mesmo.

– Então vamos ajudá-los. – Dolion segurou os ombros de Larkyra. – Nossos segredos estão a salvo, mais uma vez, dentro dos limites do Selador de Segredos. Você não precisa se preocupar.

– Mas e...

– Minha querida. – O pai a interrompeu, com delicadeza. – Estou extremamente orgulhoso de você.

Larkyra mordeu o lábio para conter as lágrimas, que ameaçavam cair. Agarrou-se às palavras do pai, desesperada, como se não fossem reais e precisasse ouvi-las novamente.

"Estou extremamente orgulhoso de você."

Todas as preocupações às quais tinha se apegado desde o início da missão, a pressão para se sair bem e atender às expectativas da família, foram desprendendo-se delicadamente.

– Eu e sua mãe sabíamos o que o destino nos reservava mesmo antes de você nascer e, apesar de eu sentir saudade dela a cada grão de areia que passa, você é uma das melhores dádivas que os deuses perdidos nos deram.

– *Pai!* – exclamou Larkyra, engasgada, quando Dolion beijou-lhe na testa.

– Entenda que a culpa não deve pesar sobre a sua decisão.

A jovem olhou para trás, para onde as irmãs, Darius, Zimri e os Achak observavam, no meio da ponte.

– Mesmo assim – falou, afastando-se do pai e secando as lágrimas –, preciso entrar lá. Eu é que devo cumprir essa trajetória.

Dolion observou a filha por um bom tempo. A julgar pelo olhar, estava avaliando diversas ideias antes de decidir-se por uma, que o fez sorrir.

– Você é muito parecida com ela.

Larkyra prendeu o fôlego, tomada pela emoção. Era a primeira vez que ouvia o pai admitir algo que ela sempre supôs.

– Sua mãe ficará feliz em lhe ver. – O pai, então, tirou algo que estava escondido em suas vestes e mostrou para a filha. – São as preferidas dela. Irão ajudá-la a encontrá-la.

A jovem pegou o pequeno buquê de flores do campo das mãos do pai, os grânulos amarelos das pétalas resistiam à força descolorida e ávida do Ocaso.

– Como saberei aonde ir?

– Apenas continue andando até ela aparecer. E, meu passarinho que canta... – Dolion, nessa hora, ajeitou uma mecha de cabelo que havia se soltado do penteado da filha atrás da orelha dela –, não se esqueça de ser rápida. O tempo não passa em linha reta no Ocaso. Você nem vai perceber quantos anos de vida lhe foram subtraídos se não tiver noção de quanto tempo ficou lá dentro.

Lark assentiu, lançou um último olhar para a família, para o pai e, por fim, para Darius.

O olhar que o lorde lhe dirigiu foi ardente, como se quisesse dizer muitas coisas. Mas, antes que cedesse ao ímpeto de correr ao encontro dele, Larkyra virou-se e, com um último suspiro, atravessou a névoa e entrou no Ocaso.

Não havia nada.

Um nada interminável.

A jovem sequer sabia se aquilo em que estava pisando era chão, só sabia que seus pés estavam se movimentando.

Não havia luz nem escuridão, apenas uma nuvem de existência descolorida, e seus ouvidos zumbiram naquele silêncio. Se continuava respirando ou não, não saberia dizer, porque tinha a impressão de que a sensação do ar se movimentando nos pulmões não fazia a menor diferença ali.

Ela apertou as flores contra o peito, a cor amarelada se esvaindo até virar cinza. E, apesar de ter tentado contabilizar quantos grãos de areia transcorriam, Larkyra não tinha noção de quanto tempo caminhou.

Tinha a sensação de que acabara de passar pelo arco de pedra. Ao mesmo tempo, parecia que toda uma vida havia se passado.

Ela concluiu que não gostava do Ocaso.

Olhou ao redor, tentando avaliar a distância que tinha percorrido, mas a neblina daquele mundo tornava qualquer distância indetectável. Como encontraria o caminho de volta?

– Pauzinhos – resmungou.

"Larkyra."

Ela virou a cabeça para a esquerda.

Mais neblina.

"Larkyra."

A voz ficou mais próxima e, apesar de a jovem não conseguir saber se o coração continuava batendo, sabia que, caso estivesse, estaria um tanto acelerado.

– Olá? – Sua própria voz lhe pareceu abafada.

Nada.

Até que...

A névoa ficou mais densa, como se estivesse moldando a si própria para criar uma forma. Diante da jovem surgiu uma mulher com um corpo sem contornos, apenas ilusões de um ombro, um braço à mostra, talvez uma perna, tudo entrando e saindo da neblina. Não dava para ver nenhuma roupa, até que um rosto primoroso, com maçãs do rosto salientes, lábios volumosos, cabelo comprido e sem cor flutuou em ondas, olhando para a jovem.

– Meu passarinho que canta – disse a mulher, dando um sorriso terno.

Um sorriso que era igual ao de Larkyra.

– M-mãe? – Ela obrigou as próprias pernas a permanecerem firmes, quando tudo o que queria era cair de joelhos.

A mulher assentiu, e seus olhos acromáticos, que Larkyra sabia terem sido verdes um dia, brilharam.

As duas ficaram se encarando, o espírito da mãe movimentando-se sem parar, ao passo que a filha permaneceu em sua forma palpável, de vestido e capa.

Isso é real, pensou a jovem, desesperada. *Ela é real.*

– Você é tão alta – comentou a mãe, por fim, e sua voz era como o musgo denso em uma árvore à sombra.

– Como você. – As palavras saíram antes que Larkyra pudesse impedi-las.

Mais um sorriso largo.

– Sim, seu pai tem razão. Temos muito em comum.

– Eu... – As palavras secaram na garganta da jovem. Agora que estava ali, com a mulher que sempre quis conhecer, em relação à qual sentira tanta culpa, chorara tantas lágrimas, mal sabia o que sentir ou dizer. Só sabia que estava frenética por *estar vivendo* aquele momento, mais do que qualquer outro que vivera até então.

– Tome. – Lark ofereceu as flores. – Papai disse que são suas preferidas.

A mulher olhou para baixo, e mais ternura infiltrou-se em seu olhar.

– São lindas. Esse homem nunca para de me galantear.

Larkyra franziu o cenho, porque Johanna não tentou pegá-las.

– Você não quer as flores?

– Nada pode ser adicionado ao Ocaso que não seja trazido até aqui pela Morte – explicou a mulher. – Se eu tentasse pegá-las, minha mão passaria reto por elas.

– Ah. – A jovem afastou as flores. – Então quer dizer…

– Que não vou conseguir abraçá-la? – O olhar de Johanna se abateu de tristeza. – Sim, meu passarinho que canta.

Larkyra engoliu sua decepção. Que tortura devia ser para o pai, quando a visitava, não poder abraçar a mulher que amava.

– Mas vamos dar graças aos deuses perdidos por nos conceder essa pequena dádiva, essa oportunidade de nos vermos. – Johanna, ao que tudo indicava, adivinhou o que a filha estava pensando. – Porque existem mundos onde os vivos nunca podem visitar seus mortos.

Ao ouvir que a mãe era exatamente isso, Larkyra perdeu a força que estava empregando para não desmoronar. Soltou as flores, que desapareceram em meio à neblina, tapou o rosto com as mãos e caiu no choro.

– Querida. – O vulto da mãe se aproximou, como se a nuvem que a continha tentasse abraçar a filha.

– Sinto muito – soluçou Larkyra, ainda tapando a boca com as mãos. – Sinto muito por ter feito a senhora vir parar aqui.

– Pare. – O tom de Johanna foi um tanto firme, e a jovem piscou, surpresa. – A única coisa que você fez foi viver a vida que lhe foi concedida.

– Mas meu grito…

– Não foi o que me matou.

Essa afirmação fez Larkyra dar um passo para trás.

– Como é?

– Minha criança, eu estava doente quando tive você.

– Doente?

Um meneio de cabeça.

– Eu tinha ido visitar amigos no Norte. O tempo virou, fazendo um frio fora de época, e ardi em febre. Quando voltei para casa, a possibilidade de eu perdê-la era grande. Os Achak me ajudaram a fazer um tônico para apressar sua chegada, apesar de sabermos que isso colocaria minha vida em risco. O parto não foi fácil, Lark. E, apesar de seus primeiros gritos estarem imbuídos de muita magia descontrolada, a única coisa que fizeram foi ajudar a aliviar a dor que eu sentia quando a segurei nos braços, antes de o Ocaso me levar.

A cabeça da jovem rodopiava, pensando em tudo que, até então, ela acreditava ser verdade. Apesar de ninguém nunca ter dito com todas as letras que foi o grito dado por Larkyra ao nascer que matara a mãe, ela sempre supôs que fosse. Ainda mais com os boatos e as fofocas, com a magia destrutiva que conseguia sentir assomando-se dentro dela, mesmo quando mal tinha saído do berço.

— Seu pai descobriu o que fiz só depois e ficou muito bravo com todos, por um bom tempo. Na primeira vez que veio me visitar aqui, você já tinha 10 anos. Mas nunca me arrependi de ter tomado essa decisão. Caso contrário, como minhas filhas cumpririam seu destino?

— E que destino é esse?

Johanna sorriu.

— Teremos que esperar para ver, não é? Agora, por favor, seque suas lágrimas e conte por que veio, minha querida. Temos pouco tempo antes que outro ano de vida lhe seja roubado.

Bancando a corajosa, Lark deixou de lado a montanha de outras perguntas que queria fazer para a mãe e contou tudo o que tinha acontecido e o que estava buscando. Quando terminou, o vulto de Johanna agitou-se diante de seus olhos, com uma expressão pensativa.

— Você precisa encontrar *orenda*. É uma planta rara, que só cresce numa das menores ilhas do sul de Esrom.

— O reino escondido no fundo do mar?

A mulher assentiu.

— Mas receio que essa não seja a parte mais difícil — completou Johanna. — Como podem ser empregadas para tornar as pessoas imunes à magia por um tempo, as flores são vigiadas pelas *tahopkas*.

Larkyra empalideceu.

— Eu achava que já tinham matado todas.

— Muitas coisas que as pessoas acham que já morreram podem ser encontradas em Esrom.

— *Tahopkas*... — A jovem sussurrou o nome mais uma vez.

Parte mulher, parte pássaro e parte cobra, as *tahopkas* são criaturas extremamente cruéis e possessivas em relação ao seu território. Reza a lenda que a rainha dessa espécie dizimou uma cidade inteira e metade da própria família quando sua amante, princesa de uma terra vizinha, foi pega em flagrante sendo simpática demais com a cunhada.

– Então é impossível. – Os ombros da jovem curvaram-se.

– Não. – A mão de Johanna flutuou para cima, uma carícia de espírito no queixo da filha. – Não raro, o caminho que leva a tudo o que vale a pena é íngreme, mas pense na vista que poderá admirar quando chegar lá em cima.

Larkyra fitou os olhos cintilantes da mãe, o poder que ainda continham, mesmo depois de morta.

– Eu amo você. – As palavras flutuaram, livres e verdadeiras.

O sorriso que Johanna deu em resposta iluminou o mundo inteiro das duas.

– Eu amo você.

Apesar de não poderem se abraçar, essa intenção as rodeou, o calor e a ternura de uma mãe e uma filha que não precisavam passar uma vida inteira juntas para ter sentimentos verdadeiros.

– Agora, para completar o elixir – a mãe prosseguiu –, diga para os Achak que eles precisarão colher erva-cidreira, flores de laranjeira e sombra-de-pradaria do jardim. Também será necessário um pedaço de unha do pé dos dois. A receita completa deve estar num dos livros de feitiços de Shajara que eles têm.

– Como eles não sabiam disso?

– Os Achak podem até ser sábios – explicou a mãe, com pesar –, mas sempre foram uma criatura preguiçosa. E o fato de dividirem o mesmo corpo os torna destrambelhados demais. Eles dependiam de mim para tais detalhes, muito além da conta.

– Tenho certeza de que vão adorar saber que a senhora os acha preguiçosos e destrambelhados. – Larkyra deu um sorriso.

– Ah, eu disse isso para os dois. – A mãe riu. Uma risada muito parecida com a da filha. – Em *diversas* ocasiões. Mas agora você precisa ir, minha criança – Johanna disse algo que as duas sabiam. – Caminhe com a intenção de ir embora, e o arco de pedra aparecerá. Quando sair, por favor, dê um beijo nas suas irmãs e no seu pai por mim.

– Darei. – Larkyra meneou a cabeça. – Muito obrigada.

– Não tem de quê, minha querida.

Ela se preparou para dar as costas para a mãe que acabara de conhecer, mas um leve roçar em seu ombro a fez parar.

– E quanto a este tal Lorde Mekenna – disse Johanna, com brilho nos olhos –, não se esqueça de que você é corajosa, meu passarinho que canta, então não tenha medo do que poderá sentir.

Um súbito incômodo correu pelas veias de Larkyra ao ouvir as palavras da mãe, e ela cerrou o cenho, confusa. Mas, antes que desse tempo de insistir no assunto, Johanna se dissipou, fundindo-se, mais uma vez, com aquela neblina impenetrável.

– Bela jogada, mãe – declarou Larkyra, sarcástica, antes de começar a caminhar para encontrar a saída.

Quando tornou a pisar na Ponte Filtrante, a jovem piscou algumas vezes para se acostumar com a luz. Apesar de estar praticamente cercada por um abismo escuro, a Ilha Flutuante dos Achak, a ponte e a floresta ao longe ainda lhe pareciam enormes e intrusos, depois de ter estado em um espaço cheio de nada.

– Larkyra. – Darius foi o primeiro a cumprimentá-la, afastando-se do grupo e segurando os ombros da moça, examinando seu corpo. – Você voltou. – No instante seguinte, a jovem estava nos braços do lorde, que a enlaçou de forma protetora. – Graças aos deuses perdidos.

A jovem ficou tensa de início, mas logo concluiu que teria o maior prazer de ficar assim, nos braços fortes do rapaz, por toda a eternidade.

– Ela mal se ausentou. – A voz de Niya furou a bolha dos dois, e ambos se afastaram.

Darius pigarreou.

– Sim, bem, *ãhn*...

– Você a viu? – perguntou Arabessa, interrompendo o balbuciar do lorde.

– Sim. – Lark olhou para todos os presentes. – Mas primeiro, pai, preciso perguntar: por que nunca me disse que não foi minha magia que matou minha mãe?

Dolion pareceu abalado ao ouvir as palavras da filha.

– Você acreditava que essa tinha sido a causa?

Lark assentiu e engoliu em seco, a magia agitou-se, ardente, em suas entranhas. Óbvio que não gostava de levar a culpa por nada.

– Ah, meu passarinho que canta. – O rei puxou a filha e a abraçou. – Receio que tenha falhado com você, pois estava atolado em meu próprio luto. Nunca conversamos a respeito da morte dela porque não queria que pensasse que tinha alguma participação nisso. Seus dons nunca poderiam ter feito mal à sua mãe. Os poderes de vocês vêm dela. – O homem olhou para as outras filhas. – Você não tem culpa. *Nunca* teve culpa. Sinto muito, muito mesmo, por ter permitido que acreditasse nisso por tanto tempo.

Ao ouvir isso, foi como se o corpo inteiro de Larkyra tivesse derretido e se fundido com o do pai. Toda a tensão, toda a culpa e toda a autocensura dos últimos dezenove anos saíram dela de supetão. A jovem não sabia se chorava, se ria ou se fazia as duas coisas ao mesmo tempo.

– Você foi a última grande magia que Johanna criou. – O pai virou a filha para si, para poder olhá-la nos olhos. – Nunca duvide disso.

Larkyra só conseguiu assentir, incapaz de falar, porque, de repente, tudo ganhou uma intensidade avassaladora: as cores das roupas do pai, o ar que os cercava e a sensação da própria magia. Como o simples ato de concatenar certas palavras era capaz de transformar uma alma? Porque essa era a única forma de descrever o que estava acontecendo dentro dela. Sua alma estava mudando, expandindo-se e se tornado algo novo, esperançoso e desprovido de luto.

– Muito obrigada, pai – ela conseguiu dizer, por fim.

– Eu amo você, meu passarinho que canta. – Dolion abraçou a filha mais uma vez. – E sua mãe também.

– E eu também – completou Arabessa, abraçando os dois.

– E eu também. – Niya foi logo atrás. – Apesar de você ser tão irritante. Ei! Pai, Arabessa me beliscou!

– Que bom, então não vou precisar fazer isso.

Larkyra riu no meio daquele abraço coletivo bem apertado. Zimri foi o último a participar, porque Dolion o puxou para o seio da família.

– Nem pense nisso. – A voz dos Achak fez Niya dar um passo para trás, depois de tentar puxá-los também.

Darius os observava com um anseio curioso. Lark sentiu uma dor no peito, de tanta vontade de abraçá-lo. Porque, se existia alguém que merecia o amor de uma família, esse alguém era Darius.

Talvez eu possa oferecer-lhe isso, sussurrou uma voz bem baixinha, dentro dela.

A jovem piscou, surpresa com o próprio pensamento. Foi logo enterrando essa ideia, trancafiando-a a sete chaves. Ainda tinha muita coisa a fazer. Não havia lugar para tal sentimento.

– Então, o que foi que a mamãe disse? – quis saber Niya, fazendo a irmã voltar para o presente. – Ela tinha uma solução para nos dar?

– Sim – respondeu Larkyra. – Mas receio que você, em especial, não vai gostar.

– Eu? – Niya franziu o cenho. – Por quê?

– Porque – respondeu Larkyra – vamos precisar da ajuda de um certo lorde-pirata de Esrom.

CAPÍTULO VINTE E OITO

As ondas batiam com um ritmo constante no pequeno barco do grupo, o mar de Obasi tingido de um tom quente e alaranjado ao pôr do sol. Um bando de gaivotas voava lá no alto, e finas faixas de nuvens de algodão pintavam o céu. Larkyra estava sentada com as irmãs e Darius, pensando na sorte que tinham de poder contar com o Rei Ladrão – até porque estavam à procura de um homem que tinha orgulho de ser o capitão mais furtivo de todos os mares.

– Ainda não entendo por que isso é necessário – resmungou Niya, colocando a máscara dourada e afofando a capa escura.

O lorde foi para o lado, abrindo espaço para a moça acomodar-se melhor no assento onde estava.

– Levando em consideração que já explicamos mais de uma dezena de vezes – disse Arabessa, sentada ao lado da irmã caçula, ambas trajando seus disfarces de Mousai, que tinham as mesmas cores –, não vejo como isso é possível.

– Mas com certeza existe *alguma outra pessoa* em Esrom capaz de nos levar até lá.

– Com certeza – concordou Arabessa. – Mas você conhece alguém?

– Michel – sugeriu Niya.

– Morreu numa briga.

– Nätasha.

– Foi presa semana passada.

– Haphris?

– Foi preso esta semana.

Niya bufou.

– Esse povo de Esrom precisa tomar jeito.

– Ou ser mais esperto, como o homem que vamos encontrar.

– Eu não associaria a palavra "esperto" a ele.

– E como, precisamente, vamos encontrar este tal pirata? – Darius interrompeu os resmungos de Niya, usando sua máscara nova, de couro vermelho, que brilhava debaixo da capa com capuz, refletindo o pôr do sol.

– Usando a mesma coisa que usamos para chegar aqui tão depressa – explicou Lark.

– Bem, levando em consideração que ainda não consegui entender essa...

– Você e Niya com certeza formam uma dupla bem confusa. – Arabessa tirou uma pequena moeda do bolso da capa. A chave do portal tinha uma borda dourada, semelhante àquela que Larkyra usara, mas o líquido que havia no meio era de um branco leitoso. – Será difícil não encontrá-lo com isso.

Depois de uma picadinha, algumas gotas de sangue e um segredo sussurrado – segredo este que fez Larkyra e Niya aproximarem-se, tentando ouvir –, Arabessa jogou a moeda para cima. A chave parou pouco antes de cair nas ondas, abrindo um grande portal que levava a outra parte do mar, uma que ficava sob um céu estrelado e uma Lua cheia, cuja luz projetava a silhueta de um impressionante navio preto.

– Agora peguem um remo e comecem a remar – instruiu Arabessa, pegando o remo ao seu lado. – Não podemos chegar atrasados em nossa própria captura.

Diziam que a *Rainha Chorosa* era uma das embarcações mais espetaculares de Aadilor. Com três mastros de velas quadradas para ampliar seu poder de velejar, casco estreito, mas comprido, que o tornava mais fácil de manobrar, e espaço para carregar dezesseis canhões, era um navio cobiçado por muitos piratas e reinos. As únicas coisas que impediam que fosse surrupiado eram seu capitão e a tripulação deplorável que continha.

Foi por isso que, quando o pequeno barco do grupo foi capturado com rede e içado lá para dentro – e todos foram atirados no convés e empurrados até a cabine do lorde-pirata, de mãos amarradas –, Larkyra começou a questionar o plano que tinham traçado.

Alōs Ezra estava sentado atrás de uma enorme mesa de mogno, emoldurado por candelabros de chão e janelas de vidro com treliça, com vista para águas tranquilas e para a Lua baixa no céu. A silhueta do pirata, trajada de preto, parecia sugar as sombras que o rodeavam, e o belo rosto de pele negra e os ardentes olhos azul-turquesa assimilavam a presença do grupo. Quando se recostou na cadeira, o casaco ajustou-se em seus músculos.

– E eu que pensei que teríamos uma noite tranquila. – A voz grave do pirata tomou conta de Lark, misturando-se à magia dele.

A jovem era capaz de sentir a voz se apossando da cabine, do navio. *É meu*, a vibração dos poderes de Ezra dava a entender. *Tudo isso é meu, e logo você também será minha.* Ela segurou-se para não tremer, porque o olhar de Alōs fixou-se em Niya, que estava entre as duas irmãs.

A diferença de altura sempre a assinalou como a Mousai cuja magia era a dança.

– Tentamos tirar a máscara deles, capitão – disse um dos homens que arrastaram o grupo até ali. Era uma criatura magrela, com exatos quatro fios de cabelo grudados na cabeça. – Mas eles *quer* ficar assim, como se *tivesse colado*. Acho que não dá pra fazer nada.

– Não tem problema, Prik – disse Alōs. – Não preciso ver o rosto para saber quem é essa gente. – O pirata olhou para Darius, que estava ao lado de Larkyra. – Bem, no seu caso, talvez precise. A menos que seja aquele homem que sempre vai atrás desse trio. – O lorde-pirata fechou os olhos e respirou fundo. – Não, você não possui os dons.

Larkyra sentiu o lorde ficar tenso ao seu lado. Ele estava com dificuldade para cumprir a promessa que havia feito e permanecer calado, custe o que custasse. Ezra era uma cobra astuta: cada palavra que dizia continha diversas camadas de significado e revelações.

– Eu pediria para seus homens nos deixarem a sós – declarou Arabessa.

– É mesmo? – Alōs uniu os dedos, em uma pose maquiavélica. – E por que, mais velha das Mousai?

Lark engoliu em seco, chocada com o fato de ele saber tal coisa. Conviviam com aquele homem nefasto há muitos anos, mas nunca tiveram nenhuma intimidade, pelo menos não que tivesse conhecimento. O fato de Alōs contar que sabia disso era mais uma carta que ele revelava, não por acaso.

Cuidado com as histórias que contam, queridinhas, porque eu saberei mais do que vocês.

– Mande seus homens saírem e escutarem pelo buraco da fechadura, se quiser descobrir – desafiou Arabessa.

O lorde-pirata permaneceu em silêncio, pensativo, antes de sacudir a mão. Sem protestar, a tripulação foi saindo da cabine, a porta fechou-se e se trancou sozinha. Alōs olhou para os quatro, esperando que cumprissem sua parte do acordo.

– Precisamos ir para Esrom, sem incidentes e sem sermos detectados, hoje à noite – declarou Arabessa.

O pirata arqueou uma das sobrancelhas castanho-escuras.

– Tudo isso são crimes passíveis de enforcamento, e uma tarefa quase impossível.

– No seu caso, são coisas que acontecem numa noite normal – acusou Niya.

– Por acaso isso foi um elogio, minha dançarina fogosa?

– Se pareceu ser, posso lhe garantir que não irá se repetir.

– Não precisa se dar a esse trabalho só por minha causa.

– Você vai fazer isso por nós? – Arabessa fez a conversa voltar para o assunto em questão.

– Talvez, se me contarem o que deixou as Mousai tão desesperadas...

– Precisamos pegar uma coisa que só existe em Esrom.

– Isso abre muitas possibilidades. Terá que me dar mais detalhes se deseja minha ajuda.

– Precisamos obter *orenda*. – Lark foi alguns centímetros para a frente. Sentiu a irritação da irmã mais velha, mas não se abalou. Estava cansada da luta verbal que aquele homem sempre exigia.

– *Orenda*? – Alōs ruminou a palavra. – O que vocês quatro estão aprontando?

– Nada que seja da sua conta.

– Talvez, mas será que essa viagem exige a presença de todos vocês? Tenho certeza de que uma só, em particular, uma ruiva, basta. – Ele retorceu os lábios volumosos e olhou para Niya.

Larkyra sentiu os poderes da irmã assomando-se conforme o pirata revelava mais condições.

– Precisamos ir juntas ou então não iremos. – Arabessa empertigou-se. – Tome logo sua decisão, Lorde Ezra, ou vamos perguntar para o próximo da fila.

– Está gostando de ficar cercado por este trio autoritário? – perguntou o pirata, dirigindo-se a Darius. Ou por acaso cortaram sua língua para impedi-lo de reclamar?

– Obrigada pela sua atenção. – Arabessa deu as costas para ir embora, fazendo sinal com a cabeça, já que as mãos estavam amarradas, para os demais irem atrás.

– Muito bem. – Alōs interrompeu a retirada do grupo. – Mas não sairá de graça. Não sou uma instituição de caridade nem capitão de um barco de passageiros. Minha tripulação e eu teremos que fazer um desvio na rota que planejamos.

– O Rei Ladrão pagará seu preço.

– É mesmo? Que interessante. E do que, exatamente, ele está disposto a abrir mão? – O olhar do lorde-pirata dirigiu-se outra-vez a Niya.

– Ah, por favor – disse a moça, dando uma risada debochada. – Você não saberia nem por onde começar se pusesse as mãos em alguém como eu.

– Muito pelo contrário. – O olhar fixo de Alōs ficou mais sombrio. – Sou capaz de pensar em várias coisas que faria com você, minha dançarina fogosa. Coisas que incluem toda a minha tripulação.

A cabine ficou incrivelmente quente, incrivelmente rápido.

– Não se não tiver mais um navio onde alojá-los. – Faíscas cor de laranja brotaram entre os dedos amarrados de Niya, e o pirata deu uma risadinha sombria, de deleite.

Faça o seu pior, deu a entender.

Mas antes que tudo pudesse, literalmente, arder em chamas, uma sacola pesada caiu sobre a mesa de Alōs, esparramando diversas moedas reluzentes. Sabe-se lá como, Darius conseguira livrar-se das amarras e atirar o pagamento, que estava escondido debaixo de sua capa.

Todos se viraram para o lorde com uma expressão surpresa, o olhar de Larkyra foi o que mais se demorou.

O rapaz apenas deu de ombros.

Alōs passou os dedos naquela fortuna, parando apenas ao encontrar quatro chaves de portal. Com um floreio da mão, todas desapareceram.

– Preparem-se – disse ele, e imediatamente as amarras do grupo caíram no chão. – Partiremos dentro de um grão de areia.

CAPÍTULO VINTE E NOVE

Os quatro foram colocados sentados abaixo do convés, vendados, e o balanço do barco, causado pelas ondas, começava a embrulhar o estômago de Darius. Seja lá qual fosse o truque que o lorde-pirata empregava para entrar em seu lar, que ficava escondido nas profundezas marítimas, eles não poderiam ver – o que não faria nenhuma falta para o rapaz naquela noite, considerando a quantidade de coisas novas que fora obrigado a assimilar nos últimos dois dias. Os mistérios de Aadilor eram muito maiores do que Darius poderia ter imaginado, e ele tinha a sensação de que sua cabeça girava tanto que poderia sair voando.

Ai. Agora, ele ia mesmo vomitar.

– O capitão mandou *informá* que já *tamo* quase lá. – Uma voz rouca, de um dos tripulantes de Alōs, veio de uma escotilha no teto.

O lorde soltou um suspiro aliviado antes de ficar todo tenso, porque sentiu uma mão apertar sua perna, tentando tranquilizá-lo. Larkyra estava sentada ao lado dele e, apesar de essa proximidade acalmá-lo, também o deixava mais nervoso do que nunca.

Estava ficando cada vez mais difícil ignorar os sentimentos que cresciam em seu coração, que um dia fora tão fechado, por aquela dama. Apesar de ter uma lista de motivos para não se aproximar e até para ficar bravo com ela, o rapaz não podia fazer pouco caso da ajuda que vinha recebendo dela, nem dos medos que a jovem tinha superado para aproximá-lo do objetivo de salvar Lachlan, muito mais do que ele julgara ser possível. Apesar de ter mentido a respeito do motivo que a trouxera até suas terras, Larkyra foi a primeira pessoa a ser verdadeira com ele, em todos os demais aspectos. Ela permitiu que Darius se libertasse da própria existência extremamente contida, que conversasse sobre pensamentos que, até então, faziam-no sofrer na solidão. Vira suas cicatrizes e, apesar de ter tomado certas atitudes equivocadas, não o reduziu ao que aquelas marcas representavam, mas o enxergou muito maior por causa delas.

"Vejo uma pessoa corajosa."

As palavras que a jovem dissera enquanto os dois caminhavam até o coreto ecoaram na mente do lorde, e o peito dele aqueceu-se, assim como tinha se aquecido na ocasião.

Ver Larkyra entrar no Ocaso há pouco quase o destruiu: e se ela nunca voltasse? Darius foi tomado pelo pânico: outra pessoa de quem gostava poderia deixar de existir.

Uma mão áspera os fez levantar, sacudindo o grupo e os levando até o convés.

– Eu não desceria essa mão. – A voz firme de Niya ecoou. – Ou, quando menos esperar, verá que não está mais grudada no braço.

Uma risada retumbante e grave.

– Eu daria ouvidos a ela, Kintra, porque já vi essa ameaça ser levada a cabo mais de uma vez.

O tripulante tirou as vendas do grupo, e o lorde piscou até enxergar Alōs Ezra, parado diante deles, com um sorriso depravado no rosto.

O pirata era uma criatura assustadora até mesmo para Darius, que tinha convivido por tantos anos com o próprio monstro. Depois de se relacionar com pessoas que possuíam os dons dos deuses perdidos, ainda que por pouco tempo, não havia dúvidas de que aquele homem tinha muita magia guardada em seu corpo imenso: a própria pele parecia irradiar magia, o que só convenceu o rapaz ainda mais do poder coletivo das Mousai, já que eram capazes de encará-lo com tanta confiança. Principalmente Niya, que parecia ser viciada em provocar o pirata, e vice-versa.

Darius estava mais do que curioso para saber qual era a história entre aqueles dois.

– Sejam bem-vindos a Esrom – declarou Alōs, apontando para o local onde acabavam de chegar, antes de afastar-se e passar instruções para a tripulação.

Os olhos do lorde foram arregalando-se conforme absorviam a cena que se descortinava diante deles. A água era um espelho estrelado, uma extensão reluzente de azuis-escuros e verdes, que refletia o céu noturno. Peixes pulavam das ondas e nadavam com facilidade no ar da madrugada, misturados com lânguidas águas-vivas cor-de-rosa. Três ilhas imensas sobressaíam-se ao longe, imponentes, com cascatas cintilantes nas laterais, ao passo que ilhas menores flutuavam no céu, em meio a nuvens de bruma, sem nenhuma ligação com a terra ou o com o mar. Uma reluzente trama de pontes ligava uma ilha à outra, dando a impressão de que Esrom era uma teia mágica. Um lugar imponente, feito de prata e da luz de estrelas espelhadas, que invadia a densa selva no meio da ilha, decorada com torreões e heras azuladas por toda a sua extensão.

– Que lugar deslumbrante – sussurrou Larkyra, ao lado de Darius.

– Nunca vi nada parecido.

– Muita gente não viu – disse Arabessa, apreciando a paisagem.

– Não achei grandes coisas. – Niya cruzou os braços, virando o rosto.

O barco singrou as águas e atracou na menor ilha da esquerda. Darius fechou os olhos por alguns instantes, saboreando o sal do ar e as gotículas formadas pelo arrebentar das ondas, que batiam em seu rosto. Durante um grão de areia, foi como se estivesse em casa, lá em Lachlan, mas ali a energia era tranquila, estava em repouso e, sobretudo, não oferecia perigo.

Apesar de Darius ter ouvido falar que Esrom guardava muitas coisas perigosas, era nítido que ninguém ali estava em guerra. O lugar funcionava como um refúgio para as pessoas em busca de paz, permitindo que vivessem sem maiores preocupações e, quiçá, que fossem até esquecidas enquanto desfrutavam os anos de vida que lhes restavam.

O lorde compreendeu o desejo de ir para um lugar como aquele. O navio onde estavam passou por baixo de uma das ilhas flutuantes e o rapaz ergueu os olhos, avistando a parte de baixo, uma trama de algas marinhas.

– Dizem que essas ilhas descem e sobem durante todo o dia – explicou Larkyra, que também olhava para cima. A sombra projetada pela terra que pairava pintou uma máscara de escuridão em seu rosto antes de seguirem em frente.

Quando uma onda ergueu o navio em uma península mais ao sul, foram recepcionados pela vista de uma dúzia de ilhas menores, que flutuavam mais baixas, ao longe. Ao contrário das outras ilhas de Esrom, essas tinham mais rochas e musgos do que árvores e selva. Mas, assim que se aproximaram, Darius pôde ver que eram tão densas quanto, por causa da vegetação intocada.

Rochedos gigantes cruzavam a água na diagonal, impedindo que navios maiores se aproximassem sem correr o risco de naufragar.

– Só posso levá-los até aqui – declarou Alōs, atrás do grupo, obrigando-os a se virar. – Direcionem o barco de vocês até aquela enseada ali. – O pirata, então, apontou para uma pequena abertura que separava duas das ilhas rochosas. – Encontrarão a flor que tanto procuram no fim da caverna. Também encontrarão coisas que, muito provavelmente, vão matá-los.

Esperarei apenas dois grãos de areia antes de zarpar. Vocês não são os únicos que não querem ser vistos por aqui. – Em seguida, o capitão-pirata recolheu-se à sua cabine.

Darius ficou observando Niya encarar aquele homem corpulento até ele sumir de vista.

– Bem – Arabessa fitou a enseada diante deles –, pelo menos podemos dizer que vimos Esrom antes de entrar no Ocaso.

– Sim. – Lark segurou a capa com mais força. – E vamos torcer para que possamos contar a história do que aconteceu aqui antes disso.

– Ainda dá tempo de dar a meia-volta – sugeriu Darius. O peso do pedido que tinha feito àquelas pessoas ainda curvava seus ombros. Aquele fardo era dele, o rapaz estava resignado a arriscar a própria vida por seu povo. Apesar do desespero para se livrar do padrasto antes que as minas entrassem em operação, não se sentia bem com a possibilidade de arrastar outras pessoas para sua queda fatídica, caso aquilo não desse certo.

– Que bobagem. – A máscara dourada de Larkyra o encarava por baixo do capuz. – Para nós, essa é apenas uma noite como outra qualquer.

A jovem irradiava autoconfiança, o que fez algo acender-se dentro de Darius. Algo que o fazia sentir orgulho e, ao mesmo tempo, um instinto de proteção, caso alguma coisa acontecesse com ela.

– Além do mais – interveio Niya, entregando para Arabessa um estojo de violino feito de couro, que estava guardado em uma das malas do trio –, você não quer ver a que ponto chega a braveza de uma *tahopka*?

– Na verdade, não – admitiu o lorde.

– Nem eu – concordou ela. – Então é melhor torcemos para que queiram se entreter.

Remando no pequeno barco, o grupo desviou das rochas protuberantes que saíam do meio das águas e entraram em um vão mais tranquilo entre as ilhas. Penhascos gigantes erguiam-se de ambos lados, e o barco flutuuo em direção à abertura de uma caverna na penumbra: a única luz vinha das estrelas que brilhavam no céu e do facho fraco projetado pela pedra que Larkyra segurava. Ouviram o zumbido de insetos e os piados de várias aves noturnas, vindos daquela natureza emaranhada que dominava a paisagem. Darius não pôde deixar de sentir que isso era um alerta, pedindo que dessem a meia-volta.

– Antes de começarmos nossa apresentação – Arabessa começou a dizer, entregando duas bolinhas de cera para o rapaz –, coloque isso nos ouvidos. Você precisa se certificar de que não vai ouvir nada. Não podemos nos responsabilizar pelo que pode lhe acontecer caso ouça.

O lorde meneou a cabeça e pegou os protetores de ouvido, um arrepio de nervoso percorreu sua espinha.

– Vai dar tudo certo – garantiu Larkyra, ao lado dele.

– E se não der?

– Aí não vai dar – respondeu Niya.

– Mas *vai* dar. – Lark olhou de esguelha para a irmã, através da máscara.

Darius não conseguiu se conter: esticou o braço e segurou a mão enluvada da jovem. Os dois entreolharam-se por um instante antes dela apertar a mão do lorde, levemente.

As irmãs podem até ter percebido o diálogo silencioso dos dois, mas não disseram nada. Apenas passaram pela entrada da caverna, decorada com relevos de penas e rabos de cobra.

O ar ficou mais frio, ao passo que os ruídos das ondas foram substituídos por um PING, PING, PING, que ecoava, e um vento uivante, que assoviava ao entrar por pequenos buracos no teto altíssimo. A luz enevoada das estrelas brilhava através das frestas, iluminando a grande caverna úmida. O musgo espalhava-se pelas paredes e caranguejos saírm correndo quando eles se aproximavam, espalhando torrões de terra que caíam dentro da água, fazendo um ruído que reverberava no espaço. Um emaranhado de raízes dependurava-se lá de cima, como se quisesse pegá-los, ao passo que morcegos entravam e saíam voando de seus esconderijos recônditos. Darius precisou se abaixar mais de uma vez para impedir que os animais rasgassem sua capa.

Eles viraram em uma curva do rio e tiraram os remos da água quando chegaram a um trecho da praia onde uma escadaria de pedra subia até uma entrada ampla e ornamentada com entalhes. Havia quatro colunas caneladas em médio-relevo em ambos os lados dessa entrada, com tochas gigantescas ardendo em cada uma. O símbolo de um sol em chamas com uma cobra enrolada fora cinzelado logo acima, bem no centro.

Todos permaneceram em silêncio enquanto atracavam o barco e desciam, em alerta por causa das criaturas lendárias que, segundo diziam, viviam ali.

Quando subiram as escadas, sentiram-se diminuídos pelas dimensões da gigantesca entrada esculpida, o breu do lado de dentro era impenetrável. Larkyra cantarolou baixinho, a luz da pedra ficou mais forte e eles seguiram pelo túnel.

O coração de Darius acelerou, porque o ar foi tornando-se mais perfumado a cada passo. As flores que cobriam as paredes despertaram, seus botões eram reluzentes. As pétalas pareciam se inclinar, acompanhando os movimentos dos quatro, e a luz que elas emitiam os banhou em uma névoa verde azulada.

Lark apagou a pedra.

– Orquídeas-da-madrugada – explicou Arabessa, sussurrando. – Elas iluminam o caminho, mas também anunciam que estamos nos aproximando.

– E estamos quase chegando. – Larkyra anunciou lá na frente, revelando uma faixa de luz no extremo oposto.

Todos pararam em sincronia: o ruído de corpos rastejantes e um bater de asas ecoava na direção deles.

Tahopkas.

A pulsação do lorde elevou-se loucamente, e Larkyra olhou para cada um dos companheiros. *Preparem-se*, deu a entender.

Depois que as irmãs tiraram as máscaras, Arabessa abriu a caixa do violino sem fazer barulho e Niya alongou o pescoço, de um lado para o outro. Larkyra deu um breve sorriso para Darius, que colocou os tampões de ouvido.

Todos os ruídos cessaram, com exceção da respiração acelerada e do coração sobressaltado do rapaz.

As Mousai o esperaram.

Estou pronto, o lorde assentiu.

Vá devagar, disse Arabessa, sem emitir som.

Ela ergueu o instrumento e passou o arco nas cordas com um movimento tranquilizador. Mas, quaisquer que tenham sido as notas enfeitiçantes que saíram voando do violino, Darius não conseguiu ouvir, ainda bem. O ar que o cercava, entretanto, pareceu se erguer, e as orquídeas-da-madrugada cintilaram mais. Como se fossem uma só pessoa, os quatro se dirigiram à luz que brilhava no final do túnel.

O lorde foi atrás das irmãs. Niya era a primeira da fila, movimentava o corpo como se também fosse uma cobra, a capa serpenteando à sua volta, e Darius se obrigou a desviar o olhar. Mesmo sem música, seu gingado continha um poder imenso.

Larkyra ficou um passo atrás de Arabessa. Seus lábios estavam abertos, como se imitasse o que a irmã mais velha tocava, e o lorde, de repente, ficou desesperado para ouvir o que a jovem estava cantando: a voz dela era como uma droga para a sua alma.

Não, o rapaz sacudiu a cabeça, livrando-se da tentação.

Pelo mar de Obasi, aquelas irmãs eram mesmo algo a ser temido.

As Mousai pararam na beirada da abertura do túnel e prosseguiram com sua apresentação, todas admirando aquela imensa câmara.

Era um baú do tesouro de magia e riquezas.

A caverna inteira estava iluminada por uma luz pulsante verde azulada, que emanava de drusas de cristal cintilante espalhadas pelo chão e pelas paredes. Tapetes prateados corriam por trilhas de musgo que levavam a piscinas rasas e luminosas, ao passo que pequenas flores turquesa e cor de lavanda desabrochavam em diversas reentrâncias, o pólen flutuando livre pelo ar. Redes de seda estavam penduradas por todo canto, como se aquele espaço fosse feito para descansar e reunir pessoas, uma casa de banho. Mas, no centro de tudo, estava aquilo que fez o coração de Darius sobressaltar-se de encanto e espanto.

Uma árvore alta e frondosa crescia sobre um pequeno declive. O tronco se retorcia, retorcia e retorcia até chegar à copa, onde um aglomerado de flores balançantes emanava uma luz branca azulada e ofuscante. Era a principal fonte de luz da caverna, e também o que tinham ido pegar ali.

O que *Darius* deveria pegar.

Orenda.

"Apenas uma flor", tinham dito os Achak.

Apesar de a cena ser tranquila e silenciosa, o perigo estava por toda parte.

Como se estivessem congeladas, uma dúzia ou mais de *tahopkas* permaneceram deitadas nas piscinas, boiando, rastejando ou se virando para olhar para eles.

Darius ficou absolutamente imóvel, e um tremor gelado percorreu sua pele, porque o sangue esvaiu-lhe do rosto ao ver aquilo.

Era apavorante.

O lorde nunca tinha visto tais criaturas. Da barriga para cima, eram mulheres: a pele verde-clara dava a impressão de ser macia, flexível até, e tudo estava à mostra. Da barriga para baixo, eram cobras: todas tinham um gigantesco rabo escamoso, em vários tons de verde. As asas eram formadas por uma membrana, como as dos morcegos, mas tinham penas grossas acompanhando as beiradas. O cabelo castanho escuro estava preso para trás, trançado.

Darius teria ficado parado ali, olhando para sempre, se as Mousai não tivessem adentrado mais na caverna, posicionando-se perto da escadaria que descia até o antro daquelas criaturas.

Quando Lark olhou para ele, os lábios cantavam algo diferente do que os olhos diziam.

Já.

Engolindo todos os medos e as consequências terríveis que seus pensamentos tinham criado, Darius desceu até o ninho.

As cobras não repararam no homem que andava no meio delas, pisando com a maior leveza possível para desviar de uma grande cauda, indo em direção ao objetivo, que estava bem ali no centro. A caverna de cristal permaneceu em transe por causa das três mulheres. Niya, serpenteando com seus passos de dança, movimentou-se entre a irmã que cantava e a que tocava. Tudo naquele lugar dava a impressão de se voltar para as três, toda aquela energia invisível estava ávida pela apresentação delas.

Quando conseguiu subir no pequeno morro coberto de musgo, o lorde arriscou-se a respirar fundo e olhar para trás. Os olhos de Larkyra estavam fixos nele e, meneando levemente a cabeça, o rapaz tornou a concentrar-se em sua tarefa.

Darius foi subindo devagar pelo tronco sinuoso da árvore, até a copa repleta de *orendas* balançantes. Enganchou as pernas em volta de um galho e se aproximou das flores, cujo brilho era quase cegante.

Ele abriu a sacola que levava cruzada no peito e espichou o braço para pegar uma flor de caule comprido. As pétalas pareciam fofas e macias, brasas mágicas de um incêndio.

Colheu a flor com um CLÉC silencioso e ficou parado.

Quando viu que nada havia mudado, soltou um suspiro aliviado.

Até que todas as demais flores da árvore estremeceram, como se tivessem ficado com medo de serem arrancadas, e tornaram à forma de botão, simultaneamente.

A caverna se apagou, ficando na penumbra, com exceção da luz fraca das piscinas e dos cristais espalhados por toda a volta.

Um grito estridente e sibilante sacudiu as paredes e invadiu o cérebro do lorde. O feitiço que dominava as *tahopka* foi interrompido, e todas viraram-se de frente para o invasor que tinha cortado sua luz.

Darius.

Que animal ganancioso veio estragar nosso refúgio?, gritou uma voz aguda, dentro da cabeça dele.

O rapaz cambaleou para trás, em cima do galho, e a maior de todas as criaturas serpenteou em sua direção, os olhos amarelos faiscando.

Um homem. A *tahopka* praticamente cuspiu essas palavras. *Você vai alimentar a mim e às minhas irmãs muito bem esta noite.*

– Ãhn, mas eu não trouxe comida. – Darius bateu o corpo contra o tronco.

Você é a comida, criatura imunda.

– Mas, se sou tão imundo assim – argumentou o lorde, desesperado para ganhar tempo –, por que quer me comer?

A resposta foi um ruído sibilante que ecoou dentro da cabeça de Darius, e a criatura foi logo arrastando-se para a frente.

– Pauzinhos – xingou Darius, começando a escorregar pelo tronco daquela árvore sinuosa, antes de pular em direção à saída e para longe da rainha, que se aproximava.

Você vai morrer para nunca mais roubar de novo, outra voz, de uma *tahopka* mais próxima, berrou na mente de Darius, e a criatura bateu nele com o rabo grosso. O lorde deu um pulo e caiu no chão, rolando. A *tahopka* partiu para cima do rapaz com um sonoro PAH, deixando-o sem escolha a não ser mergulhar em uma das piscinas luminosas.

A água estava quente quando Darius pulou. Ele afundou, piscando para manter os olhos abertos. O fundo da piscina estava lotado de milhares de insetos luminosos que se retorciam – "larvas da água", como Larkyra os chamara –, emprestando sua luz cintilante àquela caverna subterrânea. O rapaz girou o corpo lá dentro, segurando a respiração. Todas as piscinas eram conectadas, as aberturas circulares refletiam o que havia lá em cima.

Graças aos deuses perdidos.

Batendo os pés e as pernas com toda a força que conseguiu reunir, o lorde nadou em direção a um buraco aberto ao longe, que supôs ser o mais próximo da saída.

Uma onda o empurrou para a frente e ele olhou para trás, disfarçadamente: três *tahopkas* estavam nadando, de asas fechadas, a cauda as propelia na direção do rapaz.

Malditos sejam os deuses perdidos.

Com o pouco fôlego que lhe restava, Darius tomou impulso, subiu e saiu na piscina mais próxima, segurando-se na borda para conseguir elevar o corpo. Uma rápida olhada revelou que a maioria das criaturas estava voando ou serpenteando em direção à piscina de onde ele acabara de sair, o que lhe deu um tempo a mais para correr até a escadaria.

A respiração do lorde era um zumbido de desespero em seus ouvidos, porque ele viu as Mousai voltando para o túnel pelo qual tinham entrado.

Apesar de Arabessa tocar o violino com vigor, aquelas criaturas antiquíssimas, ao que tudo indicava, tinham partido os grilhões de seus encantos de forma permanente. A moça tirou o arco das cordas, gritando alguma coisa, e Larkyra correu na direção do lorde.

– Corra! – berrou Darius. – Saia daqui!

Larkyra também disse alguma coisa. Mas, como estava com os ouvidos tapados, o rapaz não ouviu nada. Ele sentiu um corte agudo no ombro: garras tinham se afundado em sua pele pouco antes de içarem seu corpo.

Você não vai escapar de nós, os sibilos furiosos da *tahopka* que o carregava tomaram conta de seus pensamentos. Com um movimento forte das asas, a criatura ergueu ambos.

Uma onda de energia e vento explodiu, vinda lá de baixo. Lark estava boquiaberta, entoando alguma nota de ordem, ao mesmo tempo em que lançava um olhar ardente para o lorde e a criatura. No instante seguinte, Darius estava caindo: a cobra o soltara, porque estalactites haviam caído do teto da caverna e a esmagado.

O lorde caiu com um UFF, porque o ar foi completamente expulso de seus pulmões. Ofegante, percebeu que estava na entrada da caverna e que as Mousai estavam a poucos passos de distância, perto do túnel.

Arabessa e Niya faziam gestos desesperados, apontando para a abertura, ao passo que Larkyra parou de supetão diante dele. A jovem puxou as roupas empapadas de água do lorde, colocando-o de pé rapidamente. Na mesma hora, o guincho da *tahopka* rainha apunhalou o cérebro do rapaz, tomando conta de seus pensamentos. A cabeça de Darius latejou, e ele pressionou o couro cabeludo para tentar diminuir a pressão.

Os próximos passos que deu para a frente não pareciam seus, porque alguma coisa o agarrou com força e o arrastou para dentro do túnel escuro. Uma luz forte cercou os quatro: as orquídeas-da-madrugada tinham despertado para iluminar sua rota de fuga.

Alguém empurrou o lorde por trás, e ele tropeçou. Quando se virou, viu Larkyra abrir a boca e os braços mais uma vez, lançando um feitiço inaudível de encontro aos monstros que avançavam. As *tahopkas* cambalearam para trás, em direção à casa de banho, bem na hora em que uma parede de rochedos caiu, lacrando a caverna e bloqueando qualquer chance de entrarem outra vez.

Larkyra surgiu ao lado de Darius, gritando "Corra!" sem emitir som, antes de ultrapassá-lo. Agora que os urros dos animais tinham sido banidos de seus pensamentos, foi isso mesmo o que ele fez.

O lorde correu, correu e correu mais. O túnel foi desmoronando, em uma onda, logo atrás dele. Os quatro atravessaram a passarela em arco até o local onde o barco os aguardava, na primeira praia da primeira caverna. Darius caiu ajoelhado, espalhando poeira das rochas desmoronadas por toda volta. Ele tossiu e ofegou, em uma tentativa de aliviar os pulmões doloridos.

Só que o peito continuava ardendo, ardendo e ardendo.

Uma mão gelada encostou em seu rosto, e ele deu um pulo. Mas, quando viu aqueles olhos azuis tão conhecidos, relaxou.

Larkyra.

A jovem agachou-se na frente do lorde. Mechas do cabelo loiro tinham se soltado de sua trança bem presa, e seu vestido preto estava sujo de poeira e terra. As bochechas estavam coradas e escorria suor de suas têmporas, o cansaço aparente em seus traços.

Apesar de tudo, naquele momento, Darius só conseguia pensar em como ela era corajosa.

Lark ergueu a mão mais uma vez, devagar, e tirou os protetores de ouvido do lorde. Os ruídos daquele mundo cavernoso voltaram com tudo.

– Darius? – Ela estava com o cenho franzido de preocupação. – Você está bem?

Eu estou bem?

Ela então dirigiu o olhar para o ombro do lorde, porque a capa empapada de água estava rasgada e, sem dúvida, pingava sangue.

O rapaz mexeu o ombro, timidamente: uma pontada de dor. Mas, tirando isso, o ferimento não parecia grave.

– Estou bem – respondeu ele.

– Precisamos chegar ao navio antes que Ezra vá embora. – Larkyra olhou para trás, para onde Niya e Arabessa estavam esperando, perto do pequeno barco.

– Você salvou minha vida.

Larkyra tornou a olhar para Darius.

– Você salvou sua própria vida.

– Não. – Ele sacudiu a cabeça, a pele ainda vibrava. – Se não tivesse usado seus poderes para enfeitiçar aquela *tahopka*, depois para fazer o túnel desmoronar, elas teriam…

– Precisamos ir *embora* – interrompeu Larkyra. – Podemos discutir essas questões de logística quando voltarmos ao mar. Ou, melhor ainda: quando voltarmos a Lachlan e impedirmos a abertura das minas, depois do baile de noivado. O mais importante agora é que estamos fora de perigo, que *você* está fo…

Darius interrompeu as palavras dela com um beijo. Um beijo ao qual vinha resistindo há demasiado tempo.

Os lábios de Larkyra ficaram rígidos de início, o corpo tenso, até que ela teve a sensação de derreter e fundir-se com os dedos do rapaz. Os músculos relaxaram e os lábios se entreabriram para Darius.

Ele enlaçou a cintura fina da jovem e a puxou para perto. *Queira mais.* Precisava de mais. Larkyra era tão quente, tinha gosto de nascer do sol, e tocá-la dava a sensação de ter a mais suave das gramas sob os pés descalços. Darius queria ficar com ela, abraçado nela, para sempre.

A vida do lorde, até então, fora encoberta por sombras eternas, e a proximidade e o toque de Lark iluminaram essa escuridão, queimando-a até que desaparecesse.

Larkyra soltou um leve gemido, um suspiro que acalentou o lorde e fez a pele dele entrar em uma espécie de frenesi, ainda mais depois de sentir as mãos dela fazendo cafuné em seus cabelos molhados. Podia ser apenas a sensação do mais puro alívio pelo fato de os dois ainda estarem vivos, mas o rapaz estava desesperado, porque não queria desperdiçar mais nem um grão de areia sequer enquanto estivesse na presença daquela mulher.

Por que esperara tanto para fazer isso?

Uma tosse alta ecoou, penetrando o mundo dos dois.

Larkyra afastou-se, os olhos pesados e úmidos de emoção.

Darius teve vontade de puxá-la para si outra vez.

"Mais."

Essa palavra não parava de bater em seu coração. *Você me faz sentir mais, querer mais, sonhar mais.* Tudo isso era perigoso, mas eram riscos que Darius teria o maior prazer de correr na companhia dela.

– Por que você fez isso? – sussurrou a jovem.

– Não quero ser aquela pessoa irritante que interrompe – Niya interrompeu, de forma irritante, a resposta do lorde –, mas precisamos ir embora *agora*. Caso contrário, não conseguiremos chegar ao *Rainha Chorosa* em tempo.

A contragosto, Darius ficou de pé e ajudou Larkyra a se levantar.

– Quando estivermos de volta a Lachlan... – prometeu o lorde.

Mas o que estava prometendo, ele não sabia.

Os dois subiram no barco e Arabessa e Niya ficaram medindo o casal, ou, mais precisamente, o *lorde*. Essa atenção por parte das duas parecia algo calculado, o olhar clínico de um cirurgião sobre algo que se desenvolvia. Ainda tinham que decidir se ele era um risco que valia a pena correr ou não.

Foram remando rio acima, até a saída da caverna, e Niya rompeu o silêncio.

– Bem – começou ela –, não que não tenha sido divertido, mas como vamos seguir em frente agora? Devemos sacrificar mais um ano de nossa vida e ir perguntar à nossa mãe se existe outra solução? Se for o caso, acho que é *o senhor*, Lorde Mekenna, quem deve entrar no Ocaso dessa vez.

– Com o maior prazer – respondeu Darius. – Só que não vejo por que precisamos de outra solução.

– Talvez por não termos conseguido obter a tal flor-muito-especial, que só-existe-uma-em-um-milhão, que só-cresce-em-lugares-distantes-e-traiçoeiros-onde-vivem-mulheres-pássaro-cobra-que-odeiam-homens?

– Você está falando desta flor, por acaso? – Darius entreabriu a sacola que levava cruzada no peito e conteve o sorriso, porque os olhos de todas as moças da família Bassette refletiram a luz branca azulada que emanava lá de dentro.

– Você conseguiu. – Lark sorriu, seu rosto iluminado de orgulho.

– Eu consegui.

– Ao que tudo indica, a flor não foi a única coisa que você conseguiu pegar... Ei! – Niya olhou feio para Arabessa, massageando a canela. – Por que você fez isso?

– Desculpe. Fiquei com câimbra.

Niya a encarou com a mais absoluta descrença.

– Muito bem, Lorde Mekenna – elogiou Arabessa. – Agora vamos voltar e utilizá-la.

Enquanto remavam para longe da enseada rochosa, em direção ao navio que os aguardava, o olhar de Darius se demorou na criatura loira diante dele. A mesma que havia entrado em sua vida com a força de um vento de temporal e virado seu mundo inteiro de cabeça para baixo.

Toda vez que os olhos azuis de Larkyra cruzavam com os dele, o lorde tinha a sensação de que sua vida estava se expandindo, bem na sua frente.

Naquele momento, o rapaz se deu conta de que aquela mulher permitia que ele tivesse esperança em relação ao futuro.

CAPÍTULO TRINTA

Larkyra correu atrás de Darius e os dois entraram no castelo pela porta do calabouço, que abriu com um rangido. Já era meio da tarde, e as irmãs dirigiram-se ao outro lado do portal para encontrar os Achak, levando a *orenda*. Apesar de o céu estar nublado, qualquer um que olhasse para o amplo terreno teria visto, com toda a certeza, os dois saindo de fininho da floresta. Lark rezou para os deuses perdidos, pedindo que esses "qualquer um" não existissem naquele dia.

– Precisaremos nos separar daqui para a frente – declarou o lorde, ajudando-a a subir a escadaria que levava à despensa empoeirada. – Você se lembra de como chegar à sua ala?

– Sim. – Ela meneou a cabeça.

Nenhum dos dois se mexeu, e Larkyra se deu conta de que ainda estavam de mãos dadas. O coração dela sobressaltou-se, os lábios formigaram: parecia que seu corpo se recordava com detalhes do que tinha acontecido da última vez em que ficaram parados daquela maneira. Estava desesperada, querendo que a mesma coisa acontecesse de novo, mas também estava, em igual medida, apavorada com essa possibilidade.

Quando tudo aquilo acabasse, ela sabia que iria embora. Era o que deveria fazer, o que *precisaria* fazer. Apesar de ter intenção de ajudar, representava um perigo muito grande para o lorde, e não apenas por causa de seus poderes. O rapaz quase tinha morrido em Esrom, sob sua responsabilidade. Quase o perdera para uma das *tahopkas*. Até então, a vida dele resumira-se a incerteza e dor. A jovem não podia tornar essa situação ainda pior. Uma exaustão tomou conta de seu coração.

– Larkyra – disse Darius. – Quero que saiba...

– Não. – Ela o interrompeu. – Por favor, não vamos fazer isso.

O lorde arqueou a sobrancelha, com um ar inquisidor.

– E o que exatamente nós estamos fazendo?

– Não vou suportar ter uma conversa sentimental com você neste momento. Ainda temos muito o que fazer, preparar e planejar. – A jovem afastou-se dele. – Nossa missão está longe de terminar, Darius.

Ele a observou por alguns instantes.

– Eu sei.

– Que bom.

– Qual é o problema, Larkyra?

– Problema nenhum.

– Você sabe o quanto eu detesto mentiras. – Ele foi se aproximando dela devagar. – Diga o que é.

– Como eu disse, não é nada. – Ela ficou olhando para o chão. – Bem, talvez não seja exatamente nada. É só que... não vou embora, *por enquanto*.

– Não. – Darius inclinou o queixo de Lark para que ela o olhasse nos olhos. – Com certeza não.

A respiração da jovem ficou ofegante, minúsculas explosões de um anseio impaciente. Os lábios do lorde estavam tão próximos dos seus. *Ele* estava tão perto...

E então, vozes que se aproximavam no corredor, mais adiante, fizeram ambos se afastarem às pressas. Criados passaram conversando pela porta aberta. Larkyra ficou petrificada, colada na parede, diante de Darius.

Os dois fitaram-se, porque tudo ficou silencioso.

– Temos que ir – sussurrou a jovem.

– Sim – concordou ele, apesar de parecer não gostar desse fato. – Terminamos essa conversa outra hora?

– Outra hora – garantiu a moça, antes de saírem dali de fininho, um de cada vez, e tomarem seus respectivos rumos.

Mas Larkyra e Darius não tiveram uma "outra hora".

Naquela noite, Hayzar voltou para Lachlan, e mais uma vez as terras desmoronaram com uma torrente de chuva e trovões. A data do baile estava se aproximando, o que só podia significar uma coisa: os planos do duque de dar início ao funcionamento das minas também estavam perto de se concretizar. "Um presente para minha futura esposa", foi o que Hayzar disse. Mas Lark sabia que, para o povo, isso não seria nenhum presente; estava mais para a última gota de pressão que acabaria com eles. Precisavam deter o duque antes que isso ocorresse. O único instante de trégua foi quando Lark e Darius perceberam que o duque não se recordava de ter obrigado o enteado a cortar o próprio rosto.

Hayzar estava tão drogado, já que tinha trazido um novo suprimento de *phorria*, que apagou qualquer lembrança daquela noite específica. Na manhã seguinte, quando Darius apareceu para tomar café sem um arranhão sequer no rosto, o duque mal bateu as pestanas. Apenas falou que o lenço que o enteado tinha amarrado no pescoço estava tão fora de moda que doía olhar e, para o horror de Larkyra, ordenou que o rapaz se retirasse sem ter comido quase nada.

O homem podia até não ter reparado na rápida recuperação do enteado, mas a jovem surpreendeu Boland fitando o lorde mais de uma vez. Mas, sejam lá quais fossem as perguntas ou dúvidas que rodopiavam na cabeça do velho, como todo bom mordomo, ele não comentou o assunto. *Talvez, lá no fundo, queira acreditar que seu emplastro tem propriedades curativas mais fortes do que achava*, pensou ela.

Nos dias que se seguiram, Lark foi obrigada a se fazer passar por uma noiva feliz, planejando o baile de noivado: arranjos de flores, degustação do cardápio, provas do vestido e uma interminável lista de convidados, sendo que não conhecia metade daqueles nomes. Foi pavoroso, e a jovem imaginou se alguma noiva poderia realmente gostar de se dedicar aos preparativos de uma festa como aquela.

Para Larkyra, o único alívio residia no fato de que, apesar de ela e Darius não terem conseguido encontrar um momento para ficarem a sós de verdade, os dois começaram a se encontrar furtivamente, ainda que por breves instantes. Uma carícia escondida na mão quando se topavam nos corredores, um olhar disfarçado na mesa de jantar, um sorriso compartilhado em segredo. Isso energizava cada grão de areia que transcorria, transformando partes sem graça do dia em tesouros empolgantes, que a jovem guardava na memória.

E, apesar de sentir um aperto no peito sempre que pensava na hora em que seria obrigada a ir embora, resolveu aproveitar os poucos dias que ainda lhe restavam em Lachlan e os mínimos grãos de areia que conseguia passar com Darius.

Mas a principal lembrança que Larkyra morria de vontade de reviver, que se danassem as consequências, aquela que ainda fazia seus lábios formigarem, nunca tornou a se repetir, e a jovem não sabia ao certo por quê. Quando dava por si, estava acordada à noite, ouvindo os estrondos da tempestade lá fora, imaginando que algum daqueles estrépitos poderia estar abafando os passos de Darius a caminho de seus aposentos.

Só que, todas as noites, Lark pegava no sono sem que ninguém tivesse batido à porta, e acordava pensando que Darius poderia ter se arrependido do que fizera. Mesmo que os dois não fossem feitos um para o outro, ela por certo não se arrependia daquele beijo.

E era por isso que vinha criando coragem para entrar de fininho nos aposentos do lorde, em vez de esperar por ele. Para descobrir, de uma vez por todas, quais eram as intenções do rapaz quando a beijou.

Mas, aí, suas irmãs chegaram.

E, bem, se alguém deseja um momento de privacidade, não devia convidar mais de um membro da família Bassette para ficar em sua casa. Porque, a partir daquele momento, todos os instantes foram preenchidos.

Até os furtivos.

CAPÍTULO TRINTA E UM

Os aposentos de Larkyra estavam uma bagunça, e a culpa era toda de Niya: ao que tudo indicava, a irmã tinha trazido metade do guarda-roupa para Lachlan.

— Aquele ali é lindo — disse Lark, que estava sentada, com os pés embaixo do corpo, em uma poltrona perto da lareira.

— Mas passa a ideia de "minha irmã pode até ser quase duquesa daqui, mas eu sou tão, senão mais, indicada para esse título de nobreza tão alto"? — Niya virou-se com um vestido verde-esmeralda que era pura ostentação.

— Transmite essa ideia — respondeu Arabessa, sentada na poltrona da frente —, mas devia vir com uma placa enorme, escrito "delirante". Aí sim seria um modelito que a traduz com exatidão.

Niya fez careta para o próprio reflexo no espelho.

— Sim, acho mesmo que a saia podia ser mais volumosa.

— Mas tem seis anquinhas! — exclamou Arabessa.

— É melhor ter oito.

Lark e Arabessa entreolharam-se.

— Você tem noção de que não é um baile de noivado *de verdade*? — perguntou Larkyra.

— Terá convidados? — indagou Niya.

— Claro.

— Comida feita para impressionar?

— *Ãhn*, sim.

— Orquestra, para dançar?

— Está bem, entendo o que quer dizer.

— E presentes para os noivos?

— *Niya*.

– O fato de não terminar em casamento não torna um noivado menos real. – Niya tirou o vestido verde e foi pegar outro, a combinação branca e fina refletiu à luz da lareira. – Na verdade, muito provavelmente, torna ainda *mais* real.

– Você não tem noção de como esses últimos dias foram *reais* – retrucou Lark, com um tom seco. – Não preciso que fique me lembrando disso.

– O duque tem sido tão terrível assim? – quis saber Arabessa.

– Eu deveria mostrar para vocês os vestidos que ainda estão com as marcas das mãos grudentas de Hayzar. Nesses últimos dias, o homem não para de babar aquela magia azedada que ele consome.

– Vimos quando chegamos – revelou Arabessa, o cenho franzido de preocupação.

– Chega dessa conversa deprimente! – exclamou Niya. – O que eu quero saber é se o vestido que você vai usar amanhã já está pronto.

– A sra. Everett está passando neste exato momento.

– Pena que não temos tempo para a sra. Everett fazer um vestido para mim. – Niya franziu o cenho, despindo o décimo vestido que tentou provar. – Não tenho *mesmo* nada que sirva.

– Você poderia usar um dos meus vestidos – sugeriu Arabessa.

Niya a encarou.

– Por acaso bateu a cabeça hoje, Ara?

– Não. Por quê?

– Porque se julga que tudo isso – Niya apontou, com orgulho, para as próprias curvas – entraria num vestido feito para *isso* – ela apontou, então, para o corpo esguio da irmã mais velha –, deve ter sofrido um dano cerebral grave.

– Eu só estava sendo simpática – explicou Arabessa antes de tomar um gole de chá. – Tenho certeza de que a sra. Everett daria um jeito de fazer um vestido meu caber em você. Só não sei como qualquer roupa conseguiria passar por essa sua cabeça enorme...

– Muito engraçado – respondeu Niya, com um tom seco. – Ainda mais considerando que, no reino, *você* é quem sempre tem problemas com o tamanho dos arranjos de cabeça.

– Talvez seja porque alguém gosta de comer biscoitos com mel *bem em cima deles.*

– Por acaso já pensou que, talvez, você que tenha o hábito de colocar seus arranjos de cabeça bem debaixo de onde eu gosto de comer biscoitos com mel?

– Essa é a coisa mais...

Uma leve batida na porta do quarto de Larkyra fez as moças se virarem.

– Por acaso alguém bateu na porta? – perguntou Niya.

– Acho que sim – respondeu Lark.

– Foi uma batida tão tímida.

– Talvez tenha sido engano – sugeriu Arabessa.

Mais uma leve batida.

– Aposto uma moeda de prata que é uma criança ou um gato – sugeriu Niya.

– Não tem nenhuma dessas coisas neste castelo – argumentou Larkyra.

– E que importância tem isso? – Niya vestiu um robe antes de abrir a porta. – Ah, droga, é você.

– Prazer em vê-la também, Lady Niya.

Lorde Mekenna estava parado na porta, e o coração de Larkyra sobressaltou-se. O rapaz trajava um de seus casacos de corte impecável, colete no mesmo tom e calças cinza. O cabelo ruivo estava com um tom de laranja queimado, por causa da luz da tocha que vinha de trás dele.

– Você me custou uma moeda de prata. – Niya cruzou os braços em cima do peito. – O que pretende, batendo com tanta leveza na porta dos outros? Já vi suas mãos. São fortes. Você deveria bater com força.

– Como é?

– Como podemos ajudá-lo, milorde? – Arabessa levantou-se da poltrona, assim como a irmã caçula.

Darius examinou o estado do quarto e das moças, que estavam todas de camisola, e suas bochechas ficaram coradas.

– Eu queria falar com Lady Larkyra por um instante, antes de amanhã, mas vejo que esta não é a melhor…

– Terei o maior prazer de falar com o senhor, milorde. – Lark foi logo contornando a mesinha de centro e aproximando-se do rapaz. – Minhas irmãs, na verdade, estavam se preparando para ir dormir, não é mesmo, queridas? Sim, é bom tirarem seu sono de beleza. Ainda mais você, Niya.

– O que foi que você…

– Passar um pouco de geleia real nos olhos deve ajudar. – Larkyra pegou o máximo de vestidos que conseguiu e enfiou nos braços de Niya. – Use o cor de pêssego. É o que mais realça seu tom de pele. E me acordem amanhã de manhã, se eu não acordá-las primeiro. Boa noite.

Dando um leve empurrão nas costas de Arabessa e um rápido sorriso em resposta à expressão ofendida de Niya, que tinha arregalado os olhos, Lark acompanhou as irmãs até a saída, arrastou o lorde para dentro do quarto e fechou a porta.

– Lark. – Uma batida forte, acompanhada da voz abafada da irmã mais velha. – Você *não pode* ficar aí dentro com um homem, sem estar acompanhada...

– Vou perdoar a aposta de uma moeda de prata que Niya fez – gritou Larkyra, sem tirar os olhos de Darius.

– Vejo vocês pela manhã! – disse Niya, cantarolando, antes de resmungar algo e arrastar Arabessa dali.

Depois de alguns instantes, fez-se silêncio no corredor.

– Oi – disse Larkyra.

– Oi. – Darius sorriu.

Um sorriso que fez a jovem sentir um calor por dentro.

Como podia ser tão forte diante das criaturas mais horríveis de Aadilor, mas enfraquecer diante daquele homem, escapava à sua compreensão. Talvez fosse porque estavam, enfim, a sós, nos *aposentos* dela, onde o ar parecia carregado por um calor que ia além daquele que emanava da lareira.

– Sobre o que gostaria de conversar comigo?

O lorde correu os olhos verdes pela camisola dela e ficou sério.

– Eu... eu queria, enfim, terminar o que estava tentando dizer na semana retrasada. Quer dizer, isso se, desta vez, você me permitir.

– Ah, sim, aquilo. – Lark sentiu que ficara corada. – Peço desculpas por ter sido tão indelicada. Eu só... bem, sim, por favor, diga.

Darius a fitou com brilho nos olhos, achando graça porque a jovem havia se atrapalhado toda com as palavras.

– O que eu queria dizer era "muito obrigado".

Larkyra franziu o cenho.

– "Muito obrigado?"

– Sim.

– Pelo quê?

– Por tudo. – O lorde aproximou-se dela. – Por amanhã, por ontem. Pelos dias anteriores. Por ter me ajudado, Larkyra.

– Você teria feito a mesma coisa por mim.

– Talvez, mas nunca soube muito bem como permitir que as pessoas *me* ajudassem.

– Não?

– Essas sempre me pareceram as condições ideais para acabar me decepcionando. Contar com o apoio de outra pessoa significa abrir mão do controle da situação, e eu... – Ele, então, dirigiu os olhos para o tapete felpudo que os separava. – Eu não tenho tanto controle assim da minha própria vida, para começo de conversa.

– Darius.

– Mas com você... – prosseguiu o rapaz, como se precisasse pôr tudo para fora naquele momento, caso contrário, jamais conseguiria. – Parece que não tive escolha. No seu caso, eu queria permitir que ultrapassasse minhas barreiras, minhas defesas. Você faz eu me sentir forte, mesmo com a porta escancarada.

Larkyra sentiu um aperto no peito ao ouvir aquelas palavras.

– Mas eu menti para você, logo no começo.

– Entendo por quê.

– E fiz coisas tolas e egoístas.

– Quem nunca?

– E, muito provavelmente, ainda farei.

– Eu também.

– Duvido – murmurou Lark.

Darius sorriu, seus olhos verdes expressando tranquilidade.

– Apesar de ser difícil de acreditar, não sou perfeito.

– Mas você é honrado, e isso é uma forma de perfeição por si só.

– Larkyra. – O lorde ergueu a mão para a moça, que mal teve coragem de respirar, porque ele acariciou seu braço, e o calor dessa carícia foi infiltrando-se através da camisola, até que ele segurou seu rosto com as duas mãos.

Lark ficou parada, petrificada.

– Permita que eu lhe agradeça. Aceite o que estou dizendo, porque quero que saiba que, independentemente do que acontecer amanhã, ainda que nossos planos não deem certo, sou muito grato pelo que você e sua família fizeram por mim.

O olhar de Darius era intenso e penetrante, e Larkyra ficou sem palavras por alguns instantes.

– Está bem – sussurrou ela.

O lorde baixou a mão, e a perda desse toque foi uma sensação quase devastadora.

– Viu só? Não foi tão difícil assim, foi?

– Não – admitiu ela. – Mas isso talvez seja.

Darius pareceu confuso.

– Preciso lhe fazer uma pergunta – disse Lark.

– Pode perguntar o que quiser.

– Você vai me beijar de novo?

Os olhos do lorde brilharam, antes que mais um sorriso se esboçasse em seus lábios volumosos.

– Vou – respondeu ele. E, no instante seguinte, já estava puxando a jovem para perto do peito e inclinando-se para beijá-la.

Larkyra viu estrelas quando Darius a beijou. Sua magia agitou-se, satisfeita por somar ao prazer em vez de lutar contra a dor. Os poderes ronronavam de satisfação, porque o beijo começou delicado antes de tornar-se desesperado, carnal, e ela gemeu, entregando-se ao abraço do lorde. Darius a fez entreabrir os lábios, roçou a língua na dela e segurou firme sua cintura, deixando-a na ponta dos pés. O perfume do rapaz, de cravo e roupa limpa, tomou conta de Lark, e o calor do corpo dele a envolveu feito um casulo de segurança e desejo. Uma mistura potente, que nunca experimentara. O lorde acariciou as costas dela, arrepiando-a até os dedos dos pés. Larkyra passou os braços em volta do pescoço dele, que foi andando até os dois encostarem em um dos pilares da cama. A madeira maciça foi impiedosa com as costas da jovem, mas isso só atiçou o desejo que sentia por aquele homem. A proximidade tentadora dos lençóis, da cama e do que a aguardava ali, feito uma promessa, a fez estremecer de nervoso.

– Larkyra? – Darius afastou-se, seus olhos um poço de brilho inebriado, concentrados nela. – Tudo bem? Eu… podemos parar por aqui.

– Não. – A jovem abraçou o rapaz com mais força. – Pode fazer qualquer coisa, apenas não pare.

– Graças aos deuses perdidos – murmurou o lorde, antes de beijá-la mais uma vez.

Ele desceu a mão pelo corpo dela, primeiro até a cintura, depois pelas costas, e soltou um gemido gutural, apertando-a de leve. Lark sentia que estava prestes a explodir e, ao mesmo tempo, que sua pele estava derretendo, que tinha se reduzido ao sangue ardente que corria em suas veias. A magia se expandiu com a jovem, um manto reluzente de consentimento, sentindo a segurança das emoções dela. *Segurança*, os poderes pareciam sussurrar. *Estamos em segurança aqui.* E estavam. Larkyra pressionou o peito contra o corpo firme de Darius, os músculos por baixo de seu traje bem cortado eram impenetráveis. Queria arrancar as roupas que os separavam, encostar a própria pele na pele dele, compartilhar aquele calor que vinha dos dois.

– Darius – sussurrou, enquanto ele beijava o pescoço dela, que estava à mostra. – Darius, eu quero você.

– Eu sou seu.

– Sim, mas…

– Fale.

– Tenho medo de lhe machucar.

Ele se afastou um pouco.

– Machucar?

– Com meus poderes – admitiu a moça. – Apesar de eu ter conseguido dominá-los, quando fico muito... excitada, receio que possa perder o controle.

– Você sente que está perdendo o controle agora?

A jovem analisou seus dons, que vibravam, excitados, por toda a sua pele. Mas, tirando isso, pareciam dóceis. *Interessante*, pensou ela.

– Não...

– Confio em você, Larkyra. – O lorde roçou os lábios delicadamente nos lábios dela. – Você não vai me machucar.

A certeza transmitida pela voz de Darius, a confiança que depositou nela, era algo que Lark nunca tinha vivenciado fora do seio da família. Seu coração bateu mais forte, ampliando-se eufórico no peito.

– Iremos devagar – prometeu o rapaz. – Não precisamos ter pressa.

Larkyra sacudiu a cabeça.

– Você não gostou dessa ideia? – provocou Darius.

– Quero me deitar com você.

Ele ficou petrificado.

De repente, a jovem sentiu-se boba. Sabia tanto a respeito de tantas coisas, mas tão pouco a respeito do que estava pedindo. Sabia o básico, claro, mas...

– Só que nunca fiz isso – Larkyra foi logo dizendo. – Quer dizer... você seria...

– O primeiro.

Ela assentiu, engolindo em seco.

– Larkyra...

– Eu também seria a primeira?

A jovem não sabia por que tinha feito essa pergunta, mas as palavras escaparam e não podia retirá-las.

Darius franziu o cenho e virou o rosto. Bastou como resposta.

– Ah – disse ela, sentindo um frio na barriga.

O lorde segurou o rosto dela com as duas mãos, obrigando-a a olhá-lo nos olhos.

– Você foi a primeira para mim em muitos outros sentidos.

– Quais?

– Você tem sido a primeira coisa em que penso, todas as manhãs, desde o dia que a vi parada naquela rua, na chuva, mais parecendo um dos deuses perdidos que tinha ressuscitado – respondeu ele, um fogo diferente iluminando seus traços. – Foi a primeira a me mostrar a linda magia que ainda existe em nosso mundo. Foi a primeira a me dar esperança, desde que meus pais morreram. E você, minha querida, foi a primeira a fazer meu coração voltar a bater. – Darius secou uma lágrima que escorreu pelo rosto de Larkyra. – Não chore.

– Não estou chorando.

– Até parece – brincou o rapaz, com um leve sorriso.

– Darius?

– Sim?

– Beije-me.

O rapaz obedeceu, encostando os lábios nos dela, com delicadeza e devoção.

Enquanto se beijavam, Larkyra foi abrindo os botões do colete de Darius. E ele deixou. Deixou que desamarrasse o lenço que levava no pescoço e seguisse em frente, e não tirou os olhos do rosto de Larkyra enquanto ela o despia, deixando-o de peito nu.

A pele do lorde ganhou um tom dourado à luz das velas, com linhas um pouco mais claras nas poucas cicatrizes que ainda restavam. Lark ergueu o dedo, mas parou em seguida.

– Darius...

– Sim?

– Posso... isso é, eu poderia...?

O lorde colocou a mão da jovem sobre a própria pele, e ela sentiu os músculos da barriga dele se contraírem.

– Você não me causa dor, Larkyra. Pode me tocar onde quiser.

A confiança que Darius depositava nela fez sua visão borrar de emoção. Delicadamente, acariciou as linhas descoloridas das cicatrizes e foi descendo até acabarem, perto das calças.

– Fico feliz que algumas tenham restado – comentou o lorde, baixinho, com um olhar ardente, observando-a explorar seu corpo.

– Você é lindo.

E ele era mesmo. Sempre foi, mesmo quando as cicatrizes eram recentes e estavam por toda parte.

– Você é linda. – As palavras de Darius ecoaram as dela, fazendo-a encará-lo.

O rapaz ficou parado diante daquela dama, imóvel feito uma pedra, os punhos cerrados nas laterais do corpo, mal conseguindo conter o desejo que tomou conta de seu olhar.

– Posso tocar em você agora? – Sua voz era rouca e grave.

Ela assentiu, sentindo uma explosão de chamas no ventre.

Lentamente, Darius foi abrindo os botões da camisola dela, deixando suas clavículas à mostra, antes de descer o tecido pelos ombros. O traje inteiro caiu aos pés de Larkyra.

– Pelas estrelas e mares – sussurrou o lorde.

Em seguida, ele a pegou no colo e a colocou sobre os lençóis macios, cobrindo a jovem com seu corpo aquecido e beijando-a nos lábios. O toque daquela pele afagou Larkyra com deliciosas sensações pecaminosas.

Aquele homem, *aquele homem* era tantas coisas para ela, e se tornava muitas mais. Essa ideia era apavorante e excitante, seu tipo preferido de ideia, e Lark recusou-se a pensar no que aconteceria no dia seguinte ou nos dias que viessem depois.

Só existia o Agora.

Sempre existiu apenas o *Agora*.

Com um rápido movimento, Darius tirou as botas e as calças. Larkyra fitou o membro do lorde, maravilhada, mordendo o lábio. O rapaz sorriu, um sorriso um tanto libertino, e desceu a mão pelo ventre dela até chegar a seu ponto mais sensível.

Ele capturou o gemido da jovem com um beijo, acariciando suas partes pudendas. Larkyra abriu-se para Darius com vontade, com anseio. A magia derramou-se nela, formando nuvens douradas de euforia, e ela soltou um gemido longo e luxuriante.

Lark queria que Darius visse o efeito que causava nela. Como era lindo. Os lábios do lorde encontraram um dos seios da jovem, e o calor envolveu seu mamilo.

Larkyra o segurou pelos ombros.

– Você – suspirou. – Preciso de você.

– Todas as partes do meu corpo são suas. – A voz de Darius era como o retumbar da tempestade lá fora. Ele fitou o rosto dela, seus olhos mais pareciam musgo líquido.

– Agora. Por favor, Darius.

O lorde não desobedeceu. Começou a beijá-la, subindo pelo peito, pelo pescoço, até ficar por cima da jovem.

Lark abriu mais as pernas, permitindo que o rapaz se acomodasse entre elas. Sua respiração estava ofegante, sua pulsação acompanhava o ritmo dos trovões.

– Larkyra – disse Darius, e ela sentiu que o olhar dele penetrava seu coração, que via tudo o que ela era e ainda seria. Os traços bem marcados do rapaz se suavizaram nas sombras, o cabelo ruivo tornou-se uma deliciosa bagunça, de tanto que a jovem havia passado as mãos nas mechas. – Serei delicado – prometeu.

– Confio em você – anunciou ela, ecoando as palavras que ele dissera há pouco.

Darius apossou-se dos lábios de Larkyra e a penetrou.

A jovem sentiu uma pontada de dor e segurou o grito, apaziguando o instinto de defesa de sua magia. O peito dos dois subia e descia como se fossem um só, porque ela o aceitou por completo. Darius olhou nos olhos de Larkyra, que começou a mexer o quadril. E, a cada movimento delicado, a dor foi se transformando em prazer.

A jovem soltou um suspiro e o lorde, um gemido.

Essa expressão do desejo de Darius fez Larkyra ficar mais ousada, e ela começou a acompanhar cada investida dele com um movimento dos quadris.

Nessa hora, o lorde conteve um palavrão e ajoelhou-se, antes de segurar os quadris de sua dama e levantá-la da cama, sutilmente.

Larkyra observava, hipnotizada, os músculos de Darius contraírem-se e o poder gracioso de seu corpo. Ele a puxou para perto de si, várias e várias vezes. Um ritmo imperioso.

A mais absoluta perfeição.

– Você é a luz que me guia – declarou Darius, olhando para Larkyra com uma expressão que ela não conseguiu interpretar.

Em seguida, ele ergueu o corpo dela e a beijou na boca mais uma vez.

A moça acomodou-se no colo do lorde, que a enlaçou com as mãos, segurando-a com força. Aquela posição permitia que ele a penetrasse mais fundo, e Larkyra gritou de prazer, entregando-se, de livre e espontânea vontade, a todos os desejos de Darius, que fazia os dois levitarem. A magia escapava dela aos suspiros, uma trilha de diamantes cintilantes que rodopiavam no ar, delicados e inócuos, roçando na pele do casal.

Esquecendo-se dos grãos de areia que transcorriam, Lark saboreou Darius: o roçar da língua do lorde na sua, a delicadeza de suas mãos fortes segurando os seios dela. Acariciou os ombros e as costas do rapaz, desesperada para sentir, memorizar e descobrir cada centímetro do seu corpo. Os gemidos dos dois fundiram-se, criando a mais linda canção que a jovem já ouvira na vida. E, de repente, Larkyra estava de fato voando, cada vez mais alto, por toda parte. Os quadris de Darius balançavam, encostando onde precisavam encostar, de forma incessante, até que ela chegou ao clímax, soltando mil faíscas de luz cintilante.

Darius gemeu, expressando a própria euforia, antes de sair de dentro dela e derramar-se nos lençóis.

Com delicadeza, ele a colocou sobre a cama de novo e encostou a cabeça no ventre dela, enquanto os dois recuperavam o fôlego.

O quarto ficou em silêncio, com exceção do som da tempestade, que sacudia o torreão.

Um delicado brilho de suor os envolvia, e Larkyra observou enquanto Darius acompanhava, com o dedo, uma gotícula que escorria por seu quadril. Os olhos verdes do rapaz ergueram-se, encontrando os dela, e foi como olhar para uma pradaria durante o verão, aberta, luxuriante e tranquila.

Antes daquele momento, Larkyra nunca vira tamanha paz no olhar de Darius, tamanha felicidade. Seu coração pegou fogo.

– Venha cá. – A jovem o puxou e, com um sorriso, o rapaz obedeceu, envolvendo-a com os braços e fazendo-a ficar de frente para ele.

– Larkyra...

– *Shhh*. – Ela impediu que ele dissesse palavras que, temia, mudariam o rumo da vida de ambos. Um rumo diferente daquele. Em vez disso, inclinou a cabeça para beijá-lo. – Vamos só ficar aqui deitados, mais um pouquinho.

A jovem nunca tinha se sentido tão segura e, ao mesmo tempo, tão vulnerável na vida. Deitada ali, nua, com aquele homem, tendo compartilhado seu corpo com ele, seu prazer e seu coração.

Uma estranha sensação a invadiu, uma sensação quente e fria na mesma medida. Parecia que sua magia estava... diferente. Parecia que, agora, tinha soltado um pouco as rédeas curtas que empregava para dominá-la, um afrouxar permanente, que não tinha causado um rastro de destruição.

"*A sua raiva faz o corte, mas o seu amor faz os pontos*", o ensinamento dos Achak veio à tona em sua mente.

Amor.

Larkyra segurou a respiração, como se isso fosse impedir aquele pensamento de ir mais longe.

Mas a magia...! A magia continuou rodopiando, feliz e contente, cutucando os pulmões dela, consciente de que aquele homem que abraçava Lark não faria nenhum mal a elas.

Um desejo desesperado percorreu seu corpo. Um desejo que, talvez, nunca fosse satisfazer.

Mas Larkyra impediu que seus pensamentos tomassem esse rumo.

Por ora, estava determinada a permanecer bem ali, no Agora, enroscada nos braços de Darius, alegremente.

Enquanto o fogo reduzia-se a brasas e a tempestade batia nas janelas, tecendo uma melodia de acalanto, os olhos de Larkyra acabaram se fechando.

Quando acordou, a cama estava vazia, mas havia um bilhete escrito às pressas, com a letra de Darius, na mesinha de cabeceira:

Você foi a primeira coisa bonita que eu vi hoje de manhã.
Quero que seja a última coisa que eu vejo, todas as noites.

A jovem segurou o papel perto do peito e ficou olhando para o dossel da cama, recordando-se da sensação de ter se deitado ali com o lorde, sendo envolvida pelos braços protetores do rapaz. Que ironia sempre ter sentido que era ela quem o protegia.

Darius era um homem que tinha se infiltrado no fundo do coração de Lark. Que tinha se *tornado* o coração de Lark.

Ela enfim se dava conta do porquê tinha ficado tão desesperada para permanecer no Agora.

Larkyra estava apavorada, com medo do que ia acontecer depois.

CAPÍTULO TRINTA E DOIS

A Ilha do Castelo estava em polvorosa, com carruagens passando pelo portão fazendo alarde. Os convidados não paravam de chegar nas famigeradas terras isoladas de Lachlan. Entravam aos "ahs", "ohs" e cochichos, ao passo que os criados, com seus novos e bem cortados uniformes – uma despesa que acabou sendo paga por Dolion, que insistiu ser um presente de noivado para a filha –, percorriam os corredores, acompanhando os visitantes até o amplo salão de baile. Foram necessárias todas as velas e todas as flores da cidade, assim como dos vilarejos vizinhos, para que o castelo sombrio ficasse com um pouco de aconchego, luz e alegria. Enquanto a pequena orquestra tocava sem parar, a tempestade contínua do lado de fora quase pôde ser esquecida. Naquela noite, as pessoas podiam fingir que aquele era um lar normal, de uma família abençoada pela riqueza.

Mais uma máscara impecável que cumpria sua função.

Parada próxima à entrada do salão de baile, Larkyra fazia uma pequena pausa na recepção dos convidados curiosos, e suas irmãs e Zimri agiam como escudo dos olhares das pessoas. A noiva trajava um impecável vestido azul-petróleo, do tom de seus olhos, que ressaltava sua pele clara e seus cabelos loiros. Mesmo sem ter os dons dos deuses perdidos, a sra. Everett devia possuir magia nos dedos para ter conseguido terminar o modelito em tempo, ainda mais considerando a riqueza de detalhes. A renda que revestia o corpete estilo espartilho era bordada com pequenas pérolas, assim como as manguinhas sino. O modelito tinha um debrum de seda cor de marfim, tecido que também rodopiava na barra das saias. Apesar dos acontecimentos que estavam prestes a se desenrolar naquela noite, Lark sentia-se radiante naquele vestido, a própria futura esposa, ainda mais quando flagrou um brilho de desejo nos olhos de Niya, que não parava de olhar para o bordado de pérolas. A jovem decidiu conversar com a sra. Everett e encomendar um presente de aniversário adiantado para a irmã ruiva.

– Papai não costuma se atrasar – comentou Arabessa, espiando o mar de convidados atrás delas.

– Ele teve que resolver um assunto importante antes de vir. – Zimri remexeu em uma de suas abotoaduras. Estava mais lindo do que nunca, de fraque preto, a pele negra cintilando levemente naquela iluminação suave.

Não foram poucas as convidadas que, abanando seus leques e lançando olhares curiosos, tentaram se aproximar disfarçadamente do rapaz. Mas, depois de serem fulminadas pelo olhar de Arabessa, todas soltaram gritinhos e deram as costas.

Lark conteve um sorriso ao ver que Niya revirava os olhos.

– Mas o que poderia ser mais importante do que a noite de hoje? – perguntou Arabessa, franzindo o cenho.

– Talvez possamos perguntar diretamente para ele – comentou Niya. – Papai acabou de chegar, está bem ali.

O Conde de Raveet, da segunda casa de Jabari, vinha na direção delas, desviando dos demais convidados e parando apenas para aceitar uma taça de ponche, oferecida por um criado de bandeja nas mãos. Não foram poucos os convidados que abriram caminho para ele passar antes de murmurar algo para quem estava mais próximo. Dolion Bassette sempre soube fazer uma entrada triunfal, que, no caso dele, significava apenas entrar no recinto. O porte, o cabelo e a barba cor de âmbar, além do traje impressionante, faziam o restante. Era uma proeza *não* encarar o homem.

– Filhas. – Dolion sorriu para as três jovens quando se aproximou, beijando cada uma na testa. – D'Enieu. – Ele apertou a mão de Zimri. – Todos vocês estão esplêndidos.

– Obrigada, pai – disseram Larkyra e as irmãs, em uníssono. A tensão que se acumulara nos ombros de Lark diminuiu com a presença do pai.

– Veio bastante gente. – Dolion perscrutou o salão com o olhar.

– Apesar da tempestade – completou Larkyra –, quase ninguém foi capaz de declinar do convite, já que era uma oportunidade de conhecer esse castelo tão misterioso.

– Verdade.

– E então? – Niya cruzou os braços. – Que assunto o senhor precisava resolver antes de vir para cá?

Dolion olhou para seu braço direito, Zimri, que apenas deu de ombros.

– É preciso respostas para satisfazer essas mentes curiosas – explicou o rapaz.

– Verdade – concordou Dolion, olhando para as filhas com a sobrancelha arqueada. – Novidades surgiram em relação ao nosso possível contrabandista.

– *Quais?* – perguntou Niya, com um suspiro de assombro, chamando a atenção de quem estava por perto.

Arabessa a censurou.

– Desculpe – disse Niya, baixando a voz.

Dolion coçou a barba, mantendo todos em suspense. Bem, todos exceto Zimri, que parecia mais preocupado com o efeito que as próximas palavras daquele homem causariam.

– Não há nada provado, são apenas boatos.

– Mas boatos bem fundados – completou o rapaz.

– *Ãhn-hãn* – Dolion assentiu. – Suas últimas atitudes me levam a crer que ele é, sim, culpado.

– Pai, por favor. – Larkyra chamou a atenção de Dolion, puxando sua manga. – Explique direito.

– Como bem sabem, meninas, além de rastrear o duque em suas saídas do castelo, também plantamos espiões em todos os estabelecimentos do reino, desde que descobrimos o contrabando. Antros, portos comerciais, casas de apostas, becos e...

– Já entendemos – interrompeu Niya. – *Por toda parte.*

– Bem – prosseguiu o homem –, conseguimos uma informação com base na descrição que Larkyra nos forneceu dos invólucros. Eles nos levaram até o antro Sonhos de Prata, que, ao vender em grandes quantidades, embala o produto em ampolas com formato de esfera, como as que você encontrou. – Ele, então, inclinou a cabeça para a caçula. – O que por si só não teria levado a lugar algum, porque não descobrimos nenhum envolvimento do dono do antro em transações ilegais com seus fregueses. Mas, aí, percebemos um padrão.

As jovens aproximaram-se nessa hora.

– Lorde Ezra.

Larkyra ficou de queixo caído.

– Alôs Ezra?

– O próprio. – Dolion parecia deveras desgostoso.

– Mas... – Niya ficou piscando, abrindo e fechando a boca. – Mas... *como?*

– Um de seus tripulantes – explicou Zimri – foi visto entrando e saindo do estabelecimento regularmente, mas nunca se entregou ao prazer da droga, só a vários copos de uísque. Sei disso porque o segui até uma de suas tavernas preferidas, onde ouvi, disfarçadamente, ele se gabar de que o capitão estava fazendo toda a tripulação enriquecer. Alegou que Ezra o incumbira de providenciar uma série de encomendas grandes do Sonhos de Prata... Tudo dentro da lei, é claro. O que fizeram com as ampolas de *phorria* depois disso é que é suspeito. De acordo com o homem, barris de magia drenada alcançam um preço mais elevado fora do reino do que dentro. Ele foi levado para interrogatório.

– E descobriram se isso é verdade ou não? – perguntou Ara. – Poderia ser só um pirata bêbado e insatisfeito espalhando boatos sobre o patrão. Todos nós sabemos que Lorde Ezra é um capitão linha dura, mas mesmo um patife como ele sabe a gravidade de infringir as regras do reino.

– Além do mais – completou Lark –, nunca tive notícia de alguém da tripulação sendo tão boca grande a respeito dos negócios.

– Sim, quem faz isso não continua integrando a tripulação por muito tempo. – Dolion girou a taça nas mãos. – Essas pessoas têm a tendência de tomar o rumo do Ocaso antes de voltar a abrir o bico.

– Então como é que esse homem continua vivo?

– Não continua – respondeu Dolion, cheirando a bebida.

– Não? – O olhar perplexo de Zimri voltou-se ao pai das moças.

– Não. – Dolion inclinou a taça, mostrando-a para os quatro, com um ar de indagação. Seus olhos perguntavam: "Por acaso o elixir já foi colocado?".

– Ainda não – Larkyra respondeu tal pergunta tácita.

Dolion meneou a cabeça antes de tomar um gole.

– Bem, foi isso que fez com que eu me atrasasse.

– O que aconteceu? – indagou a caçula.

– O pirata foi encontrado morto em sua cela.

– Pelas próprias mãos?

– A língua arrancada e a garganta cortada sugerem o contrário.

– Pelo mar de Obasi. – Um convidado que estava por perto quase engasgou ao ouvir a última frase.

– A maldição do bisbilhoteiro é ouvir coisas malignas – declarou Arabessa, dirigindo-se ao homem.

– Ora, eu não estava bisbilhotando!

– Isso era mesmo necessário, minha melodia? – perguntou Dolion, ao ver que o convidado saiu correndo e foi para o outro lado do salão.

– Provavelmente não – respondeu a moça. – Mas as coisas divertidas quase nunca são necessárias.

– Como o homem pode ter sido assassinado? – perguntou Lark, baixinho, voltando ao assunto. – Essas prisões são impenetráveis.

– Vocês três conseguiram entrar.

– Sim, bem, somos especiais – declarou ela.

– Um pouco especiais demais – resmungou Zimri.

– Você também poderia ser especial – explicou Arabessa – se não fosse tão corriqueiro.

– Quanta gentileza. – O rapaz estreitou os olhos para Ara.

– Então, o que precisa ser feito? – Larkyra olhou para o pai. – O senhor vai interrogar Lorde Ezra?

– Eu faria isso se o homem não tivesse desaparecido.

– O que quer dizer com "desaparecido"? – indagou Niya.

– Exatamente o que a palavra significa. Ao que tudo indica, ele sumiu.

– Isso é impossível – insistiu a moça. – O rei consegue encontrar qualquer um.

Dolion sorriu com o elogio.

– Sim, o que torna as ações de Alōs ainda mais impressionantes.

– E suspeitas – completou Zimri.

Niya franziu o cenho.

– E qual será o castigo, caso tais alegações sejam provadas?

O rei encarou o ponche, girando o cabo da taça entre os dedos.

– Ostracismo, se não a morte.

Os cinco ficaram em silêncio. A festa continuou rodopiando ao redor deles, enquanto digeriam a notícia. Larkyra observou Niya, que estava reluzente em seu vestido cor de pêssego, ficar com o olhar fora de foco e retorcer os lábios.

– E nossos planos para essa festa? – perguntou Larkyra, rompendo o silêncio.

– Devem ser postos em prática. – O pai olhou a filha nos olhos. – Ficou combinado que iríamos ajudar, e é isso que faremos.

O embrulho que Lark sentia no estômago desde que a conversa começara diminuiu sensivelmente com a resposta.

– Eis minha futura esposa. – A voz fria do duque arrepiou a nuca da jovem. – Procurei pela senhorita por toda parte. E vejo que tenho a honra de encontrá-la com o restante de sua encantadora família. Conde Bassette, espero que esteja passando bem esta noite. – Hayzar inclinou a cabeça para Dolion, e sua casaca azul-petróleo brilhou à luz das velas.

– Estou bem, Sua Graça. – Dolion meneou a cabeça. – Fico empolgado por estar aqui, comemorando os dias felizes que estão por vir.

Bela escolha de palavras, pensou Larkyra.

– Minha união com sua filha trará alegria ao nosso futuro, ainda mais quando providenciarmos um ou dois herdeiros – ele piscou para a noiva, a magia azedada escorrendo de seu sorriso, que deixava todos os dentes à mostra – para correr por esses corredores, logo, logo.

– Verdade. – Foi a única resposta que Dolion conseguiu dar.

Lark avistou Darius, que estava atrás de Arabessa, e sentiu um calor ao recordar da última vez em que estivera com o rapaz. A noite anterior veio à tona em sua mente: a sensação de tocar na pele de Darius, o modo como suas mãos fortes seguraram sua cintura. As bochechas da jovem pegaram fogo e ela não conseguiu conter o sorriso, coisa da qual se arrependeu em seguida, porque o duque seguiu seu olhar. E retorceu os lábios, em uma expressão azeda.

– Garoto! – berrou ele, atraindo os olhares dos convidados, que pararam de conversar quando viram que o grito tinha vindo do dono da festa. – Garoto! Não seja tímido feito um roedor. Venha até aqui cumprimentar seus futuros parentes.

O olhar de Darius ficou turvo de vergonha, mas ele manteve o queixo erguido e se aproximou. Estava garboso de fraque preto, o cabelo ruivo preso, deixando o rosto bem à mostra. Antes de virar-se e cumprimentar a família de Larkyra, fitou a jovem nos olhos, e ela ficou abismada com a intensidade daquele olhar.

– Sou um homem de sorte, não sou, filho? – O duque deu um tapinha, um tanto forte demais, nas costas de Darius. – Por ter uma noiva tão linda.

– Sim, senhor.

– Ah, não me venha com essa. Você nem olhou direito. *Olhe.* – O duque apontou para a noiva. – Ela não está radiante?

Os olhos verdes do lorde dirigiram-se à moça mais uma vez, e o coração dela bateu acelerado ao perceber que se enterneceram, ficaram mais tranquilos, quando o rapaz a admirou.

– Está sim, Sua Graça.

O duque esboçou um esgar, um sorriso de chacal.

– Espero que não esteja com inveja de seu velho por ter apanhado um passarinho tão lindo – insistiu Hayzar. – É só olhar ao redor. Talvez, você possa escolher uma das outras lindas irmãs para se casar.

Pelos deuses perdidos. Larkyra segurou-se para não fazer uma careta. *Será que ele está embriagado?* Hayzar era um homem maligno, com certeza, mas nunca o vira ser tão descarado em público. O inebriamento de *phorria*, ao que tudo indicava, não bastou naquela noite. Ele teve que entregar-se a outros vícios.

. 335 .

– Se eu soubesse que seríamos leiloadas esta noite – retrucou Niya, com frieza –, teria costurado um número em nossas anquinhas.

– Que ideia esplêndida! Poderia ter sido posta em prática – elogiou o duque, dando uma risadinha, e Dolion colocou a mão nas costas dele, desviando seu olhar vidrado.

– Sua Graça, vamos deixar os jovens conversarem. Adoraria que me mostrasse seu gabinete. Nós, homens, temos orgulho de nossos antros particulares, não é mesmo?

Ao receber a atenção de um homem tão proeminente, a expressão de Hayzar mudou para o mais absoluto deleite.

– É claro, conde – respondeu o duque, antes de virar-se e pegar a mão da noiva. Ele a beijou, cobrindo a luva branca da jovem de baba. O sorriso que Larkyra deu em resposta foi deveras sofrido. – Quando eu voltar, talvez possamos dar início à festa com essa tal apresentação que a senhorita e suas irmãs prometeram, *hmm*? Se eu soubesse que sabe cantar, teria pedido sua mão em casamento muito antes.

– É muita gentileza sua – respondeu Lark, com um sorriso amarelo.

Quando o pai das jovens se retirou, na companhia do duque, lançou um olhar que dava a entender "Façam o que tiverem que fazer".

– Eu não sei como você teve estômago para aturar esse homem por tanto tempo – declarou Niya, com uma expressão de desprezo.

– Não posso dizer que não foi... difícil.

– Passe a luva para cá. – Ara tentou tirar aquela coisa destruída da mão da irmã. – Ainda que só nós consigamos enxergar, não pode mais ser usada. Está fedendo. Na verdade, passe as duas...

– Não posso. – Larkyra deteve a irmã. – Meu dedo.

– Pelas estrelas e mares, quem é que se importa com isso a essa altura? Suas mãos são lindas.

– Eu sei, mas...

– Tome. – Niya tirou as próprias luvas. – Fique com as minhas. Não faz sentido ser imprudente agora.

– E por falar nisso... – Darius interrompeu as jovens. – Temos um problema.

– Que tipo de problema?

– O elixir para os convidados. – O lorde olhou em volta, frenético. – Ele sumiu.

CAPÍTULO TRINTA E TRÊS

Darius encarou a expressão vazia do grupo ao ouvir suas palavras, palavras essas que mais pareciam ácido quando saíram de sua boca.

– Como assim, sumiu? – perguntou Niya – Nós a entregamos a você hoje pela manhã.

– Sim, e eu a guardei em segurança nos meus aposentos.

– Ao que tudo indica, não tão em segurança assim.

– Darius. – Larkyra chamou a atenção do lorde. – Tem *certeza* de que não está lá?

O rapaz assentiu, com pavor da decepção que logo tomaria o olhar da jovem, desejando que os dois estivessem de volta aos aposentos dela, de volta àquele momento em que tudo era perfeito.

– Fui passar as orientações para a criadagem, conforme planejado, de que o duque só beberia seu melhor conhaque, não o ponche servido aos convidados ou a champanhe reservada para o brinde, antes de vocês se apresentarem.

– Então o que foi que aconteceu? – perguntou Lark.

– Voltei aos meus aposentos para me arrumar. E, assim que fiquei sozinho, fui pegar o elixir na pedra solta perto da lareira, mas o buraco estava vazio.

– Alguém viu o senhor guardando o elixir ali? – indagou Zimri.

– Não que eu tenha percebido, mas... – Darius franziu o cenho.

– Mas o quê?

– Estamos na Ilha do Castelo. Há olhos invisíveis por toda parte.

– Isso não ajuda em nada. – Arabessa fez careta. – Vamos nos separar e procurar. Não temos muito tempo para ficar aqui discutindo esse assunto. O elixir não vai aparecer por conta própria.

Ao saírem do salão de baile, Darius ignorou as mãos estendidas dos convidados que queriam cumprimentá-lo. Apesar do drama social que isso causaria depois, o lorde sabia que tinham coisas mais importantes para fazer.

Eles viraram em um corredor mais vazio, a ala da galeria, onde os retratos de seus ancestrais fitavam quem passasse, pendurados na parede, e percorreram às pressas o corredor.

— Para onde nos dirigimos, depois que nos separarmos? – perguntou Ara.

— Não precisamos olhar *por toda parte*, certamente – reclamou Niya, fazendo beicinho. – Isso levaria uma semana, no mínimo.

— Mais do que isso – resmungou Larkyra.

— Posso voltar e procurar na minha ala – respondeu Darius. – Vocês podem ir para as dependências dos criados. Talvez alguém tenha pensado que era uma bebida especial e roubado o frasco.

— Espere aí... – Lark impediu que o lorde se retirasse, colocando a mão em seu braço. – Os criados.

— O que têm eles?

— Boland, por acaso, não é seu valete?

— Sim. – Darius piscou, confuso.

— Aquele mordomo metido? – perguntou Niya.

— Ele também atua como meu...

— Boland estava presente quando você passou as orientações para os criados? – interrompeu Larkyra.

— Não tenho certeza, mas...

— E antes de se arrumar? Será que ele poderia ter lhe visto com o elixir, em seus aposentos?

— Bem, ele me ajudou a me vestir, mas não acho que teria...

— Onde Boland está neste momento?

— Não faço ideia.

— Precisamos encontrá-lo agora mesmo. – Larkyra começou a andar depressa.

— Por quê? – perguntou Darius.

— É apenas um palpite.

— Ah, bem, se é um *palpite* – Niya começou a dizer –, vamos todos apostar nosso dinheiro nele agora.

— Acho que você é viciada em jogo, querida – declarou Arabessa, quando viraram em outro corredor, que tinha esculturas de pedra em formato de animais por todas as paredes.

Darius sempre odiou essa parte da casa. Mas, quando passaram correndo por ali, ele percebeu que todas aquelas criaturas raivosas ou tinham um buquê de flores no meio das garras ou usavam uma guirlanda florida na cabeça. Esse detalhe transformou aquele cenário apavorante em uma cena boba, e, quando deu por si, apesar da situação difícil, estava sorrindo por dentro, sem nenhuma dúvida de que aquilo tinha sido obra da mulher loira ao seu lado.

– Esperem – Larkyra apontou. – Acho que é ele ali.

Uma silhueta magra, com um traje preto engomado e um nariz aquilino inconfundível apareceu no fim do corredor e entrou em uma das bibliotecas menores do castelo.

– Depressa. – Larkyra saiu correndo.

– Por acaso ela não sabe que estamos de espartilho? – bufou Niya, logo atrás.

– Papai nos fez treinar de espartilho. – Ara acompanhou o ritmo dos dois. – Não deve ser muito diferente do que correr de calças.

– Ah, deve – retrucou Niya, ofegante. – É um… conceito… muito… diferente… disso.

– Senhor Boland! – gritou Larkyra quando entraram na biblioteca, avistando o mordomo do outro lado do cômodo mal iluminado.

Apesar de o castelo abrigar muitas bibliotecas impressionantes, aquela em que se encontravam era modesta, com apenas dois andares de livros. Darius ouvira dizer que esse era o acervo oficial, antes de crescer ao ponto de não caber mais naquele local. Era raro alguma alma entrar ali, mas a biblioteca estava sempre limpa e arrumada, com mesas de leitura sempre à disposição, assim como garrafas do melhor conhaque, que ficavam em um carrinho no canto perto da janela.

Foi ali que o mordomo se virou para olhá-los.

– Boland? O que está fazendo? – Darius dirigiu o olhar para a mão esquerda do homem, que segurava uma taça cheia de um líquido cor de âmbar. Depois, para a direita, onde estava o frasco estreito, com detalhes em prata, contendo o elixir.

Os olhos do mordomo estavam arregalados e passaram de um em um, até pousarem em Darius. O músculo da mandíbula de Boland se repuxou em uma expressão severa.

– Eu sei o que está acontecendo – disse o mordomo.

– Acho que não – argumentou o lorde, mas o homem apenas sacudiu a cabeça.

– Não posso permitir que o senhor carregue este fardo em seus ombros, milorde.

Fardo?

A pulsação de Darius mais parecia um tambor de guerra, batendo em suas veias.

– Boland, de onde você tirou este frasco? Ele é meu. E, sendo assim, é só me entregar para que possamos nos esquecer de toda essa confusão.

– Eu cheguei a pensar que a situação poderia terminar desta maneira – prosseguiu o mordomo, como se o amo não tivesse dito nada. – Mas não posso permitir que o senhor carregue o peso deste pecado. Eu é que deveria ter posto um fim nisso, há muito tempo.

– Do que você está falando?

– Ai, meus deuses perdidos – murmurou Lark, ao lado do lorde.

Darius fez uma careta para a jovem.

– Você tem noção do que ele está falando?

– Tenho um palpite.

– Acho que deveria riscar essa palavra do seu vocabulário – comentou Niya, atrás dos dois.

– Senhor Boland – disse Arabessa, com toda a calma, aproximando-se dele –, não tenho dúvidas de que suas intenções são puras, mas, ao que tudo indica, há certa confusão a respeito do que o senhor está seguran...

– Não se aproxime! – disparou o mordomo, e a moça permaneceu onde estava. – A *senhorita* é que está confusa em relação ao sofrimento de meu jovem amo. – Boland sacudiu a mão, brandindo o elixir. – Ainda que eu não possua os dons dos deuses perdidos, isso não me impede de sentir que o mal entrou nesta casa há tanto, tanto tempo. A crueldade desse homem reinou, desenfreada, por um período demasiado longo. Posso até não me recordar de todos os incidentes, assim como meu pobre amo não recorda, mas eu *sei*. Liguei os pontos e, apesar disso, tudo o que fiz foi ajudar a limpar e a encobrir. A senhorita está me entendendo? Mas agora chega. Eu não fiz nada e permiti que o senhor sofresse, milorde. Agora irei me redimir.

– Boland – Darius tentou, mais uma vez, chamar a atenção do mordomo –, você tem sido leal a mim e à minha família desde muito antes de eu nascer. E agradeço a ajuda que pensa que está dando, seja lá qual for, mas...

– E é por isso que devo continuar. – A voz do homem ficou embargada. – Pelo senhor e pelos seus pais, eu farei isso. Ele *precisa* ser detido. – O mordomo, então, virou o frasco de elixir na garrafa de conhaque.

– Boland!

– Não!

– Pare!

O recinto vibrou com os protestos dos cinco.

Mas era tarde demais. A bebida ficou um brilho forte antes de voltar ao tom de âmbar escuro.

– Seu roedor – resmungou Niya. – Você não tem noção do que desperdiçou.

Mas, ao que tudo indicava, Boland era imune às palavras da jovem, porque correu até um canto, apertou um botão escondido e passou por uma porta de correr, de uso dos criados, que se abriu ao lado de uma estante.

– Para onde ele vai agora? – perguntou D'Enieu, quando iniciaram a perseguição, entrando pela passagem estreita.

– Isso está ficando muito irritante – bufou Niya.

Os cinco foram obrigados a andar em fila naquele corredor exíguo, com Darius na frente. Quando passaram pelas poucas tochas que iluminavam o local, ele avistou a cauda da casaca do mordomo voando em uma curva.

– Boland! – gritou o lorde. – Você poderia parar, por favor?

– Ah sim, pedir com educação certamente vai funcionar – comentou Niya.

– *Por favor*, cale a boca! – urrou Larkyra, quando saíram da passagem e entraram em um pequeno depósito. Roupas de cama, cadeiras descartadas e prateleiras e mais prateleiras de candelabros que não eram mais usados abarrotavam o espaço.

Darius olhou para a réstia de luz que vinha de algo que parecia a parte de trás de um quadro gigantesco, do outro lado do cômodo. Uma porta secreta que ficara entreaberta. E era a única saída. Boland só poderia ter ido por ali.

O lorde abriu a porta e foi parar de novo no salão de baile, que estava deveras apinhado de gente.

Um punhado de convidados virou-se, arqueando a sobrancelha ao ver a entrada nada convencional do rapaz, que saía, ofegante, de trás de uma pintura. O restante do grupo trombou em Darius, porque ele parou de supetão.

– E lá se vai meu penteado perfeito. – Niya soprou uma mecha solta que caiu em seu rosto.

– Adorei seu leque – elogiou Ara, dirigindo-se a uma curiosa ali perto.

A mulher soltou um ruído de censura antes de lhe dar as costas.

– Certas pessoas não sabem receber elogios – declarou Laik, quando seguiram adiante.

Darius procurava, desesperado, em meio aos convidados, rezando para os deuses perdidos, pedindo para ver aquele nariz aquilino tão conhecido ali por perto.

– Lá está ele. – D'Enieu inclinou a cabeça, indicando o outro lado do salão, onde Boland se aproximava calmamente do duque, com um copo de conhaque servido em uma bandeja de prata. O padrasto de Darius estava brindando com um grupinho de convidados, contando uma história que o fez abrir os braços de forma dramática.

– O que acha que Boland está fazendo? – perguntou Larkyra.

– Não sei. – O lorde observou o mordomo esperar ao lado de Hayzar, a coluna reta feito um cabo de vassoura, o epítome do criado perfeito.

Os olhos de Boland brilharam uma única vez para Darius. Ele meneou levemente a cabeça, gesto que o lorde respondeu sacudindo a própria cabeça enfaticamente e dizendo "não" sem emitir som. Mas o mordomo apenas virou o rosto e estendeu a mão para Hayzar, oferecendo a bebida.

– Isso é péssimo – declarou Larkyra.

– Tudo foi por água abaixo – completou Arabessa.

– Deveríamos ir embora – retrucou Niya.

– O que estamos olhando? – Nesse momento, Dolion surgiu ao lado deles.

– O mordomo. – D'Enieu apontou para o homem, enquanto assistiam ao duque beber o conhaque.

– O que tem ele? – perguntou Dolion.

– Derramou todo o elixir, que serviria para tornar os convidados imunes à apresentação das Mousai, naquele copo que meu padrasto está bebendo – respondeu Darius.

– Por que ele faria isso?

– Acho que pensou que era veneno – explicou Larkyra.

– Fale baixo. – Ara deu uma cotovelada na irmã e um sorriso amarelo para os convidados curiosos.

– *Acho que ele pensou que era veneno* – repetiu Lark, sussurrando.

Darius piscou para a jovem, com o cenho franzido.

– Por que Boland pensaria isso?

– "A crueldade desse homem reinou, desenfreada, por um período demasiado longo" – Larkyra repetiu as palavras do mordomo. – Ele deve acreditar que seus ferimentos foram infligidos por Hayzar. De certo, viu suas cicatrizes se multiplicarem ao longo dos anos, correto?

As palavras de Larkyra calaram fundo em Darius. Os anos que Boland passara vestindo o lorde, os olhos perscrutando, os lábios se retorcendo ao ver aquela macabra tapeçaria de cortes e cicatrizes decorando o jovem amo... Durante todos esses anos, ficara parado, em silêncio, enquanto Hayzar cuspia insultos vis em Darius, até que isso se tornou algo corriqueiro.

"Não fiz nada e permiti que o senhor sofresse, milorde. Agora irei me redimir."

Boland nunca deixou de ser um consolo para Darius: apesar de nunca ter sido capaz de impedir que os cortes continuassem aparecendo, ajudou o lorde a se manter forte, sendo uma companhia silenciosa e confiável em sua vida solitária. O rapaz sentiu uma pontada de mágoa ao se dar conta do quanto o velho deveria ter sofrido ao testemunhar tudo isso. A situação devia tê-lo assombrado ao ponto de impeli-lo a tomar aquela atitude.

– Ah, seu idiota, burro e leal – resmungou Darius, dirigindo, mais uma vez, o olhar para o mordomo.

– Bem... – Dolion coçou a barba. – Como sempre, ao que tudo indica, muita coisa aconteceu no meio grão de areia que transcorreu desde que me afastei.

– Ele deve ter lhe visto com o elixir em seus aposentos. – Larkyra aproximou-se de Darius.

– Sim.

– E, depois de ouvir as instruções que passou para a criadagem, deve ter pensado...

– Sim.

– Sinto muito. – Larkyra roçou, delicadamente, os dedos enluvados na mão do lorde.

Darius esquivou-se, sentindo-se indigno dessa carícia. Como pôde ter arruinado o plano tão completamente? Depois de tudo o que tinham feito para chegar até ali, depois de toda a ajuda que a família da jovem lhe oferecera, depois de tudo que Larkyra tinha feito por ele?

– Darius? – Os olhos da jovem tinham um brilho de mágoa.

Mais uma faca cravada no peito do rapaz.

– Você deveria dar ouvidos a Niya e ir embora enquanto é tempo. Posso arcar com o fracasso desta noite. Posso descobrir uma maneira de...

– Terminaremos isso juntos. – O olhar de Lark ficou severo. – Não vamos a lugar nenhum.

– Mas vocês não poderão se apresentar. Hayzar ficou imune, enquanto as demais pessoas não. O plano foi por água abaixo.

– Um fim – Dolion começou a dizer, dirigindo-se a Darius – pode ser alcançado por muitos rumos diferentes.

Pelo mar de Obasi, será que aquela família nunca desistia de nada? Se é que um dia existiu uma causa perdida, essa causa era Darius e o monstro com o qual ele vivia.

– O senhor não entende? – O lorde sacudiu a cabeça. – Não existe...

Naquele momento, um uivo de dor interrompeu a festa. Darius virou-se, assim como os demais convidados, e viu o duque curvado, agonizando. O copo que o homem tinha nas mãos caiu e espatifou-se no chão. Ele gemeu, segurando a cabeça, depois a barriga e, por fim, abraçou o próprio corpo, como se um agressor invisível o estivesse atacando, por todos os lados.

– Sua Graça? – Boland aproximou-se de Hayzar, cumprindo o papel de criado leal, preocupado com o amo. – O senhor está...?

– AFASTE-SE! – O duque empurrou o mordomo, que cambaleou para trás até cair no chão de mármore.

Os convidados soltaram um suspiro assombrado e umas poucas mulheres gritaram, afastando-se.

– SAIA DAQUI! – O duque caiu de joelhos.

– O que está acontecendo? – sussurrou Larkyra.

– Que interessante – murmurou Dolion.

– O senhor sabe o que ele tem? – Arabessa aproximou-se do pai, e as irmãs a acompanharam.

– Ele bebeu um frasco inteiro do elixir que, originalmente, seria servido a todos os convidados da festa para torná-los imunes à magia.

– E?

– Bem – o pai das moças manteve o olhar fixo no duque, que gemia do outro lado do salão –, para ficar imune de fato, a pessoa não teria que livrar-se da própria magia?

As irmãs soltaram um suspiro de assombro e viraram-se para aquele espetáculo: Hayzar rasgando as próprias roupas e arranhando o próprio rosto.

– Não me abandone! – choramingou o duque, tomado pela dor.

Pelos deuses perdidos, pensou Darius, *será possível?*

A magia drenada que o padrasto consumira estava sendo arrancada dele, e rápido. O plano estava funcionando, ainda que um pouco fora de ordem: qualquer um que enfrentasse o vício – ainda mais alguém com uma dependência tão séria, como diziam ser o caso do duque – e fosse obrigado a ficar sóbrio de repente daria a impressão de ter enlouquecido, com certeza.

Enquanto os presentes no salão assistiam àquele homem ter uma grave crise de abstinência, Darius foi, a contragosto, atingido por uma onda de culpa. Apesar de ter planejado tal momento e de o padrasto ter sido seu pior pesadelo desde o dia em que a mãe morreu, aquela cena era algo de dar pena, e o lorde se deu conta de que não poderia ficar parado ali, apenas assistindo. Ao que tudo indicava, ver alguém sofrer era algo que o rapaz tinha dificuldade de fazer, mesmo que esse alguém fosse uma pessoa maligna.

– Aonde você vai? – Lark puxou a manga de Darius quando ele se afastou.

– Preciso fazer alguma coisa.

– Você não tem como reverter...

– Preciso fazer *alguma coisa* – repetiu o lorde, antes de sair dali.

Desviando dos convidados, Darius correu até Hayzar e agachou-se ao lado dele.

– Pai. – O lorde obrigou-se a pronunciar essa palavra, coisa que tinha jurado jamais fazer. – Deixe-me levá-lo daqui. O senhor não está bem.

– NÃO ENCOSTE EM MIM! – O duque empurrou o enteado.

– Vai ficar tudo bem. Só...

– Sua criança petulante – disparou Hayzar, com baba escorrendo pelos lábios. O cabelo preto como nanquim estava bagunçado, de tanto o homem puxá-lo. – Você nunca me *escutou*. – O duque, então, sacudiu o braço, como se quisesse acertar o enteado.

Darius abaixou-se, esquivando-se do golpe, e os convidados soltaram mais um suspiro de assombro.

– Por favor. – O rapaz ficou de pé e dirigiu-se aos presentes. – Mil perdões, mas parece que o duque não está se sentindo bem. Peço que todos vocês...

– Eu é que mando aqui! – Hayzar ficou de pé, trêmulo, e deu um passo cambaleante para trás.

Os convidados foram saindo do caminho do duque, que bateu contra as portas fechadas de uma sacada. As portas escancararam-se com um estrondo. Uma chuva gelada entrou com tudo no salão, apagando as velas e ecoando seu uivo pelos ares.

– Veja só o que você fez agora! – Os olhos castanho-escuros do duque fulminaram Darius. Estava ensopado da tempestade, sua expressão de puro ódio e fúria. – Seu garoto egoísta! Você sempre aparece para estragar o que é importante para mim!

Algo no fundo de Darius enfim se partiu. Todos aqueles anos mordendo a própria língua, tentando agradar um homem que nunca ficava satisfeito, fervilharam e transbordaram.

– Tudo o que fiz foi atender aos seus desejos – declarou o rapaz, entredentes.

O duque deu uma gargalhada antes de inclinar o corpo para a frente, soltando um suspiro de dor. Começou a estapear o ar, tentando alcançar o que quer que o atacasse ou, quem sabe, o abandonasse. Até que, de repente, dirigiu o olhar para a esquerda e ficou imóvel. A pele de Hayzar adquiriu um tom sobrenatural de branco.

– Sua Graça? – O lorde aproximou-se, a chuva gelada queimava sua pele.

– Devíamos ter sido felizes – disse Hayzar, ofegante, estendendo o braço para o vazio ao seu lado. – Você e eu, mas você me abandonou. Eu a amava e você me abandonou. Por que me abandonou? Por que você me abandonou, Josephine?

Darius parou ao ouvir o nome da mãe.

– *Josephine* – repetiu o duque, como se a mulher estivesse ao seu lado.

O lorde cometeu a tolice de perscrutar o ar, na região onde o padrasto tinha esticado o braço, na esperança de enxergar o que ele estava enxergando. Mas só encontrou escuridão, só encontrou a sacada fustigada pela tempestade.

– Como eu poderia continuar? – prosseguiu Hayzar. – Como eu poderia viver depois de vê-la morrer?

Ao ouvir o padrasto ecoar os mesmos pensamentos que martelavam a cabeça de Darius desde aquela noite terrível, foi como se um espinho gigantesco tivesse rasgado o peito do rapaz e arrancado seu coração.

"Como eu poderia viver depois de vê-la morrer?"

– Hayzar. – Darius tentou aproximar-se do padrasto mais uma vez.

O duque olhou na direção dele como se tivesse se esquecido de onde estava, dos convidados que assistiam a tudo, da chuva que fustigava seu rosto. Os olhos vidrados assumiram um ar de fúria e lucidez no momento em que um trovão ribombou lá fora.

– SAIA DAQUI! – Hayzar cambaleou na direção de Darius e o empurrou com suas últimas forças. – Você não entende? – perguntou, ofegante, tombando para trás. – Era só isso que você precisava fazer, desde o início: não existir! Sua mãe desperdiçou os últimos suspiros com você. *Com você*, enquanto eu, o homem que prometeu dar tudo para ela, que cuidou dela, fiquei ali feito um tolo. Ela me deu as costas e se virou para *você*. Sua mãe segurou a *sua* mão para sussurrar as últimas palavras. Você, o "garotinho precioso" dela. – O duque sorriu com desprezo ao dizer essa última frase, frase essa que Darius recordaria para sempre, até o dia em que encontrasse a mãe, no Ocaso. – E você caiu no choro. Nunca compreendeu a sorte que tinha de receber o amor de uma mulher como ela, de uma mãe. E aí Josephine se foi, e eu fiquei aqui abandonado, com você. Que debochava de mim apenas existindo, com esse seu cabelo e esses seus olhos tão parecidos com os dela.

– Então o senhor me castigou por algo que eu não podia controlar? – Darius estava tremendo, mas se de fúria ou de frio, por causa da chuva, não saberia dizer. – O senhor era o último resquício de família que eu tinha.

Hayzar retorceu os lábios.

– Então vamos, enfim, cortar esse laço. Permita que eu sofra meu luto em paz! Permita que eu, enfim, me livre de você!

Embora não devessem, as palavras doeram, machucaram o garotinho que vivia, pequeno e solitário, no coração de Darius, assim como despedaçaram o homem que ele tinha se tornado. Agora estava claro que o ódio de Hayzar havia brotado do ciúme que sentiu na noite em que Josephine morreu. Porque Josephine escolhera Darius, o filho, para olhar pela última vez. E, apesar de o rapaz compreender que isso seria capaz de partir o coração de qualquer pessoa, a culpa, certamente, não era dele. A dor do luto havia envenenado o padrasto. Mas outras pessoas já tinham sofrido destinos piores e não recorreram ao artifício de se tornar um monstro. Com ou sem *phorria*, Darius sabia que não fazia diferença. Sofrera tempo demais nas mãos daquela criatura. Assim como seu povo.

– Atendo ao seu desejo com o maior prazer – o rapaz declarou, cerrando as mãos nas laterais do corpo.

O duque, entretanto, parecia não ouvi-lo mais, porque seus olhos tornaram a ficar enevoados e o corpo se dobrou, em outra crise de dor.

– Não! – exclamou Hayzar, ofegante. – Não me abandone! Por favor, por favor, por favor. Não sou nada sem você. – Ele se aproximava cada vez mais da beirada da sacada. Tentava agarrar a chuva como se ela pudesse pôr de volta, dentro de seu corpo, os resquícios da droga. – Não sou nada.

A pele do duque começou a murchar enquanto ele chorava de soluçar. Um relâmpago iluminou seu rosto, que envelhecia rapidamente, a boca aberta cheia de dentes escurecidos.

Pelos deuses perdidos...

Hayzar não era mais um homem, mas aquela coisa que escondia por dentro, aquela coisa que havia obscurecido sua alma toda vez que injetava *phorria* nas veias.

Gritos de choque e pavor ecoaram dos convidados atrás de Darius.

– Volte! – implorou Hayzar, ofegante, erguendo o rosto decrépito em direção às nuvens furiosas. – VOCÊ NÃO PODE IR EMBORA!

Mais um relâmpago estourou no céu, uma reação daquelas terras amaldiçoadas ao dono que tinham sido obrigadas a aceitar, e um trovão sacudiu o torreão. Hayzar deu um pulo, rodopiou e bateu na balaustrada. Darius, inconscientemente, tentou aproximar-se dele, mas alguém o segurou pelo braço, com força, impedindo-o de se movimentar.

Larkyra estava ao lado dele.

Não, os olhos da jovem suplicaram, em silêncio.

– Minha querida! – Desesperado, o duque tentou agarrar-se à escuridão, e seu corpo cambaleou na beirada da sacada.

Só que, desta vez, Hayzar foi longe demais. Porque, na lufada de vento seguinte, soltou um gemido, um lamento de alma perdida, e seu corpo caiu lá de cima. Ouviram-se gritos dos convidados, mas os sons do mundo foram abafados quando Darius correu para a frente, desvencilhando-se de Larkyra, e alcançou a balaustrada, olhando lá embaixo.

O temporal fustigava seu rosto enquanto ele olhava para o lago. Ondas escuras agitaram-se e açoitaram os rochedos, bem lá embaixo. Seja lá onde o padrasto tenha aterrissado, o corpo foi levado pela água.

Foi embora.

Foi embora.

Foi embora.

A realidade atravessou Darius, que se agarrou à balaustrada de mármore molhada. Ainda não sabia o que sentir. Só existia o *se foi*, acabou, feito. O lorde olhou para as próprias roupas, agora encharcadas, mal tendo consciência das vozes abafadas e das pessoas o puxando. Estava cansado. Cansado demais para se virar e olhar para alguém que sussurrava, com ardor, seu nome em seu ouvido. Alguém que fizera seu coração voltar a bater, depois de ter passado tantos anos em uma tempestade silenciosa.

Ela.

– Darius.

O mundo tornou a ficar nítido.

– Darius, volte para mim. Olhe para mim.

Bem devagar, foi isso que ele fez.

A pele e o vestido encharcados de Larkyra pressionavam o corpo do lorde. Gotículas de água escorriam pelo rosto da jovem, e os lábios, roxos, tremiam de frio.

– Ele foi embora. – Foi tudo o que Darius conseguiu dizer.

– Sim. – Larkyra meneou a cabeça. – Acabou.

"Acabou."

– Mas você está aqui.

– É claro. – Ela o abraçou bem forte.

– Obrigado. – Darius recostou-se nela. – Obrigado.

– Estou aqui. – A jovem aproximou-se mais, apoiando o peso do lorde nos próprios ombros.

Ele só conseguia continuar murmurando "obrigado".

Obrigado por existir. Obrigado por entrar voando em meu coração. Obrigado por lançar luz e cantar, expulsando os demônios. Essas palavras giraram em seus pensamentos, em sua pele, enquanto os dois ficaram ali, abraçados. Darius não queria soltá-la nunca mais, nem mesmo quando as chuvas eternas foram, lentamente, parando de cair.

CAPÍTULO TRINTA E QUATRO

Larkyra observava a porta dupla fechada, mais do que disposta a permanecer mais um grão de areia analisando as gravuras entalhadas na madeira escura. Mas ela sabia que esse não era o motivo para estarem ali: ficar olhando as portas.

— Não precisamos fazer isso hoje — declarou, dirigindo-se a Darius, parado ao lado dela.

O lorde segurava a chave dos aposentos de Hayzar com tanta força que a mão tinha ficado com um tom assustador de alabastro.

Ele piscou, como se as palavras da jovem o tivessem tirado de um transe, e respirou fundo para se acalmar.

— Sim, precisamos — disse o rapaz. — Ela passou tempo demais presa aqui.

Lark sentiu um aperto no peito ao ouvir a dor naquela voz. Os incidentes do baile haviam transcorrido há apenas uma noite, mas Darius tinha ido lhe procurar assim que o sol raiou, pedindo ajuda.

Ela não perguntou para que, apenas saiu da cama e o acompanhou até ali.

— Então vamos libertá-la — disse Larkyra, colocando a mão nas costas do lorde para reconfortá-lo.

O rapaz meneou a cabeça, determinado, e girou a chave na fechadura, escancarando as portas dos aposentos do padrasto.

Um cheiro azedo, pungente, saiu lá de dentro, obrigando Larkyra a torcer o nariz. *Phorria*, pensou. Mesmo assim, ela entrou nos aposentos repletos de sombras, mostrando para Darius que nada ali dentro poderia lhes fazer mal. Não mais.

— Vamos deixar um pouco de ar fresco entrar aqui — disse, já abrindo as cortinas para permitir que a manhã cinzenta adentrasse, seguida por um vento frio, quando escancarou as janelas. *Esse fedor precisa sair*, pensou. Quando se virou, viu que o lorde ainda estava parado na soleira da porta. – Darius?

Olhos verdes dirigiram-se a ela.

– Até que é bem normal, não é?

Larkyra deu uma olhada no gabinete.

– Sim – concordou. – Hayzar pode até ter sido um monstro, mas, ao que tudo indica, era tão entediante quanto qualquer outro homem. Quer dizer, olhe só esse papel de parede. Será que ele nem *tentou* se esforçar quando o escolheu?

Uma risadinha escapou de Darius, seus ombros relaxaram sutilmente.

Que bom, pensou Larkyra, sorrindo.

– Quer que eu lhe ajude a abrir as outras janelas? – ofereceu ela.

O lorde entrou no cômodo, parecendo indeciso, mas foi ao encontro dela.

– Obrigado – disse, dando um beijinho rápido nos lábios da jovem. Ele estava de robe e chinelos, assim como Larkyra, e essa intimidade a fez sentir um calor no ventre, porque recordou-se, por um instante, da noite que passaram juntos, trajando muito menos do que isso. Apesar do local onde estavam e do motivo para estarem ali, a jovem queria, e muito, continuar beijando o rapaz.

Só que, naquela manhã, os pensamentos de Darius obviamente estavam longe dali, porque ele lhe deu as costas e se ateve à tarefa de não deixar nenhuma janela fechada.

Agora, luz e ar fresco banhavam cada cômodo. Mas, apesar de iluminarem aquele espaço, também realçavam justamente o que Darius comentou: sua mãe tinha ficado tempo demais presa ali.

Ao que tudo indicava, ainda que a maioria dos casais da nobreza tivesse seus aposentos em alas separadas, a falecida duquesa dormira nos aposentos de Hayzar até morrer. Os pais de Lark tinham feito a mesma coisa. Mas, ao contrário de sua casa em Jabari, onde os pedacinhos de Johanna estavam espalhados por toda parte, ali, confinados no quarto de dormir, estavam todos os pertences de Josephine que, supostamente, Hayzar tinha surrupiado, feito um acumulador.

– Eu sempre me perguntei o que tinha acontecido com os vestidos de minha mãe – comentou Darius, passando os dedos nos trajes refinados. O armário fora deixado aberto, e Lark imaginou quantas vezes o duque não teria tocado nas roupas do mesmo modo que o rapaz fazia agora: com devoção. – Este aqui era o preferido dela. – O lorde puxou do armário um elegante modelito de seda verde.

– Que lindo. – Larkyra aproximou-se. – Ela está usando este vestido naquele retrato lá embaixo.

– Sim. – O rapaz meneou a cabeça, deixou o tecido escorregar pelos dedos e passou a examinar as joias. – Está tudo aqui – sussurrou, agora passando as mãos nas cerdas de uma escova de cabelo. Ele pegou um fio de cabelo ruivo de sua mãe e o enroscou nos dedos com delicadeza. – Ela está toda aqui.

Larkyra sentiu um nó na garganta ao ouvir o tom de maravilhamento na voz de Darius. Um garoto que tinha encontrado algo querido, que havia perdido.

– O que você quer fazer com tudo isso? – perguntou ela.

O lorde franziu o cenho.

– Não sei. Talvez doar alguns vestidos para a sra. Everett, que pode distribui-los pela cidade. As joias, pretendo guardar em nosso novo cofre. Que teremos que mandar fazer, é claro. Dei permissão para o cozinheiro usar o antigo como despensa, já que Hayzar o esvaziou.

– Que gentileza da sua parte.

– Foi ideia do cozinheiro – Darius sorriu com pesar.

– E este? – Larkyra virou-se, e seu olhar pousou no retrato pendurado na parede oposta.

O lorde acompanhou o olhar dela e ficou calado, fitando a mãe.

Josephine tinha sido retratada sentada na grama, o Sol lançando brilhos dourados em seu cabelo, os lagos de Lachlan esparramando-se atrás. Sorria, olhando para alguma coisa que estava fora do alcance do quadro, como se daquilo viesse sua maior alegria.

– Eu me recordo desse dia – declarou Darius, baixinho. – Era apenas uma criança, mas minha mãe me contou que meu pai tinha encomendado esse retrato… Pensei que essa lembrança tinha sido um sonho.

Larkyra sentiu uma dor no coração.

– Para o que sua mãe estava olhando?

– Para mim.

Ah, Darius. A jovem quis abraçá-lo, todo o seu ser ansiava por aliviar as emoções do rapaz. Mas ela não fez isso. Apenas permaneceu parada, estoicamente, ao lado dele.

– Agora é seu, Darius. Ela é sua.

O lorde sacudiu a cabeça.

– Ela não é de ninguém.

– É verdade. – Larkyra corrigiu-se. – Você tem toda a razão.

– Todo mundo deveria ter a oportunidade de estar na presença dela.

– Você pode pendurá-lo no salão principal – sugeriu a jovem. – Coloque os retratos de sua mãe num local onde todos do castelo possam vê-la.

Um sorriso esboçou-se nos lábios de Darius, que continuou olhando para a mãe.

– Sim – aquiesceu o lorde. – Ela gostaria disso. Sempre trouxe tanta vida a este lugar.

– E trará outra vez – garantiu a jovem.

– Sim – concordou Darius, entrelaçando os dedos nos de Larkyra. Seus olhos verdes estavam cheios de vida quando fitaram os dela. – Ela trará.

CAPÍTULO TRINTA E CINCO

Os grilos cantavam no ar banhado pelo Sol, e os campos de flores silvestres esparramaram-se diante de Larkyra quando a manhã acordou, fria e seca, com um suave bocejo verde. A paisagem estava tomada por flores amarelas e saudáveis, com pitadas de cor de lavanda e branco. Tendo conhecido a chuva perpétua, a jovem nunca sonhou que Lachlan poderia ter uma paisagem dessas. Era de tirar o fôlego, pujante de vida e vigor, já que fora meticulosamente regada e adubada por meses, *anos*, e agora, com o cintilar de uma trégua esperançosa, emergia à força, atravessando a lama do solo, para desabrochar. Larkyra rodopiou devagar, admirando a cena, enchendo os pulmões com aquele frescor virgem. Baunilha, erva-doce e calor: um buquê de natureza. Chegava a ser avassalador, talvez fosse ainda mais lindo do que os vinhedos que rodeavam Jabari, e ela sentiu uma dor no coração ao pensar que tudo aquilo tinha passado tanto tempo encoberto por nuvens tempestuosas.

Fazia uma semana que o duque tinha morrido. Uma semana, e parecia que a maldição que sua presença lançara sobre Lachlan afastava-se cada vez mais, levada pelo vento, toda vez que o Sol raiava. A jovem sorriu, fios soltos de suas tranças voavam na brisa tépida. Observando tudo aquilo de dentro de um coreto que ficava em cima de um morro, no declive oeste da Ilha do Castelo, Larkyra admirou a vista formada por grandes lagos cristalinos e campos verdejantes, que brilhavam diante de seus olhos. As águas azuis batiam de forma ritmada lá embaixo, na beirada do penhasco, e a pradaria avançava, subindo até onde ela estava. Lachlan de fato era uma terra intocada. Uma terra que se recuperava rapidamente e que, agora, à luz solar, mostrava ter ainda mais segredos a serem revelados, descobertos. E Lark se deu conta de que adorava cada centímetro daquele lugar.

– Eu tinha me esquecido de que as coisas podiam ser lindas assim – declarou Clara, ao lado da jovem, corada e com um brilho nos olhos, desfrutando da nova luminosidade de sua terra natal.

– É lindo mesmo – concordou Larkyra, olhando para baixo, para a cidade no continente e para a fumaça branca dos barcos a vela que singravam as águas, saindo do porto.

Tudo parecia ter renascido com força, mesmo depois de tanto tempo de negligência e maus tratos.

Os incidentes que transcorreram durante o baile vinham sendo chamados de "mergulho mortal do duque maluco", um título um tanto insidioso e leve para o que de fato ocorrera, mas Larkyra aceitava, com o maior prazer, a narrativa que se espalhava por Aadilor. Até porque, acima de tudo, nenhuma parte da história punha a culpa nela nem em ninguém da casa. Muito menos em Darius, que parecera tão acometido pelo luto quando ela o abraçou, naquela noite, em meio à tempestade, o que apenas ensejou uma compaixão maior pelo lorde. Não que Lark achasse que a reação do rapaz fora planejada, pois nem ela tinha certeza dos próprios sentimentos na noite do baile. Apenas odiava vê-lo sofrendo, sentindo dor ou tristeza.

Mas, talvez, o dia mais importante desde a morte de Hayzar foi quando do Darius foi informar o fato ao seu povo. A notícia foi recebida com um silêncio tenso e incrédulo por parte dos vassalos, antes de partirem para – assim suspeitava Larkyra – comemorar, discretamente, em suas próprias casas. Ainda levaria um tempo até que tudo voltasse ao normal, até que as dificuldades financeiras do povo de Lachlan se dissipassem, mas a esperança estava presente, era sentida naquele ar morno que voltara a infiltrar-se no céu. Também era ouvida na voz do novo duque, dono legítimo daquelas terras, que fez questão de apresentar-se diante de seu povo, fazendo promessas do que pretendia reconstruir.

– Sinto muito, milady. Meus mais sinceros sentimentos – declarou Clara, levando Lark de volta àquele ponto no alto do morro, banhado pelo Sol.

– Você já disse isso, Clara. Não precisa repetir.

– Sim, mas é tão triste perder o noivo tão pouco tempo depois do noivado.

– Você sabia que o velho duque e eu nunca assumimos esse compromisso por amor?

Clara corou diante da franqueza da jovem e juntou as mãos na frente do corpo.

– Sim, mas...

– Talvez eu devesse sentir certa tristeza – interrompeu Larkyra. – Mas, ao que tudo indica, não sou capaz de nutrir esse sentimento. Você acha que isso faz de mim uma pessoa má?

– Ah, não – garantiu a dama de companhia. – A senhora pode ser muitas coisas excêntricas, milady, mas nunca diria que é má.

Lark riu ao ouvir isso e tornou a admirar a vista.

– Obrigada, Clara.

Ao respirar fundo, uma paz a envolveu, uma paz que nunca tinha sentido na vida. A guerra daquelas terras tinha se dissipado, assim como a guerra que existia dentro dela. Ultimamente, a culpa eterna que costumava nadar em suas entranhas, por causa da morte da mãe e de seus poderes, mal se insinuava. Na verdade, a cada grão de areia que transcorria, murchava um pouco mais. Até que Larkyra chegou a um entendimento com seus dons, a uma confiança nascida do amor e do perdão: ela não nutria mais ressentimentos em relação à sua magia por causa da dor que causara a si mesma e à família. E, a partir dessa aceitação, enfim conseguiu se unir aos seus poderes. As intenções do coração e da mente de Larkyra tinham se conectado, permitindo que soltasse um pouco as rédeas e, pela primeira vez em dezenove anos, respirasse livremente.

– Ah, aqui está você.

Larkyra virou-se na direção daquela voz rouca, que sempre trazia um arrepio bem-vindo à sua pele. Darius afastou um emaranhado de trepadeiras que bloqueava a entrada do coreto e entrou.

– Sua Graça. – Clara fez uma reverência quando o rapaz se aproximou, um pouco encabulada na presença dele.

Sei bem como é isso, pensou Larkyra.

– Oi, duque – disse a jovem.

– Soa estranho, não é mesmo? – Darius parou ao lado dela, que estreitou os olhos ao olhar para ele, por causa da claridade do dia. O Sol tingia as mechas de seu cabelo com um tom quente de laranja, e o novo duque dirigiu seus olhos verdes aos da jovem.

– E é por esse motivo que precisamos repetir esse título o máximo possível – disse ela. – Nada é tão monótono quanto uma palavra repetida indefinidamente.

– Eu discordo apenas de um único caso.

– Qual seria?

– O seu nome.

Foi a vez de Larkyra ficar corada, e Darius deu um sorriso bem-humorado.

– Ah, veja só aquele canteiro de lavanda. – Clara apontou, entusiasmada, para as flores que cresciam no morro, bem lá embaixo. – Aposto que ficariam esplêndidas em seu quarto, milady. Com sua licença, vou colher algumas, e peço desculpas se eu demorar *muito* para conseguir fazer o buquê perfeito.

A jovem observou enquanto a criada corria morro abaixo.

– Receio que aquelas flores sejam de alguma erva daninha – alertou Darius.

– Sim – concordou Larkyra. – Minha dama de companhia, ao que tudo indica, não leu algumas páginas do manual do castelo.

– Não posso dizer que não fico grato por isso.

– Ah, é? – Larkyra virou-se de frente para Darius. A pele do rapaz brilhava, corada e saudável, contrastando com a camisa branca que usava por baixo de um casaco azul-claro.

– Sim – disse ele, aproximando-se e prendendo, atrás da orelha dela, uma mecha de cabelo que tinha se soltado do penteado.

Larkyra aqueceu-se ao sentir essa carícia, e uma leve brisa soprou em seus ombros à mostra.

Usava um dos vestidos que tinha trazido de Jabari, um modelito lilás arejado e solto, como o novo dia que se descortinava diante de ambos.

– Então agora é oficial? – perguntou a jovem.

– Os oficiais acabaram de ir embora, levando os papéis assinados.

– E qual é a sensação de, enfim, ter suas terras de volta? De ser o Duque de Lachlan?

– A sensação... – Darius olhou para as águas tranquilas ao longe, para os barcos e para a cidade que brilhava sob os raios solares. – É grande.

– Grande?

Um menear de cabeça.

– Há muito que precisa ser feito.

Larkyra deu um sorriso.

– Teremos que melhorar isso.

– Isso o quê?

– Aprender a apreciar o momento, antes de pular para a próxima tarefa.

– Sou capaz de apreciar momentos.

– Prove.

Sem dizer mais nenhuma palavra, Darius puxou Larkyra e lhe deu um beijo.

A jovem soltou um gritinho de surpresa antes de aninhar-se nos braços do duque. Esse beijo foi diferente dos outros. Foi lento, um cochilo relaxante debaixo de uma árvore, com o verão despontando no horizonte.

Darius entreabriu os lábios de Larkyra e roçou a língua na dela. A jovem suspirou, passando as mãos no pescoço e no cabelo grosso do rapaz. Ele podia até não ter pressa alguma, mas ela tinha a sensação de que iria explodir. Queria pular em cima de Darius, descer o morro rolando e dar risada, como se os dois fossem crianças. Queria atirá-lo dentro do lago e nadar na nova serenidade de suas águas, antes de deitar-se na praia e se secar sob o sol. Não queria que a ligação entre os dois fosse interrompida. Queria ficar com Darius para sempre.

E foi esse pensamento que a fez se afastar do rapaz, sentindo uma punhalada no peito.

Darius não poderia ser dela para sempre. Na verdade, Larkyra partiria naquele mesmíssimo dia para Jabari.

— Minhas irmãs estão fazendo minhas malas — disse ela, sabendo que essas palavras soariam estranhas e não tinham nenhuma relação com aquele instante de intimidade.

Darius a observou com atenção.

— Sim, foram elas que me disseram que você estaria aqui.

— Vim dar uma última olhada na vista. As duas devem estar reclamando que deixei todo o trabalho pesado na mão delas. Niya, muito provavelmente, deve ter colocado algumas coisas minhas nos baús dela, a título de pagamento.

— E se elas pudessem ficar aqui?

— Minhas irmãs?

— Suponho que também poderiam — respondeu Darius, contendo o riso. — Mas eu estava falando das suas coisas.

— Porque deixaria minhas coisas aqui? — perguntou Lark, franzindo o cenho. — Não recusaria um guarda-roupa novo, é claro. Mas, tendo em vista que acabei de encomendar aqueles vestidos para a sra. Everett, me parece...

— Eu amo você, Larkyra.

Tudo parou. O vento, o canto dos passarinhos, a maré.

— O que foi que você disse?

Darius aproximou-se. Segurou as mãos da jovem, tirou as luvas dela e deu um beijo delicado em seus dedos.

— Eu amo você — repetiu o novo duque. — Ao ponto de ficar bobo, desesperado, até. Não quero que vá embora. Na verdade, talvez eu sequestre você, se tentar partir.

Os olhos cor de esmeralda do rapaz a fizeram prisioneira, apesar de ela ter a sensação de que todo o seu corpo poderia sair voando, e sua magia se aqueceu.

– Eu... – A jovem ficou mexendo os lábios. – Não sei o que dizer.

– Alguém da família Bassette ficou sem palavras. Devo escrever isso nos anais da história de Lachlan?

– A presunção não lhe cai nada bem, Sua Graça.

– Darius – corrigiu o rapaz.

Depois dessa, Larkyra só pôde sorrir.

– Darius.

– E então? – perguntou o rapaz, seu olhar com um quê de ansiedade, talvez até de medo. – Sou o único que sente isso?

Como um pequeno castigo por ele ter debochado dela, Larkyra ficou em silêncio por alguns instantes, talvez por um tortuoso instante, antes de soltar um sorriso.

– É claro que eu também amo você, seu homem bobo e desesperado.

Ela atirou-se nos braços do rapaz e o beijou com todo o ímpeto que havia dentro de si, e ele pareceu mais do que disposto a retribuir. Levantou-a do chão, enquanto os dois ainda se beijavam, e ela sentiu o perfume do novo duque. Não se cansava nunca da sensação de ter os lábios macios de Darius roçando nos seus, nem de como ele a envolvia, protegendo-a dentro de si mesmo.

Será que Larkyra o amava? Pelos deuses perdidos, que pergunta absurda.

A jovem deu um risinho e continuou beijando o duque. Não foi o fato de tê-lo flagrado ajudando seu povo em segredo, nem de vê-lo cortar a própria pele a mando de um lunático, nem de quase presenciar a morte dele em Esrom que fez com que os sentimentos de Larkyra desabrochassem. Ela sabia que seu coração não pertencia mais só a ela muito antes disso, mesmo que só agora fosse capaz de admitir para si mesma. Vira o que Darius tinha de bom antes que ele a visse de verdade, quando não passava de uma moça coberta de sujeira nas ruas da cidade baixa de Jabari.

– Eu me sinto inesgotável quando estou com você – sussurrou a jovem.

– É porque você é mesmo. – Darius a colocou no chão com delicadeza antes de entrelaçar os dedos nos dela. – Quando olho para você, o que sinto quando faço isso, o que *você* me faz sentir quando faço isso, não faz sentido para mim. Como pode tudo isso que você é estar contido com tanto capricho dentro de seu corpo? – O rapaz soltou uma das mãos para acariciar levemente o rosto de Lark. – Olhar para você é como olhar para o Sol enrolado num cobertor. E, por algum motivo, isso não queima nem destrói nada.

– Darius. – Larkyra fechou os olhos por alguns instantes, o coração e a magia eram um só emaranhado batendo no peito.

– E, tendo dito isso – declarou o duque, com um sorriso debochado –, preciso lhe fazer um pedido. E espero que você diga "sim".

Pelo mar de Obasi. Aquilo não poderia estar acontecendo, poderia?

– Espere. – Ela se afastou. – Antes de me fazer esse pedido, eu... eu preciso lhe contar uma coisa.

Darius esperou.

– É sobre um dia que você passou em Jabari.

– Diga. – O rapaz inclinou a cabeça, com ar de curiosidade.

– Você estava na cidade baixa, cercado de homens que queriam assaltá-lo, mas uma jovem interveio. Uma garota de rua. Você se lembra?

O olhar de Darius ficou desfocado, como se visualizasse a lembrança da qual Larkyra falava.

– Eu me lembro – respondeu ele, lentamente. – Mas como você...

– Aquela garota era eu.

Darius a encarou.

– Aquela garota que o ajudou a sair da cidade baixa era eu. Que estava com a mão esquerda machucada e lhe disse que me devia um favor. – Larkyra levantou a mão e mexeu o dedo anular decepado, como se evocasse o curativo que o envolvia na ocasião. – Apesar da minha aparência e do meu fedor, você falou comigo como se fôssemos iguais. Você foi *gentil* comigo.

Darius ficou em silêncio por alguns instantes. Olhou mais adiante, para suas terras renascidas, antes de soltar uma gargalhada.

Ele continuou rindo até uma lágrima brotar no canto do olho, e então a secou.

– Claro que era você – falou, ainda se recompondo.

– Você não ficou bravo?

– Por que eu ficaria bravo?

– Não quer saber por que eu estava vestida daquela maneira?

– Você é da família Bassette. Presumo que essas coisas estejam relacionadas.

Larkyra franziu o cenho diante da exatidão do argumento.

– Ainda assim, você não tem curiosidade...

– Deixo a curiosidade para você, meu amor, porque tem mais do que o suficiente para arrumar confusão por nós dois.

– Não sei se isso foi um elogio.

– Enquanto reflete a respeito – Darius tornou a segurar as mãos dela –, posso lhe fazer aquele pedido?

Lark engoliu em seco.

– Se for mesmo necessário.

– Ah, é necessário. Mais necessário do que qualquer outro necessário.

– Você está começando a falar igualzinho a mim.

– Considerarei isso um elogio. – Nessa hora, ele abaixou, apoiando-se em um dos joelhos.

A jovem arregalou os olhos, sua pulsação libertou-se da pele e zumbiu com as abelhas ali perto.

– Larkyra Bassette, cantora das Mousai, garota imunda de Jabari e mulher de, tenho certeza, muitas outras máscaras, todas as quais eu amo. Você faz coisas que nem sei que preciso e ultrapassa as expectativas do que sei que preciso. Do mesmo modo que se sente inesgotável quando está comigo, eu me sinto inesgotável quando estou com você. Você me faz sonhar com coisas maiores do que as que existem neste mundo, e tudo o que quero é continuar descobrindo esse mundo ao seu lado. Daria-me a honra de ser minha esposa? – Ele então tirou do bolso um anel com uma pedra azul-celeste. – É o mesmo anel que meu pai deu para minha mãe.

– Ah, Darius. – Larkyra pôs a mão na frente da boca. – Que lindo.

– Sabe-se lá como, Boland conseguiu escondê-lo por todos esses anos.

– Sempre achei que ele era um homem bom.

O sorriso que o rapaz deu em resposta foi deslumbrante. Ele colocou o anel no dedo mais curto de Larkyra, que sacudiu a mão para que a joia brilhasse ao Sol.

– É da cor dos seus olhos – explicou o duque.

E era mesmo, os mesmíssimos olhos que agora estavam cheios de lágrimas.

– Tem certeza? – perguntou a jovem. – As coisas que viu no Reino do Ladrão, as ligações que temos com aquele lugar são apenas atividades superficiais. E quanto às máscaras, tenho muitas. Algumas ainda por descobrir.

– Mal posso esperar para conhecê-las, desde que todas permaneçam apaixonadas por mim quando forem usadas.

O coração de Lark avolumou-se no peito, a magia ficando de mãos dadas com a alegria. Mesmo assim, ela precisava se certificar...

– Você não vai se casar só comigo.

Darius olhou em volta.

– Não? Não sabia que havia mais de uma mulher parada na minha frente.

– Você sabe que não é disso que estou falando. É da minha família. Eles vêm junto, são acessórios, apesar de, só os deuses perdidos sabem, eu ter feito de tudo para penhorá-los ao longo dos anos.

O duque sorriu.

– Sei com o que estou me comprometendo, Larkyra. Sempre quis ter uma família grande.

– É maior do que você pensa, e meu pai...

– Deu sua permissão.

Estas palavras a fizeram engolir o que ia dizer.

– Sim, eu pedi sua mão a ele antes de falar com você. Sou mais inteligente do que pareço.

– Darius... – A jovem engasgou-se ao dizer o nome do rapaz. Não sabia por quê, mas isso significava mais do que qualquer outro gesto romântico que ele poderia ter feito.

– E agora, pode me dar uma resposta? – O rapaz a olhou nos olhos.

– Meu joelho está começando a doer, aqui nesta pedra.

Larkyra riu e o ajudou a se levantar.

– Sim! Em todos os mundos e cômodos escondidos dentro dos limites de Yamanu, sim!

– São muitos "sins". – Darius sorriu.

– Devo retirar alguns?

– Nunca! – Ele, então, a beijou, muito provavelmente para impedi-la de fazer isso.

Larkyra não se incomodou nem um pouco com a tática do rapaz.

Faria questão de descobrir outras maneiras de fazer Darius aplicar essa técnica. No presente momento, contudo, contentava-se em saborear o Agora, sob o Sol brilhante de um novo lar, nos braços de um homem que vira e aceitara tudo a seu respeito, mesmo as partes que ainda não tinham nem nascido.

Naquele momento, Larkyra não teve medo do que poderia acontecer depois. Pensar no futuro levantou uma névoa de pó dourado, que se somou ao seu riso. Agora, ela era como sua magia: presente, poderosa e deliciosamente viva.

NOTA DA AUTORA

Venho de uma linhagem de artistas. Meus avós eram artistas, meus pais também. Eles me ensinaram, desde cedo, a importância de ter a mente aberta, de observar e escutar a inspiração que, não raro, pode vir de lugares inusitados. A série Mousai não é exceção. Começou com duas coisas: o eco de uma bengala no corredor enquanto eu trabalhava até tarde em um escritório e um quadro pintado por meu pai, intitulado *Musas*, inspirado em mim e em minhas irmãs, e que é também uma interpretação da *Primavera*, de Botticelli. Assim como esse entrelaçamento de sementes inspiradoras cresceriam até formar um mundo épico, muitos dos nomes e lugares presentes em meus livros foram influenciados por nomes e lugares de nosso mundo. Cada um foi escolhido por uma razão: o sentimento que evoca, seu significado ou ambos. Na série Mousai, o nome e o lugar de origem de cada personagem foram criados ou escolhidos com grande cuidado. É a celebração de um mundo diverso. O que você vai ler a seguir é uma espécie de apêndice, no qual contextualizo a etimologia dos nomes empregados por mim:

Mousai: neologismo inspirado no plural de "musa", em grego.
Bassette: sobrenome, especificamente, de Dolion Basssette. Inspirado na palavra *bassett*, do francês antigo, que significa "alguém de origem humilde".
Dolion Bassette (Conde de Raveet da segunda casa de Jabari e também o Rei Ladrão): pai de Arabessa, Niya e Larkyra. Marido de Johanna. Rei Ladrão e membro do Conselho de Jabari. Dolion é um neologismo derivado do verbo grego *dolioo*, que significa "fascinar, enganar". Escolhi esse nome em razão das muitas máscaras que tem de usar e dos papéis que tem de desempenhar, de Jabari ao Reino do Ladrão, bem como seu papel mais importante: o de pai.
Raveet foi influenciado pelo nome Ravneet, que tem algumas origens conhecidas, mas foi inspirado por sua origem sânscrita indiana, que significa "moralidade solar".

Johanna Bassette: esposa de Dolion e mãe das Mousai. Dotada de uma magia muito antiga e poderosa. O nome Johanna está ligado a muitas culturas: alemã, sueca, dinamarquesa e hebraica, para mencionar apenas algumas. Dizem que os significados originais das raízes desse nome são "presente de Deus" e "graciosa", semelhantes ao caráter da personagem.

Mousai + filhas Bassette: propositalmente, busquei criar nomes que tivessem ritmo e lirismo, de modo a conectar as personagens aos dons mágicos da canção, da dança e da música.

Arabessa Bassette: filha mais velha. Arabessa é um neologismo criado a partir do nome Bessa, que, de acordo com algumas citações, tem origem albanesa e significa "lealdade".

Niya Bassette: filha do meio. Inspirado pelo nome Nia (de origem celta e suaíli), significando "propósito", "radiância", "brilho" e "beleza".

Larkyra Bassette: filha mais nova. Larkyra é um neologismo criado com base na palavra inglesa *lark*, que designa uma espécie de pássaro canoro. Também foi inspirado no verbo *lark*, que significa "comportar-se de modo travesso" e "divertir-se".

Zimri D'Enieu: Zimri é um nome hebraico que significa "meu louvor" e "minha música". D'Enieu é um neologismo. Eu o criei inspirada em sobrenomes franceses.

Achak: nome dos nativos da América do Norte, que significa "espírito". Quando descobri esse nome e seu significado, apaixonei-me por ele de imediato e soube que continha tudo o que os Achak eram, de sua história até o fato de seu espírito ter sobrevivido sob muitas formas e em muitos reinos.

Charlotte: dama de companhia e cuidadora leal das irmãs Bassette. Queria escolher um nome com "C" para ela, ligando-a à minha mãe, Cynthia.

Kaipo (falcão *mutati*): Kaipo é um nome havaiano que significa "querido". Adoro esse nome e senti que se encaixava perfeitamente no amigo e companheiro mais amado de Larkyra. Na mitologia de Aadilor, um animal *mutatis* pode mudar de tamanho, indo de bem pequeno a enorme. *Mutati* é um neologismo criado por mim, inspirado na raiz da palavra "mudar".

Hayzar Bruin: inspirado no nome turco Hazar. *Bruin* é um termo da tradição inglesa que designa "urso", mas o escolhi por sua conexão sonora à palavra "bruto". Assim, misturando os significados de "urso" e "bruto", essencialmente obtemos "grande bruto", que certamente é como eu categorizaria Hayzar.

Darius Mekenna: do nome persa Dariush significa "rico e régio" e "aquele que segura firme no que é bom", características típicas de Darius. Mekenna é uma variante ortográfica de um sobrenome irlandês e escocês que eu queria que Darius tivesse, em razão de sua ancestralidade em Lachlan.

Aadilor: reino onde tudo existe. Aadilor é um neologismo inspirado na palavra *lore*, que entra na formação do termo "folclore" e significa "um conjunto de tradições e conhecimentos passados de uma pessoa a outra pela oralidade".

Mar de Obasi: único mar de Aadilor. A língua de origem da palavra "Obasi" é o igbo, da Nigéria, e significa "em honra do deus supremo" ou "em honra de Deus". Amei esse significado e o modo como Obasi flui como água na língua. Vi esse mar sendo nomeado assim em homenagem aos deuses perdidos, que deram aos seus povos essa beleza na qual podem navegar.

Jabari: capital de Aadilor. O nome suaíli *Jabari* significa "corajoso" e deriva da palavra árabe *jabbār*, que significa "governante".

Esrom: reino-santuário subaquático que só pode ser localizado por quem nasceu lá. O nome remete aos tempos bíblicos e, em alguns casos, há quem diga que significa "dardo de alegria".

Lachlan: terra natal de Darius. O nome tem origem escocesa e significa "terra dos lagos", perfeito para um território repleto de lagos que se estendem até o horizonte.

Imell: principal cidade do Lago Lachlan. Um neologismo, mas também um pequeno aceno oculto ao meu pai, que se chama Emil.

Yamanu: reino onde residem todas as coisas que querem ficar escondidas. O nome deriva do egípcio antigo "Amon", que significa "o escondido".

AGRADECIMENTOS

É mesmo surreal chegar a esta parte de *Canção das chuvas eternas*. O fim do fim. A seção que significa que terminaram os anos de trabalho duro, de obsessão e de alterações nos trechos deste livro. Essa história e seus personagens estiveram rodopiando em meu cérebro por tanto tempo que é difícil lembrar-me de um período em que não foi assim. E, talvez, seja isso o que quero dizer: vivo essa fantasia desde que nasci. Como não é nenhum segredo que minha família foi uma enorme inspiração para esta série, talvez eu comece por aí: agradecendo aos meus pais e às minhas irmãs. Mãe, pai, Alexandra, Phoenix e Kelsey, eu não poderia ter crescido com uma rede de apoio melhor. Vocês não foram apenas meus pais e irmãs, mas meu povo, minhas almas gêmeas. Mãe e pai, o apoio constante e o estímulo de vocês para que cada uma de nós seguisse qualquer caminho louco ao qual nossa paixão pudesse nos levar criou indivíduos fortes e compassivos. Minhas irmãs, vocês me ensinaram a importância da amizade entre mulheres, a força irrefreável do amor incondicional. Vocês são minhas musas, delicadamente tecidas em cada uma das irmãs Bassette. Nunca permitam que o espírito, a luz e o riso de vocês se apaguem. Amo vocês profundamente e para sempre.

Meu marido, Christopher: muitas vezes brinquei que evoquei sua existência quando criei meu ruivo Darius, e sustento o que disse. Você me conheceu há quatro anos, quando essa história tinha apenas alguns capítulos, e, dali em diante, apoiou-me a cada segundo. Obrigada por me ouvir tagarelar, não raro de um jeito arrogante, sobre esses personagens. Obrigada por ler a primeira versão, muito tosca e vergonhosa, e me dizer que sou uma escritora maravilhosa. Obrigada por ser infinitamente paciente (e, às vezes, por não ser, ajudando-me a reconhecer quando preciso de um intervalo). Obrigada por me fazer acreditar que mereço realizar meus sonhos e por me ajudar a entender que posso ser a heroína da minha própria história. Você é minha maior maravilha.

Aimee Ashcraft, minha agente na Brower Literary: por onde começar? Você é o cobertor aconchegante para todas as minhas aflições de escritora.

Trabalhou incansavelmente em cada rodada de edição (e foram muitas!) para que essa história chegasse a um ponto em que outras pessoas pudessem enxergar seu potencial. Obrigada por sempre me ouvir e por abrir mão de horas preciosas de seus fins de semana para falar comigo ao telefone.

Lauren Plude, minha editora de aquisições: você amou tanto este livro que exigiu ser editora de conteúdo dele também. Se algum dia precisarem de uma prova de que "amor à primeira escuta" existe, foi quando você e eu nos jogamos na nossa primeira ligação, e ouvi sua voz doce e suas palavras gentis. Você elevou minhas habilidades a outro patamar, e estou animada para saber até onde podemos voar da próxima vez.

A toda a equipe em Montlake: a verdade mais sincera é que eu não poderia ter feito nada disso sem vocês. Desde o primeiro dia, só demonstraram empolgação e adoração pelas irmãs Bassette. Não me imagino confiando-as aos cuidados de nenhuma outra editora.

Natasha Miñoso, minha linda companheira de coração grande e obcecada por livros: você esteve lá, pulando de animação por cada um de meus livros, me encorajando. Eu a adoro infinitamente, e sempre dormiremos na casa uma da outra para usar pijamas iguais.

Staci Hart, vem cá me dar um abraço! Isso é que é amiga dedicada! Você me pôs de pé tantas vezes depois de eu desmoronar, na escrita e na vida. É uma honra poder contar com o seu brilho, e tenho muita sorte de tê-la em minha vida.

A todos os meus amigos de Nova York, do Colorado e da minha cidade natal, no estado do Delaware: vocês estiveram do meu lado em muitos aspectos dessa louca aventura. Sempre compreenderam que deixei de existir para cumprir prazos. Listar os nomes de todos encheria metade deste livro, mas, se você está lendo estas palavras, sabe exatamente quem são. Obrigada por apoiar meus sonhos.

À comunidade Bookstagram: vocês são uma força enorme e linda. Não teria chegado até aqui sem vocês.

À minha Gangue Mellow e meus Mellow-Desajustados: vocês, provavelmente, foram quem teve mais paciência dentre todas as pessoas que aguardavam este livro, enfim, ganhar vida. Obrigada por terem continuado comigo ao longo de tantos anos em que prometi que vocês, um dia, poderiam segurar essa história nas mãos. Cumpri minha palavra!

E finalmente a você, querido leitor: tudo isso foi criado para você. Para finalizar um livro, é necessária a colaboração de um mundo de pessoas, mas basta um leitor para que um livro encontre um lar. Espero que tenha encontrado um lugar para essa história em seu coração, pois certamente guardei você no meu enquanto a escrevia.

Este livro foi composto com tipografia Electra Std e impresso
em papel Off-White 70 g/m² na Formato Artes Gráficas.